Agatha Christie

Der seltsame Mr Quin

Kriminalistische Erzählungen

Aus dem Englischen von
Günter Eichel

Atlantik

Die Originalausgabe erschien 1930 unter dem Titel
The Mysterious Mr Quin bei William Collins & Sons, London.

*Atlantik ist ein Imprint des
Hoffmann und Campe Verlags, Hamburg.*

1. Auflage 2021
The Mysterious Mr Quin
Copyright © 1930 Agatha Christie Limited.
All rights reserved
AGATHA CHRISTIE® and the Agatha Christie Signature
are registered trademarks of Agatha Christie Limited
in the UK and elsewhere. All rights reserved
Für die deutschsprachige Ausgabe
Copyright © 2021 Hoffmann und Campe Verlag, Hamburg
Copyright der deutschen Übersetzung
© 1987 S. Fischer Verlag GmbH, Frankfurt am Main
www.hoffmann-und-campe.de www.atlantik-verlag.de
Umschlaggestaltung: Vivian Bencs © Hoffmann und Campe;
nach einem Originalentwurf von designedbydavid.co.uk
© HarperCollins*Publishers* Ltd/Agatha Christie Ltd 2008
Gesetzt aus der Trump Mediäval
Satz: Pinkuin Satz und Datentechnik, Berlin
Druck und Bindung: C. H. Beck, Nördlingen
Printed in Germany
ISBN 978-3-455-01083-1

Ein Unternehmen der
GANSKE VERLAGSGRUPPE

Die Ankunft des Mr Quin

Es war Silvesterabend.

Die älteren Mitglieder der Hausgesellschaft in *Royston* hatten sich in der großen Halle versammelt.

Mr Sattersway war sehr froh, dass die jungen Leute zu Bett gegangen waren. Junge Leute in Herden mochte er nicht. Es mangelte ihnen dann an einer gewissen Feinheit, und je weiter das Leben fortschritt, desto größer wurde seine Vorliebe für gewisse Feinheiten.

Mr Sattersway war zweiundsechzig: ein kleiner, etwas gebeugter und ausgedörrter Mann mit einem aufmerksamen Gesicht, das seltsam zwergenhaft war, sowie einem heftigen und ausschweifenden Interesse für das Leben anderer Leute. Sein ganzes Leben lang hatte er, wie man so sagt, in der ersten Reihe gesessen und zugesehen, wie verschiedene Dramen der menschlichen Natur vor ihm abrollten. Er selbst hatte immer nur den Zuschauer gespielt. Jetzt allerdings, da das Alter ihn in seinen Klauen hielt, merkte er, dass er dem ihm vorgeführten Drama gegenüber immer kritischer wurde. Er verlangte etwas, das ein wenig vom Üblichen abwich.

Es bestand kein Zweifel daran, dass er für diese Dinge eine Witterung, einen Spürsinn, besaß. Instinktiv wusste er, wenn die Bestandteile eines Dramas zusammengekommen waren. Wie ein Schlachtross witterte er es.

Und seit seinem Eintreffen in *Royston* am gleichen Nachmittag hatte sich dieser seltsame innere Sinn wieder einmal bemerkbar gemacht und ihm zu verstehen gegeben, dass er sich bereithalten solle. Irgendetwas Interessantes spielte sich ab oder bereitete sich vor.

Die Hausgesellschaft war nicht sehr groß. Da war einmal Tom Evesham, ihr großzügiger und gut gelaunter Gastgeber, sowie dessen ernste und politisch interessierte Frau, die vor ihrer Heirat Lady Laura Keen gewesen war. Anwesend waren ferner Sir Richard Conway, Soldat, Weltreisender und Sportsmann, zu dem noch sechs oder sieben junge Leute kamen, deren Namen Mr Sattersway nicht behalten hatte, und schließlich die Portals.

Mr Sattersway interessierte sich für die Portals besonders.

Alex Portal hatte er bisher zwar nicht gekannt, aber sonst wusste er über ihn Bescheid. Seinen Vater und seinen Großvater hatte er gekannt. Alex Portal verkörperte beinahe einen bestimmten Typ. Er war ein Mann von bald vierzig, blond und blauäugig wie alle Portals, sportbegeistert, ein guter Spieler und bar jeder Phantasie. Ungewöhnlich war an Alex Portal überhaupt nichts: der übliche gute und gesunde englische Schlag.

Aber seine Frau war ganz anders. Sie war, wie Mr Sattersway wusste, Australierin. Vor zwei Jahren war Portal in Australien gewesen, hatte sie dort kennengelernt, hatte sie dann geheiratet und hierhergebracht. Vor ihrer Ehe war sie nie in England gewesen. Trotzdem hatte sie so gar keine Ähnlichkeit mit anderen Australierinnen, die Mr Sattersway bisher kennengelernt hatte.

Er beobachtete sie aufmerksam. Eine interessante Frau – sehr sogar. So ruhig, und trotzdem so … lebendig.

Lebendig! Das war es genau! Im Grunde keine Schönheit, nein – als schön konnte man sie kaum bezeichnen. Stattdessen besaß sie jedoch einen unglücklichen Zauber, den niemand an ihr hätte missen mögen – den kein Mann an ihr hätte missen mögen. Das fand zumindest Mr Sattersways maskuline Seite, während seine feminine Seite – und Mr Sattersways feminine Seite war keineswegs unbedeutend – sich für eine andere Frage interessierte: Warum färbte Mrs Portal sich die Haare? Ein anderer Mann hätte vermutlich gar nicht bemerkt, dass sie sich die Haare färbte; Mr Sattersway wusste es jedoch. Er kannte sich in diesen Dingen aus. Und es irritierte ihn. Viele dunkelhaarige Frauen färben ihr Haar blond; aber noch nie war ihm eine blonde Frau begegnet, die ihr Haar schwarz gefärbt hatte.

Alles an ihr erregte seine Neugierde. Auf eine merkwürdige, intuitive Art war er überzeugt, dass sie entweder sehr glücklich oder sehr unglücklich war – was von beiden sie war, wusste er allerdings nicht, und das ärgerte ihn. Hinzu kam jene seltsame Wirkung, die sie auf ihren Mann ausübte.

Er betete sie an, sagte sich Mr Sattersway, aber manchmal ist er … ja, manchmal hat er vor ihr Angst! Das ist sehr interessant. Ungewöhnlich interessant ist das!

Portal trank zu viel. Das war sicher. Und er hatte eine komische Art, seine Frau zu beobachten, wenn sie es nicht merkte.

Die Nerven, sagte sich Mr Sattersway. Der Mann ist ein Nervenbündel. Sie weiß es zwar auch, tut jedoch nichts dagegen.

Die beiden hatten ihn ausgesprochen neugierig gemacht. Irgendetwas ging hier vor, das er nicht ergründen konnte.

Aus seinen Überlegungen riss ihn das feierliche Schlagen der großen Uhr in der Ecke.

»Zwölf Uhr«, sagte Evesham. »Neujahr! Ein glückliches neues Jahr! Übrigens geht die Uhr fünf Minuten vor ... Ich weiß gar nicht, warum die Kinder nicht aufgeblieben sind und das neue Jahr abgewartet haben.«

»Ich bin fest davon überzeugt, dass sie in Wirklichkeit noch gar nicht schlafen gegangen sind«, sagte seine Frau gelassen. »Wahrscheinlich verstecken sie Haarbürsten und derartige Dinge in unseren Betten. Solche Sachen machen ihnen viel Spaß. Warum, ist mir jedoch nicht ganz verständlich. In meiner Jugend hätte man uns so etwas nicht erlaubt.«

»*Autres temps, autres mœurs*«, sagte Conway lächelnd.

Er war groß und soldatisch aussehend. Evesham und er waren sich im Typ überhaupt sehr ähnlich: ehrlich, aufrichtig, freundlich und ohne große geistige Ansprüche.

»In meiner Jugend stellten wir uns im Kreise auf, fassten uns an den Händen und sangen *Auld Lang Syne*«, fuhr Lady Laura fort. »*Should auld acquaintance be forgot – ich* finde diese Worte immer richtig bewegend.«

Evesham wurde unruhig.

»Lass das doch, Laura«, sagte er leise. »Nicht hier!«

Er schlenderte durch die große Halle, in der sie saßen, und schaltete eine weitere Lampe an.

»Wie dumm von mir«, sagte Lady Laura gedämpft. »Das erinnert ihn immer an den armen Mr Capel. Meine Liebe, ist Ihnen das Feuer vielleicht zu warm?«

Eleanor Portal machte eine unwirsche Bewegung.

»Danke. Ich werde meinen Sessel etwas zurückschieben.«

Welch eine bezaubernde Stimme sie hatte – eine dieser tiefen, leisen und doch hallenden Stimmen, die man so leicht nicht vergisst, überlegte Mr Sattersway. Ihr Gesicht lag jetzt im Schatten – jammerschade. Als sie im Schatten saß, sagte sie: »Mr ... Capel?«

»Ja. Das ist der Mann, dem dieses Haus ursprünglich gehörte. Er erschoss sich ... Ist ja gut, Tom, ich höre schon auf! Für Tom war es nämlich ein großer Schock, weil er hier war, als es passierte. Sie doch auch, nicht wahr, Sir Richard?«

»Ja, Lady Laura.«

Eine alte Standuhr in der Ecke ächzte, stöhnte und fauchte asthmatisch, und dann schlug sie zwölf.

»Prost Neujahr, Tom«, knurrte Evesham mechanisch.

Lady Laura packte ziemlich entschlossen ihre Stricksachen zusammen.

»So, das neue Jahr hätten wir begrüßt«, bemerkte sie, und mit einem Blick auf Mrs Portal fügte sie hinzu: »Was meinen Sie, meine Liebe?«

Eleanor Portal stand schnell auf.

»Ich finde, wir sollten zu Bett gehen«, sagte sie leichthin.

Sie ist sehr blass, dachte Mr Sattersway, als er ebenfalls aufstand und begann, sich mit den Kerzenhaltern zu beschäftigen. So blass ist sie sonst nicht.

Er zündete ihre Kerze an und überreichte sie ihr mit einer komischen altmodischen Verbeugung. Mit einem Wort des Dankes nahm sie sie ihm ab und ging langsam die Treppe hinauf.

Plötzlich überkam Mr Sattersway ein sehr merkwürdiger Wunsch: Am liebsten wäre er ihr gefolgt, hätte sie getröstet – denn irgendwie hatte er das höchst seltsame

Gefühl, dass sie sich in irgendeiner Gefahr befand. Aber auch das ging vorüber, und er schämte sich. Jetzt fing er tatsächlich auch schon an, nervös zu werden.

Sie hatte ihren Mann nicht angesehen, als sie nach oben ging; jetzt wandte sie ihm allerdings den Kopf zu und betrachtete ihn lange und forschend, und dieser Blick hatte eine eigenartige Intensität. Mr Sattersway fand es höchst sonderbar.

Und plötzlich merkte er, dass er seiner Gastgeberin auf ziemlich unaufmerksame Weise eine gute Nacht gewünscht hatte.

»Ich bin sicher, dass es ein glückliches neues Jahr sein wird«, sagte Lady Laura gerade. »Aber die politische Situation ist meiner Ansicht nach mit einer tragischen Ungewissheit belastet.«

»Das finde ich auch«, sagte Mr Sattersway ernst. »Das finde ich auch.«

»Ich hoffe nur«, fuhr Lady Laura fort, ohne dass sich ihr Ausdruck auch nur im Geringsten veränderte, »dass es ein schwarzhaariger Mann ist, der als Erster die Schwelle überquert. Sie kennen diesen Aberglauben sicherlich, Mr Sattersway? Nein? Das überrascht mich. Wenn es dem Hause Glück bringen soll, dann muss der erste Mann, der im neuen Jahr die Schwelle überschreitet, schwarzhaarig sein. Mein Gott, hoffentlich entdecke ich in meinem Bett nicht irgendetwas Unangenehmes. Den Kindern ist alles zuzutrauen. Sie haben immer so merkwürdige Einfälle.«

Den Kopf in trüber Vorahnung schüttelnd, bewegte Lady Laura sich majestätisch die Treppe hinauf.

Nach dem Abschied der Damen wurden die Sessel näher an die lodernden Holzscheite gerückt, die in dem großen offenen Kamin brannten.

»Sagen Sie halt«, sagte der gastfreundliche Evesham, der die Whiskykaraffe in der Hand hielt.

Als alle halt gesagt hatten, kehrte die Unterhaltung zu jenem Thema zurück, das vorhin verboten gewesen war.

»Sie kannten doch Derek Capel, nicht wahr, Sattersway?«, fragte Conway.

»Ja ... flüchtig.«

»Und Sie, Portal?«

»Nein, ich habe ihn nie kennengelernt.«

Er sagte es so heftig und abwehrend, dass Mr Sattersway überrascht aufblickte.

»Ich hasse es, wenn Laura dieses Thema zur Sprache bringt«, sagte Evesham langsam. »Nach der Tragödie wurde dieses Haus an einen Großindustriellen verkauft. Nach einem Jahr zog der Mann wieder aus – irgendwie war er nicht zufrieden gewesen. Eine Menge Gerüchte liefen um, dass es in dem Haus spuke, und auf diese Weise kam es in einen schlechten Ruf. Als Laura mich dazu gebracht hatte, mich als Kandidat für West Kidleby aufstellen zu lassen, bedeutete das natürlich, dass wir auch in dieser Gegend wohnen mussten, und es war gar nicht einfach, ein passendes Haus zu finden. *Royston* wurde billig angeboten, und – na ja, dann habe ich es eben gekauft. Gespenster sind Unsinn – aber trotzdem möchte man nicht gern daran erinnert werden, dass man in einem Haus wohnt, in dem sich ein Freund erschossen hat. Der arme Derek ... Wir werden wohl nie erfahren, warum er es getan hat.«

»Er wird weder der Erste noch der Letzte gewesen sein, der sich erschossen hat, ohne dass man den Grund kennt«, sagte Alex Portal heftig. Er erhob sich und goss sein Glas wieder voll; dabei verschüttete er etwas Whisky.

Irgendetwas stimmt mit ihm nicht, sagte sich Mr Sattersway. Das ist einmal ganz klar. Wenn ich nur wüsste, worum es sich handelt.

»Mein Gott!«, sagte Conway. »Hören Sie nur den Wind! Das gibt eine hübsche Nacht.«

»Eine Nacht, in der Gespenster besonders gern spuken«, sagte Portal und lachte herausfordernd auf.

»Sämtliche Teufel sind jetzt unterwegs.«

»Nach Lady Lauras Ansicht würde uns selbst der schwärzeste noch Glück bringen«, bemerkte Conway lachend. »Vergessen Sie das nicht!«

Der Wind schwoll zu einem neuerlichen Aufheulen an, und als er erstarb, klopfte es dreimal laut an die große Tür. Alle fuhren zusammen.

»Wer, um Himmels willen, kann das sein – um diese Zeit?«, rief Evesham.

Sie sahen sich an.

»Ich werde aufmachen«, sagte Evesham. »Die Dienstboten sind schon zu Bett gegangen.«

Er ging langsam durch die Halle, machte sich an den schweren Riegeln zu schaffen und riss die Tür schließlich auf. Ein eisiger Windstoß fegte in die Halle.

Im Rahmen der Tür stand die Gestalt eines Mannes: groß und schlank. Nach Meinung des aufmerksam zusehenden Mr Sattersway hatte das bunte Glas über der Tür die sonderbare Wirkung, dass es so aussah, als trüge der Mann einen Mantel, der in sämtlichen Regenbogenfarben schillerte. Als er in die Halle trat, zeigte es sich jedoch, dass es sich um einen hageren dunkelhaarigen Mann handelte, der einen Mantel trug.

»Ich muss für mein Eindringen tausendmal um Entschuldigung bitten«, sagte der Fremde mit einer angenehmen Stimme. »Mein Wagen hat gestreikt. Nichts Schlimmes – mein Chauffeur bringt die Sache wieder in Ordnung, aber eine halbe Stunde dürfte es ungefähr dauern, und draußen ist es verdammt kalt …«

Er verstummte, und Evesham griff den Faden auf.

»Das kann ich mir vorstellen. Kommen Sie herein und wärmen Sie sich mit einem Schluck wieder auf. Können wir Ihnen irgendwie behilflich sein?«

»Nein, danke. Mein Chauffeur kommt schon zurecht. Übrigens: Mein Name ist Quin – Harley Quin.«

»Nehmen Sie Platz, Mr Quin«, sagte Evesham. »Das ist Sir Richard Conway, das dort ist Mr Sattersway, und ich heiße Evesham.«

Mr Quin verneigte sich flüchtig und ließ sich dann in den Sessel fallen, den Evesham ihm gastfreundlich hingeschoben hatte. Als er saß, warf der Schein des Kaminfeuers einen streifigen Schatten auf sein Gesicht, sodass es beinahe wie eine Maske wirkte.

Evesham legte noch ein paar Scheite nach.

»Wie wär's mit einem Glas?«

»Danke, gern.«

Evesham reichte es ihm und fragte dabei: »Sie kennen sich also in diesem Winkel der Welt gut aus, Mr Quin?«

»Vor einigen Jahren bin ich einmal hier durchgekommen.«

»Wirklich?«

»Ja. Dieses Haus gehörte damals einem Mann namens Capel.«

»Ja, das stimmt«, sagte Evesham. »Der arme Derek Capel. Sie kannten ihn?«

»Ja, ich kannte ihn.«

Eveshams Verhalten veränderte sich ein wenig – kaum

wahrnehmbar für einen Menschen, der sich mit dem englischen Wesen nicht genau auskennt. Bisher hatte er eine leichte Zurückhaltung gezeigt; davon konnte jetzt jedoch keine Rede mehr sein. Mr Quin hatte Derek Capel gekannt. Er war also der Freund eines Freundes, und als solcher wurde er nicht nur anerkannt, sondern aufgenommen.

»Eine schreckliche Angelegenheit ist das«, sagte Evesham vertraulich. »Wir sprachen darüber. Eines kann ich Ihnen sagen: Es ging mir erheblich gegen den Strich, dieses Haus zu kaufen. Hätte ich etwas anderes gefunden – aber das war eben nicht möglich, verstehen Sie? Ich war an dem Abend im Hause, als er sich erschoss – Conway übrigens auch. Und ich gebe Ihnen mein Wort: Ich habe immer damit gerechnet, dass sein Geist hier umgeht.«

»Eine äußerst unerklärliche Angelegenheit«, sagte Mr Quin langsam und nachdenklich, und als er schwieg, ähnelte er einem Schauspieler, der gerade ein wichtiges Stichwort gegeben hat.

»Unerklärlich! Das kann man wohl sagen!«, fiel Conway ein. »Ein finsteres Geheimnis ist es – und wird es immer bleiben.«

»Vielleicht«, sagte Mr Quin unverbindlich. »Oder was meinen Sie, Sir Richard?«

»Schrecklich – das war es, weiß Gott! Da ist ein Mann, auf der Höhe seines Lebens stehend, vergnügt, fröhlich, ohne die geringsten Sorgen. Fünf oder sechs alte Freunde sind bei ihm zu Besuch. Bester Laune beim Abendessen, voller Pläne für die Zukunft. Und dann geht er vom Abendbrottisch weg nach oben auf sein Zimmer, holt einen Revolver aus der Schublade und erschießt sich. Warum? Das weiß kein Mensch. Und das wird auch niemand jemals erfahren!«

»Ist diese Behauptung nicht ziemlich weit hergeholt, Sir Richard?«, fragte Mr Quin lächelnd.

Conway starrte ihn an.

»Was meinen Sie damit? Das verstehe ich nicht.«

»Ein Problem muss nicht unbedingt unlösbar sein, weil es bisher nicht gelöst worden ist.«

»Ach so! Aber lassen wir das: Wenn damals nichts herausgekommen ist, wird es heute – zehn Jahre danach – auch nicht anders sein.«

Mr Quin schüttelte leicht den Kopf.

»In diesem Punkt bin ich anderer Meinung. Die Geschichte beispielsweise widerlegt Ihre Behauptung. Der zeitgenössische Historiker schreibt niemals eine so wahre Geschichtsbetrachtung wie der Historiker einer späteren Generation. Es geht immer darum, die richtige Perspektive zu haben, die Dinge in ihrem Verhältnis zu sehen. Wenn Sie so wollen, handelt es sich hierbei – wie überall – um eine Frage der Relativität.«

Alex Portal beugte sich gespannt vor; sein Gesicht zuckte. »Sie haben recht, Mr Quin«, rief er. »Sie haben vollkommen recht. Eine Frage erledigt sich nicht im Laufe der Zeit von selbst, sie wird nur in anderer Form neu gestellt.«

Evesham lächelte nachsichtig.

»Dann wollen Sie also behaupten, Mr Quin, dass wir heute wahrscheinlich genauso wie damals zur Wahrheit gelangen könnten, wenn wir etwa eine Untersuchung über Derek Capels Tod durchführen würden?«

»Sehr wahrscheinlich sogar, Mr Evesham. Das persönliche Verhältnis ist inzwischen erheblich unwichtiger geworden, und heute werden Sie sich einer Tatsache als bloßer Tatsache erinnern, ohne zu versuchen, ihr sofort eine eigene Auslegung zu unterschieben.«

Evesham zog zweifelnd die Stirn kraus.

»Natürlich muss man einen Ausgangspunkt haben«, sagte Mr Quin mit ruhiger Stimme. »Der Ausgangspunkt ist gewöhnlich eine Theorie. Einer von Ihnen hat bestimmt eine Theorie. Wie ist es mit Ihnen, Sir Richard?«

Conway runzelte nachdenklich die Stirn.

»Ja, natürlich«, sagte er abwehrend, »wir nahmen an – wir alle nahmen natürlich an –, dass irgendwie eine Frau dahintersteckte. Gewöhnlich ist es doch eine Frau, oder es geht um Geld, nicht wahr? Und Geld konnte in diesem Fall keine Rolle spielen. Das schied von vornherein aus. Also – was blieb demnach übrig?«

Mr Sattersway stutzte. Er hatte sich vorgebeugt, um selbst eine kleine Bemerkung beizusteuern, und dabei hatte er die Gestalt einer Frau entdeckt, die sich oben an das Geländer des Treppenabsatzes geduckt hatte. Ganz zusammengekrümmt hockte sie dort, und nur von der Stelle aus, an der er saß, war sie zu sehen. Offenbar lauschte sie mit angespannter Aufmerksamkeit allem, was sich unten abspielte. Und sie hockte dort so reglos, dass er dem Beweis seiner eigenen Augen kaum traute.

Das Stoffmuster des Kleides erkannte er jedoch mit Leichtigkeit; es war kostbarer alter Brokat. Und die Frau war Eleanor Portal.

Und plötzlich schienen alle Ereignisse dieses Abends genau zusammenzupassen; auch Mr Quins Eintreffen war kein bloßer Zufall, sondern der Auftritt eines Schauspielers, dessen Stichwort gefallen war. In der großen Halle von *Royston* wurde ein Drama gespielt – und es war dadurch, dass einer der Schauspieler bereits tot war, keineswegs unwirklicher. O ja, auch Derek Capel hatte eine Rolle; davon war Mr Sattersway fest überzeugt.

Und, wieder ganz plötzlich, kam ihm eine neue Erleuchtung. Das alles ging auf Mr Quin zurück. Er war es, der die Szenerie ausgesucht hatte, der den Schauspielern das Stichwort gab. Er befand sich im Mittelpunkt des Geheimnisses, zog an den Schnüren und ließ die Marionetten sich bewegen. Er wusste alles – auch, dass jene Frau sich dort oben an das Geländer drückte. Ja, er wusste es!

Nachdem Mr Sattersway sich zurückgelehnt und wieder die Rolle des Zuhörers übernommen hatte, schaute er dem Drama zu, das vor seinen Augen abrollte. Ruhig und selbstverständlich zog Mr Quin an den Schnüren und setzte seine Marionetten in Bewegung.

»Eine Frau – ja«, murmelte er nachdenklich. »Wurde während des Abendessens auch eine Frau erwähnt?«

»Natürlich wurde eine erwähnt«, rief Evesham. »Er gab seine Verlobung bekannt. Gerade das war der Grund, dass alles so vollkommen wahnsinnig zu sein schien. Ziemlich aus dem Häuschen war er darüber. Er sagte noch, es solle nicht weiter bekanntwerden, aber er deutete doch an, dass er auf dem besten Wege sei, Ehemann zu werden.«

»Natürlich haben wir alle geahnt, um welche Dame es sich dabei handelte«, sagte Conway. »Nämlich um Marjorie Dilke. Ein nettes Mädchen übrigens.«

Jetzt schien Mr Quin wieder an der Reihe zu sein, etwas zu sagen; aber das tat er nicht, und irgendetwas an seinem Schweigen wirkte seltsam aufreizend. Es war, als bezweifelte er die letzte Feststellung. Und die Folge war, dass Conway das Gefühl hatte, sich verteidigen zu müssen.

»Wer hätte es denn sonst sein sollen? Was, Evesham?«

»Ich habe keine Ahnung«, sagte Tom Evesham langsam. »Was hat er damals eigentlich genau gesagt? Irgendetwas in dem Sinne, dass er auf dem besten Wege sei, Ehemann zu werden, dass er uns den Namen der Dame erst nennen könne, wenn sie es erlaubt habe, und dass es auch noch nicht bekanntwerden solle. Er sagte, wenn ich mich recht erinnere, dass er ein verdammt glücklicher Mann sei, dass seine beiden alten Freunde wissen sollten, dass er übers Jahr ein glücklich verheirateter Mann sei. Natürlich nahmen wir an, dass Marjorie damit gemeint war. Die beiden waren eng befreundet, und er war oft mit ihr zusammen gewesen.«

»Das Einzige …«, fing Conway an und verstummte sofort wieder. »Was wolltest du sagen, Dick?«

»Ich meine bloß, dass es in gewisser Weise komisch gewesen wäre, wenn es sich um Marjorie gehandelt hätte, dass er die Verlobung nicht bekanntgeben wollte. Warum die Geheimnistuerei, frage ich mich? Es klingt doch mehr danach, als hätte es sich um eine verheiratete Frau gehandelt – verstehst du: um jemanden, deren Mann gerade erst gestorben war oder die sich erst scheiden lassen wollte.«

»Das stimmt«, sagte Evesham. »Wenn das der Fall gewesen wäre, hätte er die Verlobung natürlich nicht sofort bekanntgeben können. Wenn ich zurückdenke, glaube ich gar nicht mal, dass er mit Marjorie so oft zusammen war. Das alles war ein Jahr vorher. Ich erinnere mich noch, dass ich der Meinung war, dass das Verhältnis der beiden etwas abgekühlt war.«

»Seltsam«, sagte Mr Quin.

»Ja … es sah fast so aus, als hätte sich irgendjemand zwischen die beiden geschoben.«

»Eine andere Frau«, bemerkte Conway nachdenklich.

»Mein Gott!«, sagte Evesham. »Weißt du noch, dass der alte Derek an jenem Abend fast etwas unanständig vergnügt wirkte? Wie betrunken vor Glück sah er aus. Und trotzdem ... ich kann nicht genau erklären, was ich meine ... sonderbar trotzig wirkte er auch.«

»Wie ein Mensch, der das Schicksal herausfordert«, sagte Alex Portal heftig.

Meinte er damit Derek Capel – oder etwa sich selbst? Mr Sattersway, der ihn ansah, neigte eher zu der zweiten Ansicht, denn genau das war es, was Alex Portal darstellte – einen Menschen, der das Schicksal herausforderte.

Vom Alkohol leicht benebelt, reagierten seine Gedanken unvermittelt auf jenen Ton der Geschichte, der seine eigenen geheimen Wünsche zum Leben erweckte.

Mr Sattersway blickte hoch. Sie hockte immer noch an derselben Stelle – beobachtend, lauschend, regungslos und erstarrt, wie eine Tote.

»Das stimmt völlig«, sagte Conway. »Capel war tatsächlich erregt, sonderbarerweise. Meiner Ansicht nach war er ein Mensch, der einen hohen Einsatz gewagt und trotz fast überwältigender Widerstände gewonnen hatte.«

»Vielleicht hatte er irgendeinen Entschluss gefasst und plötzlich den nötigen Mut dazu aufgebracht?«, meinte Portal.

Und als hätte eine Gedankenverbindung ihn angeregt, erhob er sich und goss sein Glas wieder voll.

»Davon kann überhaupt nicht die Rede sein«, sagte Evesham scharf. »Ich könnte fast beschwören, dass er an irgendetwas Derartiges nicht dachte. Conway hat recht. Ein erfolgreicher Spieler, der eine lange Erfolgssträhne gehabt hat und sein Glück einfach nicht fassen kann. Diesen Eindruck machte er.«

Conway machte eine ratlose Gebärde.

»Und trotzdem«, sagte er. »Zehn Minuten später ...«

Schweigend saßen sie da. Krachend ließ Evesham seine Hand auf die Tischplatte fallen.

»In diesen zehn Minuten muss irgendetwas passiert sein«, rief er. »Aber was? Gehen wir die Geschichte noch einmal genau durch. Wir unterhielten uns. Mittendrin stand Capel plötzlich auf und verließ das Zimmer ...«

»Warum?«, sagte Mr Quin.

Die Unterbrechung schien Evesham aus der Fassung zu bringen.

»Was meinten Sie?«

»Ich fragte nur: warum?«, sagte Mr Quin.

Evesham runzelte die Stirn, um sich genau zu erinnern.

»Es schien nicht wichtig zu sein – damals ... Ja, natürlich, die Post. Erinnerst du dich noch an die schrille Klingel und wie aufgeregt wir waren? Wir waren nämlich drei Tage eingeschneit gewesen – weißt du noch? Seit Jahren der schwerste Schneesturm. Sämtliche Straßen waren unpassierbar. Keine Zeitungen, keine Post. Capel ging hinaus, um nachzusehen, ob irgendjemand durchgekommen war, und nahm einen ganzen Stapel in Empfang: Briefe und Zeitungen. Er blätterte die Zeitungen durch, ob irgendetwas Wichtiges drin stünde, und ging dann mit den Briefen nach oben. Drei Minuten später hörten wir einen Schuss ... Unerklärlich! Vollkommen unerklärlich.«

»So unerklärlich ist es gar nicht«, sagte Portal. »Bestimmt stand in einem Brief etwas Unerfreuliches. Vielleicht hätte ich lieber sagen sollen: offenbar.«

»Glauben Sie etwa, uns wäre so etwas entgangen? Das war nämlich so ungefähr das Erste, was der Untersuchungsrichter fragte. Aber Capel hat nicht einen einzigen Brief geöffnet! Der ganze Stapel lag ungeöffnet auf seiner Kommode.«

Portal machte einen niedergeschlagenen Eindruck.

»Wissen Sie ganz genau, dass er keinen einzigen Brief geöffnet hat? Vielleicht hat er ihn vernichtet, nachdem er ihn gelesen hatte.«

»Nein, das ist meiner Meinung nach ganz unmöglich. Natürlich wäre das die glaubwürdigste Lösung gewesen. Aber kein einziger Brief war geöffnet. Keiner verbrannt, keiner zerrissen. Im Kamin brannte nämlich gar kein Feuer.«

Portal schüttelte den Kopf.

»Sonderbar!«

»Alles in allem war es eine entsetzliche Geschichte«, sagte Evesham mit leiser Stimme. »Conway und ich rannten sofort nach oben, als wir den Schuss gehört hatten, und da fanden wir ihn … Ich habe einen ziemlichen Schock bekommen, das kann ich Ihnen sagen!«

»Und wahrscheinlich konnten Sie nicht mehr tun, als die Polizei anzurufen?«, sagte Mr Quin.

»In *Royston* gab es damals noch kein Telefon. Ich habe es erst legen lassen, als ich das Haus kaufte. Glücklicherweise war der Constable aus dem Dorf durch Zufall in der Küche. Einer der Hunde – erinnerst du dich noch an den alten Rover, Conway? – hatte sich am Tag vorher verlaufen. Ein vorbeikommender Fuhrmann hatte ihn halb zugeschneit in einer Schneewehe entdeckt und zur Wache gebracht. Sie sahen, dass der Hund Capel gehörte und dass es derjenige war, an dem Capel besonders hing; und deswegen brachte ihn der Constable selbst her. Unmittelbar bevor der Schuss fiel, war er gekommen. So wurde uns eine Menge Unannehmlichkeiten erspart.«

»Mein Gott, war das ein Schneesturm«, sagte Conway in der Erinnerung an jenen Tag. »Wann war das eigentlich? Auch Anfang Januar?«

»Ich glaube, es war im Februar. Warte mal – kurz darauf fuhren wir ins Ausland.«

»Ich bin mir ziemlich sicher, dass es im Januar war. Mein Jagdpferd Ned – erinnerst du dich noch an Ned? – fing nämlich Anfang Januar an zu lahmen. Das war kurz nach dieser Geschichte.«

»Es gibt wohl kaum etwas Schwierigeres«, sagte Mr Quin beiläufig. »Es sei denn, man kann irgendeinen Anhaltspunkt finden, etwa ein wichtiges Ereignis: die Ermordung eines gekrönten Hauptes oder einen großen Mordprozess.«

»Aber natürlich!«, rief Conway. »Es war kurz vor dem Appleton-Prozess!«

»Kurz danach, nicht wahr?«

»Aber nein, erinnerst du dich denn nicht mehr? Capel kannte doch die Appletons. Er war mit dem alten Appleton im Frühjahr noch zusammen gewesen – eine Woche vor dessen Tod war das! Eines Abends erzählte er noch von ihm – was für ein komischer Geizkragen er sei und wie schrecklich es für eine junge und schöne Frau wie Mrs Appleton sein müsse, an ihn gefesselt zu sein. Damals stand sie noch nicht im Verdacht, ihn aus dem Wege geräumt zu haben.«

»Mein Gott, du hast recht! Ich erinnere mich noch, wie ich die Meldung in der Zeitung las, dass seine Leiche exhumiert werden sollte. Und das muss am selben Tag gewesen sein! Ich weiß, dass ich die Meldung gar nicht richtig in mich aufnahm, weil ich viel zu sehr mit dem armen Derek beschäftigt war, der oben lag – tot.«

»Ein weit verbreitetes, jedoch sehr seltsames Phänomen«, bemerkte Mr Quin. »In Augenblicken großer Beanspruchung konzentrieren sich die Gedanken auf irgendein völlig unwichtiges Ereignis, an das man sich später mit größter Genauigkeit erinnert, weil es durch die geistige Anspannung in die Erinnerung eingegraben wurde. Manchmal ist es auch eine völlig bedeutungslose Angelegenheit wie das Muster einer Tapete – aber es ist unvergesslich.«

»Ziemlich sonderbar, dass Sie das sagen, Mr Quin«, meinte Conway. »Während Sie eben sprachen, hatte ich nämlich das Gefühl, mich wieder in Derek Capels Zimmer zu befinden – Capel tot auf dem Fußboden –, und dabei sah ich so deutlich, wie man es sich nur vorstellen kann, den großen Baum vor dem Fenster und den Schatten, den er auf den Schnee warf. Ja, der Mond, der Schnee und der Schatten des Baumes – ganz genau sehe ich alles wieder vor mir. Mein Gott, ich glaube, ich könnte alles aufzeichnen, und trotzdem ist mir nie aufgefallen, dass ich mir das alles genau angesehen habe!«

»Sein Zimmer war der große Raum über der Veranda, nicht wahr?«, fragte Mr Quin.

»Ja, und der Baum – das war die große Buche, die neben der Auffahrt steht.«

Mr Quin nickte, als wäre er zufrieden. Mr Sattersway spürte eine sonderbare Erregung. Er war überzeugt, dass jedes Wort, jede Modulation in Mr Quins Stimme eine besondere Bedeutung hatte. Er steuerte auf irgendetwas hin – was es war, wusste Mr Sattersway zwar nicht, aber er war überzeugt, genau zu wissen, wessen Hand das Steuer führte.

Es folgte eine vorübergehende Pause, und dann kam Evesham auf das vorige Thema noch einmal zurück.

»Ja, der Appleton-Prozess: Ich erinnere mich noch gut daran. Das war eine Sensation. Wurde sie damals nicht freigesprochen? Eine hübsche Frau: sehr blond – auffallend blond.«

Beinahe gegen seinen Willen suchten Mr Sattersways Augen die kniende Gestalt am Geländer des Treppenabsatzes. Bildete er es sich ein, oder hatte er wirklich gesehen, wie sie leicht zusammenzuckte, als hätte sie einen Schlag erhalten? Sah er wirklich, wie sich eine Hand zur Tischdecke hinauftastete – und dann innehielt?

Klirrend zersplitterte Glas. Alex Portal, der sich wieder eingießen wollte, hatte die Whiskyflasche fallen lassen.

»Ich bitte tausendmal um Entschuldigung, Sir, ich weiß gar nicht, was über mich gekommen ist.«

Evesham unterbrach Portals Entschuldigungen.

»Aber ich bitte Sie, mein lieber Freund! Seltsam – das erinnert mich an irgendetwas. Das passierte ihr doch auch, nicht wahr? Mrs Appleton, meine ich! Sie ließ doch die Portweinkaraffe fallen, nicht?«

»Stimmt! Der alte Appleton bekam jeden Abend sein Glas Portwein, ein einziges. Am Tag nach seinem Tod beobachtete einer der Diener, wie sie die Karaffe herausholte und absichtlich fallen ließ. Das löste natürlich Gerüchte aus. Alle wussten, dass sie sich völlig mit ihm überworfen hatte. Das Gerede wurde immer lauter, und eines Tages, nach Monaten, beantragten Verwandte von ihm seine Exhumierung. Dabei stellte sich tatsächlich heraus, dass er vergiftet worden war. Mit Arsen, nicht wahr?«

»Nein – mit Strychnin, glaube ich. Aber das ist nicht so wichtig. Das heißt: Damals war es natürlich wichtig. Nur eine einzige Person hatte die Möglichkeit gehabt, es zu tun. Mrs Appleton wurde vor Gericht gestellt. Und sie wurde freigesprochen – mehr aus Mangel an Beweisen als wegen erwiesener Unschuld. Mit anderen Worten: Sie hatte Glück! Ich glaube nicht, dass große Zweifel an ihrer Täterschaft bestehen. Was ist eigentlich später aus ihr geworden?«

»Sie ging, glaube ich, nach Kanada. Oder war es Australien? Ein Onkel oder irgendein Verwandter bot ihr an, zu ihm zu kommen. Übrigens das Beste, was sie unter diesen Umständen tun konnte.« Fasziniert starrte Mr Sattersway auf Alex Portals rechte Hand, die das Glas umklammerte. Und wie fest sie es umklammerte!

Du zerdrückst es gleich, wenn du nicht aufpasst, dachte Mr Sattersway.

Evesham erhob sich und goss sein Glas wieder voll.

»Na ja, aber bis jetzt wissen wir immer noch nicht genauer, warum der arme Derek Capel sich erschoss«, bemerkte er. »Ein großer Erfolg war unsere Untersuchung wohl nicht, Mr Quin?«

Mr Quin lachte ...

Es war ein sonderbares Lachen – spöttisch, aber zugleich traurig. Es ließ alle zusammenfahren.

»Verzeihung«, sagte er. »Sie leben immer noch in der Vergangenheit, Mr Evesham. Sie werden immer noch von Ihrer vorgefassten Meinung gehemmt. Aber ich, der Mann von draußen, der vorüberkommende Fremde, sehe nur eines: Tatsachen!«

»Tatsachen?«

»Was soll das heißen?«, fragte Evesham.

»Ich sehe eine klare Folge von Tatsachen, die Sie selbst geschildert, deren Bedeutung Sie jedoch nicht erkannt haben. Gehen wir einmal um zehn Jahre zurück und schauen wir uns an, was wir da sehen, unbekümmert um irgendwelche Vorstellungen oder Gefühle.«

Mr Quin war aufgestanden. Er wirkte sehr groß. Das Feuer hinter ihm loderte sehr wirkungsvoll.

»Sie sitzen beim Essen. Derek Capel gibt seine Verlobung bekannt. Sie glauben, es handle sich um Marjorie Dilke. Jetzt sind Sie sich dessen nicht mehr so sicher. Er ähnelt in seinem Verhalten einem ruhelosen, aufgeregten Menschen, der das Schicksal erfolgreich herausgefordert hat – der, mit Ihren eigenen Worten, trotz überwältigender Widerstände einen großen Coup gelandet hat. Dann klingelt es. Er geht hinaus, um die längst überfällige Post in Empfang zu nehmen. Er öffnet zwar keinen der Briefe; Sie erwähnten jedoch selbst, dass er die Zeitung durchblätterte, um zu sehen, was es Neues gäbe. Das alles liegt zehn Jahre zurück. Wir wissen also nicht, was es an diesem Tag Neues gab: ein Erdbeben in irgendeiner entlegenen Gegend, eine politische Krise in einem nahen Land? Das Einzige, was wir über den Inhalt der Zeitungen wissen, ist eine kleine Mitteilung, die Mitteilung, dass das Innenministerium vor drei Tagen die Erlaubnis erteilt hat, Mr Appletons Leiche zu exhumieren.«

»Wieso?«

Mr Quin fuhr fort.

»Derek Capel geht nach oben auf sein Zimmer, und dabei sieht er durch das Fenster irgendetwas. Sir Richard Conway hat uns berichtet, dass der Vorhang nicht zugezogen war und dass man auf die Auffahrt hinunterblicken konnte. Was aber sah er? Was konnte er gesehen haben, das ihn veranlasste, sich das Leben zu nehmen?«

»Was meinen Sie? Was hat er gesehen?«

»Ich glaube«, sagte Mr Quin, »dass er den Polizisten erblickte. Einen Polizisten, der wegen des Hundes gekommen war – was Derek Capel nicht wusste. Er sah lediglich – einen Polizisten.«

Es folgte eine längere Stille – als dauerte es einige Zeit, die Folgerung zu begreifen.

»Mein Gott!«, flüsterte Evesham schließlich. »Das kann doch nicht Ihr Ernst sein? Appleton? Aber er war doch zu der Zeit gar nicht da. Appleton starb. Der alte Mann war allein mit seiner Frau …«

»Aber eine Woche vorher könnte er dort gewesen sein. Strychnin ist nur in Form von Hydrochlorid leicht löslich. Schüttet man es in Portwein, wird der weitaus größte Teil erst in das letzte Glas gegossen – vielleicht eine Woche, nachdem er dort war.«

Portal sprang auf. Seine Stimme klang heiser, seine Augen waren blutunterlaufen.

»Warum hat sie die Karaffe fallen lassen?«, schrie er. »Warum? Sagen Sie mir das!«

Zum ersten Mal an diesem Abend wandte Mr Quin sich unmittelbar an Mr Sattersway.

»Sie besitzen große Lebenserfahrung, Mr Sattersway. Vielleicht können Sie es uns erklären.«

Mr Sattersways Stimme zitterte ein bisschen. Endlich war sein Stichwort gefallen. Er hatte die Aufgabe, einige der entscheidenden Sätze in diesem Stück zu sprechen. Er war also jetzt auch Schauspieler – nicht mehr Zuschauer.

»Meiner Ansicht nach aus folgenden Gründen«, sagte er leise und bescheiden. »Sie … mochte Derek Capel. Sie war, glaube ich, eine gute Frau – und hatte ihn abgewiesen. Als ihr Mann dann … starb, ahnte sie die Wahrheit. Und um den Mann, den sie liebte, zu retten, versuchte sie, alle Beweise, die für seine Täterschaft sprachen, zu beseitigen. Später gelang es ihm, wie ich annehme, sie zu

27

überzeugen, dass ihr Verdacht unbegründet sei, und sie erklärte sich einverstanden, ihn zu heiraten. Aber selbst dann zögerte sie noch. Frauen haben, glaube ich, sehr viel Instinkt.«

Mr Sattersway hatte seine Rolle gesprochen.

Plötzlich erfüllte ein langer zitternder Seufzer die Luft.

»Mein Gott!«, rief Evesham und fuhr zusammen. »Was war das?«

Mr Sattersway hätte ihm sagen können, dass dieser Seufzer von Eleanor Portal kam, die oben am Geländer kauerte; er war jedoch zu sehr Künstler, um einen guten Effekt zu zerstören.

Mr Quin lächelte.

»Mein Wagen wird wieder in Ordnung sein. Ich danke Ihnen für Ihre Gastfreundschaft, Mr Evesham. Ich habe, wie ich hoffe, für meinen Freund etwas tun können.«

In offensichtlicher Verwirrung starrten sie ihn an.

»Ist Ihnen diese Seite der Angelegenheit wirklich noch nicht klar geworden? Sie wissen, er liebte diese Frau. Er liebte sie so sehr, dass er um ihretwillen sogar Selbstmord verübte. Als die Vergeltung ihn – wie er irrtümlich annahm – erreichte, nahm er sich das Leben. Ohne es zu wollen, überließ er es so jedoch ihr, die Folgen auf sich zu nehmen.«

»Sie wurde freigesprochen«, murmelte Evesham.

»Aber doch nur, weil man ihr nichts nachweisen konnte. Und ich kann mir vorstellen – es ist allerdings nur eine reine Überlegung –, dass sie selbst heute noch an den Folgen zu tragen hat.«

Portal war in einen Sessel gesunken, das Gesicht in den Händen verborgen.

Quin wandte sich an Mr Sattersway.

»Auf Wiedersehen, Mr Sattersway. Das Drama hat Sie sehr interessiert, nicht wahr?«

Mr Sattersway nickte überrascht.

»Eigentlich sollte ich die Harlekinade Ihrer Aufmerksamkeit empfehlen. Die Posse stirbt heutzutage zwar langsam aus, aber wenn man sich mit ihr beschäftigt, dann lohnt es sich. Das können Sie mir glauben. Ihre Symbolik ist manchmal etwas schwer zu begreifen aber die Unsterblichen sind immer unsterblich, wissen Sie. Ich wünsche Ihnen allen eine gute Nacht.«

Sie sahen, wie er in die Dunkelheit hinaustrat. Wie bei seinem Eintritt hatte das bunte Glas die Wirkung, dass er ein Narrengewand zu tragen schien ...

Mr Sattersway ging nach oben. Er hatte die Absicht, sein Fenster zu schließen, denn die Luft war kalt. Mr Quin ging gerade die Auffahrt entlang, und aus einer Nebentür erschien plötzlich die Gestalt einer Frau. Sie rannte. Für einen Augenblick sprachen sie miteinander; dann kehrte die Frau auf demselben Weg zum Haus zurück. Unmittelbar unter seinem Fenster kam sie entlang, und Mr Sattersway war wiederum von der Lebendigkeit ihres Gesichts überrascht. Ihre Bewegungen glichen jetzt allerdings einer Frau, die sich in einem glücklichen Traum befindet.

»Eleanor!« Alex Portal war plötzlich bei ihr. »Eleanor, verzeih mir! Verzeih mir ... Du hast die Wahrheit gesagt, aber ich habe an dir gezweifelt ...«

Mr Sattersway interessierte sich sehr für die Angelegenheiten anderer Leute. Außerdem war er jedoch ein Gentleman. Und deshalb war es für ihn selbstverständlich, dass er das Fenster schloss.

Allerdings dauerte es etwas länger, bis er es geschlossen

hatte. Er hörte noch Mrs Portal mit ihrer schönen Stimme sagen:

»Ich weiß, ich weiß! Es muss die Hölle für dich gewesen sein! So etwas habe ich auch einmal erlebt. Man liebt und möchte glauben, und immer wieder zweifelt man … dann versucht man, die Zweifel zu unterdrücken, doch sie erheben immer wieder ihr böses Gesicht – ich kenne das, Alex! Aber es gibt noch eine größere Hölle: die Hölle, in der ich mit dir gelebt habe! Ich habe deine Zweifel genau gesehen … deine Angst vor mir … unsere Liebe war davon vergiftet. Jener Mann, der Unbekannte, der zufällig vorbeikam, hat mich gerettet. Ich hätte es nicht mehr länger ausgehalten, verstehst du, Alex? Heute Abend – heute Abend wollte ich mich umbringen …«

Der Kavalier am Fenster

Hören Sie sich das an!«, sagte Lady Cynthia Drage. Sie las laut aus der Zeitung vor, die sie in der Hand hielt.

»Mr und Mrs Unkerton geben diese Woche in *Greenways House* eine Party. Unter den Gästen befinden sich Lady Cynthia Drage, Mr und Mrs Richard Scott, Major Porter, Mrs Staverton, Captain Allenson und Mr Sattersway.«

Lady Cynthia legte das Blatt weg. »Gut zu wissen«, bemerkte sie, »was uns erwartet. Die haben wirklich etwas Schönes angerichtet.« Ihr Gegenüber, derselbe Mr Sattersway, dessen Name am Ende der Gästeliste stand, blickte sie fragend an. Man erzählte sich, dass Mr Sattersway stets dann in den Häusern wohlhabender, neu zugezogener Leute zu finden sei, wenn entweder die Küche ungewöhnlich gut war oder sich dort ein menschliches Drama abspielen sollte. Mr Sattersway war an den Komödien und Tragödien seiner Mitmenschen außergewöhnlich stark interessiert.

Lady Cynthia, eine Frau mittleren Alters mit einem harten Gesicht und großzügig aufgetragenem Make-up, tippte ihm mit der neuesten Schöpfung eines Regenschirms, der verwegen auf ihren Knien geruht hatte, an die Brust.

»Tun Sie nicht so, als hätten Sie keine Ahnung. Das

Gegenteil ist der Fall! Ja, mehr noch, ich bin überzeugt, Sie sind nur hier, um die Sache aus nächster Nähe mitzuerleben.«

Mr Sattersway protestierte heftig. Er wüsste nicht, wovon sie überhaupt spräche.

»Ich rede von Richard Scott. Wollen Sie behaupten, dass Sie nie von ihm gehört haben?«

»Eigentlich nicht. Ist das der Großwildjäger?«

»Genau – ›Große Bären und Tiger, und so weiter‹, wie es im Lied heißt. Natürlich ist er im Augenblick selbst ein großes Tier … die Unkertons sind ganz wild darauf, ihn einzuladen … und die Braut! Ein charmantes Kind … ach, ein reizendes Kind … aber so naiv, erst zwanzig, wissen Sie, und er dürfte mindestens fünfundvierzig sein.«

»Ich finde Mrs Scott sehr charmant«, stellte Mr Sattersway gelassen fest.

»Ja, das arme Kind.«

»Warum?«

Lady Cynthia warf ihm einen vorwurfsvollen Blick zu und ging den fraglichen Punkt auf ihre Weise an. »Porter ist in Ordnung«, fuhr sie fort, »ein langweiliger Kerl … auch einer dieser Afrikajäger, nichts als Sonnenbräune und Schweigsamkeit. Zweite Geige bei Richard Scott, was er immer war … Jugendfreunde und all so was. Wenn ich es mir recht überlege, waren sie meiner Meinung nach auch bei jener Reise zusammen …«

»Bei welcher Reise?«

»*Die* Reise. Die Reise von Mrs Staverton. Jetzt werden Sie behaupten, dass Sie auch von Mrs Staverton nie etwas gehört haben.«

»O doch, von Mrs Staverton habe ich gehört«, antwortete Mr Sattersway beinahe gegen seinen Willen.

Und er und Lady Cynthia wechselten einen wissenden Blick.

»Es sieht den Unkertons wirklich ähnlich«, klagte Lady Cynthia. »Sie sind einfach hoffnungslos – gesellschaftlich gesehen, meine ich. Was für ein Einfall, die beiden zusammen einzuladen! Natürlich haben sie erfahren, dass Mrs Staverton eine sportliche Person ist, die viel reist und so weiter, und sicherlich haben sie auch von ihrem Buch gehört. Leute wie die Unkertons haben nie eine Vorstellung, was für Abgründe sich auftun können! Im letzten Jahr habe ich mich persönlich um sie gekümmert. Sie ahnen nicht, was ich mitgemacht habe! Ständig musste man sie im Auge behalten. ›Tun Sie dies nicht, lassen Sie das!‹ Gott sei Dank bin ich jetzt mit ihnen fertig. Nicht, dass wir uns gestritten hätten – nein. Ich streite mich nie. Jemand anders soll sich um sie kümmern. Wie ich immer zu sagen pflege: Gewöhnlichkeit kann ich ertragen, Niederträchtigkeit nicht.«

Nach dieser etwas rätselhaften Bemerkung schwieg Lady Cynthia einen Augenblick und grübelte über die ihr von den Unkertons angetane Niederträchtigkeit nach.

»Wenn ich bei ihnen noch den Ton angeben würde«, fuhr sie dann fort, »hätte ich energisch und deutlich erklärt: Sie können Mrs Staverton und die Scotts nicht zusammen einladen. Sie waren einmal …«

Sie schwieg beredt.

»Stimmt es denn?«, fragte Mr Sattersway.

»Mein guter Mann! Es ist allgemein bekannt. Die Reise ins Landesinnere! Erstaunlich, dass die Person die Stirn hatte, die Einladung anzunehmen.«

»Vielleicht wusste sie nicht, wer noch kommen würde«, schlug Mr Sattersway vor.

»Vielleicht wusste sie es aber! Das ist viel wahrscheinlicher.«

»Sie glauben ...«

»Sie ist das, was man eine gefährliche Frau nennt ... die Sorte, die vor nichts zurückschreckt. An diesem Wochenende möchte ich nicht in Richard Scotts Haut stecken.«

»Seine Frau hat keine Ahnung, glauben Sie?«

»Davon bin ich überzeugt. Aber vermutlich wird sie früher oder später eine liebe Freundin aufklären. Ah, da ist ja Jimmy Allenson. So ein netter Junge! Letzten Winter hat er mir in Ägypten das Leben gerettet ... ich habe mich so gelangweilt, wissen Sie. Hallo, Jimmy, kommen Sie sofort her!«

Captain Allenson gehorchte und ließ sich neben ihr auf den Rasen nieder. Er war ein gut aussehender junger Mann von etwa dreißig Jahren, mit weißen Zähnen und einem ansteckenden Lächeln.

»Ich bin froh, dass ich jemandem Gesellschaft leisten kann«, bemerkte er. »Die Scotts ziehen die Schau mit den Turteltauben ab, Porter verschlingt die Zeitung, und es bestand die tödliche Gefahr, dass unsere Gastgeberin sich mit mir unterhalten wollte.«

Er lachte. Lady Cynthia stimmte ein. Mr Sattersway, der in gewisser Weise etwas altmodisch war und selten über seine Gastgeber spottete, solange er in ihrem Haus weilte, blieb ernst.

»Armer Jimmy!«, sagte Lady Cynthia.

»Ich bin geflüchtet. Um ein Haar hätte sie mir die Geschichte von dem Familiengeist erzählt.«

»Der Geist der Unkertons«, rief Lady Cynthia. »Zum Totlachen!«

»Nein, kein Geist der Unkertons«, sagte Mr Sattersway. »Er gehört zu *Greenways*. Sie haben ihn mit dem Haus zusammen gekauft.«

»Natürlich«, erwiderte Lady Cynthia. »Ich erinnere mich. Aber er rasselt nicht mit den Ketten, nicht wahr? Es hat irgendetwas mit einem Fenster zu tun.«

Jimmy Allenson blickte auf. »Mit einem Fenster?«

Aber Mr Sattersway antwortete nicht. Er blickte über Jimmys Kopf hinweg auf die Gestalten, die aus der Richtung des Hauses auf sie zuschritten – eine schlanke Frau zwischen zwei Männern. Oberflächlich betrachtet schienen sich die Männer zu gleichen, beide waren groß und dunkelhaarig, mit gebräunten Gesichtern und scharfen Augen, doch bei genauerer Betrachtung verschwand diese Ähnlichkeit.

Richard Scott, Jäger und Forscher, war eine sehr energisch wirkende Persönlichkeit. Sein Wesen strahlte eine große Anziehungskraft aus. John Porter, sein Freund und Begleiter, war untersetzter, mit einem ruhigen, eher verschlossenen Gesicht und sehr nachdenklichen grauen Augen – ein schweigsamer Mann, der es zufrieden war, stets die zweite Geige zu spielen.

Zwischen ihnen ging Moira Scott, die vor drei Monaten noch Moira O'Connell geheißen hatte, eine schlanke Frau mit großen, sehnsuchtsvollen braunen Augen und goldrotem Haar, das ihr schmales Gesicht wie ein Heiligenschein umgab.

Diesem Kind darf man nicht wehtun, dachte Mr Sattersway im Stillen. Es wäre schrecklich, wenn einem Kind wie ihr wehgetan würde.

Lady Cynthia begrüßte die Ankömmlinge, indem sie das neueste Modell eines Sonnenschirms schwenkte.

»Setzen Sie sich und unterbrechen Sie uns nicht«, sagte sie. »Mr Sattersway erzählt gerade eine Geistergeschichte.«

»Ich liebe Geistergeschichten«, antwortete Moira Scott und ließ sich ins Gras sinken.

»Handelt es sich um den Geist von *Greenways House*?«, fragte Richard Scott.

»Ja. Wissen Sie über ihn Bescheid?«

Scott nickte. »Früher war ich oft hier«, erklärte er. »Bevor die Elliots verkaufen mussten. Er heißt ›Der Kavalier am Fenster‹.«

»›Der Kavalier am Fenster‹«, sagte seine Frau leise. »Das gefällt mir. Es klingt sehr interessant. Bitte, erzählen Sie doch, Mr Sattersway!«

Aber Mr Sattersway schien aus irgendwelchen Gründen keine Lust zu haben. Er versicherte ihr, dass die ganze Geschichte gar nicht so spannend sei.

»Jetzt ist es um Sie geschehen, Sattersway«, meinte Scott spöttisch. »Mit Ihrem Zögern haben Sie sich nur noch mehr hineingeritten.«

Alle baten ihn jetzt so eindringlich, dass sich Mr Sattersway nicht länger weigern konnte.

»Es ist wirklich nicht besonders interessant«, begann er entschuldigend. »Ich glaube, in der Originalversion handelte es sich um einen Edelmann der Familie Elliot, dessen Frau einen Puritaner zum Liebhaber hatte. Es spielt zu Zeiten Karls I. Der Liebhaber tötete den Ehemann in einem Zimmer im ersten Stock, und das Pärchen floh. Doch sie wandten sich noch einmal zum Haus um und sahen das Gesicht des Toten am Fenster, wie er ihnen nachblickte. So ist die Legende, aber in der Geistergeschichte geht es eigentlich nur um eine Scheibe in einem Fenster dieses

Zimmers, auf der sich ein unregelmäßig geformter Fleck befindet. Aus der Nähe betrachtet fällt er fast nicht auf, doch wenn man ihn von weitem sieht, gleicht er einem menschlichen Gesicht.«

»Welches Fenster ist es?«, fragte Mrs Scott und blickte zum Haus.

»Von hier aus kann man es nicht sehen«, erklärte Mr Sattersway. »Es befindet sich auf der andern Seite. Vor einigen Jahren – ich glaube, vor genau vierzig – wurde es von innen vernagelt.«

»Warum hat man das getan? Sagten Sie nicht, der Geist könne nicht laufen?«

»Das kann er auch nicht«, versicherte Mr Sattersway. »Ich vermute – nun, vermutlich geschah es aus einem gewissen Aberglauben heraus. Das ist alles.«

Dann brachte er es sehr geschickt fertig, dem Gespräch eine andere Wendung zu geben. Jimmy Allenson war mehr als bereit, von den ägyptischen Wüstenwahrsagern zu berichten.

»Die meisten von ihnen sind Betrüger, durchaus willens, Ihnen irgendwelches Zeug aus Ihrer Vergangenheit zu erzählen, doch was die Zukunft betrifft, so wollen sie sich nicht festlegen.«

»Ich hätte gedacht, es wäre genau umgekehrt«, bemerkte John Porter.

»Die Zukunft vorauszusagen ist in diesem Land doch illegal, nicht wahr?«, sagte Richard Scott. »Moira überredete eine Zigeunerin, ihr wahrzusagen, doch dann gab ihr die Frau den Shilling zurück und erklärte, sie könnte es doch nicht tun.«

»Vielleicht entdeckte sie etwas so Schreckliches, dass sie es nicht verraten wollte«, meinte Moira.

»Malen Sie den Teufel nicht an die Wand«, sagte Allen-son fröhlich. »Ich für meinen Teil weigere mich zu glauben, dass auch nur der Schatten eines Unglücks Sie bedroht.«

Hoffentlich hat er recht, dachte Mr Sattersway. Hoffent-lich …

Dann blickte er ruckartig auf. Zwei Frauen kamen den Weg vom Haus entlang, eine kleine gedrungene Person mit schwarzem Haar in einem jadegrünen Kleid, das ihr nicht stand, und eine große schlanke Gestalt in Weiß. Die Erstere war ihre Gastgeberin, Mrs Unkerton, von der anderen hatte Mr Sattersway schon viel gehört, doch er kannte sie nicht persönlich.

»Hier ist Mrs Staverton«, verkündete Mrs Unkerton im Ton größter Befriedigung. »Alles Freunde von Ihnen, glaube ich.«

»Diese Leute haben eine ungeheure Begabung, immer die größten Taktlosigkeiten zu sagen«, murmelte Lady Cynthia, doch Mr Sattersway hörte ihr nicht zu. Er be-obachtete Mrs Staverton.

Sehr gewandt – sehr natürlich. Ein sorgloses »Hallo, Richard!«, dann: »Jahre her, seit wir uns gesehen haben! Tut mir leid, dass ich nicht zu deiner Hochzeit kommen konnte. Ist das deine Frau? Sicherlich haben Sie es satt, immer wieder wetterharte alte Freunde Ihres Mannes zu treffen.« Moiras Antwort – passend, eher scheu. Der rasche, abschätzende Blick der älteren Frau, der sofort zu einem anderen alten Freund weiterwanderte.

»Hallo, John!« Der gleiche leichte Ton, doch mit einem feinen Unterschied – eine gewisse Wärme schwang mit, die vorher gefehlt hatte. Und dann lächelte sie plötzlich. Es veränderte sie völlig. Lady Cynthia hatte recht. Eine gefährliche Frau! Sehr helles Haar, dunkelblaue Augen –

nicht der landläufige Typ der Sirene. Ein Gesicht, das wild wirkte, auch *wenn es* ohne Ausdruck war. Eine Frau mit einer trägen Stimme und einem plötzlichen bezaubernden Lächeln.

Iris Staverton setzte sich und wurde sofort und wie selbstverständlich zum Mittelpunkt der Gruppe. Sicherlich war es immer so gewesen.

Durch Major Porters Vorschlag, einen Spaziergang zu machen, wurde Mr Sattersway in die Wirklichkeit zurückgeholt. Im Allgemeinen hatte Mr Sattersway für so etwas wenig übrig. Doch diesmal war er einverstanden. Gemeinsam schritten die beiden Männer über die Wiese davon.

»Eine sehr interessante Geschichte, die Sie eben erzählt haben«, sagte der Major.

»Ich zeige Ihnen das Fenster«, sagte Mr Sattersway.

Er führte ihn um das Haus zur Westseite, an der ein kleiner gepflegter Garten lag – der »Verschwiegene Garten«, wie er genannt wurde, und dies nicht ohne Grund, denn er wurde von einer hohen Stechpalmenhecke umgeben, und selbst der Eingang führte durch einen Zickzackweg, der zu beiden Seiten ebenfalls von dieser hohen Hecke gesäumt war.

Wenn man erst einmal hineingelangt war, bezauberte einen der altmodische Charme der auf französische Art gestutzten Blumenbeete, die Plattenwege und eine niedrige Steinbank mit schöner Steinmetzarbeit. Mr Sattersway wandte sich um und wies auf das Haus. *Greenways House* verlief von Norden nach Süden. In der schmalen Westwand befand sich nur ein Fenster, im ersten Stock, vom Efeu fast völlig überwuchert, mit schmutzigen Scheiben, durch die man gerade noch die Bretter erkennen konnte, mit denen es vernagelt war.

»Das ist es«, sagte Mr Sattersway.

Porter legte den Kopf etwas schief und blickte hinauf. »Hm, in der einen Scheibe glaube ich so etwas wie eine Verfärbung zu entdecken, mehr sehe ich nicht.«

»Wir sind noch zu nah«, antwortete Mr Sattersway. »Von der Lichtung im Wald dort drüben hat man eine bessere Aussicht.«

Sattersway führte den Major zum »Verschwiegenen Garten« hinaus, wandte sich scharf nach links und steuerte auf den Wald zu. Eine gewisse Freude an der Effekthascherei ergriff ihn, und er merkte gar nicht, dass der Mann an seiner Seite zerstreut war und ihm nicht zuhörte.

»Natürlich mussten sie ein anderes Fenster machen, als sie dieses hier vernagelten«, erklärte er. »Es geht nach Süden auf den Rasen hinaus, auf dem wir eben saßen. Ich glaube, die Scotts bewohnen das Zimmer. Aus diesem Grund wollte ich das Thema nicht näher erörtern. Mrs Scott hätte es vielleicht nervös gemacht zu wissen, dass sie gewissermaßen in einem Spukzimmer schläft.«

»Ja, ich verstehe«, sagte Porter.

Mr Sattersway blickte ihn forschend an und stellte fest, dass der andere nicht ein Wort des Gesagten in sich aufgenommen hatte.

»Sehr interessant«, erklärte Porter. Er hieb mit seinem Stock nach ein paar großen Fingerhutstängeln und runzelte die Stirn. »Sie hätte nicht herkommen dürfen. Niemals!«

Die Leute unterhielten sich häufig mit Mr Sattersway auf diese Art und Weise. Er wirkte so unbedeutend, er besaß so wenig Persönlichkeit. Er war nichts als ein guter Zuhörer.

»Ja«, sagte Porter. »Sie hätte nicht kommen sollen.«

Instinktiv wusste Mr Sattersway, dass er nicht Mrs Scott meinte. »Glauben Sie wirklich?«, fragte er.

Ahnungsvoll schüttelte Porter den Kopf. »Ich war bei dieser Reise dabei«, sagte er abrupt. »Wir drei unternahmen sie gemeinsam: Scott, Iris und ich. Sie ist eine wunderbare Frau – und ein verdammt guter Schütze.« Er schwieg einen Augenblick. »Warum hat man sie eingeladen?«, fragte er übergangslos.

Mr Sattersway zuckte mit den Schultern. »Ahnungslosigkeit«, meinte er.

»Es wird Schwierigkeiten geben«, antwortete Porter. »Wir müssen aufpassen – und tun, was wir können.«

»Sicherlich hat Mrs Staverton …«

»Ich spreche von Scott.« Er schwieg wieder eine Weile. »Wissen Sie – wir müssen an Mrs Scott denken.«

Mr Sattersway hatte die ganze Zeit an sie gedacht, doch er hielt es nicht für notwendig, dies zu erwähnen, da sein Begleiter sie bis zu diesem Augenblick ganz offensichtlich vergessen hatte.

»Wie hat Scott seine Frau kennengelernt?«, fragte er.

»Es war letzten Winter, in Kairo. Alles ging sehr schnell. Nach drei Wochen waren sie verlobt, nach sechs verheiratet.«

»Sie ist sehr charmant.«

»Das stimmt. Daran gibt es keinen Zweifel. Und er betet sie an – doch das ändert auch nichts an der Sache.« Und dann sagte er noch einmal: »Verdammt, sie hätte nicht kommen dürfen!«, wobei er mit dem »sie« eine bestimmte Person meinte.

In diesem Augenblick traten sie in einiger Entfernung vom Haus auf einen hohen grasbewachsenen Hügel. Mit der schwungvollen Gebärde eines Zauberers auf der Bühne streckte Mr Sattersway den Arm aus. »Sehen Sie mal!«, sagte er.

Es begann gerade zu dämmern. Das Fenster war noch genau zu erkennen. Ganz offensichtlich presste sich ein männliches Gesicht an die Scheibe, das von einem großen, mit Federn geschmückten Hut überschattet war.

»Sehr seltsam«, sagte Porter. »Wirklich sehr seltsam. Was passiert, wenn die Scheibe eines Tages einmal zerspringt?«

Mr Sattersway lächelte. »Das ist der interessanteste Teil der Geschichte. Die Scheibe ist meines Wissens mindestens elfmal ersetzt worden, vielleicht auch öfter. Das letzte Mal vor zwölf Jahren, als der Besitzer beschloss, dem Mythos ein Ende zu machen. Aber es geschieht immer das Gleiche: Der Fleck erscheint wieder – natürlich nicht sofort. Die Verfärbung breitet sich nur allmählich aus. Gewöhnlich dauert es ein oder zwei Monate.«

Zum ersten Mal wirkte Porter wirklich interessiert. Er erschauerte. »Verdammt unheimlich, diese Sache. Keine logische Erklärung dafür! Was ist der wahre Grund, warum das Fenster mit Brettern vernagelt wurde?«

»Nun, es verbreitete sich das Gerücht, das Zimmer bringe Unglück. Die Eveshams bewohnten es, kurz bevor sie sich scheiden ließen. Dann waren Stanley und seine Frau einmal hier, und man gab ihnen ebenfalls das Zimmer. Damals brannte er mit der Revuetänzerin durch.«

Porter zog die Brauen hoch. »Ich verstehe. Gefahr für die Moral, nicht fürs Leben.«

Und jetzt, dachte Mr Sattersway, haben es die Scotts. Ob wohl auch sie …

Schweigend legten sie den Weg zum Haus zurück. Da ihre Schritte auf dem weichen Rasen nicht zu hören wa-

ren und jeder in seine eigenen Gedanken versunken da-
hinschlenderte, wurden sie ungewollt Zeugen eines heftigen Wortwechsels. Sie bogen gerade um eine Ecke der
Stechpalmenhecke, als Iris Stavertons Stimme laut und
zornig aus dem »Verschwiegenen Garten« zu ihnen drang.
»Du wirst es noch bedauern – jawohl, bedauern!«

Scott erwiderte etwas, so leise und unsicher, dass sie ihn
nicht verstanden. Und dann erhob sich wieder die Stimme der Frau, und die beiden Männer vernahmen Worte,
an die sie sich später noch erinnern sollten. »Eifersucht –
sie macht einen zum Teufel! Nein, sie ist der Teufel! Sie
kann einen bis zum Mord treiben. Sei vorsichtig, Richard!
Um Gottes willen sei vorsichtig!«

Und dann war sie auch schon aus dem »Verschwiegenen Garten« aufgetaucht und um die Hausecke verschwunden, ohne sie zu bemerken; sie ging schnell, fast
lief sie, wie eine Frau in Angst und Panik.

Mr Sattersway fiel Lady Cynthias Bemerkung ein: eine
gefährliche Frau. Zum ersten Mal stieg das Vorgefühl an
eine Tragödie in ihm auf, rasch und unerbittlich. Er konnte es nicht unterdrücken.

Doch am Abend schämte er sich über diese Ängste. Alles schien normal und angenehm zu sein. Mrs Staverton
war fröhlich und sorglos und verriet kein Zeichen von
Nervosität. Moira Scott war charmant und gelassen wie
immer. Die beiden Frauen schienen sich gut zu verstehen.
Richard selbst war in bester Laune.

Die einzige Person, die wirklich besorgt aussah, war
Mrs Unkerton. Sie vertraute sich ziemlich eingehend
Mr Sattersway an.

»Halten Sie es für verrückt oder nicht – ganz wie Sie
wollen –, aber mich überläuft es eiskalt. Ich gestehe offen,

ich habe nach dem Glaser geschickt. Ned weiß nichts davon.«

»Nach dem Glaser?«

»Damit er eine neue Scheibe in dieses Fenster einsetzt. Die Sache ist ja gut und schön, und Ned ist stolz darauf – er findet, es verleiht dem Haus das gewisse Etwas. Nur – mir gefällt es nicht. Das sage ich Ihnen rundheraus! Wir werden eine hübsche, saubere, moderne Scheibe einsetzen lassen, über die man sich keine bösen Geschichten erzählen kann.«

»Sie vergessen«, antwortete Mr Sattersway, »oder vielleicht wissen Sie es auch nicht: Der Fleck kommt wieder.«

»Möglich, dass dies stimmt«, sagte Mrs Unkerton. »Ich kann dazu nur feststellen, dass so etwas unnatürlich wäre.«

Mr Sattersway hob die Brauen, schwieg aber.

»Und selbst wenn er wiederkommt«, fuhr Mrs Unkerton trotzig fort, »wir sind nicht so bankrott, Ned und ich, dass wir nicht jeden Monat eine neue Scheibe kaufen könnten – oder jede Woche, wenn es notwendig sein sollte.«

Mr Sattersway reagierte auf diese Bemerkung nicht. Er hatte zu oft erlebt, wie die Dinge vor der Macht des Geldes in sich zusammenfielen, und glaubte, dass selbst der Geist eines Adligen nicht erfolgreich dagegen ankämpfen konnte. Jedoch interessierte ihn der Umstand, dass Mrs Unkerton ziemlich nervös zu sein schien. Auch sie war nicht unempfindlich gegen die Spannung, die in der Luft lag – nur schrieb sie sie einer verblassten Geistergeschichte zu und nicht den widersprüchlichen Persönlichkeiten ihrer Gäste.

Es war Mr Sattersways Schicksal, noch ein paar Sätze eines Gesprächs zu belauschen, die ebenfalls ein Licht auf die Situation warfen. Als er die breite Treppe zum ersten Stock hinaufgehen wollte, um sich schlafen zu legen, saßen Major Porter und Mrs Staverton in einer Nische der großen Halle. Mrs Staverton sprach mit einem leicht irritierten Unterton in ihrer warmen Stimme.

»Ich hatte nicht die leiseste Ahnung«, sagte sie, »dass die Scotts auch hier sein würden. Wenn ich es gewusst hätte, wäre ich nicht gekommen. Aber ich versichere dir, mein lieber John, dass ich jetzt, da ich schon in diesem Haus bin, nicht die Flucht ergreifen werde.«

Mr Sattersway ging die letzten Stufen hinauf und befand sich damit außer Hörweite. Ich frage mich wirklich, überlegte er, wie viel ist eigentlich wahr? Weiß sie Bescheid? Was wird passieren?

Grübelnd schüttelte er den Kopf.

Im hellen Licht des nächsten Morgens fand Mr Sattersway, dass er die Ereignisse des vergangenen Abends doch ein wenig zu sehr dramatisiert hatte. Ein Augenblick der Anspannung ... ja, sicherlich ... unter den gegebenen Umständen unvermeidlich ... doch gewiss nicht mehr. Die Leute passten sich an. An seiner Vorahnung einer nahenden Katastrophe waren nur die Nerven schuld – eine reine Nervensache –, oder vielleicht die Leber. Ja, das war es: die Leber. In vierzehn Tagen sollte er in Karlsbad sein.

Aus eigenem Impuls schlug er am Abend, als es zu dämmern begann, Major Porter vor, einen kleinen Spaziergang zu machen. Er würde gern zur Lichtung gehen und feststellen, ob Mrs Unkerton Wort gehalten hatte und eine neue Scheibe eingesetzt worden war. Bewegung, dachte er im Stillen, das ist es, was ich brauche, Bewegung!

Gemütlich wanderten die beiden Männer durch den Wald. Porter war wie immer schweigsam.

»Ich kann mich des Eindrucks nicht erwehren«, sagte Mr Sattersway gesprächig, »dass unsere Phantasie gestern etwas mit uns durchgegangen ist. Ich meine, als wir – hm – Schwierigkeiten witterten. Schließlich bleibt den Leuten nichts anderes übrig, als sich ordentlich zu benehmen – sie müssen ihre Gefühle unterdrücken und all so was.«

»Vielleicht«, antwortete Porter. Und fügte nach ein oder zwei Minuten hinzu: »Zumindest zivilisierte Leute.«

»Wie meinen Sie das?«

»Wenn jemand lange außerhalb jeder Zivilisation gelebt hat, ändert er sich manchmal. Er kehrt zu den Ursprüngen zurück, oder wie immer Sie es nennen wollen.«

Sie traten auf den grasbewachsenen Hügel hinauf. Mr Sattersway atmete ziemlich schnell. Bergan zu laufen missfiel ihm stets.

Er blickte zum Fenster hin. Das Gesicht war noch da, lebendiger denn je.

»Unsere Gastgeberin hat sich anders besonnen, wie ich sehe.«

Porter streifte das Fenster nur mit einem flüchtigen Blick. »Unkerton ist vermutlich grob geworden«, bemerkte er gleichgültig. »Er gehört zu dem Typ Menschen, der auch auf den Geist einer fremden Familie stolz ist und nicht riskieren möchte, dass er verschwindet, weil er schließlich dafür bar bezahlt hat.«

Wieder schwieg er ein oder zwei Minuten und starrte – statt auf das Haus – auf das dichte Unterholz, das die Lichtung umgab. »Ist Ihnen jemals aufgefallen«, sagte er dann, »dass die Zivilisation verdammt gefährlich ist?«

»Gefährlich?« Eine solche revolutionäre Bemerkung erschütterte Mr Sattersway bis ins Mark.

»Ja. Es gibt keine Sicherheitsventile, verstehen Sie?«

46

Er wandte sich ruckartig um, und sie gingen den Weg hinunter, den sie gekommen waren.

»Wirklich, Ihre Bemerkung hat mich etwas verwirrt«, sagte Mr Sattersway, eilig neben seinem Begleiter hertrippelnd, um mit dessen weit ausholenden Schritten mithalten zu können. »Vernünftige Leute …«

Porter lachte, ein kurzes, beunruhigendes Lachen. Dann blickte er auf den korrekten kleinen Gentleman an seiner Seite hinunter.

»Sie halten das alles für leeres Gerede von mir, Mr Sattersway? Aber es gibt Leute, wissen Sie, die erkennen die Vorboten eines Sturms. Sie spüren, dass etwas in der Luft liegt. Und andere Leute wieder können Schwierigkeiten vorhersagen. Es wird etwas passieren, Mr Sattersway, etwas sehr Schlimmes. Vielleicht schon in den nächsten Minuten. Vielleicht …«

Er brach ab und ergriff Mr Sattersway am Arm. Und in den folgenden angespannten Sekunden des Schweigens hörten sie es: zwei Schüsse und dann einen Schrei. Den Schrei einer Frau.

»Mein Gott!«, rief Porter. »Da haben wir es!«

Er lief den Pfad hinab, Mr Sattersway folgte ihm keuchend. Eine Minute später erreichten sie die Wiese, dicht bei der Hecke des »Verschwiegenen Gartens«. Gleichzeitig tauchten Richard Scott und Mr Unkerton an der gegenüberliegenden Hausecke auf. Sie blieben stehen und sahen sich an.

»Es – es kam von dort«, sagte Unkerton und wies mit einer fleischigen Hand auf die Hecke.

»Wir müssen hineingehen und nachsehen«, antwortete Porter. Er schritt den andern voran den gewundenen Weg zum Eingang entlang. Als er die letzte Biegung der Hecke erreichte, blieb er wie erstarrt stehen. Mr Sattersway spähte ihm über die Schulter. Richard Scott stieß einen gellenden Schrei aus.

Drei Menschen befanden sich im »Verschwiegenen Garten«. Zwei von ihnen lagen bei der Steinbank im Gras, ein Mann und eine Frau. Die dritte Person war Mrs Staverton. Sie stand dicht bei ihnen, in der Nähe der Stechpalmenhecke, und blickte mit schreckgeweiteten Augen ins Leere. Sie hielt etwas in der rechten Hand.

»Iris!«, rief Porter. »Iris! Um Gottes willen! Was hältst du da in der Hand?«

Sie blickte sie an – mit einer Art Erstaunen, einer unfassbaren Gleichgültigkeit.

»Es ist eine Pistole«, antwortete sie erstaunt. Und fügte nach ein paar Sekunden, die sich endlos zu dehnen schienen, hinzu: »Ich habe sie aufgehoben.«

Mr Sattersway war zu Unkerton und Scott getreten, die im Gras knieten.

»Einen Arzt«, murmelte der Letztere. »Wir brauchen einen Arzt.«

Doch es war zu spät für jede ärztliche Hilfe. Jimmy Allenson, der sich über die Schweigsamkeit der ägyptischen Wahrsager beschwert hatte, und Moira Scott, der die Zigeunerin den Shilling zurückgegeben hatte, lagen leblos da, eingetreten in das letzte große Schweigen. Es war Richard Scott, der eine kurze Untersuchung der Toten vornahm. Seine eisernen Nerven bewiesen sich auch in dieser Krise. Nach einem ersten Schrei des Schmerzes war er wie immer gewesen. Vorsichtig ließ er seine Frau wieder ins Gras zurückgleiten. »Von hinten erschossen«, sagte er knapp. »Die Kugel ist direkt durch sie hindurchgegangen.«

48

Dann kümmerte er sich um Jimmy Allenson. Die Wunde befand sich in der Brust, die Kugel steckte noch im Körper.

John Porter mischte sich ein. »Es sollte nichts berührt werden«, sagte er ernst. »Die Polizei muss es sehen, wie es ist.«

»Die Polizei!«, sagte Richard Scott. In seinen Augen blitzte ein Funke auf, und er sah zu der Frau bei der Hecke hinüber. Er machte einen Schritt in ihre Richtung, doch Porter trat vor ihn, als wollte er ihm den Weg verstellen. Einen Augenblick schien es, als würden die beiden Freunde ein Duell mit den Augen ausfechten.

Sehr langsam schüttelte Porter den Kopf. »Nein, Richard«, sagte er. »Es sieht zwar so aus – aber du täuschst dich!«

Es bereitete Scott Mühe, zu sprechen. Immer wieder befeuchtete er sich mit der Zunge die Lippen. »Aber warum«, sagte er, »warum hat sie das Ding in der Hand?«

Im gleichen ausdruckslosen Ton wie vorhin wiederholte Iris Staverton: »Ich habe sie aufgehoben.«

»Die Polizei«, sagte Unkerton und erhob sich. »Wir müssen die Polizei holen – sofort! Würden Sie wohl anrufen, Scott? Jemand sollte hier Wache halten. Ja, ich finde, jemand sollte hierbleiben.«

Auf seine ruhige, feine Art erbot sich Mr Sattersway, diese Aufgabe zu übernehmen. Sein Gastgeber nahm das Anerbieten mit sichtlicher Erleichterung an. »Die Damen!«, rief er. »Ich muss den Damen die Nachricht überbringen, Lady Cynthia und meiner Frau.«

Mr Sattersway blieb im »Verschwiegenen Garten« allein zurück und blickte auf die Tote hinab, die einmal Moira Scott gewesen war. Armes Kind, dachte er, armes Kind!

Er erinnerte sich an das Sprichwort, dass der schlechte Mensch immer überlebte. Denn war Richard Scott nicht in gewisser Weise für den Tod seiner unschuldigen Frau verantwortlich? Vermutlich würde Iris Staverton gehängt werden – der Gedanke gefiel ihm nicht sehr –, aber war es nicht zumindest teilweise die Schuld des Mannes? Das Schlechte, das Menschen tun können …

Und die junge Frau, diese unschuldige junge Frau, hatte dafür bezahlt.

Mit großem Mitleid sah er auf sie hinunter, auf ihr kleines Gesicht, so blass und sorgenvoll und trotzdem mit dem Anflug eines Lächelns um ihre Lippen: auf das wirre goldrote Haar, das zarte Ohr. Ein kleiner Blutfleck war auf dem Ohrläppchen zu erkennen. Mit dem Gefühl, dass er in gewisser Weise den Detektiv spielte, überlegte Mr Sattersway, dass er von einem Ohrring stammen musste, der durch den Sturz abgerissen worden war. Er reckte den Hals. Ja, er hatte sich nicht getäuscht. Im anderen Ohr steckte ein kleiner Perlohrring.

Armes Kind, dachte er wieder, armes Kind!

»Also, Sir!«, sagte Inspektor Winkfield.

Sie befanden sich in der Bibliothek. Der Inspektor, ein gerissen wirkender, kräftiger Mann von über vierzig, war zum Abschluss seiner Nachforschungen gekommen. Er hatte die meisten Gäste verhört und sich eine ziemlich genaue Meinung über den Fall gebildet. Er hatte sich Major Porters und Mr Sattersways Bericht angehört. Mr Unkerton saß zusammengesunken in einem Sessel und starrte mit vorquellenden Augen die gegenüberliegende Wand an.

»Soviel ich verstehe, Gentlemen«, sagte der Inspektor, »hatten Sie einen Spaziergang unternommen. Sie kehrten zum Haus auf einem Pfad zurück, der an der linken Seite des sogenannten ›Verschwiegenen Gartens‹ vorbeiführt. Stimmt das bis hierher?«

»Es stimmt, Inspektor.«

»Sie hörten zwei Schüsse und den Schrei einer Frau?«

»Ja.«

»Sie liefen, so schnell Sie konnten, aus dem Wald und auf den Eingang zu diesem ›Verschwiegenen Garten‹ zu. Wenn jemand den Garten verlassen hätte, würde er diesen Eingang benutzt haben. Die Stechpalmenhecke ist ein undurchdringliches Hindernis. Wenn jemand hinausgerannt und nach rechts eingebogen wäre, hätten ihn Mr Unkerton und Mr Scott gesehen. Wenn er sich nach links gewandt hätte, wäre er auf Sie gestoßen. Ist das richtig?«

»Das ist richtig«, antwortete Major Porter. Sein Gesicht war sehr bleich.

»Damit ist der Fall klar«, fuhr der Inspektor fort. »Mr und Mrs Unkerton und Lady Cynthia Drage saßen auf dem Rasen. Mr Scott befand sich im Billardzimmer, das auf den Rasen hinausgeht. Um zehn Minuten nach sechs Uhr trat Mrs Staverton aus dem Haus, wechselte ein paar Worte mit den Herrschaften auf dem Rasen und bog um die Hausecke in Richtung des ›Verschwiegenen Gartens‹. Zwei Minuten später hörten Sie die Schüsse. Mr Scott stürzte aus dem Haus und lief zusammen mit Mr Unkerton zum ›Verschwiegenen Garten‹. Zur gleichen Zeit trafen Sie und Mr – hm – Sattersway von der entgegengesetzten Seite aus ein. Mrs Staverton stand in dem Garten mit einer Pistole in der Hand, aus der zwei Schüsse abgegeben worden waren. So wie ich die Sache sehe, erschoss sie die Dame von rückwärts, während diese auf der Steinbank saß. Dann sprang Captain Allenson auf und wollte sich auf sie stürzen, und sie schoss ihm in die Brust. Soviel ich hörte, hat früher einmal eine gewisse – hm – Bindung zwischen ihr und Mr Richard Scott ...«

»Das ist eine verdammte Lüge«, warf Porter ein.

Seine Stimme klang rau und trotzig. Der Inspektor reagierte nicht darauf, sondern schüttelte nur den Kopf.

»Was hat sie selbst denn gesagt?«, fragte Mr Sattersway.

»Sie sei in den ›Verschwiegenen Garten‹ gegangen, um eine Weile allein zu sein. Gerade ehe sie um die letzte Biegung der Hecke kam, hörte sie die Schüsse. Dann sah sie die Pistole im Gras liegen und hob sie auf. Niemand ging an ihr vorbei, niemand war im Garten außer den beiden Opfern.« Der Inspektor schaltete eine bedeutsame Pause ein. »Das behauptet sie, und obwohl ich sie gewarnt habe, bestand sie darauf, eine Aussage zu machen.«

»Wenn sie das sagt«, erklärte Major Porter, dessen Gesicht immer noch sehr blass war, »dann ist es die Wahrheit. Ich kenne Iris Staverton.«

»Nun, Sir«, bemerkte der Inspektor, »es wird noch viel Zeit bleiben, sich näher mit allen Umständen zu befassen. Inzwischen muss ich meine Pflicht tun.«

Mit einer heftigen Bewegung wandte sich Porter an Mr Sattersway. »Und Sie! Können Sie nicht etwas unternehmen? Können Sie nichts tun?«

Gegen seinen Willen fühlte sich Mr Sattersway äußerst geschmeichelt: Man bat ihn um Hilfe, ihn, einen so unbedeutenden Menschen, und ausgerechnet ein Mann wie John Porter.

Er wollte gerade eine bedauernde Antwort hervorstoßen, als der Butler Thompson mit einer Visitenkarte auf einem silbernen Tablett eintrat, das er seinem Herrn mit einem entschuldigenden Hüsteln reichte. Mr Unkerton saß immer noch zusammengesunken in seinem Sessel und hatte an dem Gespräch nicht teilgenommen.

»Ich habe dem Gentleman erklärt, dass Sie ihn vermutlich nicht empfangen würden, Sir«, sagte Thompson, »doch er behauptete, eine Verabredung mit Ihnen zu haben. Es sei äußerst dringend.«

Unkerton nahm die Karte. »Mr Harley Quin«, las er laut. »Ich erinnere mich, dass er mich wegen eines Bildes aufsuchen wollte. Ich traf eine Verabredung mit ihm, doch so, wie die Dinge liegen …«

Da trat Mr Sattersway vor. »Mr Harley Quin, sagten Sie?«, rief er. »Wie seltsam, wie außerordentlich seltsam! Major Porter, Sie fragten mich, ob ich Ihnen nicht helfen könnte. Ich glaube, ich kann Ihnen helfen. Dieser Mr Quin ist ein Freund – oder besser gesagt, ein Bekannter von mir. Ein höchst bemerkenswerter Mann.«

»Einer dieser Amateurdetektive, soviel ich weiß«, bemerkte der Inspektor verächtlich.

»Nein«, wehrte Mr Sattersway ab. »Zu dieser Sorte von Leuten gehört er ganz und gar nicht. Aber er verfügt über die Gabe – eine beinahe unheimliche Gabe –, einem zu zeigen, was man mit den eigenen Augen wirklich gesehen hat, einem klarzumachen, was man mit den eigenen Ohren tatsächlich gehört hat. Auf jeden Fall sollten wir ihm in groben Umrissen erzählen, was passiert ist, und uns anhören, was er dazu zu sagen hat.«

Mr Unkerton sah den Inspektor an, der nur die Nase rümpfte und den Blick zur Decke hob. Dann nickte Ersterer Thompson kurz zu, und dieser ging hinaus. Kurze Zeit darauf erschien er wieder und ließ einen großen schlanken Fremden ins Zimmer.

»Mr Unkerton?« Der Fremde reichte ihm die Hand. »Es tut mit leid, dass ich hier gerade in einem solchen Augenblick eindringe. Wir müssen wohl unser kleines Gespräch über das Bild auf ein andermal verschieben. Ah, mein Freund Sattersway. Immer noch eine Schwäche für das Dramatische, wie eh und je?«

Ein feines Lächeln spielte bei den letzten Worten um den Mund des Fremden.

»Mr Quin«, sagte Mr Sattersway bedeutungsvoll. »Es hat sich hier gerade ein Drama abgespielt. Wir sind noch mittendrin. Ich würde gern Ihre Meinung darüber hören. Und Major Porter, mein Freund, auch.«

Mr Quin setzte sich. Die Lampe mit dem roten Schirm warf ein breites Band von farbigem Licht über das Karomuster seines Mantels und ließ sein Gesicht im Schatten. Es war, als trüge er eine Maske. In knapper Form berichtete Mr Sattersway über die wesentlichen Punkte der Tragödie. Dann schwieg er und wartete gespannt auf den Spruch des Orakels.

Doch Mr Quin schüttelte nur den Kopf. »Eine traurige Geschichte«, meinte er. »Eine sehr traurige, entsetzliche Geschichte. Das Fehlen eines Motivs ist sehr bedeutsam.«

Unkerton starrte ihn entgeistert an. »Verstehen Sie denn nicht!«, sagte er. »Mrs Staverton drohte Richard Scott. Sie war wegen seiner Frau entsetzlich eifersüchtig. Eifersucht ist …«

»Ganz meine Meinung«, antwortete Mr Quin. »Eifersucht oder teuflische Besessenheit – es ist alles dasselbe. Doch Sie missverstehen mich. Ich meinte nicht den Mord an Mrs Scott, sondern an Captain Allenson.«

»Sie haben recht!«, rief Porter aufgeregt. »Da liegt der Fehler! Wenn Iris je daran gedacht hätte, Mrs Scott zu erschießen, würde sie es getan haben, wenn sie allein war. Ja, wir sind auf der falschen Spur. Und ich glaube, ich sehe eine andere Lösung. Nur jene drei Menschen gingen in den Garten. Das steht unbestreitbar fest, und ich beabsichtige nicht, es anzuzweifeln. Doch lassen Sie mich die Tragödie anders rekonstruieren! Angenommen, Jimmy Allenson erschoss zuerst Mrs Scott und dann sich selbst. Das ist doch möglich, nicht wahr? Im Fallen schleudert er die Waffe von sich – und Mrs Staverton entdeckt sie im Gras und hebt sie auf, wie sie gesagt hat. Wie klingt das?«

Der Inspektor schüttelte den Kopf. »Es ist nicht stichhaltig, Major Porter. Wenn Captain Allenson diesen Schuss nahe an seiner Brust abgegeben hätte, müssten seine Kleider versengt sein.«

»Vielleicht hat er die Pistole so weit er konnte von sich weggehalten.«

»Warum? Klingt nicht glaubwürdig. Außerdem – es fehlt das Motiv.«

»Vielleicht ist er plötzlich durchgedreht«, murmelte Porter ohne große Überzeugung. Er verfiel wieder in Schweigen. Dann sagte er abrupt: »Nun, Mr Quin?«

Dieser schüttelte den Kopf. »Ich bin kein Zauberer. Auch kein Kriminalist. Aber ich möchte Ihnen etwas verraten: Ich glaube an den Wert des ersten Eindrucks. In jeder Krisensituation gibt es immer einen Moment, der hervorsticht, das Bild einer Szene, das im Gedächtnis haften bleibt, wenn alles andere längst verblasst ist. Ich vermute, dass Mr Sattersway von allen Anwesenden der unparteiischste Beobachter ist. Würden Sie sich noch einmal rückerinnern, Mr Sattersway, und uns von dem Augenblick berichten, der den stärksten Eindruck bei Ihnen hinterließ?

War es die Sekunde, als Sie die Schüsse hörten? Als Sie die Toten entdeckten? Als Sie die Pistole in Mrs Stavertons Hand sahen? Machen Sie sich von allen vorgefassten Werturteilen frei und sagen Sie es uns!«

Mr Sattersway heftete die Augen auf Mr Quins Gesicht, ungefähr wie ein Schuljunge, der eine Lektion aufsagen soll, die er nicht richtig gelernt hat.

»Nein«, begann er langsam. »Diese Augenblicke haben mich nicht am meisten beeindruckt. Sondern der Moment, als ich mit den Toten – hinterher – allein war und auf Mrs Scott hinabsah. Sie lag auf der Seite. Ihr Haar war in Ordnung. An ihrem einen kleinen Ohr war ein Blutfleck.«

Kaum hatte er dies gesagt, da erkannte er, dass es etwas sehr Wichtiges war.

»Blut an ihrem Ohr? Ja, ich erinnere mich«, bemerkte Unkerton langsam.

»Der Sturz muss ihr den Ohrring abgerissen haben«, erklärte Mr Sattersway.

Doch er fand, dass seine Worte etwas unglaubwürdig klangen.

»Sie lag auf der linken Seite«, sagte Porter. »Dann war es wohl auch das linke Ohr?«

»Nein«, antwortete Mr Sattersway rasch. »Es war das rechte.«

Der Inspektor hustete. »Dies habe ich im Gras gefunden«, ließ er sich herab zu sagen. Er hielt einen Ring aus goldenem Draht hoch.

»Aber, Mann Gottes!«, rief Porter. »Das Ding kann doch nicht durch einen einfachen Sturz weggerissen worden sein. Mir scheint es eher nach einer Kugel auszusehen, die man auf sie abgefeuert hat.«

»So war es!«, rief Mr Sattersway. »Eine Kugel! So muss es gewesen sein.«

»Es wurden nur zwei Schüsse gehört«, stellte der Inspektor fest. »Die Kugel kann sie nicht am Ohr gestreift und dann in den Rücken getroffen haben. Und wenn die erste Kugel den Ohrring traf und die zweite sie tötete, konnte sie nicht auch Captain Allenson töten – außer, er stand dicht vor ihr, sehr nahe, und sah sie an. Nein, selbst dann nicht. Es sei denn …«

»Es sei denn, sie lag in seinen Armen. Das wollten Sie doch sagen«, bemerkte Mr Quin mit seinem seltsamen kleinen Lächeln. »Nun, warum nicht?«

Sie starrten sich an. Die Vorstellung war so unglaublich, so seltsam – Allenson und Mrs Scott! Mr Unkerton sprach ihre Gedanken aus: »Sie kannten sich doch kaum«, meinte er.

»Ich bin mir nicht sicher«, sagte Mr Sattersway nachdenklich. »Vielleicht haben sie sich besser gekannt, als wir ahnen. Lady Cynthia erzählte mir, dass er sie im letzten Winter in Ägypten vor der Langeweile rettete, und Sie –«, er deutete auf Porter, »Sie sagten, dass sich Richard Scott und seine Frau letzten Winter in Kairo kennenlernten. Vielleicht haben sie sich sehr wohl schon länger gekannt.«

»Sie waren nie viel zusammen«, sagte Unkerton.

»Ja – sie mieden sich eher. Es war schon beinahe unnatürlich, wenn ich es recht bedenke …«

Alle sahen Mr Quin an, etwas entsetzt über die Schlussfolgerung, zu der sie so unerwartet gelangt waren.

Mr Quin erhob sich. »Da sehen Sie«, sagte er, »was Mr Satterways Erzählung angerichtet hat!« Er wandte sich an Unkerton. »Sie sind an der Reihe.«

»Ich? Ich verstehe Sie nicht.«

»Sie waren sehr nachdenklich, als ich eintrat. Ich möchte gern wissen, welcher Gedanke Sie derart beschäftigt hat. Es macht nichts, wenn er mit der Tragödie selbst gar nichts zu tun hat. Es macht auch nichts, wenn Sie es abergläubisch finden …« Mr Unkerton zuckte zusammen, nur ein wenig. »Erzählen Sie!«

»Ich habe nichts dagegen«, antwortete Unkerton. »Obwohl es nichts mit der Sache zu tun hat und Sie mich obendrein noch auslachen werden. Ich habe mir gewünscht, dass meine Frau die Scheibe in dem Geisterfenster in Ruhe gelassen und nicht durch eine neue ersetzt hätte. Ich glaube, dass dadurch ein Fluch über uns gekommen ist.«

Er begriff nicht, warum ihn die beiden Männer, die ihm gegenübersaßen, so anstarrten.

»Aber sie hat sie nicht ersetzt!«, sagte Mr Sattersway schließlich. »Doch, das hat sie! Der Glaser kam gleich heute früh.«

»Mein Gott!«, sagte Porter. »Ich fange an zu verstehen. Das Zimmer hat eine Täfelung, keine Tapete!«

»Ja. Aber was hat das mit …«

Doch Porter war bereits zur Tür hinausgestürzt. Die Übrigen folgten ihm. Er lief die Treppe hinauf und zum Zimmer der Scotts. Es war ein bezaubernder Raum, mit hellgelb gestrichenem Holz verkleidet und zwei Fenstern, die nach Süden gingen. Porter tastete mit seinen Händen über die Täfelung an der Westwand.

»Irgendwo muss eine Feder sein – irgendwo. Aha!« Ein Klicken war zu hören, und ein Teil der Verkleidung schwang zurück. Dahinter kamen die schmutzigen Scheiben des Geisterfensters zum Vorschein. Eine Scheibe war neu und sauber. Porter bückte sich hastig und hob etwas auf. Er legte es auf den flachen Handteller und streckte den Arm aus. Es war ein Stück Straußenfeder. Dann sah er Mr Quin an. Mr Quin nickte.

Er trat an den Kleiderschrank. Mehrere Hüte lagen in einem Fach – die Hüte der Toten. Er nahm einen mit einem großen Rand und Federn heraus – ein sehr extravagantes Modell.

Mit leiser, nachdenklicher Stimme begann Mr Quin zu sprechen.

»Nehmen wir einmal an«, begann er, »da ist ein Mann, der von der Veranlagung her unglaublich eifersüchtig ist, ein Mann auch, welcher bereits früher einmal in diesem Haus gewohnt hat und das Geheimnis der Wandtäfelung kennt. Nur so zum Spaß probiert er sie eines Tages aus und blickt in den ›Verschwiegenen Garten‹ hinunter. Dort entdeckt er seine Frau mit einem andern. Sie glauben sich vor allen Blicken sicher. Über ihre Beziehung gibt es – nach allem, wie sie sich benehmen – keinen Zweifel. Er ist wie verrückt vor Zorn. Was soll er tun? Da kommt ihm eine Idee. Er geht zum Schrank und setzt den Hut mit dem breiten Rand und den Federn auf. Es wird gerade dunkel, und er erinnert sich an die Geschichte mit dem Fleck auf der Scheibe. Wer also zufällig zum Fenster hinaufsieht, wird ihn für den Geist halten. So getarnt, beobachtet er sie und wartet auf den Augenblick, da sie sich in die Arme fallen. Er schießt. Er ist ein guter Schütze, ja ein hervorragender Schütze. Während sie stürzen, drückt er noch einmal ab – die Kugel reißt den Ohrring ab. Er wirft die Waffe durch das Fenster in den Garten, stürzt die Treppe hinunter und hinaus zum Billardzimmer.«

Porter trat einen Schritt auf ihn zu.

»Aber er ließ es zu, dass man sie beschuldigte!«, rief er. »Er rührte keinen Finger und ließ es zu! Warum? Warum?«

»Ich glaube, Sie kennen den Grund«, antwortete Mr Quin. »Ich vermute – und bitte, bedenken Sie, dass ich hier nur vermuten kann –, dass Richard Scott einmal in Iris Staverton sehr verliebt war – so sehr, dass selbst dieses Wiedersehen nach so vielen Jahren die erloschene Glut der Eifersucht wieder neu entfachte. Ich nehme an, dass Mrs Staverton früher glaubte, sie würde ihn lieben, dass sie mit ihm auf einen Jagdausflug ging, auch noch auf einen zweiten – und dass sie sich in jemand anders verliebte. In einen besseren Menschen.«

»In einen besseren Menschen«, murmelte Porter wie benommen. »Meinen Sie …«

»Ja«, antwortete Mr Quin. »Ich meine *Sie*.« Er schwieg einen Augenblick. »Wenn ich Sie wäre, würde ich nun zu ihr gehen.«

»Das werde ich tun«, antwortete Porter.

Er drehte sich um und verließ das Zimmer.

Der Zaubertrick

Mr Sattersway war verärgert. Der ganze Tag war schon schiefgelaufen. Sie konnten erst spät abfahren, erwischten dann eine falsche Abzweigung und verfuhren sich in der einsamen Gegend von Salisbury Es war schon bald acht Uhr, und *Marswick Manor*, der vereinbarte Treffpunkt, war noch immer etwa vierzig Meilen entfernt. Und jetzt kam noch ein Plattfuß dazu.

Mr Sattersway, der an einen kleinen aufgeplusterten Vogel erinnerte, schritt vor der Dorfgarage auf und ab, während sich sein Fahrer leise mit dem einheimischen Fachmann unterhielt.

»Mindestens eine halbe Stunde«, lautete das endgültige Urteil.

»Wobei wir noch von Glück sagen können«, bemerkte Masters, der Fahrer. »Eher drei viertel Stunden, schätze ich.«

»Wie heißt eigentlich dieser – Ort?«, fragte Mr Sattersway verdrossen. Er wollte keineswegs verletzend sein, darum sagte er »Ort« statt »gottverlassenes Nest«, was ihm nähergelegen hätte.

»Kirtlington Mallet.«

Jetzt war Mr Sattersway zwar genauso klug wie vorher, aber der Name kam ihm ganz entfernt bekannt vor. Verzweifelt sah er sich um. Kirtlington Mallet schien nur

61

aus einer lang gezogenen Straße zu bestehen, mit Garage und Postamt auf der einen und drei undefinierbaren Geschäften auf der anderen Seite. Immerhin konnte Mr Sattersway weiter unten etwas knarrend im Wind Baumelndes erkennen, und seine Laune besserte sich sofort.

»Das muss ein Gasthof sein«, bemerkte er.

»*Zu den Schellen und Narren*«, erklärte der Mechaniker. »So heißt er.«

»Darf ich mir einen Vorschlag erlauben?«, warf Masters ein. »Warum nicht einen Versuch wagen? Sie werden dort bestimmt etwas zu essen bekommen – wenn auch nicht in der gewohnten Qualität.« Er schob eine entschuldigende Pause ein, denn Mr Sattersway war an die Kochkünste der besten Küchenchefs des Kontinents gewöhnt und hatte sogar einen eigenen Spitzenkoch in seinen Diensten, dem er ein fürstliches Gehalt zahlte.

»Wir werden in den nächsten drei viertel Stunden nicht weiterfahren können, Sir, das ist sicher. Und es ist bereits nach acht Uhr. Sie könnten Sir George vom Gasthof aus anrufen, Sir, und ihm den Grund Ihrer Verspätung mitteilen.«

»Sie scheinen alles besser zu wissen, Masters«, sagte Mr Sattersway giftig.

Masters war tatsächlich dieser Ansicht und hielt sich daher respektvoll zurück.

Mr Sattersway war in einer Stimmung, wo er jeden Vorschlag, der ihm unterbreitet wurde, am liebsten abgelehnt hätte. Trotzdem sah er mit Interesse die Straße hinunter zum knarrenden Wirtshausschild. Er hatte einen Appetit wie ein Vogel, aber auch ein Vogel musste sich ernähren.

»*Zu den Schellen und Narren*«, murmelte er nachdenklich, »ein seltsamer Name für ein Wirtshaus. Ich glaube nicht, ihn je schon gehört zu haben.«

»Auf jeden Fall verkehren dort merkwürdige Leute«, meinte der Mechaniker. Er beugte sich über das Rad und war daher nur dumpf und undeutlich zu hören.

»Merkwürdige Leute? Was soll das heißen?«, fragte Mr Sattersway. Der Mann schien es nicht genau zu wissen. »Leute, die kommen und gehen. Von dieser Sorte«, sagte er unklar.

Mr Sattersway überlegte, dass jeder, der einen Gasthof betrat, ihn notgedrungen auch wieder verlassen musste. Die Erklärung kam ihm zu wenig präzise vor. Aber seine Neugier war erwacht. Er musste in jedem Fall drei viertel Stunden opfern. In diesem Wirtshaus war es bestimmt nicht schlechter als anderswo.

Mit gewohnt gezierten Schritten ging er die Straße hinunter. In der Ferne hörte man Donnergrollen. Der Mechaniker sah auf und sagte zu Masters: »Es kommt ein Gewitter. Ich spüre es schon lange.«

»Ach, du meine Güte, und noch vierzig Meilen zu fahren«, jammerte Masters.

»Es ist sinnlos, sich jetzt zu beeilen. Sie können doch nicht weiter, bevor das Unwetter vorüber ist. Ihr kleiner Boss sieht nicht so aus, als habe er Freude an Donner und Blitz.«

»Hoffentlich kümmert man sich ordentlich um ihn«, murmelte der Fahrer. »Ich werde dort auch was essen.«

»Jones ist in Ordnung«, beruhigte ihn der Mechaniker. »Er hat eine gute Küche.«

Mr William Jones, ein großer, bulliger Mann von fünfzig Jahren, der Inhaber des Wirtshauses, beugte sich zu diesem Zeitpunkt schmeichelnd zu dem kleinen Mr Sattersway hinunter.

»Ich kann Ihnen ein schönes Steak braten, Sir, und Kartoffeln dazu. Danach gibt's den besten Käse, den Sie sich vorstellen können. Hier durch, Sir, in das Frühstückszimmer. Wir sind gegenwärtig nicht sehr besetzt, weil die letzten Sportfischer eben weg sind. Aber bald werden wir zur Jagd wieder alles belegt haben. Nur ein Gentleman ist zurzeit hier, ein Mr Quin –«

Mr Sattersway blieb wie angewurzelt stehen. »Quin? Sagten Sie Quin?«, fragte er aufgeregt.

»Ja, so heißt er. Vielleicht ein Freund von Ihnen?«

»Und ob! O ja, ganz bestimmt!« Zitternd vor Erwartung bedachte Mr Sattersway gar nicht, dass es mehr als einen Mann dieses Namens auf der Welt geben konnte. Es bestand für ihn überhaupt kein Zweifel. Auf seltsame Weise passte es zu dem, was der Mechaniker gesagt hatte: Leute, die kommen und gehen. Eine sehr glückliche Beschreibung von Mr Quin. Und der Name des Gasthofs passte seltsamerweise auch genau.

»Du meine Güte! Ein sehr merkwürdiger Zufall, dass wir uns hier wiedersehen! Mr Harley Quin, stimmt's?«

»Ja, Sir. Er ist im Frühstückszimmer, Sir. Hier sitzt der Gentleman.«

Dunkel, groß und lächelnd erhob sich die bekannte Gestalt von Mr Quin, und die vertraute Stimme sagte:

»Ach, Mr Sattersway, so treffen wir uns also wieder! Welch ein Zufall!«

Mr Sattersway schüttelte ihm herzlich die Hand. »Ich bin entzückt. Was für ein Glück, dass ich eine Panne hatte! Wohnen Sie längere Zeit hier?«

»Nur eine Nacht.«

»Dann habe ich wirklich ausgesprochenes Glück.« Mr Sattersway setzte sich mit einem kleinen zufriedenen Seufzer seinem Freund gegenüber und betrachtete erwartungsvoll dessen lächelndes Gesicht.

Der andere schüttelte leicht den Kopf.

»Ich versichere Ihnen, dass ich kein Glas mit Goldfischen oder ein Kaninchen aus dem Ärmel zaubern werde.«

»Wie schade!« Mr Sattersway war ein wenig enttäuscht. »Ja, ich muss gestehen, dass ich Ihnen gegenüber diese Erwartung hege. Sind Sie ein Magier. Ha, ha! So sehe ich Sie – als Zauberer!«

»Und doch«, wandte Mr Quin ein, »machen Sie die Zauberkunststücke, nicht ich!«

»Aber ohne Sie kann ich sie nicht ausführen«, widersprach Mr Sattersway sofort. »Mit fehlt – sagen wir – die Phantasie.«

Mr Quin wehrte lächelnd ab. »Das ist zu hoch gegriffen. Ich liefere Ihnen die Stichworte, das ist alles.«

In diesem Augenblick brachte der Wirt Brot und gelbe Butter. Als er beides auf den Tisch stellte, zuckte ein greller Blitz auf, dem sofort ein Donnerschlag folgte.

»Eine stürmische Nacht, Gentlemen.«

»In einer Nacht wie dieser –«, hob Mr Sattersway an, hielt aber inne. »Sehr seltsam«, meinte der Wirt. »Das wollte ich auch gerade sagen. In einer Nacht wie dieser führte Captain Harwell seine Braut heim, genau am Tag, bevor er für immer verschwand.«

»Ach ja!«, rief Mr Sattersway. »Natürlich!«

Jetzt hatte er das Stichwort gefunden. Er wusste nun, warum ihm der Name Kirtlington Mallet bekannt vorgekommen war. Vor drei Monaten hatte er jede Zeile über

Captain Richard Harwells erstaunliches Verschwinden gelesen. Wie alle Zeitungsleser in ganz England hatte er an den Details dieses Verschwindens herumgerätselt und darüber seine eigene Theorie entwickelt.

»Natürlich«, wiederholte er, »das war ja in Kirtlington Mallet.«

»In diesem Hause stieg er letzten Winter zur Jagd ab«, erzählte der Wirt. »Ich kannte ihn gut. Ein sehr gut aussehender junger Mann. Nicht dass Sie glauben, er wär nicht ganz normal gewesen! Meiner Meinung nach wurde er umgebracht. Ich habe ihn oft mit Miss Le Couteau vorbeireiten sehen. Das ganze Dorf glaubte, sie würden bald ein Paar, und so geschah es dann auch. Eine sehr schöne junge Dame und sehr angesehen, obwohl sie Kanadierin und eine Fremde war. Ach, es ist eine tragische Geschichte! Wir werden die Wahrheit nie erfahren. Es brach ihr das Herz, das ist sicher. Sie haben bestimmt gehört, dass sie das Haus verkaufte und ins Ausland zog. Sie konnte es nicht ertragen, dass alle sie anstarrten und mit dem Finger auf sie zeigten – obwohl sie ganz unschuldig war, das arme Ding. Eine düstere Geschichte, das ist mal sicher.«

Er schüttelte den Kopf, erinnerte sich dann plötzlich an seine Pflichten und ging hinaus.

»Eine düstere Geschichte«, wiederholte Mr Quin leise.

Seine Stimme klang in Mr Sattersways Ohren nach Herausforderung. »Wollen Sie behaupten, dass wir einen Fall klären können, bei dem sogar Scotland Yard aufgeben musste?«, fragte er.

Der andere machte eine charakteristische Geste.

»Warum nicht? Die Zeit vergeht. Nach drei Monaten sieht vieles anders aus.«

»Es ist schon merkwürdig, dass Sie glauben, im Nachhinein sehe man die Dinge besser als in der Gegenwart«, meinte Mr Sattersway zögernd.

»Je mehr Zeit verstrichen ist, umso schärfer zeigt sich alles in den richtigen Proportionen. Die eigentlichen Zusammenhänge werden deutlich.«

Für einige Minuten entstand ein Schweigen.

»Ich bin nicht sicher, dass ich mich noch genau an die Fakten erinnere«, sagte Mr Sattersway langsam.

»Doch, ich glaube schon«, erwiderte Mr Quin ruhig.

Auf diese Ermunterung hatte Mr Sattersway eigentlich nur gewartet. Meist fiel ihm im Leben die Rolle des Zuhörers und Zuschauers zu. Nur in Mr Quins Gesellschaft waren die Rollen vertauscht. Hier war Mr Quin der aufmerksame Zuhörer, und Mr Sattersway stand im Rampenlicht.

»Vor etwa einem Jahr ging *Ashley Grange* in den Besitz von Miss Eleanor Le Couteau über«, begann er. »Es ist ein wunderschönes, altes Haus, aber es war vernachlässigt und stand viele Jahre leer. Es hätte keine bessere Besitzerin finden können. Miss Le Couteau war Frankokanadierin. Ihre Vorfahren waren während der Französischen Revolution hinüber geflüchtet und hatten ihr eine Sammlung fast unbezahlbarer französischer Antiquitäten hinterlassen. Sie kaufte und sammelte selbst und hatte einen sehr guten und sicheren Geschmack. Das zeigte sich, als sie nach der Tragödie *Ashley Grange* samt der Einrichtung verkaufen wollte. Mr Cyrus G. Bradburn, der amerikanische Millionär, fackelte nicht lange und bezahlte ihr für das ganze Anwesen samt Möbeln und allem den phantastischen Preis von sechzigtausend Pfund.«

Mr Sattersway machte eine Pause. »Das ist zwar nicht

wichtig für die Geschichte«, räumte er ein, »aber nützlich, um sich die Situation in Erinnerung zu rufen, sozusagen die Atmosphäre um die junge Mrs Harwell.«

Mr Quin nickte. »Atmosphäre ist immer wichtig«, warf er bedeutungsvoll ein.

»So bekommen wir ein Bild von dieser jungen Frau«, fuhr der andere fort. »Erst dreiundzwanzig, dunkelhaarig, schön, gebildet und reich – das dürfen wir nicht vergessen! Sie war Waise. Und Mrs St. Clair, eine Dame bester Herkunft, lebte als Gesellschafterin bei ihr. Eleanor Le Couteau hatte die alleinige Verfügungsgewalt über ihr Vermögen, und an Glücksrittern fehlte es nie. Mindestens ein Dutzend junge Habenichtse riss sich um sie bei jeder Gelegenheit, beim Jagen, auf Bällen, wo immer sie auftauchte. Der junge Lord Leccan, die beste Partie weit und breit, bat sie um ihre Hand, aber sie wollte lieber ungebunden bleiben. Das heißt, bis Captain Richard Harwell auftauchte.

Captain Harwell war im hiesigen Gasthof zur Jagdzeit abgestiegen. Er war ein glänzender Reiter, ein gut aussehender, strahlender Teufelskerl von einem Mann. Erinnern Sie sich an den alten Spruch ›Jung gefreit hat noch niemand gereut‹? Das Sprichwort hat sich hier wenigstens teilweise bewahrheitet. Schon nach zwei Monaten waren Richard Harwell und Eleanor Le Couteau verlobt.

Die Hochzeit folgte drei Monate später. Das glückliche Paar fuhr auf eine zweiwöchige Hochzeitsreise ins Ausland und kehrte dann zurück, um sich in *Ashley Grange* niederzulassen. Der Wirt hat uns eben gesagt, dass sie in einer Gewitternacht wie dieser zurückkehrten. Vielleicht ein Omen, wer weiß? Auf jeden Fall wurde am folgenden Morgen – etwa um halb acht – Captain Harwell von einem

der Gärtner, John Mathias, gesehen, wie er im Garten um-
herging. Er war barhäuptig und pfiff. Da haben wir ein Bild
von Sorglosigkeit, von heiterem Glück. Und doch wurde
von diesem Augenblick an Captain Richard Harwell nie
wieder gesehen, soviel man weiß.«

Mr Sattersway machte eine Pause. Er genoss die Dra-
matik des Augenblicks sichtlich. Mr Quins bewundernder
Blick zollte ihm den notwendigen Tribut, und er fuhr fort:

»Dieses Verschwinden war auffallend – unerklärlich.
Erst am nächsten Tag benachrichtigte seine Frau beunru-
higt die Polizei. Wie Sie wissen, ist es nicht gelungen, das
Rätsel zu lösen.«

»Vermutlich gab es einige Theorien?«, fragte Mr Quin.

»Ach, massenhaft! Theorie Nummer eins war, dass
Captain Harwell ermordet wurde. Aber wo war dann die
Leiche? Sie konnte sich kaum in Nichts aufgelöst haben.
Und abgesehen davon, aus welchem Grund? Soweit be-
kannt, hatte Captain Harwell keinen einzigen Feind auf
der Welt.«

Er hielt plötzlich inne, als sei er unsicher geworden:
»Stephen Grant, falls ich mich richtig erinnere, hatte sich
um Captain Harwells Pferde zu kümmern und war wegen
einer Bagatelle von seinem Herrn entlassen worden. Am
frühen Morgen nach der Rückkehr des Paares wurde Stephen Grant in der Nähe von *Ashley Grange* beobachtet,
konnte aber keinen triftigen Grund für seine Anwesenheit angeben. Er wurde von der Polizei verhaftet wegen
Verdachts auf Beteiligung am Verschwinden von Captain
Harwell, aber man konnte ihm nichts nachweisen und
musste ihn laufen lassen. Vielleicht hat er sich tatsächlich für seine Entlassung an Captain Harwell rächen wollen, aber als Motiv war dies zweifellos zu schwach. Ver-

mutlich musste die Polizei einfach etwas unternehmen. Sie sehen, wie ich eben sagte, dass Captain Harwell nicht einen Feind auf der Welt hatte.«

»Wir kennen jedenfalls keinen«, berichtigte ihn Mr Quin nachdenklich.

Mr Sattersway nickte. »Darauf kommen wir noch. Was wissen wir denn überhaupt von Captain Harwell? Als die Polizei Nachforschungen über seine Vergangenheit anstellte, fand man nur äußerst wenig heraus. Wer war Richard Harwell? Wo kam er her? Er war wie aus dem Nichts aufgetaucht, wie es schien, ein hervorragender Reiter und offenbar gut betucht. In Kirtlington Mallet hatte sich niemand die Mühe genommen, Näheres über ihn zu erfahren. Miss Le Couteau hatte keine Eltern oder Verwandte, die in der Vergangenheit ihres Verlobten herumschnüffeln konnten. Sie war ihr eigener Herr und Meister. Die Polizei ließ da keinen Zweifel aufkommen. Ein reiches Mädchen und ein frecher Hochstapler, das alte Lied!

Aber ganz so war es nicht. Es stimmt, dass Miss Le Couteau keine Eltern oder Verwandte hatte, aber sie wurde von ausgezeichneten Anwälten in London beraten, die alles Geschäftliche für sie erledigten. Das macht die Geschichte noch verwirrender. Eleanor Le Couteau wollte ihrem zukünftigen Mann sofort eine Summe überschreiben, aber er schlug sie aus mit der Begründung, er habe keine finanziellen Sorgen. Es gab stichhaltige Beweise, dass Harwell nie einen Penny von seiner Frau bezog. Ihr Vermögen blieb unangetastet.

Er war also kein alltäglicher Schwindler, aber möglicherweise hatte er eine raffinierte Taktik. Vielleicht wollte er mit Erpressung drohen, sobald Eleanor Harwell später einen anderen Mann zu heiraten beabsichtigte. Ich gebe zu, dass mir diese Möglichkeit immer am glaubhaftesten erschien. Jedenfalls bis heute Abend.«

Mr Quin lehnte sich vor und fixierte ihn. »Bis heute Abend?«

»Seit heute Abend bin ich damit nicht mehr zufrieden. Wie konnte er zu dieser Tageszeit so plötzlich und spurlos verschwinden, wo alle Leute zur Arbeit unterwegs waren? Und auch noch barhäuptig?«

»Besteht über diesen Punkt kein Zweifel? Der Gärtner hat ihn gesehen?«

»Ja, der Gärtner – John Mathias. Steckt vielleicht hier mehr dahinter?«

»Die Polizei hat ihn bestimmt nicht übersehen«, meinte Mr Quin.

»Sie quetschten ihn gründlich aus. Er widersprach sich nie. Seine Frau hatte ihn hinausgeekelt. Er ging um sieben von seiner Hütte zu den Gewächshäusern und kehrte um zwanzig vor acht wieder zurück. Die Dienstboten im Haus hörten etwa um Viertel nach sieben die Haustür gehen. Das zeigt, wann Captain Harwell das Haus verließ. Ja, ich weiß, was Sie jetzt denken.«

»Tatsächlich? Das wundert mich«, antwortete Mr Quin.

»Ich glaube schon. Mathias hatte genügend Zeit, um seinen Herrn umzubringen. Aber warum, Mann, warum? Und wo hätte er die Leiche versteckt?«

»Tut mir leid, dass ich Sie so lange habe warten lassen, Gentlemen.« Der Duft der Speisen stieg Mr Sattersway verlockend in die Nase. Er war in bester Laune. »Das sieht fabelhaft aus! Ganz ausgezeichnet! Wir haben von Captain Harwells Verschwinden gesprochen. Was wurde eigentlich aus dem Gärtner Mathias?«

»Er bekam eine Stelle in Essex, soviel ich weiß. Er wollte nicht mehr in der Gegend bleiben. Einige Leute haben ihn scheel angesehen, wissen Sie. Aber ich habe nie geglaubt, dass er etwas damit zu tun hatte.«

Mr Sattersway bediente sich zuerst. Mr Quin folgte. Der Wirt schien zu einem Schwätzchen aufgelegt zu sein. Mr Sattersway war nicht abgeneigt, im Gegenteil. »Was für ein Kerl war dieser Mathias?«

»Ein Mann in mittleren Jahren, wahrscheinlich früher sehr kräftig, aber schon vom Rheuma geplagt. Er war sehr schlecht dran, konnte manchmal gar nicht mehr aufstehen und seiner Arbeit nachgehen. Ich glaube, Miss Eleanor hat ihn aus reiner Freundlichkeit behalten. Als Gärtner war er längst nicht mehr tauglich, wenn auch seine Frau sich im Hause nützlich machen konnte. Sie war früher Köchin und immer bereit, mit Hand anzulegen.«

»Was für eine Frau war sie?«, warf Mr Sattersway schnell ein.

Die Antwort des Gastwirts fiel enttäuschend aus. »Eine einfache Person. Um die vierzig, ziemlich mürrisch. Und taub. Ich kannte sie nicht näher. Sie waren ja erst einen Monat hier, wissen Sie, als das Unglück geschah. Man sagte, er sei früher ein besonders guter Gärtner gewesen. Miss Eleanor besaß hervorragende Zeugnisse von ihm.«

»Interessierte sie sich für den Garten?«, fragte Mr Quin leise.

»Nein, Sir, das kann man nicht behaupten. Jedenfalls nicht wie einige Damen in der Umgebung, die ihre Gärtner gut bezahlen und trotzdem den ganzen Tag im Garten auf den Knien herumrutschen. Ganz schön verrückt, meine ich. Wissen Sie, Miss Le Couteau war nicht sehr oft hier, außer im Winter zur Jagdzeit. Meist war sie in

London und in diesen ausländischen Badeorten, wo angeblich die französischen Damen nur die Zehenspitzen ins Wasser tauchen aus Angst, ihre Kleider zu ruinieren. Jedenfalls habe ich das gehört.«

Mr Sattersway lächelte. »Hatte keine – eh – andere Frau die Hand im Spiel?«, fragte er. Obwohl seine frühere Theorie widerlegt war, gab er sie nicht gerne auf.

Mr William Jones schüttelte den Kopf. »Gar nichts in dieser Art. Nicht der kleinste Hinweis. Ja, es ist eine sehr tragische Geschichte, das ist sicher.«

»Und zu welcher Theorie neigen Sie selbst?«, fragte Mr Sattersway.

»Was ich davon halte?«

»Ja.«

»Ich weiß es nicht. Ich glaube, dass er ermordet wurde, aber durch wen – das kann ich nicht sagen. Jetzt hole ich den Käse.«

Er nahm die leeren Teller und ging hinaus. Das Gewitter, das bereits weitergewandert zu sein schien, brach plötzlich wieder heftig los. Ein greller Blitz, auf den sofort ein lauter Donner folgte, ließ den kleinen Mr Sattersway zusammenfahren. Bevor das letzte Grollen verhallt war, brachte ein Mädchen den versprochenen Käse.

Sie war groß und dunkel und auf eine trotzige Art hübsch. Ihre Ähnlichkeit mit dem Wirt verriet, dass sie seine Tochter sein musste.

»Guten Abend, Mary«, begrüßte Mr Quin sie. »Das ist eine stürmische Nacht.«

Sie nickte. »Ich hasse Gewitter«, murmelte sie.

»Haben Sie etwa Angst vor dem Donner?«, erkundigte sich Mr Sattersway freundlich.

»Angst vor dem Donner? Bestimmt nicht! Ich habe selten Angst. Aber bei einem Gewitter ist es jedes Mal das Gleiche. Dann wird geredet und geredet, immer wieder über dasselbe, wie Papageien. Vater macht den Anfang: ›Ich erinnere mich ganz genau, in einer Nacht wie dieser kam Captain Harwell nach Hause ...‹, und so weiter. Endlos!« Sie wandte sich Mr Quin zu. »Sie haben ja gehört, wie er loslegt. Was soll's? Kann man die Vergangenheit nicht endlich ruhen lassen?«

»Eine Sache wird erst Vergangenheit, wenn sie erledigt ist«, meinte Mr Quin.

»Ist sie denn etwa nicht erledigt? Vielleicht wollte er verschwinden. Das soll bei feinen Herren vorkommen.«

»Glauben Sie, dass er freiwillig verschwand?«

»Warum nicht? Es wäre jedenfalls wahrscheinlicher, als dass ihn ein so gutmütiger Teufel wie Stephen Grant umbrachte. Was hätte er davon, frage ich mich. Stephen trank mal einen über den Durst und warf dem Captain ein paar Wahrheiten an den Kopf und wurde deshalb entlassen. Na, wenn schon! Er fand eine andere Stelle, die ebenso gut ist. Soll das ein Grund sein, um einen Menschen kaltblütig umzubringen?«

»Die Polizei war bestimmt überzeugt von seiner Unschuld«, beruhigte Mr Sattersway sie.

»Die Polizei! Die spielt doch keine Rolle! Wenn Stephen am Abend in ein Lokal kommt, sieht ihn jeder schief an. Sie sind nicht ganz überzeugt, dass er Harwell umbrachte, aber weil sie es für möglich halten, sehen sie ihn scheel an. Kein schönes Leben für einen Mann, wenn alle Leute ihm ausweichen, als hätte er die Pest. Warum will Vater nicht, dass wir heiraten, Stephen und ich? ›Du kannst was Besseres kriegen, meine Tochter. Ich habe nichts gegen Stephen, aber – man weiß es eben nicht ...‹«

Sie hielt inne. Ihr Busen wogte vor Empörung. »Das ist grausam, jawohl!«, brach sie von neuem los. »Stephen tut keiner Fliege was zuleide! Aber sein ganzes Leben lang werden gewisse Menschen glauben, er habe es getan. Er wird schon ganz seltsam und verbittert. Das wundert mich nicht. Und je mehr er so wird, umso mehr Menschen glauben, dass etwas dran sein muss.«

Sie unterbrach sich wieder. Ihre Augen waren die ganze Zeit auf Mr Quin geheftet, als zwänge sie etwas in seinem Gesicht zu diesem Ausbruch.

»Kann man nichts dagegen unternehmen?«, fragte Mr Sattersway. Er war ehrlich bekümmert. Eine solche Reaktion war unvermeidlich, das sah er ein. Gerade die Dürftigkeit des Beweismaterials gegen Stephen Grant machte es diesem noch schwerer, die Anschuldigungen zurückzuweisen.

Das Mädchen sah Mr Sattersway an. »Nur die Wahrheit kann ihm helfen!«, rief sie. »Wenn man Captain Harwell fände, wenn er zurückkäme! Wenn die wahren Hintergründe endlich bekanntwürden ...«

Sie brach in Schluchzen aus und rannte hinaus.

»Ein prächtiges Mädchen, aber ein trauriger Fall. Ich wünschte wirklich, dass man etwas tun könnte«, sagte Mr Sattersway.

»Wir tun, was wir können«, erwiderte Mr Quin. »Wir haben immerhin noch fast eine halbe Stunde, bis Ihr Wagen fertig ist.«

Mr Sattersway starrte ihn entgeistert an. »Sie glauben, wir können den Fall lösen, indem wir einfach darüber reden?«

»Sie kennen das Leben gut«, meinte Mr Quin bedeutungsvoll, »besser als die meisten Menschen.«

»Es ist an mir nur vorbeigezogen«, gab Mr Sattersway bitter zu.

»Aber es hat Ihren Blick geschärft. Wo andere blind sind, können Sie sehen.«

»Das stimmt«, antwortete Mr Sattersway. »Ich bin ein sehr guter Beobachter.«

Selbstgefällig plusterte er sich auf. Der bittere Augenblick war vorbei. »Ich sehe es folgendermaßen«, begann er nach ein paar Augenblicken. »Um einer Ursache auf den Grund gehen zu können, muss man die Wirkung studieren.«

»Sehr gut«, stimmte Mr Quin zu.

»In diesem Fall ist die Wirkung, dass Miss Le Couteau – ich meine Mrs Harwell – eine Ehefrau ist und doch wieder keine. Sie ist nicht frei – sie kann nicht heiraten. Und wie wir es auch betrachten, Richard Harwell ist eine dunkle Figur, ein Mann aus dem Nirgendwo mit fragwürdiger Vergangenheit.«

»Das stimmt«, räumte Mr Quin ein. »Sie sehen, was offensichtlich ist und nicht zu übersehen ist: dass Captain Harwell im Rampenlicht steht und eine verdächtige Figur ist.«

Mr Sattersway sah ihn zweifelnd an. Die Worte schienen ein anderes Bild in ihm heraufzubeschwören. »Hier haben wir also die Wirkung, oder nennen wir es: das Resultat«, fuhr er fort. »Und jetzt können wir übergehen zu –«

Mr Quin unterbrach ihn. »Sie haben das Resultat noch nicht von der rein materiellen Seite her untersucht.«

»Sie haben recht«, gab Mr Sattersway nach kurzem Nachdenken zu. »Man muss gründlicher sein. Sagen wir also, dass als Resultat der Tragödie Mrs Harwell eine Ehefrau ist und doch wieder keine, dass sie nicht heiraten kann und Mr Bradburn *Ashley Grange* samt Einrichtung für sechzigtausend Pfund – nicht wahr? – kaufen konnte. Und jemand in Essex hat John Mathias als Gärtner angestellt. Deshalb verdächtigen wir noch lange nicht diesen Unbekannten in Essex oder Mr Bradburn, das Verschwinden von Captain Harwell inszeniert zu haben.«

»Sie sind sarkastisch«, warf Mr Quin ein.

Mr Sattersway sah ihn scharf an. »Aber Sie sind sicher einverstanden, dass ...«

»Ja, natürlich«, erwiderte Mr Quin. »Diese Vorstellung wäre absurd. Was kommt jetzt?«

»Versetzen wir uns doch in jenen Schreckenstag zurück. Nehmen wir an, das Verschwinden habe bereits stattgefunden – heute Morgen.«

»Nein, nein«, widersprach Mr Quin lächelnd. »Da wir ja wenigstens in unserer Phantasie Einfluss auf die Zeit haben, wollen wir sie weiterdrehen. Nehmen wir an, Harwells Verschwinden habe vor hundert Jahren stattgefunden. Und wir befinden uns im einundzwanzigsten Jahrhundert und blicken zurück.«

»Sie sind ein seltsamer Mensch«, sagte Mr Sattersway langsam. »Sie glauben an die Vergangenheit, nicht an die Gegenwart. Warum?«

»Gerade eben verwendeten Sie das Wort Atmosphäre. Es liegt keine Atmosphäre in der Gegenwart.«

»Vielleicht stimmt das«, gab Mr Sattersway nachdenklich zu. »Ja, es stimmt. Die Gegenwart ist manchmal – so beschränkt.«

»Eine treffende Bezeichnung«, meinte Mr Quin.

Mr Sattersway machte eine hübsche, kleine Verbeugung. »Sehr freundlich!«

»Also, nehmen wir – nicht das gegenwärtige Jahr, das wäre zu schwierig. Sagen wir – letztes Jahr«, fuhr sein Gegenüber fort. »Fassen Sie es doch zusammen, da Sie immer die richtigen Worte finden.«

Mr Sattersway dachte eine Minute nach. Er wollte seinen Ruf nicht aufs Spiel setzen.

»Vor hundert Jahren war die Zeit von Puder und Schönheitspflästerchen. Sagen wir, heute ist das Zeitalter der Kreuzworträtsel und Fassadenkletterer.«

»Fabelhaft«, lobte Mt Quin.

»Über Kreuzworträtsel weiß ich allerdings nicht gut Bescheid«, gestand Mr Sattersway. »Aber die Fassadenkletterer haben auf dem Kontinent viel Aufsehen erregt. Erinnern Sie sich an die berühmte Serie von Einbrüchen in französische Schlösser? Angeblich war es eine ganze Bande. Mit den erstaunlichsten Kunststücken verschafften sie sich Zugang. Nach der einen Theorie soll es eine Akrobatentruppe gewesen sein – die Clondinis. Ich sah einmal eine Vorstellung von ihnen – wirklich meisterhaft! Mutter, Sohn und Tochter. Sie verschwanden auf geheimnisvolle Art von der Bühne. Aber wir weichen da eigentlich vom Thema ab.«

»Nicht sehr weit«, entgegnete Mr Quin. »Nur bis über den Kanal.«

»Wo die französischen Damen nur die Zehenspitzen ins Wasser tauchen, wie unser Wirt behauptet«, sagte Mr Sattersway lächelnd. Es entstand eine bedeutungsvolle Pause.

»Warum verschwand er?«, rief Mr Sattersway. »Warum? Warum? Es ist nicht zu fassen! Wie ein Zauberkunststück!«

»Ja, wie ein Zauberkunststück«, erwiderte Mr Quin. »Das trifft die Sache genau. Schon wieder Atmosphäre,

sehen Sie! Und worin liegt das Wesentliche eines Zauber-
tricks?«

»Je geschickter die Hand, umso täuschender für das
Auge«, sagte Mr Sattersway sofort.

»Das ist alles, nicht wahr? Das Auge wird getäuscht.
Manchmal mit einem Trick, manchmal – mit anderen
Mitteln. Die Zauberer haben viele Ablenkungsmanöver:
Einen Pistolenschuss oder das Wedeln eines roten Ta-
schentuchs, und etwas erscheint wichtig, das es in Wirklichkeit nicht ist. Das Auge wird vom Hauptgeschehen
durch eine spektakuläre Handlung abgelenkt, die gar keine Bedeutung hat – gar keine.«

Mr Sattersway beugte sich mit leuchtenden Augen vor.
»Da ist etwas dran! Das ist eine Idee!« Und leise fuhr er
fort: »Der Pistolenschuss des Zauberers! Was war der Pistolenschuss bei dem Zauberkunststück, von dem wir hier
reden? Was ist das ablenkende Moment, das die Phantasie
beschäftigt?«

Plötzlich hielt er den Atem an. »Sein Verschwinden!«,
rief Mr Sattersway. »Lässt man es weg, bleibt nichts mehr.«

»Wieso nicht? Nehmen wir an, die Dinge nahmen denselben Verlauf, auch ohne dieses dramatische Verschwinden.«

»Sie meinen – wenn Miss Le Couteau trotzdem *Ashley
Grange* an Mr Bradburn verkauft hätte und wegfuhr –
ohne Grund?«

»Ja.«

»Ja, warum nicht? Es hätte vermutlich Staub aufgewir-
belt. Wahrscheinlich hätte man sich viel mehr für die
wertvolle Einrichtung interessiert – ach, warten Sie!«

Er schwieg einen Moment und brach dann los: »Sie haben recht, es liegt zu viel Betonung auf Captain Harwell.

Und folglich bleibt sie im Hintergrund: Miss Le Couteau! Jeder fragt sich: Wer war Captain Harwell? Wo kommt er her? Da sie die Benachteiligte ist, stellt niemand Nachforschungen über sie an. War sie wirklich Frankokanadierin? Hatte sie diese wundervollen Antiquitäten wirklich geerbt? Sie hatten recht, als Sie eben sagten, wir seien nicht weit vom Thema abgeschweift, ›nur über den Kanal‹. Diese sogenannten Erbstücke waren aus französischen Schlössern gestohlen, waren vorwiegend wertvolle Sammelstücke und folglich schwer abzusetzen. Sie kauft das Haus – wahrscheinlich für ein Butterbrot –, lässt sich hier nieder und zahlt einer über alle Zweifel erhabenen Engländerin eine erhebliche Summe, damit sie sie begleitet. Dann taucht Harwell auf. Das ist von langer Hand vorbereitet. Die Heirat, das Verschwinden ... was gibt es Natürlicheres, als dass eine Frau mit gebrochenem Herzen alles verkaufen will, das sie an ihr vergangenes Glück erinnert? Der Amerikaner ist ein Kenner, die Sachen sind echt und schön, einiges davon gar nicht teuer. Er macht ein Angebot, sie nimmt es an. Sie verlässt die Gegend, eine traurige und tragische Figur. Der große Coup ist gelungen. Das Auge des Publikums wurde durch eine geschickte Hand und einen sensationellen Trick getäuscht.«

Mr Sattersway hielt inne, die Wangen vor Begeisterung gerötet.

»Aber ohne Sie hätte ich es nie herausgefunden«, sagte er plötzlich bescheiden. »Sie haben eine höchst merkwürdige Wirkung auf mich. Man sagt so oft Dinge, ohne zu erkennen, was sie wirklich bedeuten. Sie haben die Gabe, es einem zu zeigen. Aber eines ist mir immer noch nicht ganz klar. Es muss für Harwell sehr schwierig gewesen sein zu verschwinden. Schließlich suchte ihn die Polizei in ganz England.«

»Bestimmt suchten sie ihn in ganz England«, bestätigte Mr Quin.

»Am einfachsten hätte er sich im Hause selbst versteckt gehalten«, überlegte Mr Sattersway, »falls dies möglich war.«

»Ich glaube, er war ganz in der Nähe«, antwortete Mr Quin.

Sein bedeutungsvoller Blick verfehlte seine Wirkung auf Mr Sattersway nicht. »In Mathias' Hütte?«, rief er. »Aber die Polizei wird sie doch durchsucht haben?«

»Mehrmals, würde ich sagen«, räumte Mr Quin ein.

»Mathias«, überlegte Mr Sattersway stirnrunzelnd.

»Und Mrs Mathias«, ergänzte Mr Quin.

Mr Sattersway blickte ihn nachdenklich an. »Falls es wirklich die Clondinis waren«, meinte er träumerisch, »dann handelt es sich um drei Personen. Die beiden jungen waren Harwell und Eleanor Le Couteau. Und die Mutter spielte Mrs Mathias. Aber in diesem Fall ...«

»Mathias litt an Rheuma, nicht wahr?«, warf Mr Quin unschuldig ein.

»Oh, jetzt hab ich's!«, rief Mr Sattersway. »Aber war es auch durchzuführen? Ich glaube schon. Hören Sie zu! Mathias war einen Monat dort. Während dieser Zeit befanden sich Harwell und Eleanor zwei Wochen auf Hochzeitsreise. Die zwei Wochen zuvor hielten sie sich angeblich in London auf. Ein geschickter Mann hätte beide Rollen – die von Harwell und die von Mathias – spielen können. Wenn Harwell in Kirtlington Mallet auftauchte, lag Mathias passenderweise mit Rheuma im Bett, und Mrs Mathias musste das bekräftigen. Ihre Rolle war sehr wichtig.

Ohne sie hätte jemand die Wahrheit herausfinden können. Wie Sie sagen, versteckte sich Harwell in Mathias' Hütte. Denn er spielte auch Mathias. Als man schließlich beschloss, *Ashley Grange* zu verkaufen, verbreiteten sie die Kunde, Mathias und seine Frau hätten die Stellung in Essex gefunden. Dann verschwanden sie von der Bildfläche – für immer.«

Es klopfte, und Masters trat ein.

»Der Wagen ist da, Sir.«

Mr Sattersway erhob sich. Mr Quin ging zum Fenster und schob die Vorhänge zur Seite. Ein Mondstrahl fiel in den Raum.

»Das Gewitter ist vorbei«, sagte er.

Mr Sattersway zog seine Handschuhe an. »Nächste Woche esse ich mit dem Polizeipräsidenten«, sagte er gewichtig. »Ich werde ihm meine Theorie unterbreiten.«

»Sie ist leicht zu erhärten oder zu widerlegen«, meinte Mr Quin. »Man muss nur die Einrichtung von *Ashley Grange* mit der Liste der französischen Polizei über gestohlene Antiquitäten vergleichen.«

»Genau«, bestätigte Mr Sattersway. »Ziemliches Pech für Mr Bradburn, aber …«

»Ich bin sicher, er wird den Verlust überleben«, meinte Mr Quin. Mr Sattersway reichte Mr Quin die Hand. »Auf Wiedersehen. Ich kann Ihnen nur sagen, dass ich dieses unerwartete Zusammentreffen außerordentlich genossen habe. Sie fahren erst morgen ab, glaube ich?«

»Vielleicht noch heute Abend. Meine Aufgabe hier ist erledigt. Ich komme und gehe, wie Sie wissen.«

Mr Sattersway erinnerte sich, diese Worte schon früher am Abend gehört zu haben. Wie merkwürdig!

Er ging hinaus zum Wagen und zum wartenden Masters.

Aus der offenen Tür zur Bar erscholl die Stimme des Wirts, laut und selbstzufrieden:

»Eine düstere Geschichte«, sagte er gerade. »Eine sehr düstere Geschichte. Das ist mal sicher!«

In Wahrheit verwendete er nicht das Wort »düster«, sondern einen viel farbigeren Ausdruck. Mr William Jones war ein Mann der feinen Unterscheidungen und passte seine Adjektive der jeweiligen Kundschaft an. Und die Gäste in der Bar liebten gut gewürzte Reden. Mr Sattersway lehnte sich auf dem komfortablen Sitz der Limousine zurück. Seine Brust war triumphgeschwellt. Er sah, wie das Mädchen Mary vor die Tür trat und unter dem knarrenden Wirtshausschild stehen blieb.

Sie hat noch keine Ahnung, was ich vorhabe, dachte Mr Sattersway. Keine Ahnung!

Das Wirtshausschild schwang leise im Wind.

Das Zeichen am Himmel

Der Richter hatte seine Ansprache an die Geschworenen fast beendet.

»Nun, Gentlemen, ich bin mit meinen Ausführungen beinahe fertig. Es ist an Ihnen, aufgrund der Beweise zu entscheiden, ob diese gegen den Mann sprechen, sodass Sie ihn für schuldig befinden, Vivien Barnaby getötet zu haben. Sie haben die Aussagen der Angestellten über den Zeitpunkt gehört, zu dem der Schuss abgegeben wurde. Sie waren sich alle einig. Außerdem liegt ein Brief vor, den Vivien Barnaby am Morgen desselben Tages – am Freitag, dem 13. September – an den Angeklagten schrieb, ein Brief, dessen Existenz die Verteidigung nicht bestritten hat. Sie haben gehört, wie der Gefangene anfangs leugnete, in *Deering Hill* gewesen zu sein, und erst später, nach der Beweisvorlage durch die Polizei, seine Anwesenheit zugab. Über sein Leugnen müssen Sie sich Ihr eigenes Urteil bilden. Es gibt keine Tatzeugen. Was Motiv, Mittel und Gelegenheit betrifft, so werden Sie Ihre *eigenen Schlüsse* ziehen. Die Verteidigung ist überzeugt, dass eine unbekannte Person das Musikzimmer betrat, nachdem es der Angeklagte verlassen hatte, und Vivien Barnaby mit der Waffe erschoss, die der Angeklagte in einer seltsamen Vergesslichkeit zurückgelassen hatte. Sie haben die Geschichte des Angeklagten gehört, warum er eine halbe

Stunde für den Nachhauseweg brauchte. Wenn Sie seinem Bericht nicht glauben und über jeden Zweifel überzeugt sind, dass der Angeklagte am Freitag, dem 13. September, seine Waffe aus nächster Nähe auf Vivien Barnabys Kopf abfeuerte mit der Absicht, sie zu töten, dann muss Ihr Urteil auf schuldig lauten. *Wenn Sie* andererseits begründete Zweifel haben, ist es Ihre Pflicht, den *Gefangenen freizusprechen*. Ich möchte Sie jetzt bitten, sich in Ihr Zimmer zurückzuziehen und sich zu beraten. Wenn Sie eine Entscheidung getroffen haben, lassen Sie es mich wissen.«

Die Geschworenen waren eine knappe halbe Stunde abwesend. Sie fällten ein Urteil, das für alle bereits vorher festgestanden hatte. Sie sprachen den Angeklagten schuldig.

Nachdem Mr Sattersway sich den Urteilsspruch angehört hatte, verließ er mit nachdenklich gerunzelter Stirn den Gerichtssaal.

Gewöhnlich interessierte ihn ein Mordfall nicht. Er war von seiner ganzen Veranlagung her ein viel zu anspruchsvoller Mensch, um Geschmack an den schmutzigen Einzelheiten eines Durchschnittsverbrechens zu haben. Doch der Fall Wylde war etwas anderes. Der junge Martin Wylde war das, was man gewöhnlich als Gentleman bezeichnete, und das Opfer, Sir George Barnabys junge Frau, hatte Mr Sattersway selbst gekannt.

Darüber dachte er nach, während er durch Holborn ging und in ein Gewirr schmaler Straßen eintauchte, die in Richtung Soho führten. In einer dieser Straßen lag ein kleines Restaurant, das nur wenigen bekannt war. Mr Sattersway gehörte zu diesen wenigen. Es war nicht billig – im Gegenteil, es war äußerst teuer, da es ausschließlich die feine Zunge des Gourmets befriedigen wollte. Es war ein ruhiges Lokal; keine Musik durfte die gedämpfte Atmosphäre stören. Und es war ziemlich dunkel. Kellner tauchten auf leisen Sohlen aus dem Dämmerlicht auf und trugen die silbernen Schüsseln mit einer Würde, als nähmen sie an irgendeiner heiligen Handlung teil. Das Restaurant hieß *Arlecchino*.

Immer noch nachdenklich betrat Mr Sattersway das *Arlecchino* und schritt auf seinen Lieblingstisch in einer Nische an der entfernteren Wand zu. Wegen des bereits erwähnten dämmrigen Lichts entdeckte er, erst als er bereits ziemlich nahe war, dass dort ein großer, dunkler Mann saß, das Gesicht im Schatten. Durch ein bunt verglastes Fenster hinter ihm fiel ein Bündel Strahlen und verwandelte seinen dunklen Anzug in ein farbenprächtiges Kostüm.

Mr Sattersway wollte sich gerade abwenden, als der Fremde sich leicht bewegte und der andere ihn erkannte.

»Gott sei meiner Seele gnädig!«, rief Mr Sattersway, der solche altmodischen Ausdrücke liebte. »Das ist ja Mr Quin!«

Bereits dreimal hatte Mr Sattersway ihn schon getroffen, und jedes Mal hatte sich durch diese Begegnung etwas höchst Außergewöhnliches ergeben. Ein seltsamer Mann, dieser Mr Quin, mit dem Hang, einem die Dinge, die man seit langem kannte, in einem völlig anderen Licht darzustellen.

Sofort war Mr Sattersway aufgeregt – angenehm erregt. Seine Rolle war die des Zuschauers, und das wusste er, doch manchmal, wenn er sich in Mr Quins Gesellschaft befand, glaubte er an die Illusion, eine der handelnden Personen zu sein – und noch dazu eine der wichtigsten.

»Was für eine angenehme Überraschung«, sagte er, über das ganze vertrocknete ältliche Gesicht strahlend. »Wirklich, sehr angenehm. Ich hoffe, Sie haben nichts dagegen, wenn ich mich zu Ihnen setze?«

»Ich bin entzückt«, sagte Mr Quin. »Wie Sie sehen, habe ich mit dem Essen noch nicht begonnen.«

Ein ehrerbietiger Oberkellner tauchte aus dem Schatten auf, und Mr Sattersway wandte sich, wie es sich für einen Mann mit feinem Gaumen gehörte, voll und ganz der Aufgabe zu, das Menü zusammenzustellen. Ein paar Minuten später zog sich der Oberkellner mit einem leichten verständnisvollen Lächeln zurück, und einer seiner jungen Trabanten begann seine Dienste. Mr Sattersway wandte sich an Mr Quin und bemerkte:

»Ich komme eben aus dem *Old Bailey*. Eine traurige Sache, finde ich.«

»Er wurde für schuldig befunden?«, fragte Mr Quin.

»Ja. Die Geschworenen waren keine halbe Stunde draußen.«

Mr Quin neigte den Kopf. »Ein unvermeidlicher Urteilsspruch – bei diesen Beweisen«, meinte er.

»Und doch …«, begann Mr Sattersway – und schwieg.

Mr Quin vollendete den begonnenen Satz für ihn: »Und doch waren Ihre Sympathien aufseiten des Angeklagten. War es das, was Sie sagen wollten?«

»Ich glaube, ja. Martin Wylde ist ein so netter junger Bursche – man traut es ihm kaum zu. Trotzdem, in letzter Zeit gab es eine Menge netter junger Burschen, die sich als Mörder von der besonders kaltblütigen und abstoßenden Sorte entpuppten.«

»Zu viele!«, sagte Mr Quin leise.

»Wie bitte?«, fragte Mr Sattersway, leicht überrascht.

»Zu viele, was den Fall Martin Wylde betrifft. Von Anfang an bestand eine gewisse Tendenz, diesen Mord als einen von vielen in einer Reihe gleichartiger Verbrechen zu sehen – ein Mann möchte eine Frau loswerden, um eine andere heiraten zu können.«

»Nun«, sagte Mr Sattersway zweifelnd. »Die Beweise ...«

»Ach!«, sagte Mr Quin rasch. »Ich fürchte, ich kenne nicht alle Beweise.«

Schlagartig kehrte Mr Sattersways Selbstvertrauen zurück. Ein Gefühl der Macht durchströmte ihn. Er war versucht, sehr dramatisch zu werden.

»Ich will versuchen, es Ihnen zu erklären. Ich kenne die Barnabys, das wissen Sie. Ich kenne die besonderen Umstände. Ich werde Sie hinter die Bühne führen – durch mich werden Sie die Dinge erleben, als wären Sie dabei gewesen.«

Mr Quin beugte sich mit seinem schnellen, ermunternden Lächeln vor. »Wenn jemand dies kann, dann ist es Mr Sattersway«, murmelte er.

Mit beiden Händen packte Mr Sattersway die Tischkante. Er war beflügelt, wuchs über sich hinaus. Einen Augenblick lang war er ein Künstler, ein reiner großer Künstler, dessen Medium die Sprache war.

Rasch, mit einem Dutzend breiter Striche, skizzierte er ein Bild des Lebens in *Deering Hill*. Sir George Barnaby, ältlich, dick, sparsam. Ein Mann, der ständig von den unwichtigen Dingen im Leben großes Aufhebens machte. Ein Mann, der regelmäßig jeden Freitagnachmittag die Uhren aufzog, jeden Dienstagmorgen das Haushaltsbuch kontrollierte und jeden Abend eigenhändig die Haustür abschloss. Ein vorsichtiger Mann.

Und von Sir George kam er auf Lady Barnaby zu sprechen. Hier wurde der Strich seiner Zeichnung zarter, aber er war nicht weniger sicher. Er hatte sie nur einmal gesehen, doch sein Eindruck von ihr war genau und nachhaltig. Ein lebhaftes, trotziges Geschöpf, bemitleidenswert jung. Wie ein Kind, das in der Falle saß – so beschrieb er sie.

»Sie hasste ihn, verstehen Sie? Sie hatte ihn geheiratet, ohne zu wissen, was sie tat. Und dann …«

Sie war verzweifelt – wie er es ausdrückte. Sie überlegte hin und her. Sie besaß kein eigenes Geld. Sie war von diesem ältlichen Ehemann völlig abhängig. Doch trotz allem war sie ein Geschöpf, das nicht resignieren wollte – sich der eigenen Kräfte noch nicht bewusst, mit einer Schönheit, die noch mehr ein Versprechen war. Und sie war gierig, wie Mr Sattersway mit aller Entschiedenheit betonte. Abgesehen von ihrem Trotz hatte sie etwas Gieriges an sich – sie besaß eine ungeheure Lebensgier.

»Martin Wylde lernte ich nie kennen«, fuhr Mr Sattersway fort. »Doch ich habe viel von ihm gehört. Er wohnte keine Meile entfernt. Ackerbau, das war sein Beruf. Und sie begann sich dafür zu interessieren – oder tat zumindest so. Wenn Sie mich fragen, dann hat sie nur so getan. Ich glaube, sie sah in ihm die einzige Möglichkeit zu entkommen. Und sie ließ nicht von ihm ab, hartnäckig wie ein kleines Kind. Nun, es kam, wie es kommen musste. Wir wissen, was für ein Ende die Sache nahm, denn im Gericht wurden die Briefe verlesen. Er hob ihre Briefe auf – sie die seinen nicht, doch nach dem Inhalt der ihren zu schließen, begannen seine Gefühle abzukühlen. So viel gibt er auch zu. Da war noch das andere Mädchen. Sie wohnte im Dorf Deering Vale. Ihr Vater ist der Arzt des Ortes. Vielleicht haben Sie sie im Gerichtssaal gesehen?

Nein, ich erinnere mich, Sie waren nicht dort, wie Sie mir sagten. Ich werde sie Ihnen beschreiben müssen. Ein blondes Mädchen – sehr blond. Zart. Vielleicht – ja, vielleicht ein ganz klein wenig dumm. Aber sehr ruhig, wissen Sie. Und treu. Vor allem treu.«

Mit einem Ermunterung heischenden Blick sah Mr Sattersway Mr Quin an, der ihm wohlwollend zulächelte. Mr Sattersway fuhr fort: »Sie haben gehört, was in ihrem letzten Brief stand, oder vielmehr, Sie haben ihn in der Zeitung gelesen. Ich meine den, den sie am Freitag, dem 13. September, morgens schrieb. Er ist voll von Verzweiflung, Vorwürfen und vagen Drohungen und endet damit, dass sie Martin Wylde bittet, noch am selben Abend um sechs Uhr nach *Deering Hill* zu kommen. ›Ich lasse die Hintertür unverschlossen, denn niemand braucht zu erfahren, dass du mich besuchen kommst. Ich werde im Musikzimmer sein.‹ Ein Bote überbrachte ihn.«

Mr Sattersway schwieg eine Minute oder zwei.

»Sie erinnern sich, dass er bei seiner Verhaftung behauptete, an dem bewussten Abend überhaupt nicht in jenem Haus gewesen zu sein. Er erklärte, dass er sein Gewehr geholt und zum Jagen in den Wald gegangen sei. Doch als die Polizei die Beweise auf den Tisch legte, war seine Aussage nichts mehr wert. Man fand seine Fingerabdrücke, wie Sie sich erinnern werden, sowohl auf dem Holz der Hintertür als auch auf dem einen der beiden Cocktailgläser auf dem Tisch im Musikzimmer. Da gab er zu, dass er Lady Barnaby besucht hatte, dass sie eine stürmische Auseinandersetzung hatten, doch dass es ihm schließlich gelang, sie zu beruhigen. Er schwor, dass er seine Waffe draußen bei der Tür an die Wand gelehnt zurückließ und Lady Barnaby gesund und munter gewesen sei, als er ging. Das war ein oder zwei Minuten nach Viertel nach sechs. Er ging direkt nach Hause, behauptete er, doch den Zeugenaussagen nach war er erst um Viertel vor sieben Uhr dort, und dabei ist es, wie ich eben erwähnte, kaum eine Meile weit. Man braucht keine halbe Stunde für die Strecke. Er hätte sein Gewehr ganz vergessen, behauptete er. Eine nicht sehr glaubhafte Erklärung ... und doch ...«

»Und doch?«, fragte Mr Quin.

»Nun«, sagte Mr Sattersway zögernd. »Es wäre doch möglich, nicht wahr? Der Anklagevertreter machte die Annahme natürlich lächerlich, doch ich glaube, er irrte sich. Wissen Sie, ich kenne viele junge Männer, und derartige gefühlvolle Auseinandersetzungen regen sie sehr auf – vor allem den dunklen nervösen Typ wie Martin Wylde. Frauen dagegen können eine solche Szene durchmachen und fühlen sich danach entschieden besser. Und haben noch ihre fünf Sinne beisammen. Bei ihnen hat so etwas die Funktion eines Sicherheitsventils. Beruhigt die Nerven und dergleichen. Doch ich sehe förmlich, wie Martin Wylde davongeht, in seinem Kopf ist ein großes Durcheinander, er fühlt sich elend und unglücklich, ohne einen einzigen Gedanken an die Waffe, die er an die Wand gelehnt zurücklässt.«

Er schwieg einige Minuten, ehe er fortfuhr:

»Nicht, dass dies eine Rolle spielt. Denn die nächste Szene ist nur zu eindeutig – unglücklicherweise. Es war genau zwanzig Minuten nach sechs Uhr, als man den Schuss hörte. Alle Angestellten hörten ihn, die Köchin, das Küchenmädchen, der Butler, das Hausmädchen und Lady Barnabys Zofe. Sie liefen ins Musikzimmer. Sie lag über die Lehne ihres Sessels gekrümmt da. Die Waffe war dicht an ihrem Hinterkopf abgefeuert worden, sodass sie ihr Ziel nicht verfehlen konnte. Mindestens zwei Kugeln schlugen ins Gehirn ein.«

Er schwieg wieder, und Mr Quin fragte wie nebenbei: »Die Angestellten machten ihre Aussagen, nehme ich an?«

Mr Sattersway nickte. »Ja. Der Butler war ein oder zwei Sekunden vor den andern da, doch ihre Aussagen waren praktisch alle gleich.«

»Sie haben *alle* ausgesagt?«, fragte Mr Quin nachdenklich. »Ohne Ausnahme?«

»Wenn ich es jetzt bedenke«, antwortete Mr Sattersway, »so wurde das Hausmädchen nur bei der gerichtlichen Voruntersuchung gehört. Sie fuhr nach Kanada, soviel ich weiß.«

»Ach so.«

In dem Schweigen, das entstand, schien die Atmosphäre in dem kleinen Raum mit einem gewissen Unbehagen aufgeladen zu sein. Plötzlich hatte Mr Sattersway das Gefühl, in die Verteidigung gedrängt worden zu sein.

»Warum hätte sie nicht hinfahren sollen?«, fragte er abrupt.

»Ja, warum nicht?«, sagte Mr Quin mit einem leichten, fast unmerklichen Achselzucken.

Irgendwie ärgerte Mr Sattersway die Bemerkung. Er wollte sie nicht zur Kenntnis nehmen und wieder vertrauten Boden gewinnen.

»Es konnte nicht viel Zweifel darüber geben, wer den Schuss abgegeben hatte. Tatsache ist, dass die Angestellten etwas den Kopf verloren. Es war niemand im Haus, der die Sache in die Hand hätte nehmen können. Es dauerte ein paar Minuten, bis es jemandem einfiel, die Polizei zu verständigen, und als sie dies tun wollten, entdeckten sie, dass das Telefon nicht funktionierte.«

»So«, sagte Mr Quin. »Das Telefon funktionierte nicht.«

»Ja«, antwortete Mr Sattersway – und hatte plötzlich das Gefühl, auf einen äußerst wichtigen Punkt gestoßen zu sein. »Natürlich könnte es absichtlich geschehen sein«, sagte er langsam. »Doch das scheint keinen Sinn zu geben. Der Tod trat faktisch sofort ein.«

Mr Quin sagte nichts, und Mr Sattersway erkannte, dass diese Erklärung nicht genügte.

»Es gab einfach keinen andern Verdächtigen als den jungen Wylde«, fuhr er fort. »Sogar seiner eigenen Aussage nach war er erst drei Minuten aus dem Haus, als der Schuss abgegeben wurde. Wer hätte sonst schießen sollen? Sir George war beim Bridgespielen, ein paar Häuser weiter. Er ging um halb sieben Uhr und stieß genau vor dem Tor auf eine Angestellte, die ihm die Nachricht überbrachte. Der letzte Rubber wurde um halb sieben gemacht – darüber gibt es keinen Zweifel. Dann ist da noch Sir Georges Sekretär, Henry Thompson. An jenem Tag war er in London und in dem Augenblick, als der Schuss fiel, bei einer geschäftlichen Besprechung. Und schließlich haben wir noch Sylvia Dale, die eigentlich ein sehr gutes Motiv hat, wenn es auch unwahrscheinlich erscheint, dass sie mit einem derartigen Verbrechen etwas zu tun haben könnte. Sie begleitete eine Freundin zum Zug. Er fuhr genau um sechs Uhr achtundzwanzig vom Bahnhof Deering Vale ab. Das schließt sie aus. Dann die Angestellten. Was für ein Motiv hätte jemand wie sie haben sollen? Außerdem trafen sie praktisch gleichzeitig auf dem Schauplatz ein. Nein, es muss Martin Wylde gewesen sein.«

Doch er sagte dies mit einem zweifelnden Ton in der Stimme.

Schweigend aßen sie zu Mittag. Mr Quin war nicht in gesprächiger Laune, und Mr Sattersway hatte alles gesagt, was es zu sagen gab. Doch ihr Schweigen war nicht ohne Wirkung. Es war angefüllt mit Sattersways wachsender Unzufriedenheit, die auf seltsame Weise durch die Wortlosigkeit des andern noch mehr genährt wurde.

Plötzlich legte Mr Sattersway Gabel und Messer mit lautem Klirren hin. »Angenommen, der junge Mann ist tatsächlich unschuldig«, sagte er. »Er wird gehängt werden.«

Er sah aufgeregt und entsetzt aus. Noch immer sagte Mr Quin kein Wort.

»Nicht, dass …«, fing Mr Sattersway wieder an und brach ab. »Warum hätte die Person nicht nach Kanada fahren sollen?«, bemerkte er zusammenhanglos.

Mr Quin schüttelte den Kopf.

»Ich weiß nicht einmal, in welchen Teil von Kanada sie fuhr«, meinte Mr Sattersway verdrießlich.

»Könnten Sie das herausbekommen?«, fragte sein Gegenüber.

»Vermutlich schon. Der Butler, zum Beispiel. Er dürfte es wissen. Oder sicherlich Thompson, der Sekretär. Er müsste es wissen.«

Er schwieg erneut. Als er wieder sprach, klang seine Stimme beinahe bittend. »Nicht, dass mich die Sache etwas anginge, nicht wahr?«

»Dass ein junger Mann in etwas mehr als drei Wochen gehängt wird, meinen Sie?«

»Nun, ja – wenn Sie es so ausdrücken, wahrscheinlich doch. Ja, ich verstehe, was Sie meinen. Eine Frage von Leben und Tod. Und dazu das arme Mädchen! Ich bin nicht hartherzig – aber, was würde es schon nützen?

Ist die ganze Geschichte nicht ziemlich phantastisch? Selbst wenn ich herausfinde, wo in Kanada die Frau ist – es würde wohl bedeuten, dass ich persönlich hinfahren müsste.«

Jetzt war Mr Sattersway wirklich sehr erregt. »Und ich wollte nächste Woche an die Riviera fahren«, sagte er pathetisch.

Der Blick, den er Mr Quin zuwarf, verriet klar und deutlich: Das tun Sie mir doch nicht an, nicht wahr?

»Sind Sie noch nie in Kanada gewesen?«

»Noch nie.«

»Ein sehr interessantes Land.«

Mr Sattersway sah ihn unentschlossen an. »Meinen Sie, ich sollte hinfahren?«

Mr Quin lehnte sich in seinem Stuhl zurück und zündete sich eine Zigarette an. Kleine Rauchwolken ausstoßend, begann er zu sprechen.

»Soviel ich weiß, sind Sie ein reicher Mann, Mr Sattersway. Kein Millionär, doch ein Mann, der seine Hobbys pflegen kann, ohne auf die Ausgaben achten zu müssen. Sie haben das Schauspiel, das andere Leute boten, immer als Zuschauer betrachtet. Ist es Ihnen nie in den Sinn gekommen, selbst eine Rolle zu spielen? Haben Sie sich nie auch nur für eine Minute als der Richter über das Schicksal anderer gesehen, als jemand, der mitten auf der Bühne steht und Leben und Tod in seinen Händen hält?«

Mr Sattersway beugte sich vor. Die alte Begeisterung war wieder da.

»Sie meinen, ich sollte rein auf Verdacht nach Kanada …«

Mr Quin lächelte. »Oh! Es war Ihr Vorschlag, hinzufahren, nicht meiner«, sagte er leichthin.

»So können Sie mich nicht abspeisen«, erklärte Mr Sattersway ernst. »Immer wenn ich Ihnen begegne ...« Er brach ab.

»Nun?«

»Es ist etwas an Ihnen, das ich nicht verstehe. Vielleicht werde ich es niemals verstehen. Das letzte Mal, als ich Sie traf ...«

»Es war am Abend der Sommersonnenwende.«

Mr Sattersway erschrak, als stecke hinter diesem Wort noch ein anderer Sinn, den er nicht begriff.

»Tatsächlich?«, sagte er verwirrt.

»Ja. Doch lassen wir das. Es ist unwichtig, oder etwa nicht?«

»Wenn Sie es sagen«, antwortete Mr Sattersway höflich. Er hatte das Gefühl, dass er irgendeinen bedeutenden Hinweis übersah. »Wenn ich aus Kanada zurückkomme«, er schwieg etwas verlegen, »dann würde ich ... dann würde ich Sie gern treffen.«

»Ich habe leider im Augenblick keine feste Adresse«, erklärte Mr Quin bedauernd. »Aber ich komme oft hierher. Wenn Sie ebenfalls häufig in diesem Lokal essen, werden wir uns über kurz oder lang sicherlich wieder begegnen.«

Sie trennten sich in aller Freundschaft.

Mr Sattersway war sehr aufgeregt. Er eilte zum nahe gelegenen Cook-Reisebüro und erkundigte sich nach dem nächsten Schiff. Dann rief er in *Deering Hill* an. Ein Butler mit einer glatten und beflissenen Stimme meldete sich.

»Mein Name ist Sattersway. Ich spreche im Auftrag einer Anwaltskanzlei. Ich möchte mich wegen einer jungen Frau erkundigen, die bis vor kurzem bei Ihnen als Hausmädchen gearbeitet hat.«

»Könnte es sich um Louisa handeln, Sir? Um Louisa Bullard?«

»Ja, so heißt sie«, erklärte Mr Sattersway, äußerst froh, dass er nun ihren Namen kannte.

»Leider ist sie nicht mehr in England, Sir. Vor sechs Monaten fuhr sie nach Kanada.«

»Können Sie mir ihre augenblickliche Adresse geben?«

Der Butler bedauerte. Es sei irgendein Ort in den Bergen, ein schottisch klingender Name. Ja, es fiel ihm wieder ein, Banff, so habe der Ort geheißen. Einige andere junge Damen im Hause hatten auf ein Lebenszeichen von ihr gehofft, aber sie habe nie geschrieben oder ihnen ihre Adresse gegeben.

Mr Sattersway bedankte sich und hängte ein. Er war immer noch voll Zuversicht, seine Abenteuerlust so groß wie vorher. Er würde nach Banff fahren. Wenn Louisa Bullard dort war, würde er sie irgendwie aufspüren.

Zu seinem Erstaunen genoss er die Fahrt sehr. Es war viele Jahre her, dass er eine längere Seereise unternommen hatte. Die Riviera, Le Touquet, Deauville und Schottland waren gewöhnlich seine Ziele. Das Gefühl, dass er in einer unmöglichen Sache unterwegs war, gab der Reise noch die geheime Würze. Für was für einen Dummkopf würden ihn seine Mitreisenden wohl halten, wenn sie wüssten, warum er auf dem Schiff war. Aber schließlich – kannten sie Mr Quin nicht.

In Banff hatte er sofort Erfolg. Louisa Bullard arbeitete dort in einem großen Hotel. Zwölf Stunden nach seiner Ankunft stand er ihr von Angesicht zu Angesicht gegenüber.

Sie war eine Frau von ungefähr fünfunddreißig Jahren, etwas blutarm, aber mit einer kräftigen Figur. Sie hatte hellbraunes, lockiges Haar und ein Paar ehrliche braune Augen. Sie war, dachte Mr Sattersway, etwas dumm, aber sehr vertrauenswürdig.

Sie glaubte es ihm sofort, als er erklärte, er sei gekommen, um noch nähere Einzelheiten über die Tragödie von *Deering Hill* zu erfahren.

»Ich habe in der Zeitung gelesen, dass Mr Martin Wylde schuldig gesprochen wurde, Sir. Das ist wirklich auch sehr traurig.«

Allem Anschein nach hatte sie keinen Zweifel an seiner Schuld.

»Ein netter junger Mann, der auf Abwege geraten ist. Ich will ja nicht schlecht von den Toten reden, aber eigentlich war die Lady schuld. Sie hat ihn dazu verleitet. Sie ließ ihn einfach nicht in Ruhe. Na, nun haben sie beide ihre Strafe gekriegt. Als Kind hatte ich an der Wand einen Spruch hängen: ›Gott lässt seiner nicht spotten‹, und das ist sehr wahr. Ich wusste, dass an jenem Abend etwas passieren würde, und genauso ist es gekommen!«

»Wieso denn das?«, fragte Mr Sattersway.

»Ich war auf meinem Zimmer, Sir, und zog mich um. Zufällig blickte ich aus dem Fenster. Draußen fuhr ein Zug vorbei, und der weiße Rauch stieg in den Himmel, und ob Sie's glauben oder nicht, er sah aus wie eine riesige Hand. Eine riesige weiße Hand am rosa Abendhimmel. Die Finger waren gekrümmt, als wollten sie nach irgendetwas greifen. Richtig unheimlich! ›Hast du so etwas schon erlebt?‹, sagte ich. ›Das ist ein böses Zeichen.‹ Und genau in dem Augenblick hörte ich den Schuss. ›Da haben wir es!‹, rief ich, lief hinunter und stieß auf Carrie und die andern, die in der Halle standen. Wir gingen ins Musikzimmer, und da lag sie, in den Kopf geschossen und überall Blut und so. Schrecklich! Da habe ich den Mund aufgemacht, wirklich, und Sir George erzählt, dass ich am Himmel ein Zeichen gesehen hätte, doch er schien nicht viel davon zu halten. Ein Unglückstag war das gewesen. Schon am Morgen spürte ich es in allen Knochen. Ein Freitag und der Dreizehnte – was kann man da anderes erwarten?«

Sie redete immer weiter. Mr Sattersway war ungeduldig. Immer wieder brachte er das Gespräch auf das Verbrechen zurück und fragte sie genau aus. Schließlich musste er seine Niederlage zugeben. Louisa Bullard hatte erzählt, was sie wusste, und ihre Geschichte war ziemlich simpel und eindeutig.

Trotzdem entdeckte er einen einzigen wichtigen Punkt. Ihre jetzige Stelle hatte sie durch Mr Thompson, Sir Georges Sekretär, bekommen. Das Gehalt war so hoch, dass sie der Versuchung nicht widerstehen konnte und den Posten annahm, obwohl sie sofort England verlassen musste. Ein Mr Denman hatte in Kanada alle Formalitäten erledigt und ihr auch geraten, nicht nach England zu schreiben, weil sie deswegen »Schwierigkeiten mit der Einwanderungsbehörde« bekommen könnte. Sie hatte ihm blind geglaubt.

Das Gehalt, das sie im Laufe ihres Gesprächs erwähnte, war tatsächlich so hoch, dass es Mr Sattersway verdächtig erschien. Nach längerem Zögern beschloss er, Mr Denman aufzusuchen.

Wie er feststellte, war es nicht schwierig, von Mr Denman zu erfahren, was dieser wusste. Er hatte Thompson in London kennengelernt, und Thompson hatte ihm einmal einen großen Gefallen getan. Im September war dann ein Brief von Thompson gekommen, dass Sir George aus persönlichen Gründen das junge Mädchen aus England wegschicken wolle. Ob er wohl für sie Arbeit finden könne? Eine bestimmte Geldsumme war überwiesen worden, um ihr Gehalt zu erhöhen.

»Wahrscheinlich die üblichen Schwierigkeiten«, meinte Mr Denman und lehnte sich weltmännisch in seinem Stuhl zurück. »Offenbar ein nettes, ruhiges Mädchen.«

Mr Sattersway war nicht der Meinung, dass es sich in diesem Fall um die »üblichen Schwierigkeiten« handelte. Louisa Bullard war nicht Sir George Barnabys verflossene Geliebte. Davon war er überzeugt. Aus irgendeinem Grund war es lebenswichtig gewesen, sie aus dem Land zu schicken. Aber warum? Und wer steckte dahinter? Sir George persönlich, mit Thompson als seinem Helfershelfer? Oder hatte der Sekretär von sich aus gehandelt und den Namen seines Arbeitgebers nur mit hineingezogen?

Immer noch über diese Fragen nachgrübelnd, machte sich Mr Sattersway auf die Heimreise. Er war müde und verzweifelt. Seine Fahrt nach Kanada war ein Reinfall gewesen.

Einen Tag nach seiner Rückkehr ging er ins *Arlecchino*. Er hatte immer noch das Gefühl, versagt zu haben. Er erwartete nicht, schon beim ersten Mal Erfolg zu haben, doch zu seiner Freude saß die vertraute Gestalt an dem Tisch in der Nische. Auf Mr Quins Gesicht lag ein freundliches Lächeln des Willkommens.

»Na«, sagte Mr Sattersway und nahm sich etwas Butter, »da haben Sie mich ganz umsonst auf die Jagd geschickt.«

Mr Quin zog die Brauen hoch. »Ich soll Sie geschickt haben?«, protestierte er. »Es war ganz und gar Ihre eigene Idee.«

»Wessen Idee es auch war – jedenfalls hatte ich keinen Erfolg. Louisa Bullard hatte nichts zu erzählen.«

Dann berichtete Mr Sattersway in allen Einzelheiten von seiner Unterhaltung mit dem Hausmädchen und schilderte auch sein Gespräch mit Mr Denman. Schweigend hörte ihm Mr Quin zu.

»In einer Hinsicht fand ich doch etwas heraus«, bemerkte Mr Sattersway. »Man hat sie absichtlich aus dem Land geschickt. Doch warum? Ich begreife es nicht.«

»Nein?«, fragte Mr Quin, und seine Stimme klang wieder einmal sehr herausfordernd.

Mr Sattersway errötete. »Vielleicht glauben Sie, ich hätte sie noch genauer ausfragen sollen. Ich versichere Ihnen, dass ich die Geschichte immer wieder mit ihr durchgegangen bin. Es ist nicht meine Schuld, dass ich nicht erfahren habe, was wir erfahren wollten.«

»Sind Sie sicher?«, fragte Mr Quin.

Mr Sattersway blickte erstaunt auf. Mr Quin ließ seine Augen mit jenem leicht spöttischen Ausdruck auf Mr Sattersway ruhen, den dieser so gut kannte. Leicht verlegen schüttelte der kleine Mann den Kopf.

Es entstand ein längeres Schweigen, das Mr Quin schließlich brach, indem er in völlig anderem Ton sagte: »Neulich haben Sie die Leute, die bei dieser Geschichte eine Rolle spielen, so wunderbar beschrieben. Mit ein paar Worten haben Sie sie so deutlich gemacht, als hätte ich ein Bild von ihnen gesehen. Ich wünschte, Sie würden das mit dem Schauplatz selbst auch tun. Den haben Sie irgendwie im Dunkeln gelassen.«

Mr Sattersway war geschmeichelt.

»Den Schauplatz. Meinen Sie *Deering Hill*? Nun, heute ist es ein ziemlich durchschnittliches Haus. Rote Ziegel und Erkerfenster. Von außen nicht gerade imposant, doch sehr komfortabel. Kein sehr großes Haus. Ungefähr zwei Morgen Grund dazu. Die Häuser dort sind alle ähnlich. Gebaut für reiche Leute, das Innere erinnert an ein Hotel, die Schlafzimmer gleichen Hotelsuiten. Bäder und heißes und kaltes Wasser und einen Haufen vergoldete Lichtschalter. Alles herrlich bequem, aber nicht gerade ländlich. Man merkt, dass Deering Vale nur neunzehn Meilen von London weg ist.«

Mr Quin hatte aufmerksam zugehört. »Die Zugverbindungen sind schlecht, soviel ich gehört habe«, meinte er.

»Ach, das weiß ich nicht«, sagte Mr Sattersway, der sich für sein Thema zu erwärmen begann. »Ich war letzten Sommer eine Zeitlang dort. Man kam bequem in die Stadt. Natürlich fahren die Züge nur jede Stunde, immer achtundvierzig Minuten nach der vollen Stunde, vom Waterloo-Bahnhof aus. Bis abends nach zehn Uhr.«

»Und wie lange dauert es?«

»Ziemlich genau vierzig Minuten. Nach achtundzwanzig Minuten ist man in Deering Vale.«

»Natürlich«, sagte Mr Quin und machte eine ungeduldige Geste, »das hatte ich vergessen: Miss Dale begleitete an jenem Abend jemand zum Zug sechs Uhr achtundzwanzig.«

Ein oder zwei Minuten sagte Mr Sattersway gar nichts. Seine Gedanken beschäftigten sich wieder mit dem ungelösten Problem, und schließlich sagte er: »Ich wünschte, Sie würden mir verraten, was Sie damit meinten: Ob ich ganz sicher sei, nichts erfahren zu haben.« Es klang ziemlich kompliziert, was Mr Sattersway damit hatte ausdrücken wollen, doch Mr Quin versuchte nicht, so zu tun, als verstände er nicht.

»Ich überlegte nur, ob Sie die Sache nicht zu genau genommen haben. Schließlich fanden Sie heraus, dass Louisa Bullard absichtlich außer Landes geschickt worden war. Und dafür muss es einen Grund geben. Und der Grund ist in dem zu suchen, was sie Ihnen erzählte.« »Nun«, sagte Mr Sattersway streitsüchtig, »was hat sie denn erzählt? Wenn sie als Zeugin erschienen wäre, was hätte sie aussagen können?«

»Vielleicht hätte sie ihre Beobachtung geschildert.«

»Was hat sie denn beobachtet?«

»Das Zeichen am Himmel.«

Mr Sattersway starrte ihn verblüfft an.

»Sie halten diesen Unsinn für wichtig? Diesen abergläubischen Unfug, dass es – die Hand Gottes war?«

»Vielleicht«, erwiderte Mr Quin. »Nach allem, was Sie und ich wissen, könnte es auch die Hand Gottes gewesen sein.«

Sein Gegenüber war über den ernsten Ton in Mr Quins Stimme sehr erstaunt. »Unsinn«, erklärte er. »Sie hat selbst gesagt, dass es der Rauch aus der Lokomotive war.«

»Ein Zug in die Stadt oder von der Stadt?«, murmelte Mr Quin.

»Kaum der Zug nach London. Der geht immer zehn Minuten vor der vollen Stunde. Es muss einer aus der Stadt gewesen sein, der um sechs Uhr achtundzwanzig. Nein, das geht nicht. Sie hat gesagt, der Schuss fiel sofort danach, und wir wissen, dass er um zwanzig Minuten nach sechs abgefeuert wurde. Der Zug kann nicht zehn Minuten zu früh gekommen sein.«

»Auf dieser Strecke wohl kaum«, stimmte ihm Mr Quin zu.

Mr Sattersway starrte grübelnd ins Leere.

»Vielleicht ein Güterzug«, murmelte er. »Aber dann ...«

»Dann wäre es nicht notwendig gewesen, sie aus England wegzuschicken. Das finde ich auch«, meinte Mr Quin.

Mr Sattersway sah ihn entgeistert an.

»Der Zug um sechs Uhr achtundzwanzig«, sagte er langsam. »Aber wenn das stimmt und der Schuss erst dann fiel, warum behaupten alle, es sei früher gewesen?«

»Das ist doch offensichtlich«, erwiderte Mr Quin. »Die Uhren gingen falsch.«

»Alle?«, fragte Mr Sattersway zweifelnd. »Das wäre ein höchst seltsamer Zufall, wissen Sie.«

»Ich dachte nicht an einen Zufall«, antwortete Mr Quin. »Mir fiel ein, dass es ein Freitag war.«

»Wieso Freitag?«

»Sie erzählten mir doch, dass Sir George immer am Freitagnachmittag die Uhren aufzöge«, erklärte Mr Quin seinem Gegenüber entschuldigend.

»Er stellte sie zehn Minuten zurück«, sagte Mr Sattersway und flüsterte fast, weil ihn die eben gemachte Entdeckung so beeindruckte. »Dann ging er zum Bridgespielen. Wahrscheinlich hatte er die Mitteilung seiner Frau an Martin Wylde gelesen, die sie am Morgen geschrieben hatte. Ja, ganz bestimmt hat er den Brief geöffnet. Er verließ die Bridgegesellschaft um halb sieben Uhr, entdeckte Martins Gewehr neben der Haustür, ging hinein und erschoss sie von hinten. Dann lief er wieder hinaus, warf die Waffe in die Büsche, wo sie später gefunden wurde, und tat, als käme er gerade durch das Nachbartor, als man ihn holen wollte. Aber das Telefon! Was ist mit dem Telefon? Ach ja, ich verstehe. Er unterbrach die Verbindung, damit man die Polizei nicht anrufen konnte. Sie hätte sich vermutlich die Uhrzeit notiert. Und jetzt stimmt auch

Wyldes Geschichte. In Wirklichkeit ging er um fünfundzwanzig Minuten nach sechs Uhr. Selbst wenn er langsam war, musste er gegen Viertel vor sieben zu Hause sein. Ja, jetzt verstehe ich! Louisa war eine Gefahr mit ihrem endlosen Geschwätz über diesen abergläubischen Unsinn. Jemand hätte die Zusammenhänge erkennen können, und dann wäre es mit dem schönen Alibi aus gewesen!«

»Großartig«, bemerkte Mr Quin.

Mr Sattersway errötete vor Stolz.

»Die Frage ist nur – was machen wir nun?«

»Ich schlage vor, bei Sylvia Dale anzufangen«, sagte Mr Quin.

Mr Sattersway wirkte nicht überzeugt. »Ich erwähnte schon«, sagte er, »dass sie ein wenig – hm – dumm ist …«

»Sie hat einen Vater und Brüder, die die notwendigen Schritte unternehmen werden.«

»Das ist wahr«, bemerkte Mr Sattersway erleichtert.

Bald darauf saß er mit der jungen Frau zusammen und erzählte ihr die ganze Geschichte. Sie hörte aufmerksam zu. Sie stellte keine Fragen, sondern stand einfach auf, nachdem er geendet hatte.

»Ich brauche ein Taxi. Sofort!«

»Mein liebes Kind, was haben Sie vor?«

»Ich fahre zu Sir George Barnaby.«

»Unmöglich! Das ist völlig falsch! Erlauben Sie mir …«

Er blieb an ihrer Seite und redete weiter auf sie ein. Doch es blieb ohne Wirkung. Sylvia Dale hatte ihre eigenen Pläne. Immerhin erlaubte sie ihm, sie im Taxi zu begleiten, doch für alle seine Beteuerungen hatte sie nur ein taubes Ohr. Er musste im Taxi sitzen bleiben, während sie in Sir Georges Stadtbüro ging.

Eine halbe Stunde später erschien sie wieder. Sie wirkte erschöpft, ihre Schönheit war in sich zusammengefallen wie eine Pflanze, die man vergessen hatte zu gießen. Mr Sattersway war sehr besorgt um sie.

»Ich habe gesiegt«, murmelte sie, während sie sich mit halb geschlossenen Augen im Sitz zurücklehnte.

»Wieso?«, fragte er aufgeregt. »Was haben Sie getan? Was haben Sie gesagt?«

Sie richtete sich etwas auf.

»Ich erzählte ihm, dass Louisa Bullard mit ihrer Geschichte zur Polizei gegangen sei. Dass die Polizei Nachforschungen angestellt und jemand ihn gesehen habe, wie er zu seinem Haus ging und es wieder verließ, ein paar Minuten nach halb sieben. Ich erklärte ihm, dass er verspielt habe. Er brach zusammen. Ich sagte, es sei für ihn immer noch Zeit zu verschwinden, dass die Polizei erst in etwa einer Stunde erscheinen würde, um ihn zu verhaften. Wenn er ein Geständnis unterschriebe, würde ich nichts gegen ihn unternehmen. Andernfalls würde ich das ganze Haus zusammenschreien und allen Leuten die Wahrheit erzählen. Er geriet in eine derartige Panik, dass er gar nicht mehr wusste, was er tat. Er unterschrieb, ohne sich über die Folgen klar zu sein.«

Sie drückte ihm den Bogen in die Hand. »Nehmen Sie es! Nehmen Sie es! Sie wissen, was Sie tun müssen, damit Martin freikommt!«

»Er hat tatsächlich unterschrieben!«, rief Mr Sattersway verblüfft.

»Er ist ein wenig dumm, wissen Sie«, sagte Sylvia Dale. »Genau wie ich«, fügte sie einsichtig hinzu. »Deshalb weiß ich auch, wie dumm sich die Leute benehmen können. Wir geraten außer uns, dann tun wir etwas Falsches, und hinterher bedauern wir es.«

Sie erschauerte, und Mr Sattersway tätschelte ihr die Hand.

»Sie brauchen etwas Kräftigendes«, sagte er. »Kommen Sie, wir sind ganz in der Nähe eines reizenden Lokals, in das ich besonders gern gehe: Es ist das *Arlecchino*. Sind Sie schon einmal dort gewesen?«

Sie schüttelte den Kopf.

Mr Sattersway ließ das Taxi halten und führte sie in das kleine Restaurant. Er ging mit ihr zu dem Tisch in der Nische, und sein Herz schlug freudig erregt. Doch der Tisch war leer.

Sylvia Dale sah an seinem Gesicht, wie enttäuscht er war. »Was ist denn?«, fragte sie.

»Nichts«, antwortete Mr Sattersway. »Das heißt, ich hatte halb erwartet, hier einen Freund zu treffen. Aber es macht nichts. Irgendwann sehe ich ihn wieder. Da bin ich ganz sicher.«

Die Seele des Croupiers

Mr Sattersway war in Monte Carlo und genoss den Sonnenschein. Alljährlich verließ er am zweiten Sonntag des Januar England und fuhr an die Riviera. Er war pünktlicher als jede Schwalbe. Im April kehrte er nach England zurück, verbrachte Mai und Juni in London und hatte noch nicht ein einziges Mal Ascot verpasst. Nach dem Spiel zwischen Eton und Harrow verließ er London wieder und machte auf dem Land ein paar Besuche, ehe er nach Deauville oder Le Touquet abreiste. Jagdeinladungen füllten den größten Teil des September und Oktober aus, und gewöhnlich verbrachte er dann einige Monate in London, um das Jahr abzurunden. Er kannte jeden, und man konnte mit Bestimmtheit sagen, dass jeder ihn kannte.

An diesem Vormittag hatte er die Stirn gefurcht. Das Blau des Meeres war bewundernswert, die Gärten waren, wie immer, eine Lust, aber die Menschen enttäuschten ihn – in seinen Augen waren sie eine schlecht gekleidete, protzige Menge. Natürlich befanden sich ein paar Spieler darunter, verdammte Seelen, die es unabwendbar hierherzog. Sie duldete Mr Sattersway. Sie waren eine notwendige Kulisse. Vermissen tat er jedoch den üblichen Sauerteig der Elite – seine eigenen Leute.

»Das kommt von der Veränderung«, sagte Mr Sattersway düster. »Heutzutage kommen alle möglichen Leute hierher, die sich früher so etwas nicht leisten konnten. Und außerdem werde ich natürlich langsam alt ... Die vielen jungen Leute – die kommenden Leute – fahren neuerdings in diese Schweizer Orte.«

Es gab jedoch noch andere, die er vermisste: die gut gekleideten Barone und Grafen aus der Diplomatie, die Großherzöge und die königlichen Prinzen. Der einzige königliche Prinz, den er bisher entdeckt hatte, bediente in einem weniger bekannten Hotel den Aufzug. Ferner vermisste er die bezaubernden und kostspieligen Damen. Ein paar gab es zwar immer noch, aber doch nicht annähernd so viele wie einstmals.

Mr Sattersway war ein ernsthafter Beobachter jenes Dramas, das »Leben« genannt wird; am liebsten war es ihm jedoch, wenn es wirklich farbenprächtig war. Er spürte, wie Entmutigung ihn überkam. Die Werte änderten sich – und er, er war zu alt, um sich noch zu ändern.

In diesem Augenblick bemerkte er, dass Gräfin Zarnowa sich ihm näherte.

Seit Jahren hatte Mr Sattersway die Gräfin während der Saison in Monte Carlo angetroffen. Zum ersten Mal hatte er sie gesehen, als sie sich in der Begleitung eines Großherzogs befand. Das nächste Mal war sie mit einem österreichischen Baron zusammen gewesen. In den folgenden Jahren war sie viel mit sehr jungen Männern, fast Knaben, zusammen gesehen worden.

Auch jetzt war sie von einem sehr jungen Mann begleitet. Zufällig kannte Mr Sattersway ihn, und das bedauerte er. Franklin Rudge war ein junger Amerikaner, das typische Produkt eines mittelwestlichen Staates, sehr darauf bedacht, Eindruck zu machen, ungehobelt, jedoch liebenswert, und überhaupt eine seltsame Mischung aus Gerissenheit und Idealismus. Er war mit einer Gruppe von Amerikanern beiderlei Geschlechts nach Monte Carlo gekommen, die alle demselben Typ angehörten. Es war ihre erste flüchtige Bekanntschaft mit der Alten Welt, und sowohl mit Kritik als auch mit Anerkennung waren sie sehr freimütig.

Alles in allem hatten sie eine Abneigung gegen die Engländer in den Hotels, und die Engländer hatten eine Abneigung gegen sie. Mr Sattersway, der sich zugute hielt, ein Kosmopolit zu sein, mochte sie allerdings. Ihre Direktheit und ihre Energie sagten ihm zu, obgleich ihre gelegentlichen sprachlichen Schnitzer ihm einen Schauer über den Rücken jagten.

Jedenfalls war er der Meinung, dass Gräfin Zarnowa für den jungen Franklin Rudge eine höchst ungeeignete Freundin sei. Höflich nahm er den Hut ab, als sie vorbeigingen, und die Gräfin schenkte ihm ein charmantes Kopfnicken und ein Lächeln.

Sie war eine sehr große Frau und geschickt zurechtgemacht. Ihr Haar war tiefschwarz, wie übrigens auch ihre Augen, und Augenwimpern wie Augenbrauen waren noch schwärzer, als die Natur es jemals zustande gebracht hätte.

Mr Sattersway, der sich in den weiblichen Geheimnissen genauer auskannte, als es für einen Mann gut war, konnte nicht umhin, jene Kunst zu bewundern, mit der sie zurechtgemacht war. Ihr Teint wirkte makellos und war von einem cremefarbenen Weiß. Die leicht angedeuteten Schatten unter den Augen waren sehr wirkungsvoll. Ihre Lippen waren weder karmesinrot noch purpurrot, sondern von einem gedämpften Weinrot. Gekleidet war sie in eine sehr gewagte Kreation aus Schwarz und Weiß, und ihr Sonnenschirm hatte einen rötlichen Ton, der für ihr Gesicht ausgesprochen vorteilhaft war.

Franklin Rudge machte einen glücklichen und gewichtigen Eindruck.

So ein Dummkopf, überlegte Mr Sattersway. Aber es geht mich nichts an, und außerdem würde er doch nicht auf mich hören. Na ja, ich habe meine Erfahrungen auch selbst sammeln müssen.

Trotzdem machte er sich nicht geringe Gedanken, weil zu der Gruppe auch eine sehr attraktive kleine Amerikanerin gehörte, und er war überzeugt, dass sie Franklin Rudges Freundschaft mit der Gräfin nicht gern sah.

Er war gerade im Begriff, seine Schritte in die entgegengesetzte Richtung zu lenken, als das eben erwähnte Mädchen ihm auf einem der Wege entgegenkam. Sie trug ein gut geschnittenes Kostüm mit einer weißen Bluse, vernünftige Straßenschuhe, und in der Hand hielt sie einen Reiseführer. Es gibt Amerikanerinnen, die durch Paris kommen und sich anziehen, als wären sie die Königin von Saba, aber zu ihnen gehörte Elizabeth Martin nicht. Sie absolvierte Europa mit ernster und bewusster Entschlossenheit, besaß hohe Vorstellungen von Kultur und Kunst und war sehr darauf bedacht, für ihren begrenzten Geldvorrat möglichst viel zu erleben.

Es ist zweifelhaft, ob Mr Sattersway den kulturellen oder den künstlerischen Aspekt bei ihr sah, wenn er an sie dachte. Ihm kam sie lediglich sehr jung vor.

»Guten Morgen, Mr Sattersway«, sagte Miss Martin. »Haben Sie Franklin – Mr Rudge – irgendwo gesehen?«

»Vor wenigen Minuten.«

»Wahrscheinlich schon wieder mit seiner Freundin, der Gräfin«, sagte das Mädchen empört.

»Ah – mit der Gräfin, ja«, gab Mr Sattersway zu.

»Seine Gräfin kann mir gestohlen bleiben«, sagte das Mädchen mit heller Stimme. »Franklin ist ganz verrückt nach ihr. Warum? Das begreife ich nicht!«

»Sie hat eine sehr charmante Art, glaube ich«, sagte Mr Sattersway vorsichtig.

»Kennen Sie sie?«

»Flüchtig.«

»Um Franklin mache ich mir richtige Sorgen«, sagte Miss Martin. »Im Allgemeinen ist der Junge sonst vernünftig. Man kann sich gar nicht vorstellen, dass er auf so eine Sirene hereinfällt. Und er lässt sich auch gar nichts sagen. Wenn man mit ihm reden will, wird er wild wie eine Hornisse. Sagen Sie, ist sie wirklich eine Gräfin?«

»Möglich ist es.«

»Das ist wieder diese typisch englische Art«, rief Miss Martin mit allen Anzeichen des Missvergnügens. »Aber eines weiß ich genau: In Sargon Springs – das ist unsere Heimatstadt, Mr Sattersway – würde diese Gräfin verdammt komisch aussehen.«

Das hielt Mr Sattersway für möglich. Er bedachte dabei jedoch, dass sie sich nicht in Sargon Springs, sondern im Fürstentum Monaco befanden, wo die Gräfin zufälligerweise sehr viel besser mit ihrer Umgebung harmonierte als Miss Martin.

Er erwiderte trotzdem nichts, und Miss Martin ging weiter in Richtung Casino. Mr Sattersway setzte sich in der Sonne auf einen Stuhl, und wenig später gesellte Franklin Rudge sich zu ihm.

Rudge war voll Begeisterung.

»Ich finde es großartig«, verkündete er mit kindlicher Begeisterung. »Jawohl, Sir! Das nenne ich das Leben kennenlernen – ganz anders als bei uns in den Staaten!«

Der Ältere wandte ihm ein nachdenkliches Gesicht zu. »Das Leben wird überall fast genau gleich gelebt«, sagte er ziemlich unbeteiligt. »Es ist nur anders verkleidet – das ist alles.«

Franklin Rudge starrte ihn an. »Das verstehe ich nicht.«

»Nein«, sagte Mr Sattersway, »weil Sie bis dahin noch ein ganzes Stück vor sich haben. Aber entschuldigen Sie bitte. Wenn man älter ist, soll man es sich nicht angewöhnen, Predigten zu halten.«

»Das macht nichts!« Rudge lachte und entblößte dabei das prachtvolle Gebiss, das für seine Landsleute typisch ist. »Wissen Sie – eines muss ich sagen: Das Casino hat mich enttäuscht. Ich dachte immer, wenn man spielt ... es wäre ganz anders, viel hektischer. Ich finde es ziemlich langweilig und vulgär.«

»Für den Spieler bedeutet es Leben und Tod, wenn es auch sonst keinen auffällig großen Wert besitzt«, sagte Mr Sattersway.

»Darüber zu lesen ist viel aufregender, als ihm zuzusehen.«

Der junge Mann nickte.

»Sie sind übrigens gesellschaftlich ein ziemlich großes Tier, nicht?«, fragte er, und seine schüchterne Aufrichtigkeit war schuld, dass man diese Frage nicht übel nehmen konnte.

»Ich meine, Sie kennen alle Herzoginnen und Gräfinnen und so weiter.«

»Eine ganze Menge kenne ich«, sagte Mr Sattersway.

»Und außerdem noch viele Juden und Portugiesen und Griechen und Argentinier.«

»Wieso?«, sagte Mr Rudge.

»Ich wollte damit nur sagen«, erklärte Mr Sattersway, »dass ich in der englischen Gesellschaft zu Hause bin.«

Franklin Rudge überlegte einen Augenblick.

»Sie kennen doch Gräfin Zarnowa, nicht?«, sagte er schließlich.

»Flüchtig«, erwiderte Mr Sattersway und gab ihm dieselbe Antwort, die er schon Miss Martin gegeben hatte.

»Das ist wirklich eine interessante Frau. Meistens glaubt man, die Aristokratie Europas hat abgewirtschaftet und ist am Ende. Für die Männer mag das stimmen – aber für die Frauen gilt es bestimmt nicht. Ist es nicht großartig, ein so hinreißendes Wesen wie die Gräfin kennenzulernen? Witzig, charmant, intelligent, dazu eine Kultur, die Generationen aufgebaut haben, und außerdem eine Aristokratin bis in die Fingerspitzen.«

»Ist sie das?«, fragte Mr Sattersway.

»Ja – ist sie das denn nicht? Kennen Sie ihre Familie?«

»Nein«, sagte Mr Sattersway. »Ich fürchte, ich weiß von ihr nur sehr wenig.«

»Sie ist eine geborene Radcynski«, erklärte Franklin Rudge. »Das ist eine der ältesten ungarischen Familien. Und sie hat ein ungewöhnliches Leben geführt. Haben Sie ihre lange Perlenkette gesehen?«

Mr Sattersway nickte.

»Die hat ihr der König von Bosnien geschenkt. Sie hat für ihn ein paar geheime Papiere aus dem Königreich geschmuggelt.«

»Ich habe schon gehört«, sagte Mr Sattersway, »dass der König von Bosnien ihr diese Perlenkette geschenkt hätte.«

Dies war tatsächlich ein Thema, über das viel gesprochen wurde, zumal es hieß, die Dame habe seinerzeit Seiner Majestät sehr nahegestanden.

»Ich will Ihnen noch mehr erzählen.«

Mr Sattersway lauschte, und je länger er lauschte, desto mehr bewunderte er die blühende Phantasie der Gräfin. Nichts von vulgärer Sirene, wie Elizabeth Martin sich ausgedrückt hatte. Dazu war der junge Mann viel zu schlau, sauber und idealistisch. Nein: die Gräfin bewegte sich vielmehr in einem Labyrinth diplomatischer Intrigen. Sie hatte Feinde, Verleumder – natürlich! Der junge Amerikaner bekam das Gefühl, dass er einen flüchtigen Blick in das Leben des alten Regimes werfen durfte, dessen Mittelpunkt die Gräfin bildete: einsam, aristokratisch, Freundin der Berater und Fürsten – eine Gestalt, die romantische Verehrung auslösen konnte.

»Und nach allen Seiten hat sie sich verteidigen müssen«, schloss der junge Mann voller Wärme. »Es ist schon sehr ungewöhnlich, aber in ihrem ganzen Leben hat sie nicht eine einzige Frau gefunden, mit der sie sich richtig hätte anfreunden können. Immer haben die anderen Frauen etwas gegen sie gehabt.«

»Wahrscheinlich«, sagte Mr Sattersway.

»Finden Sie das nicht auch skandalös?«, fragte Rudge.

»Nein«, sagte Mr Sattersway nachdenklich. »Das kann ich wirklich nicht behaupten. Frauen haben nun einmal eigene Ansichten – verstehen Sie? Und es hat keinen Sinn, sich in ihre Angelegenheiten einmischen zu wollen. Jede Einzelne ist eine Hauptdarstellerin.«

»Hier stimme ich mit Ihnen nicht überein«, sagte Rudge ernst. »Gerade das gehört heutzutage zum Schlimmsten, was man sich denken kann: die Unfreundlichkeit zwischen Frau und Frau. Kennen Sie Elizabeth Martin? Theoretisch stimmt sie mit mir vollkommen überein. Wir haben oft darüber gesprochen. Sie ist zwar noch ein Kind, aber was sie so denkt, ist völlig in Ordnung. In dem Moment aber, wo es zum praktischen Versuch kommt – na ja, da unterscheidet sie sich eben von den anderen in keiner Weise. Sie kann die Gräfin nicht ausstehen, obwohl sie überhaupt nichts von ihr weiß, und sie will auch nicht hinhören, wenn ich ihr etwas zu erzählen versuche. Da stimmt doch etwas nicht, Mr Sattersway. Ich glaube an die Demokratie – und was ist sie anders als eine Bruderschaft unter Männern und Schwesternschaft unter Frauen?«

Er schwieg voller Ernst; Mr Sattersway versuchte, sich eine Situation vorzustellen, in der zwischen der Gräfin und Elizabeth Martin ein schwesterliches Gefühl entstehen könnte. Es gelang ihm nicht. »Andererseits ist es aber so«, fuhr Rudge fort, »dass die Gräfin Elizabeth unendlich bewundert und sie wirklich bezaubernd findet. Und was beweist das?«

»Das beweist«, sagte Mr Sattersway trocken, »dass die Gräfin schon beträchtlich länger lebt als Miss Martin.«

Völlig unerwartet sprang Franklin Rudge auf ein anderes Thema über.

»Wissen Sie, wie alt sie ist? Sie hat es mir gesagt. Verdammt anständig von ihr. Ich hätte sie auf neunundzwanzig geschätzt, aber sie hat mir selbst gesagt, ganz von sich aus, dass sie fünfunddreißig sei. So sieht sie wirklich nicht aus, nicht?«

Mr Sattersway, dessen private Vermutungen über das Alter der Dame zwischen fünfundvierzig und fünfzig schwankten, zog lediglich die Augenbrauen hoch.

»Ich sollte Sie davor warnen, alles zu glauben, was man Ihnen hier in Monte Carlo erzählt.«

Er hatte genügend Erfahrung, um die Fruchtlosigkeit einer Auseinandersetzung mit dem jungen Mann einzusehen. Franklin Rudge befand sich in einem Zustand weiß glühender Ritterlichkeit, sodass er eine Behauptung, die nicht von stichhaltigen Beweisen gestützt war, einfach nicht geglaubt haben würde.

»Da kommt die Gräfin«, sagte er.

Sie näherte sich den beiden mit jener lässigen Anmut, die ihr so gut stand. Wenig später saßen sie zu dritt zusammen. Sie war zu Mr Sattersway zwar ausgesprochen charmant, jedoch in einer abwesenden Art. Immer wieder wandte sie sich an ihn, fragte ihn nach seiner Meinung und behandelte ihn wie eine Autorität.

Die ganze Geschichte war sehr klug eingefädelt. Nur wenige Minuten waren verstrichen, als Franklin Rudge feststellte, dass er auf sehr reizende, wenn auch unmissverständliche Weise fortgeschickt worden war, während die Gräfin und Mr Sattersway allein zurückblieben.

Sie klappte den Sonnenschirm zusammen und begann, mit der Spitze Figuren in den Staub zu zeichnen.

»Sie interessieren sich für diesen amerikanischen Jungen, Mr Sattersway, nicht wahr?«

»Er ist ein netter Bursche«, erwiderte Mr Sattersway unverbindlich.

»Ja, ich finde ihn auch sympathisch«, sagte die Gräfin nachdenklich. »Ich habe ihm einiges aus meinem Leben erzählt.«

»So?«

»Einzelheiten, die ich bisher nur ganz wenigen anvertraut habe«, fuhr die Gräfin verträumt fort. »Ich habe ein ungewöhnliches Leben geführt, Mr Sattersway. Nur wenige Menschen würden mir jene erstaunlichen Dinge glauben, die ich erlebt habe.«

Mr Sattersway war gescheit genug, ihre Absicht zu erkennen. Immerhin bestand die Möglichkeit, dass die Geschichten, die sie Franklin Rudge erzählt hatte, tatsächlich wahr waren. Es war zwar äußerst unwahrscheinlich und im höchsten Grade unbeweisbar, aber möglich war es doch ...

Er erwiderte nichts, und die Gräfin blickte weiterhin verträumt über die Bucht.

Und plötzlich hatte Mr Sattersway einen seltsamen und ganz neuen Eindruck von ihr. Er sah in ihr nicht mehr ein habgieriges Wesen, sondern ein verzweifeltes, in die Enge getriebenes Geschöpf, das sich mit Händen und Füßen wehrte. Verstohlen blickte er sie von der Seite an. Der Sonnenschirm war zusammengeklappt, und so konnte er die kleinen Falten in den Augenwinkeln deutlich erkennen. An der Schläfe pochte eine Ader.

Wieder überkam sie ihn – diese wachsende Gewissheit. Sie war ein verzweifeltes, gejagtes Geschöpf. Erbarmungslos würde sie gegen ihn oder jeden andern vorgehen, der sich zwischen sie und Franklin Rudge stellte. Aber immer noch hatte er das Gefühl, die Bedeutung der Situation nicht ganz zu begreifen. Fest stand, dass sie genügend Geld hatte. Sie war immer bildschön angezogen, und ihr Schmuck war wunderbar. In diesem Punkt war sie wirklich nicht auf andere angewiesen. War es vielleicht Liebe? Frauen ihres Alters verliebten sich oft, wie er wusste, in junge Männer. Das wäre also möglich. Und er war überzeugt, dass es für diese Situation eine nicht alltägliche Erklärung gab.

Das Alleinsein mit ihm war, wie er merkte, nichts anderes, als dass sie ihm den Fehdehandschuh zuwarf. Sie hatte in ihm ihren Hauptfeind erkannt. Bestimmt hoffte sie, sie könne ihn dazu bringen, abfällig über Franklin Rudge zu sprechen. Mr Sattersway lächelte. Er war zu alt, um darauf noch hereinzufallen. Er wusste inzwischen, wann es klug war, sich auf die Zunge zu beißen.

Am gleichen Abend beobachtete er sie, als sie ihr Glück beim Roulette versuchte.

Immer wieder setzte sie, um dann zu erleben, wie ihr Einsatz hinweggerafft wurde. Sie trug ihre Verluste mit Fassung, mit dem stoischen Gleichmut des alten *habitué*. Ein- oder zweimal setzte sie *en plein*, setzte das Maximum auf Rot, gewann eine kleine Summe im mittleren Dutzend und verlor sie dann wieder; schließlich setzte sie sechsmal auf *manque* und verlor. Danach wandte sie sich mit einem leichten anmutigen Schulterzucken ab.

In ihrem Kleid aus einem goldenen Gewebe, das einen grünen Schimmer hatte, sah sie ungewöhnlich eindrucksvoll aus. Die berühmten bosnischen Perlen hatte sie um den Hals geschlungen, und an den Ohren trug sie lange Perlenohrgehänge.

Mr Sattersway hörte, wie zwei Männer in seiner Nähe sich über sie unterhielten.

»Die Zarnowa«, sagte der eine. »Sie hält sich gut, was? Und die bosnischen Kronjuwelen stehen ihr ausgezeichnet.«

Der andere – ein kleiner, jüdisch aussehender Mann – starrte neugierig hinter ihr her.

»Das also sind die Perlen aus Bosnien?«, fragte er. »Das ist wirklich seltsam.«

Leise lachte er vor sich hin.

Mehr konnte Mr Sattersway nicht hören, denn in diesem Augenblick wandte er sich um und war entzückt, einen alten Freund zu erkennen.

»Mein lieber Mr Quin!« Er schüttelte ihm warm die Hand. »Sie hier wiederzusehen, hätte ich mir wirklich nicht träumen lassen.«

Mr Quin lächelte; sein dunkles, reizvolles Gesicht leuchtete auf. »Das darf Sie nicht überraschen«, sagte er. »Es ist die Zeit des Karnevals. Und während des Karnevals bin ich häufig hier.«

»Wirklich? Ja, das ist eine große Freude! Legen Sie sehr viel Wert darauf, hier zu bleiben? Ich finde es ziemlich stickig.«

»Draußen dürfte es angenehmer sein«, stimmte der andere zu. »Gehen wir in die Anlagen hinaus.«

Die Luft in den Anlagen war zwar frisch, aber nicht kalt. Beide Männer holten tief Atem. »Das ist doch besser«, sagte Mr Sattersway.

»Viel besser«, stimmte Mr Quin zu. »Und wir können auch freier sprechen. Ich bin überzeugt, dass Sie mir eine ganze Menge berichten wollen.«

»Das stimmt allerdings.«

Mr Sattersway sprach sehr schnell, während er seine Geschichte erzählte. Wie gewöhnlich war er auf seine Fähigkeit, eine Atmosphäre zu schildern, besonders stolz. Die Gräfin, der junge Franklin und die kompromisslose Elizabeth – sie alle zeichnete er mit kräftigen Strichen.

»Seit ich Sie kennenlernte, haben Sie sich sehr verändert«, sagte Mr Quin lächelnd, als der Bericht beendet war.

»In welcher Art?«

»Damals waren Sie zufrieden, wenn Sie den Dramen, die das Leben zu bieten hat, zuschauen konnten. Heute –

heute wollen Sie an ihnen teilnehmen, eine Rolle spielen.«

»Das stimmt«, gestand Mr Sattersway. »Aber in diesem Fall weiß ich nicht, was ich tun soll. Es ist alles so verwirrend. Vielleicht ...« Er zögerte. »... vielleicht können Sie mir helfen?«

»Mit Vergnügen«, sagte Mr Quin. »Wir werden sehen, was wir tun können.«

Mr Sattersway hatte das seltsame Gefühl von Geborgenheit und Zuversicht.

Am folgenden Tag machte er Franklin Rudge und Elizabeth Martin mit seinem Freund, Mr Harley Quin, bekannt. Er war erfreut, dass sie sich sofort gut verstanden. Die Gräfin wurde zwar nicht erwähnt, aber zur Mittagszeit erfuhr er eine Neuigkeit, die seine Aufmerksamkeit weckte.

»Die Mirabelle trifft heute in Monte ein«, vertraute er aufgeregt Mr Quin an.

»Die beliebte Pariser Schauspielerin?«

»Ja. Sie wissen wohl – es ist allgemein bekannt –, dass sie die letzte Eroberung des Königs von Bosnien ist. Ich glaube, er hat sie mit Schmuck überschüttet. Angeblich ist sie die anspruchsvollste und extravaganteste Frau von Paris.«

»Es dürfte interessant sein zu beobachten, wenn sie und Gräfin Zarnowa sich heute Abend begegnen.«

»Daran habe ich auch schon gedacht.«

Mirabelle war ein hochgewachsenes mageres Geschöpf mit einem wunderbaren Kopf blond gefärbter Haare. Ihr Gesicht war ein blasses Gelb mit orangefarbenen Lippen. Sie war erstaunlich schick. Gekleidet war sie in ein Gewand, das einem aufpolierten Paradiesvogel ähnelte, und dazu trug sie Halsketten, die ihr über den bloßen Rücken hinunterhingen. Ein schwerer Reif mit riesigen Diamanten umspannte ihr linkes Fußgelenk.

Sie sorgte für eine Sensation, als sie im Casino erschien.

»Ihre Freundin, die Gräfin, wird es schwer haben, sie zu übertreffen«, flüsterte Mr Quin Mr Sattersway ins Ohr.

Der Letztgenannte nickte. Er war selbst neugierig, wie die Gräfin sich verhalten würde.

Sie kam erst spät, und ein leises Murmeln erhob sich, als sie unbeteiligt an einen der Roulettetische trat, die in der Mitte standen. Sie war ganz in Weiß gekleidet: ein gerade herunterfallendes Kleid aus schwerer Seide. Und weder an den Armen noch um den Hals trug sie Schmuck – nicht einen einzigen Edelstein. »Das ist sehr klug«, sagte Mr Sattersway beifällig. »Sie verzichtet auf jede Rivalität und vermeidet jede Vergleichsmöglichkeit.«

Dann ging er zu dem Tisch hinüber und blieb dort stehen. Von Zeit zu Zeit amüsierte er sich damit, einen Einsatz zu platzieren. Manchmal gewann er, aber häufiger verlor er.

Gerade setzte ein fürchterlicher Andrang auf das letzte Dutzend ein. Nummer 31 und 34 kamen immer wieder. Die Einsätze stapelten sich.

Mit einem Lächeln machte Mr Sattersway für diesen Abend seinen letzten Einsatz; er setzte das Maximum auf Nummer 5.

Die Gräfin beugte sich ebenfalls vor und setzte das Maximum auf Nummer 6.

»*Faites vos jeux*«, rief der Croupier heiser. »*Rien ne va plus. Plus rien.*«

Die Kugel rollte, und vergnügt vor sich hin summend, überlegte Mr Sattersway. Für jeden von uns bedeutet es etwas anderes. Qualen der Hoffnung und Verzweiflung. Langeweile, bloßes Amüsement, Leben und Tod.

Klick!

Der Croupier beugte sich vor, um besser sehen zu können.

»*Numéro cinq, rouge, impair, et manque.*«

Mr Sattersway hatte gewonnen!

Der Croupier, der die übrigen Einsätze weggeharkt hatte, schob Mr Sattersways Gewinn über den Tisch. Mr Sattersway streckte seine Hand aus, um ihn an sich zu nehmen. Die Gräfin tat dasselbe. Abwechselnd blickte der Croupier von dem einen zum andern.

»*À madame*«, sagte er barsch.

Die Gräfin nahm das Geld an sich. Mr Sattersway zog sich zurück. Er blieb ein Gentleman. Die Gräfin blickte ihm voll ins Gesicht, und er erwiderte ihren Blick. Einige Leute, die ebenfalls am Tisch standen, versuchten, dem Croupier klarzumachen, dass er einen Irrtum begangen habe, aber der Mann schüttelte nur ungeduldig den Kopf. Er hatte entschieden. Das Spiel war beendet. Mit heiserer Stimme forderte er zum nächsten Einsatz auf:

»*Faites vos jeux, messieurs et mesdames.*«

Mr Sattersway gesellte sich wieder zu Mr Quin. Trotz seines untadeligen Verhaltens war er äußerst aufgebracht. Mr Quin hörte ihm mitleidsvoll zu.

»Wirklich nicht schön«, sagte er, »aber so etwas passiert manchmal. Übrigens werden wir nachher Ihren Freund Franklin Rudge treffen. Ich gebe ein kleines Abendessen.«

Sie trafen sich um Mitternacht, und Mr Quin erläuterte seinen Plan. »Man sucht sich einen Treffpunkt aus, und dann zieht jeder los und ist auf Ehre verpflichtet, den ersten Menschen, dem er begegnet, einzuladen.«

Franklin Rudge fand diese Idee großartig.

»Und was passiert, wenn derjenige nicht will?«

»Man muss alles Mögliche tun, um ihn zu überreden.«

»Gut. Und wo ist der Treffpunkt?«

»Eine Art Künstlerlokal – wo auch die verrücktesten Gäste nicht auffallen. Es heißt *Le Caveau*.«

Er beschrieb noch, wo es lag, und dann trennten sich die drei. Mr Sattersway hatte das Glück, direkt Elizabeth Martin in die Arme zu laufen, und vergnügt lud er sie ein. Sie fanden das *Le Caveau*, eine Art Keller, wo bereits ein Tisch gedeckt war, während der Raum von Kerzen in altmodischen Kerzenhaltern beleuchtet wurde.

»Wir sind die Ersten«, sagte Mr Sattersway. »Aha! Da kommt Franklin ...« Er verstummte unvermittelt. Zusammen mit Franklin erschien die Gräfin. Es war ein schrecklicher Augenblick. Elizabeth Martin war erheblich weniger anmutig, als sie sonst sein konnte. Als Frau von Welt bewahrte die Gräfin ihre Fassung.

Zuletzt erschien Mr Quin. Mit ihm zusammen kam ein kleiner dunkler Mann, ordentlich gekleidet, dessen Gesicht Mr Sattersway irgendwie bekannt vorkam. Gleich darauf erkannte er ihn. Es war der Croupier, der vorhin einen so bedauerlichen Fehler begangen hatte.

»Darf ich Sie mit Monsieur Pierre Vaucher bekanntmachen«, sagte Mr Quin.

Der kleine Mann machte einen verwirrten Eindruck. Mr Quin stellte ihm in seiner ungezwungenen Art die übrigen Anwesenden vor. Das Essen wurde serviert – ein ausgezeichnetes Essen. Der Wein wurde eingeschenkt – ein ganz ausgezeichneter Wein. Die Atmosphäre verlor etwas von ihrer Kühle. Die Gräfin war sehr schweigsam, genau wie Miss Martin. Franklin Rudge hingegen wurde redselig. Er erzählte verschiedene Geschichten – keine lustigen Geschichten, sondern ernste. Ruhig und unermüdlich schenkte Mr Quin den Wein ein.

»Ich erzähle jetzt – und das ist eine wahre Geschichte – von einem Mann, der Glück gehabt hat«, sagte Franklin Rudge nachdrücklich. Obgleich er aus einem Land kam, in welchem jeglicher Alkohol im Augenblick verboten war, hatte er nicht die geringste Abneigung gegenüber dem Champagner gezeigt.

Und er erzählte seine Geschichte – vielleicht unnötigerweise etwas zu ausführlich. Wie so viele wahre Geschichten war auch diese jeder erfundenen Geschichte weit unterlegen.

Als das letzte Wort gefallen war, schien Pierre Vaucher, der ihm genau gegenüber saß, plötzlich aufzuwachen. Auch er hatte dem Champagner Gerechtigkeit angedeihen lassen. Er beugte sich weit über den Tisch vor.

»Auch ich will Ihnen jetzt eine Geschichte erzählen«, sagte er mühsam. »Aber meine ist die Geschichte eines Mannes, mit dem es nicht bergauf, sondern bergab gegangen ist. Und wie Ihre ist es eine wahre Geschichte.«

»Bitte, erzählen Sie, Monsieur«, sagte Mr Sattersway höflich. Pierre Vaucher lehnte sich zurück und blickte an die Decke.

»Die Geschichte beginnt in Paris. Dort lebte einmal ein Juwelier und Goldschmied. Er war jung, unbeschwert und in seinem Beruf sehr fleißig. Alle behaupteten, dass er eine große Zukunft vor sich hätte. Für eine gute Ehe war bereits alles arrangiert: Die Braut sah nicht allzu hässlich aus, und die Mitgift war höchst zufriedenstellend. Und dann, was glauben Sie wohl? Eines Morgens sieht er ein Mädchen. So ein elendes kleines Mädchen, Messieurs.

Schön? Ja, vielleicht, wenn sie nicht halb verhungert gewesen wäre. Jedenfalls besaß sie für den jungen Mann einen Zauber, dem er nicht widerstehen konnte. Sie hatte alles versucht, um irgendwo Arbeit zu finden; sie war äußerst tüchtig – oder wenigstens behauptete sie es. Ich weiß nicht, ob es stimmte.«

Plötzlich drang die Stimme der Gräfin durch das Halbdunkel. »Warum sollte es nicht stimmen? Sie wird nicht die Einzige gewesen sein.«

»Also, wie gesagt, der junge Mann glaubte ihr. Und er heiratete sie – die reinste Dummheit! Seine Familie wollte mit ihm nichts mehr zu tun haben. Er hatte ihre Gefühle verletzt. Er heiratete – ich will sie Jeanne nennen. Und das war eine gute Tat. Das sagte er ihr auch. Er hatte das Gefühl, dass sie ihm deswegen sehr dankbar sein müsse. Um ihretwillen hatte er so viel geopfert.«

»Ein reizender Anfang für das arme Mädchen«, bemerkte die Gräfin sarkastisch.

»Er liebte sie, jawohl, aber von Anfang an machte sie ihn rasend. Sie hatte Launen, Wutanfälle; den einen Tag war sie eiskalt zu ihm, am nächsten war sie voller Leidenschaft. Schließlich merkte er die Wahrheit. Sie hatte ihn nie geliebt. Sie hatte ihn nur geheiratet, um Leib und Seele zusammenzuhalten. Diese Wahrheit verletzte ihn, verletzte ihn entsetzlich. Er versuchte jedoch alles, um nichts davon an die Oberfläche dringen zu lassen. Und er hatte immer noch das Gefühl, dass er Dankbarkeit und Gehorsam gegenüber seinen Wünschen verdiente. Sie stritten sich. Sie machte ihm Vorwürfe – *mon Dieu!* Weswegen machte sie ihm nicht alles Vorwürfe!

Sie sehen bereits den nächsten Schritt, nicht wahr? Es musste einfach so kommen. Sie verließ ihn. Zwei Jahre lang war er allein, arbeitete in seinem kleinen Laden, ohne etwas von ihr zu hören. Einen einzigen Freund hatte er – den Absinth. Das Geschäft ging nicht allzu gut.

Und dann kam er eines Tages in seinen Laden, und sie saß da. Sie war sehr hübsch angezogen. Sie hatte Ringe an den Fingern. Er blieb stehen und betrachtete sie. Sein Herz klopfte – und wie es klopfte! Er war ratlos, was er tun sollte. Am liebsten hätte er sie geschlagen, in seine Arme genommen, sie zu Boden geschleudert und auf ihr herumgetrampelt, sich ihr zu Füßen geworfen! Aber er tat nichts davon. Er griff nach seinem Werkzeug und fuhr mit seiner Arbeit fort. ›Madame wünschen?‹, fragte er förmlich.

Das brachte sie auf. Damit hatte sie nicht gerechnet, verstehen Sie? ›Pierre‹ sagte sie. ›Ich bin zurückgekommen.‹ Er legte sein Werkzeug beiseite und sah sie an. ›Du willst nur, dass man dir verzeiht‹, sagte er. ›Möchtest du, dass ich dich wieder bei mir aufnehme? Bereust du ehrlich?‹

›Möchtest du mich wieder aufnehmen?‹, flüsterte sie. Oh, sehr sanft sagte sie es.

Er wusste, dass sie ihm eine Falle stellte. Er sehnte sich danach, sie in die Arme zu nehmen, aber dazu war er zu gescheit. Er mimte Gleichgültigkeit.

›Ich bin ein christlicher Mensch‹, sagte er. ›Ich versuche zu tun, was die Kirche anordnet.‹

›Oh!‹, dachte er, ›demütigen möchte ich sie. Demütigen, bis sie vor mir auf den Knien liegt!‹

Aber Jeanne, wie ich sie nennen will, warf den Kopf zurück und lachte. Ein bösartiges Lachen war es. ›Ich mache mich über dich lustig, kleiner Pierre‹, sagte sie. ›Sieh dir diese teuren Kleider an, die Ringe und Armbänder. Ich bin nur hergekommen, um mich dir zu zeigen. Ich dachte, ich könnte dich dazu bringen, mich in die Arme zu nehmen, und wenn du das getan hättest, dann ... dann hätte ich dir ins Gesicht gespuckt und dir gesagt, wie sehr ich dich hasse!‹

Und damit verließ sie meinen Laden. Können Sie sich vorstellen, Messieurs, dass eine Frau so bösartig sein kann, dass sie nur zurückgekommen war, um mich zu quälen?«

»Nein«, sagte die Gräfin, »das kann ich mir nicht vorstellen, und jeder Mann, der kein Dummkopf ist, wird es genauso wenig glauben. Aber die Männer sind blind.«

Pierre Vaucher nahm von ihr keine Notiz. Er fuhr fort.

»Und jener junge Mann, von dem ich Ihnen erzähle, sank immer tiefer. Er trank immer mehr Absinth. Der kleine Laden musste verkauft werden. Er gehörte zum Abschaum, zur Gosse. Dann kam der Krieg. O ja, er war gut, der Krieg. Er holte den Mann aus der Gosse und lehrte ihn, kein brutales Untier mehr zu sein. Er erzog ihn und ernüchterte ihn. Er erduldete Kälte und Schmerzen und Todesangst, aber er starb nicht, und als der Krieg zu Ende ging, war er wieder ein Mann.

Damals, Messieurs, kam er in den Süden. Seine Lungen waren vom Gas angegriffen, und man riet ihm, er solle sich im Süden Arbeit suchen. Ich will Sie nicht mit den vielen Dingen ermüden, die er tat. Es genügt zu sagen, dass er schließlich Croupier wurde, und da – eines Abends, im Casino – sah er sie wieder: jene Frau, die sein Leben ruiniert hatte. Sie erkannte ihn nicht, aber er erkannte sie. Sie machte den Eindruck, als sei sie reich, als fehle ihr nichts. Aber, Messieurs, die Augen eines Croupiers sind scharf. Es kam ein Abend, als sie das Allerletzte, was sie besaß, beim Spiel setzte. Fragen Sie nicht, woher ich es wusste; ich wusste es. Man spürt so etwas. Andere mögen es meinetwegen nicht glauben. Sie trug immer noch teure Kleider. Vielleicht fragt so mancher, warum sie sie nicht verpfändete? Wenn man so etwas tut, dann hat man sofort keinen Kredit mehr. Ihre Juwelen? O nein. War ich früher nicht einmal selbst Juwelier gewesen? Vor langer Zeit waren die echten Juwelen verschwunden. Stück für Stück waren die Perlen eines Königs verkauft worden, durch falsche ersetzt. Und inzwischen muss man essen und die Hotelrechnungen bezahlen. Und die reichen Männer, ja, sie haben viele Jahre für einen gesorgt. Bah! sagen sie jetzt. Sie ist über fünfzig! Für mein Geld will ich etwas Jüngeres haben!«

Ein tiefer, zitternder Seufzer kam aus der Fensternische, in der die Gräfin saß.

»Ja, es war ein großer Moment. Zwei Abende habe ich sie beobachtet. Sie verlor, immer wieder verlor sie. Und dann der Rest. Sie setzt alles auf eine Nummer. Neben ihr, ein englischer Lord, setzt ebenfalls das Maximum – auf die nächste Nummer. Die Kugel rollt … Der Moment ist gekommen, sie hat verloren …

Ihr Blick begegnete meinem. Was mache ich? Ich setze meine Stelle im Casino aufs Spiel. Ich beraube den englischen Lord. ›À madame‹, sage ich und gebe ihr das Geld.«

»Oh!« Ein Splittern ertönte, als die Gräfin aufsprang, sich über den Tisch lehnte und dabei ihr Glas von der Tischplatte wischte.

»Warum?«, rief sie. »Warum hast du das getan – das will ich jetzt wissen!«

Es folgte eine lange Pause – eine Pause, die endlos zu sein schien, und immer noch sahen die beiden sich über den Tisch hinweg an, sahen sich weiter an … Wie ein Duell war es.

Ein hässliches kleines Lächeln breitete sich auf Pierre Vauchers Gesicht aus. Er hob seine Hände.

»Madame«, sagte er. »Es gibt so etwas wie Mitleid …«

»Oh!«

Sie sank wieder auf ihren Platz.

»Ich verstehe.«

Sie war ruhig, lächelte, war wieder sie selbst.

»Eine interessante Geschichte, Monsieur Vaucher, nicht wahr? Erlauben Sie mir, Ihnen Feuer für Ihre Zigarette zu geben.«

Gewandt rollte sie einen Fidibus zusammen, entzündete ihn an der Kerze und hielt ihn dem Croupier hin. Er beugte sich vor, bis die Flamme das Ende der Zigarette, die er zwischen den Lippen hielt, erreicht hatte.

Dann erhob sie sich unerwartet.

»Und jetzt muss ich Sie leider verlassen. Bitte – ich brauche keine Begleitung.«

Noch ehe die anderen begriffen hatten, war sie gegangen. Mr Sattersway wäre sicherlich hinter ihr hergelaufen, hätte ihn nicht ein Fluch gelähmt, den der verstörte Franzose ausstieß.

»Himmeldonnerwetter!«

Er starrte auf den halb verbrannten Fidibus, den die Gräfin auf den Tisch fallen lassen hatte. Er rollte ihn auseinander.

»*Mon Dieu!*«, flüsterte er. »Ein Fünfzigtausendfrancschein. Begreifen Sie? Ihr Gewinn von heute Abend. Das, was sie jetzt noch besaß. Und damit hat sie meine Zigarette angezündet! Weil sie zu stolz war, sich bemitleiden zu lassen. Ah! Stolz, sie war schon immer stolz wie der Teufel. Sie ist einzigartig – wundervoll!«

Er sprang von seinem Stuhl auf und rannte hinaus.

Mr Sattersway und Mr Quin hatten sich ebenfalls erhoben. Der Kellner näherte sich Franklin Rudge.

»*La note, Monsieur*«, sagte er ungerührt.

Mr Quin nahm sie ihm mit einem schnellen Griff ab.

»Ich komme mir ein bisschen verlassen vor, Elizabeth«, bemerkte Franklin Rudge. »Diese Ausländer – lassen einen hier einfach sitzen! Ich verstehe sie nicht. Was hat das alles überhaupt zu bedeuten?«

Er blickte zu ihr hinüber.

»Ach, tut das gut, jemanden anzusehen, der so hundertprozentig amerikanisch ist wie du.« Seine Stimme hatte den kläglichen Ton eines kleinen Kindes. »Diese Ausländer sind wirklich komisch.«

Sie bedankten sich bei Mr Quin und gingen gemeinsam in die Nacht hinaus. Mr Quin steckte das Wechselgeld ein und lächelte zu Mr Sattersway hinüber, der sich wie ein zufriedener Vogel aufplusterte.

»Ja«, sagte der Letztgenannte. »Das hat prachtvoll geklappt. Unser Turteltaubenpärchen wird sich jetzt wieder äußerst wohl fühlen.«

»Welches?«, fragte Mr Quin.

»Oh!« sagte Mr Sattersway bestürzt. »Ach ja, richtig, wahrscheinlich haben Sie recht, wenn man alles nüchtern betrachtet und so weiter …«

Er machte ein zweifelndes Gesicht.

Mr Quin lächelte, und die Fensterscheibe aus farbigem Glas, die sich hinter ihm befand, hüllte ihn für einen kurzen Augenblick in ein buntes Gewand aus farbigem Licht.

Das Ende der Welt

Mr Sattersway war wegen der Herzogin nach Korsika gekommen, und das verstieß ganz gegen seine Gewohnheit. An der Riviera hatte er seine Bequemlichkeiten, und auf Komfort legte Mr Sattersway großen Wert. Doch obwohl er die Annehmlichkeiten des Lebens schätzte, so schätzte er auch die Herzogin. Denn auf seine Weise, eine feine, altmodische Weise, war Mr Sattersway ein Snob. Er mochte nur bedeutende Leute. Und die Herzogin von Leth war von altem Adel. Sie war die Tochter eines Herzogs und auch die Frau eines Herzogs.

Abgesehen davon war sie eine ziemlich unansehnliche alte Dame mit einer Menge Borten aus schwarzen Perlen an ihren Kleidern. Sie besaß viele Diamanten in altmodischen Fassungen und trug sie genauso, wie ihre Mutter sie zu tragen pflegte: irgendwo ans Kleid gesteckt. Böse Zungen behaupteten, sie stelle sich einfach mitten ins Zimmer und lasse sich von ihrer Zofe mit Broschen bewerfen. Sie spendete großzügig für wohltätige Zwecke und kümmerte sich um ihre Mieter und Angestellten, doch bei kleinen Summen konnte sie sehr knauserig sein. Sie schnorrte bei ihren Freunden Autofahrten und kaufte nur Sonderangebote.

Die Herzogin hatte eine Schwäche für Korsika. Cannes langweilte sie, und sie hatte wegen des Zimmerpreises eine heftige Auseinandersetzung mit dem Hoteldirektor gehabt.

»Und Sie kommen mit, Sattersway«, erklärte sie entschieden. »Bei unserem Alter brauchen wir uns wegen eines Skandals keine Sorgen zu machen.«

Mr Sattersway war leicht geschmeichelt. Noch nie hatte jemand in Verbindung mit ihm von einem Skandal gesprochen. Er war viel zu unbedeutend. Ein Skandal und dazu eine Herzogin – großartig!

»Malerisch, wissen Sie«, sagte die Herzogin. »Straßenräuber – all so was. Und äußerst billig, habe ich gehört. Manuelli war heute Morgen wirklich sehr unverschämt! Diese Hotelbesitzer müssen in ihre Schranken verwiesen werden. Sie können nicht erwarten, dass auch gute Gäste kommen, wenn sie so weitermachen. Ich habe ihm das klar und deutlich gesagt.«

»Ich glaube«, sagte Mr Sattersway, »man kann sehr bequem hinfliegen. Von Antibes aus.«

»Das wird ganz hübsch was kosten!«, antwortete die Herzogin bissig. »Stellen Sie das mal fest!«

»Selbstverständlich, Herzogin.«

Mr Sattersway war immer noch ganz aufgeregt und dankbar, trotz der Tatsache, dass er eindeutig die Rolle des hochgelobten Laufburschen spielen sollte.

Als die Herzogin den Preis für die Reise mit dem *avion* hörte, verwarf sie den Einfall prompt. »Die sollen ja nicht glauben, dass ich eine solch unerhörte Summe zahle, um in so ein ekelhaftes gefährliches Ding zu steigen.«

Deshalb fuhren sie mit dem Schiff, und Mr Sattersway durchlebte zehn Stunden höchsten Unbehagens. Da es um sieben Uhr ablegen sollte, hielt Mr Sattersway es für selbstverständlich, dass das Abendessen an Bord serviert werden würde. Doch es gab kein Abendessen. Das Schiff war klein und das Meer unruhig. Mehr tot als lebendig wurde Mr Sattersway in den frühen Morgenstunden des nächsten Tages in Ajaccio an Land gesetzt.

Die Herzogin dagegen war frisch und munter. Unbequemlichkeiten machten ihr nichts aus, solange sie dadurch Geld sparte. Sie war von dem Anblick des Hafens, den Palmen und dem Sonnenaufgang begeistert. Anscheinend war die ganze Bevölkerung zusammengeströmt, um die Ankunft des Schiffes mitzuerleben, und das Anlegen der Gangway wurde mit aufgeregten Rufen und Ratschlägen begleitet.

»Meine Zofe war die ganze Nacht seekrank«, sagte die Herzogin. »Das Mädchen ist eine dumme Gans.«

Mr Sattersway lächelte dünn.

»Ich nenne so etwas Verschwendung von gutem Essen«, fuhr die Herzogin robust fort.

»Hat sie denn etwas zu essen bekommen?«, fragte Mr Sattersway neidisch.

»Ich hatte zufällig ein paar Kekse und eine Tafel Schokolade mitgenommen«, antwortete die Herzogin. »Als ich merkte, dass wir kein Abendessen bekommen würden, habe ich ihr das Zeug gegeben. Die niederen Stände regen sich immer so auf, wenn sie mal nichts zu essen kriegen.«

Unter triumphierenden Schreien der Menge wurde die Gangway endgültig festgemacht. Ein Chor abenteuerlicher Gestalten wie aus einer musikalischen Komödie stürzte an Bord und entriss den Passagieren das Handgepäck.

»Kommen Sie schon, Sattersway«, sagte die Herzogin. »Ich brauche ein Bad und Kaffee.«

Genau wie Mr Sattersway. Doch es war ihm kein voller Erfolg beschert. Im Hotel empfing sie ein beflissener

Direktor, und sie wurden auf ihre Zimmer geführt. Das der Herzogin hatte ein Bad. Mr Sattersway dagegen wurde ein Badezimmer gezeigt, das dem Anschein nach zum Schlafzimmer eines andern Gastes gehörte. Um diese frühe Morgenstunde bereits warmes Wasser zu erwarten, war vermutlich unvernünftig. Später trank er unglaublich schwarzen Kaffee, der in einer Kanne ohne Deckel serviert wurde. Die Fensterläden und das Fenster seines Zimmers waren geöffnet worden, und die frische Morgenluft strömte herein. Ein Tag von atemberaubendem Blau und Grün.

Der Kellner wies mit einer pathetischen Geste auf die Aussicht.

»Ajaccio«, sagte er feierlich. »*Le plus beau port du monde!*«

Damit verschwand er.

Während Mr Sattersway über die weite blaue Bucht blickte mit den schneebedeckten Bergen dahinter, war er beinahe geneigt, ihm recht zu geben. Er trank seinen Kaffee aus, legte sich auf das Bett und schlief sofort ein.

Beim Mittagessen war die Herzogin in bester Laune.

»Es ist genau das, was Sie brauchen, Sattersway«, sagte sie. »Das wird Sie von Ihren altjüngferlichen kleinen Angewohnheiten ablenken.« Sie musterte den Raum durch ihr Lorgnon. »Sieh mal an! Dort drüben ist Naomi Carlton-Smith!«

Sie deutete auf ein Mädchen, das allein an einem Fenstertisch saß. Sie hatte runde Schultern, flegelte sich in ihren Stuhl und trug ein Kleid, das aus einer Art braunem Sack gemacht zu sein schien. Das schwarze Haar war schlecht geschnitten.

»Eine Künstlerin?«, fragte Mr Sattersway.

Er hatte eine besondere Begabung, die Leute einzuschätzen.

»Stimmt genau«, antwortete die Herzogin. »Jedenfalls bezeichnet sie sich so. Ich wusste doch, dass sie sich in irgendeiner seltsamen Gegend der Erde herumtreibt. Arm wie eine Kirchenmaus, stolz wie der Teufel und verrückt wie alle Carlton-Smiths. Ihre Mutter ist meine Kusine.«

»Dann gehört sie zu der Knowlton-Sippe?«

Die Herzogin nickte.

»Sie hat sich selbst am meisten geschadet«, erzählte die Herzogin bereitwillig. »Dabei ist sie ein so kluges Mädchen. Sie ließ sich mit einem höchst verdächtigen jungen Mann ein. Er lebte in Chelsea und schrieb Theaterstücke oder Gedichte oder so etwas Ungesundes. Natürlich wurden sie nirgends angenommen. Dann klaute er irgendwelchen Schmuck und wurde dabei erwischt. Ich weiß nicht mehr, was man ihm aufgebrummt hat. Fünf Jahre, glaube ich. Sie erinnern sich sicherlich. Es passierte letzten Winter.«

»Da war ich in Ägypten«, erklärte Mr Sattersway. »Ich hatte Ende Januar eine sehr schlimme Erkältung, und die Ärzte bestanden darauf, dass ich mich in Ägypten erholte. Ich habe eine Menge verpasst.«

In seiner Stimme schwang ein bedauernder Unterton mit.

»Das Mädchen scheint Kummer zu haben«, sagte die Herzogin und zückte wieder ihr Lorgnon. »Da werde ich etwas unternehmen.«

Beim Hinausgehen blieb sie bei Miss Carlton-Smiths Tisch stehen und klopfte dem Mädchen auf die Schulter. »Nun, Naomi, erinnerst du dich nicht mehr an mich?«

Zögernd erhob sich Naomi. »Doch, ich erinnere mich, Herzogin. Ich sah Sie hereinkommen. Aber ich hielt es für sehr wahrscheinlich, dass Sie mich nicht wiedererkennen würden.«

Sie zog die Worte faul in die Länge, ohne sich darum zu kümmern, ob es unhöflich wirkte oder nicht.

»Wenn du mit dem Essen fertig bist, komm zu mir auf die Terrasse«, befahl die Herzogin.

»Ja.«

Naomi gähnte.

»Unglaubliches Benehmen«, bemerkte die Herzogin im Weitergehen zu Mr Sattersway. »Typisch für alle Carlton-Smiths.«

Draußen in der Sonne tranken sie ihren Kaffee. Sie hatten noch keine sechs Minuten dagesessen, als Naomi Carlton-Smith aus dem Hotel gebummelt kam und auf sie zuschlenderte. Sie ließ sich träge in einen Stuhl fallen und streckte die Beine aus.

Ein seltsames Gesicht, mit einem vorstehenden Kinn und tief liegenden grauen Augen. Ein kluges, unglückliches Gesicht, das um ein Haar schön gewesen wäre.

»Nun, Naomi«, sagte die Herzogin direkt. »Und was machst du hier?«

»Ach, ich weiß nicht. Ich trete auf der Stelle.«

»Hast du gemalt?«

»Ein wenig.«

»Zeig es mir!«

Naomi grinste. Sie ließ sich von der Selbstherrlichkeit der Herzogin nicht einschüchtern; es amüsierte sie nur. Sie verschwand im Hotel und kehrte kurz darauf mit einer Mappe zurück.

»Sie werden Ihnen nicht gefallen, Herzogin«, warnte sie
sie. »Sagen Sie, was Sie denken. Ich bin nicht beleidigt.«

Mr Sattersway zog seinen Stuhl etwas näher heran. Die
Sache interessierte ihn. Ein paar Augenblicke später war
er sogar noch interessierter. Die Herzogin ließen die Bilder völlig kalt.

»Ich kann nicht einmal erkennen, wo oben und unten
ist«, beklagte sie sich. »Guter Gott, Kind, einen Himmel
von solcher Farbe gibt es nicht. Und auch kein Meer!«

»Ich sehe es aber so!«, antwortete Naomi seelenruhig.

»Hm!«, machte die Herzogin und betrachtete ein anderes. »Da bekommt man richtig Angst.«

»Soll man auch«, erklärte Naomi. »Sie machen mir damit ein Kompliment, ohne es zu ahnen.«

Es war die seltsame futuristische Studie einer Feige, gerade noch erkennbar. Graugrün mit starken Farbflecken,
sodass die Frucht schimmerte wie ein Diamant. Eine wir-
belnde Masse Verwesung, fleischig, faulend. Mr Sattersway erschauerte und wandte den Kopf ab.

Naomi sah ihn an und nickte verständnisvoll.

»Ich weiß«, sagte sie. »Aber sie ist wirklich so.«

Die Herzogin räusperte sich. »Heutzutage ist es offenbar nicht schwierig, Maler zu werden«, bemerkte sie ver-
nichtend. »Statt die Dinge genau wiederzugeben, klatscht
man Farbe auf die … ich glaube, man nimmt gar keine
Pinsel mehr, sondern …«

»Sondern einen Spachtel«, unterbrach sie Naomi und
lächelte wieder breit.

»Und eine Menge Farbe«, fuhr die Herzogin fort. »In di-
cken Klumpen. Und siehe da, jeder sagt: ›Wie gekonnt!‹
Nun, ich habe für so etwas kein Verständnis. Ich möchte
lieber …«

»Einen schönen Hund oder ein hübsches Pferd, gemalt von Edward Landseer.«

»Und warum auch nicht?«, fragte die Herzogin. »Was hast du gegen Landseer?«

»Nichts«, sagte Naomi. »Er ist in Ordnung. Und Sie sind auch in Ordnung. Die Fassade der Dinge ist immer hübsch und glänzend und glatt. Ich habe Respekt vor Ihnen, Herzogin. Sie haben Energie. Sie haben sich mit dem Leben auseinandergesetzt und sind Sieger geblieben. Doch die Leute, die unten sind, sehen die Unterseite der Dinge. Und das ist auf seine Art auch interessant.«

Die Herzogin starrte sie verblüfft an.

»Ich habe nicht die leiseste Ahnung, wovon du sprichst«, erklärte sie.

Mr Sattersway betrachtete immer noch die Bilder. Im Gegensatz zur Herzogin bemerkte er die vollkommene Technik, mit der sie gemalt worden waren. Er war aufgeregt und begeistert. Er sah das Mädchen an und fragte:

»Würden Sie mir eines verkaufen, Miss Carlton-Smith?«

»Für fünf Guineen können Sie jedes haben«, antwortete sie gleichmütig.

Mr Sattersway zögerte eine Minute oder zwei und wählte dann die Studie einer Feige und einer Aloe, mit einem lebhaften Fleck von gelben Mimosen im Vordergrund und wehenden roten Aloeblüten. Das Ganze sachlich streng betont durch die lange ovale Form der Feige und die spitzen schwertartigen Blätter der Aloe.

Er machte vor dem Mädchen eine kleine Verbeugung.

»Ich bin sehr glücklich, dieses Bild ergattert zu haben, und glaube, es ist ein gutes Geschäft. Eines Tages werde ich dieses Bild mit einem hohen Gewinn verkaufen können, Miss Carlton-Smith – falls ich das möchte.«

Das Mädchen beugte sich vor, um feststellen zu können, welches Bild er gewählt hatte. Ein neuer Ausdruck trat in ihre Augen. Zum ersten Mal schien sie seine Existenz zur Kenntnis zu nehmen, und es lag so etwas wie Respekt in dem kurzen Blick, den sie ihm zuwarf. »Sie haben sich das Beste ausgesucht«, erklärte sie. »Das freut mich.«

»Nun, vermutlich wissen Sie, was Sie tun«, sagte die Herzogin. »Und ich nehme an, Sie haben recht. Soviel ich gehört habe, kennen Sie sich aus. Aber Sie können mir nicht einreden, dass dieses neumodische Zeug Kunst ist. Doch lassen wir das. Ich bin nur ein paar Tage hier und würde gern von der Insel ein wenig sehen. Du hast doch sicherlich ein Auto, Naomi?«

Das Mädchen nickte.

»Großartig«, sagte die Herzogin. »Dann machen wir morgen einen kleinen Ausflug.«

»Es ist nur ein Sportwagen mit zwei Sitzen.«

»Unsinn. Da gibt's noch den Notsitz, und der reicht für Mr Sattersway.«

Sattersway entfuhr ein entsetzter Seufzer. Er hatte am Morgen die korsischen Straßen gesehen. Nachdenklich musterte Naomi ihn. »Ich fürchte, der Wagen taugt nicht viel«, antwortete sie. »Es ist eine schreckliche alte rostige Karre, die ich zu einem Spottpreis aus zweiter Hand gekauft habe: Ich komme gerade noch den Berg hinauf. Ich kann unmöglich jemanden mitnehmen. Im Ort gibt es eine sehr gute Garage, wo man einen Wagen leihen kann.«

»Einen Wagen leihen?«, rief die Herzogin empört. »Was für eine Idee! Wer war eigentlich der nette Mann, der vor dem Mittagessen mit dem Wagen ankam? Er sah ziemlich gelb aus.«

»Sie meinen offenbar Mr Tomlinson. Er war Richter in Indien.«

»Deshalb ist er so gelb«, stellte die Herzogin fest. »Ich hatte schon Angst, es sei die Gelbsucht. Er macht einen recht ordentlichen Eindruck. Ich werde mal mit ihm reden.«

Als Mr Sattersway am Abend zum Essen herunterkam, unterhielt sich die Herzogin, die im Glanz von schwarzen Perlen und Diamanten erstrahlte, angeregt mit dem Besitzer des Wagens. Sie winkte ihm energisch.

»Kommen Sie her, Mr Sattersway! Mr Tomlinson erzählt mir gerade äußerst interessante Dinge, und stellen Sie sich vor, er wird morgen mit uns einen Ausflug machen.«

Mr Sattersway sah sie voll Achtung an.

»Jetzt müssen wir zum Essen hineingehen«, fuhr die Herzogin fort. »Setzen Sie sich doch zu uns, Mr Tomlinson! Dann können Sie uns noch mehr erzählen!«

»Wirklich ein netter Mensch«, bemerkte die Herzogin später.

»Mit einem wirklich netten Wagen«, antwortete Mr Sattersway.

»Seien Sie nicht ungezogen!«, sagte die Herzogin und schlug ihm mit ihrem Fächer, den sie immer bei sich trug, kräftig auf die Finger. Mr Sattersway zuckte vor Schmerz zusammen.

»Naomi begleitet uns«, sagte die Herzogin. »Sie fährt mit ihrem eigenen Wagen. Das Mädchen muss auf andere Gedanken kommen. Sie ist sehr selbstsüchtig. Nicht egozentrisch, aber völlig gleichgültig, was andere Leute und ihre Umwelt betrifft. Finden Sie nicht?«

»Ich halte das nicht für möglich«, antwortete Mr Sattersway langsam. »Ich meine, jeder hat irgendein Interesse. Natürlich gibt es Leute, die sich nur um ihre eigene Achse drehen, doch ich stimme Ihnen zu, dass sie nicht zu dieser Sorte gehört. Sie ist an sich völlig uninteressiert. Und doch – sie hat viel Charakter. Es muss etwas geben, was sie interessiert. Zuerst dachte ich, es sei die Kunst. Aber das stimmt nicht. Ich habe noch nie jemanden getroffen, der sich so vom Leben zurückgezogen hat. Das ist gefährlich.«

»Gefährlich? Was soll das heißen?«

»Nun, wissen Sie, es muss eine Art Besessenheit dahinterstecken, und so etwas ist immer gefährlich.«

»Sattersway«, rief die Herzogin, »seien Sie nicht dumm! Hören Sie zu. Was den Ausflug betrifft …«

Mr Sattersway hörte zu, eine Rolle, die er im Leben häufig übernahm.

Am nächsten Morgen brachen sie sehr früh auf und nahmen ein Picknick für das Mittagessen mit. Naomi, die seit sechs Monaten auf der Insel lebte, sollte den Führer spielen. Mr Sattersway trat zu ihr, als sie gerade losfahren wollte.

»Sind Sie ganz sicher, dass ich Sie nicht begleiten kann?«, fragte er sie besorgt.

Sie schüttelte den Kopf. »Im anderen Wagen haben Sie es viel bequemer. Weich gepolsterte Sitze und so weiter. Meiner ist ein alter Klapperkasten. Bei jedem Schlagloch fliegt man in die Luft.«

»Und dann natürlich die Berge.«

Naomi lachte. »Ach, das habe ich nur gesagt, um Sie vor dem Notsitz zu bewahren. Die Herzogin könnte es sich durchaus leisten, einen Wagen zu mieten. Sie ist die geizigste Frau von ganz England. Trotzdem, man kann mit ihr Pferde stehlen, und ich mag sie.«

»Dann könnte ich ja doch mit Ihnen fahren«, sagte Mr Sattersway eifrig.

Neugierig sah sie ihn an. »Warum sind Sie so scharf darauf?«

»Können Sie da noch fragen?« Mr Sattersway machte eine komische altmodische Verbeugung.

Sie lächelte. »Das ist nicht der Grund«, meinte sie nachdenklich. »Wie seltsam! Aber heute können Sie nicht mit mir kommen.«

»Vielleicht an einem andern Tag«, erwiderte Mr Sattersway höflich.

»Oh! An einem andern Tag!« Sie lachte plötzlich, ein seltsames Lachen, wie Mr Sattersway fand. »An einem andern Tag! Nun, wir werden ja sehen.«

Sie fuhren los. Sie durchquerten die Stadt, dann führte die Straße an der weiten Bucht entlang, schwenkte landeinwärts über einen Fluss, kehrte zum Meer zurück und zu den Hunderten von kleinen sandigen Stränden. Dann erreichten sie die Berge. In haarsträubenden Kurven ging es hinauf, gefährliche Serpentinen hoch. Die blaue Bucht war jetzt unter ihnen, dahinter glänzte Ajaccio in der Sonne, weiß wie eine Märchenstadt.

Höher und höher fuhren sie. Mal war der steil abfallende Hang auf der rechten, mal auf der linken Seite. Mr Sattersway fühlte sich etwas schwindlig und begann auch seinen Magen zu spüren. Die Straße war nicht sehr breit. Und es ging immer noch weiter hinauf.

Jetzt wurde es kalt. Der Wind blies direkt von den schneebedeckten Gipfeln her. Drüben über dem Wasser lag Ajaccio immer noch im Sonnenschein, doch hier oben jagten schwere graue Wolken über den Himmel und verdeckten die Sonne. Mr Sattersway hörte auf, die Aussicht zu bewundern. Er sehnte sich nach einem zentralgeheizten Hotel und einem bequemen Sessel.

Naomi fuhr mit ihrem kleinen Wagen unverdrossen vor ihnen her, höher und immer höher. Dann waren sie auf dem Dach der Welt. Zu beiden Seiten waren die Berge niedriger, die Hänge fielen zu den Tälern sanft ab. Genau vor ihnen standen die schneebedeckten Gipfel. Der Wind wehte noch heftiger, wie mit eisigen Nadeln.

Plötzlich bremste Naomi und winkte ihnen.

»Wir sind da«, sagte sie, als alle ausstiegen. »Am Ende der Welt. Ich glaube nicht, dass es ein besonders schöner Tag dafür ist.«

Sie hatten ein kleines Dorf erreicht, höchstens ein halbes Dutzend Steinhäuser. Auf einem großen Brett war der Name angeschlagen: Coti Chiaveeri.

Naomi zuckte die Achseln. »Das ist die offizielle Bezeichnung, doch ich nenne es lieber ›das Ende der Welt‹.«

Sie ging ein paar Schritte weiter, und Mr Sattersway schloss sich ihr an. Die Häuser lagen jetzt hinter ihnen, und die Straße hörte auf. Wie Naomi gesagt hatte, dies war das Ende der Welt, das Niemandsland, der Anfang vom Nichts. Hinter ihnen das helle Band der Straße, vor ihnen – nichts. Nur weit, weit unter ihnen das Meer.

Mr Sattersway holte tief Luft. »Ein außergewöhnlicher Ort. Man hat das Gefühl, hier könnte alles Mögliche passieren, als ob man hier die seltsamsten Leute ...«

Er brach ab, denn vor ihnen, auf einem Stein, saß ein Mann, das Gesicht dem Meer zugewandt. Bis zu diesem Augenblick hatten sie ihn nicht bemerkt, und sein Erscheinen war mit einer Plötzlichkeit geschehen, als habe ihn ein Zauberer hergezaubert. Als sei er geradezu aus dem Boden gewachsen.

»Ich frage mich …«, begann Mr Sattersway.

Da drehte sich der Fremde um, und Mr Sattersway sah sein Gesicht.

»Was, das ist ja Mr Quin! Wie seltsam! Miss Carlton-Smith, ich möchte Sie mit meinem Freund Mr Quin bekanntmachen. Er ist ein erstaunlicher Bursche. Wirklich, das sind Sie! Sie tauchen immer wie aus dem Nichts auf …«

Er schwieg, weil er das Gefühl hatte, etwas sehr Wichtiges gesagt zu haben, doch um alles in der Welt hätte er nicht erklären können, was das genau war.

Naomi hatte Mr Quin auf ihre übliche energische Art die Hand geschüttelt. »Wir wollten hier picknicken«, sagte sie. »Aber ich glaube, wir werden schrecklich frieren.«

Mr Sattersway erschauerte. »Vielleicht«, meinte er, »finden wir eine geschützte Stelle?«

»Hier wohl kaum«, erwiderte Naomi. »Trotzdem ist es sehenswert, nicht wahr?«

»Ja, allerdings.« Mr Sattersway wandte sich an Mr Quin. »Miss Carlton-Smith nennt es das Ende der Welt, ein treffender Name, was?«

Mr Quin nickte langsam mehrere Male. »Ja – und auch ein sehr beziehungsvoller Name. Ich glaube, dass man nur einmal im Leben zu einem solchen Ort kommt – von wo es nicht mehr weitergeht.«

»Was meinen Sie damit?«, fragte Naomi scharf.

Er wandte sich ihr zu. »Nun, gewöhnlich hat man die Wahl, nicht wahr? Rechts oder links. Vor oder zurück. Hier dagegen: hinter Ihnen die Straße und vor Ihnen – nichts mehr.«

Naomi starrte ihn entgeistert an. Plötzlich schauerte sie zusammen und begann langsam auf die andern zuzugehen.

Die beiden Männer blieben an ihrer Seite. Mr Quin sagte in freundlichem Ton:

»Gehört der kleine Wagen Ihnen, Miss Carlton-Smith?«

»Ja.«

»Sie fahren ihn selbst? Ich glaube, man braucht viel Mut dazu, hier in der Gegend. Die Kehren sind ziemlich schwierig. Ein unachtsamer Augenblick – und hinunter, immer weiter hinunter. So etwas geht ganz schnell.«

Sie gesellten sich zu den andern. Mr Sattersway stellte seinen Freund vor. Da spürte er, wie ihn jemand am Ärmel zupfte. Es war Naomi. Sie nahm ihn beiseite und fragte aufgeregt:

»Wer ist der Mann?«

Mr Sattersway blickte sie erstaunt an. »Nun, eigentlich weiß ich es nicht genau. Ich meine, wir kennen uns seit einigen Jahren, und von Zeit zu Zeit begegnen wir uns immer wieder, doch eigentlich ...«

Er schwieg. Es war Unsinn, was er da redete, und das junge Mädchen hörte ihm gar nicht zu. Sie stand mit gesenktem Kopf da und ballte die Fäuste.

»Er weiß Bescheid«, sagte sie. »Er weiß Bescheid. Wieso?«

Mr Sattersway fand keine Antwort, sondern blickte sie nur sprachlos an, weil er nicht begriff, warum sie so außer sich war.

»Ich habe Angst«, murmelte sie.

»Vor Mr Quin?«

»Ich habe Angst vor seinen Augen. Sie sehen alles.«

Etwas Kaltes und Feuchtes berührte Mr Sattersways Wange. Er blickte auf.

»Was, es schneit!«, rief er erstaunt.

»Da haben wir uns ja einen schönen Tag für unser Picknick ausgesucht!«, sagte Naomi. Sie hatte sich wieder beruhigt, auch wenn es ihr schwer fiel.

Was sollten sie tun? Die verschiedensten Vorschläge wurden gemacht. Der Schnee fiel immer dichter. Dann hatte Mr Quin einen Einfall, der freudig angenommen wurde. Am Ende der Häuser stand eine kleine Kneipe. Sie stürmten darauf zu.

»Sie haben Ihr Essen dabei«, sagte Mr Quin, »und sicherlich wird man Ihnen Kaffee kochen.«

Es war ein kleines Lokal, ziemlich dunkel, und durch das einzige winzige Fenster fiel nur wenig Licht, doch im Kamin brannte ein behagliches Feuer. Eine alte Korsin warf gerade eine Handvoll Reisig darauf. Die Flammen züngelten heller, und in ihrem Schein entdeckten die Neuankömmlinge, dass noch mehr Gäste da waren.

Drei Leute saßen an einem Holztisch. Die Szene hatte etwas Unwirkliches, fand Mr Sattersway, und die drei Gäste selbst erschienen ihm sogar noch unwirklicher.

Die Frau am Kopfende sah wie eine Herzogin aus oder vielmehr so, wie man sich gewöhnlich eine Herzogin vorstellte. Sie war das Ideal einer großen Dame. Sie trug ihren aristokratischen Kopf sehr hoch, das schneeweiße Haar war schön gekämmt. Ihr graues Kleid umspielte sie in künstlerischen Falten. Die eine lange weiße Hand stützte ihr Kinn, in der anderen hielt sie ein Brötchen mit Gänseleberpastete. Zu ihrer Rechten saß ein Mann mit einem sehr weißen Gesicht, sehr schwarzen Haaren und einer Hornbrille. Er war sehr vornehm und teuer gekleidet. Im Augenblick hatte er den Kopf zurückgeworfen und die linke Hand ausgestreckt, als wolle er ein Gedicht vortragen.

Auf der anderen Seite der weißhaarigen Dame saß ein

147

freundlicher kleiner Mann mit einer Glatze. Er wirkte so unauffällig, dass man keinen zweiten Blick auf ihn verschwendete.

Nach einem kurzen Augenblick des Unbehagens übernahm die Herzogin – die echte – die Initiative.

»Was für ein schrecklicher Sturm«, sagte sie fröhlich und trat auf die Gruppe zu, ein energisches Lächeln um die Lippen, das ihr bei Wohltätigkeitssitzungen und Ähnlichem häufig genützt hatte. »Vermutlich hat er Sie genauso überrascht wie uns? Aber Korsika ist eine wunderschöne Insel. Ich bin erst heute Vormittag angekommen.«

Der Mann mit dem schwarzen Haar stand auf, und die Herzogin ließ sich anmutig auf seinem Stuhl nieder.

»Wir sind schon eine Woche da«, sagte die weißhaarige Dame.

Mr Sattersway schreckte auf. Konnte man diese Stimme je vergessen, wenn man sie einmal gehört hatte? Sie hallte durch den Raum mit seinen steinernen Wänden, getragen von Gefühlen, von schönster Melancholie. Ihm schien, als habe die weißhaarige Frau etwas Herrliches, Unvergessliches gesagt, voller Bedeutung. Sie hatte mit dem Herzen gesprochen.

Hastig flüsterte er Mr Tomlinson zu: »Der Mann mit der Brille ist Mr Vyse – ein Produzent, wissen Sie!«

Der pensionierte Richter aus Indien betrachtete Mr Vyse mit unverhohlenem Missfallen.

»Was produziert er denn?«, fragte er. »Wurst?«

»Was für ein Gedanke! Natürlich nicht«, antwortete Mr Sattersway entsetzt über die Erwähnung von so etwas Gewöhnlichem im Zusammenhang mit Mr Vyse. »Er macht Theaterstücke.«

»Ich glaube«, sagte Naomi, »ich gehe wieder raus. Es ist so heiß hier drin.«

Der harte, laute Ton ihrer Stimme ließ Mr Sattersway zusammenfahren. Sie schob Mr Tomlinson zur Seite und schritt wie blind auf die Tür zu. Doch plötzlich stand sie Mr Quin gegenüber, der ihr den Weg vertrat.

»Setzen Sie sich wieder hin!«, befahl er.

Seine Stimme war sehr energisch. Zu Mr Sattersways Erstaunen gab Naomi nach kurzem Zögern nach. Sie setzte sich ans Ende des Tisches, so weit wie möglich von den Übrigen entfernt.

Mr Sattersway wurde eifrig und nagelte den Produzenten fest. »Vielleicht erinnern Sie sich nicht mehr«, begann er, »mein Name ist Sattersway.«

»Aber natürlich!« Eine lange knochige Hand schoss vor und drückte die seine schmerzhaft: »Mein lieber Freund, wer hätte gedacht, Sie ausgerechnet hier zu treffen! Sie kennen sicherlich Miss Nunn?«

Mr Sattersway gab es einen Stoß. Kein Wunder, dass ihm ihre Stimme so bekannt vorgekommen war. Tausende von Zuhörern in ganz England hatten diese herrlichen gefühlvollen Töne schon fasziniert. Rosina Nunn! Die bedeutendste Tragödin Englands. Auch Mr Sattersway gehörte zu ihren eifrigsten Bewunderern. Keiner konnte wie sie eine Rolle so hervorragend interpretieren, mit den feinsten Schattierungen der Bedeutung eines Wortes. Er hatte sie immer für eine intellektuelle Schauspielerin gehalten, die ihre Rolle verstand und sie bis ins Innerste durchdrang.

Es war entschuldbar, dass er sie nicht sofort erkannte, denn Rosina Nunn hatte einen exzentrischen Geschmack. Fünfundzwanzig Jahre lang war sie eine Blondine gewesen. Nach einer Tournee durch die Vereinigten Staaten erschien sie in England mit rabenschwarzem Haar und spielte nur noch Tragödien. Die Rokoko-Dame mit dem weißen Haar war ihre neueste Laune.

»Ach, übrigens, dies ist Mr Judd, Miss Nunns Gatte«, sagte Vyse unverbindlich und deutete auf den Mann mit der Glatze.

Rosina Nunn hatte mehrere Ehemänner gehabt, erinnerte sich Mr Sattersway. Offenbar war Mr Judd der letzte.

Mr Judd wickelte eifrig Päckchen aus, die er aus einem Korb neben sich nahm. »Möchtest du noch Pastete, Liebling?«, fragte er seine Frau.

»Das letzte Brötchen war nicht so dick bestrichen, wie du es magst.«

Rosina Nunn gab ihm das Brötchen und murmelte nur: »Henry fallen die herrlichsten Gerichte ein. Ein Essen zusammenzustellen überlasse ich immer ihm.«

»Man muss die Bestie füttern«, sagte Mr Judd lachend und tätschelte seiner Frau die Schulter.

»Er behandelt sie, als wäre sie ein Hund«, flüsterte Mr Vyse melancholisch an Mr Sattersways Ohr. »Schneidet ihr das Essen in Bissen. Komische Geschöpfe, die Frauen.«

Mr Sattersway und Mr Quin begannen, das Picknick auszupacken: hart gekochte Eier, gekochter Schinken und Gruyère-Käse wurden in der Runde verteilt. Die Herzogin und Miss Nunn schienen in ein vertrauliches Gespräch vertieft zu sein, wie die Satzfetzen bewiesen, die zu den andern Gästen herüberdrangen.

»Das Brot darf nur leicht getoastet sein«, sagte Miss Nunn mit ihrer schönen tiefen Stimme. »Verstehen Sie?

Dann eine sehr dünne ... Schicht ... Marmelade ... Zusammenrollen ... in den Ofen ... eine Minute, nicht mehr ... köstlich ...«

»Diese Frau lebt nur fürs Essen«, murmelte Mr Vyse. »Unglaublich! Sie denkt an nichts anderes. Ich erinnere mich da an eine Inszenierung ... wissen Sie, wo sie sagt: ›Und die herrliche ruhige Zeit, die ich noch verbringen werde ... ‹ Sie brachte es einfach nicht so, wie ich es haben wollte. Schließlich riet ich ihr, dabei an Pfefferminzlikör zu denken. Den mag sie sehr. Sofort war die Wirkung da – ein sehnsüchtiger Ausdruck, der einem bis ans Herz ging.«

Mr Sattersway schwieg. Er erinnerte sich.

Mr Tomlinson, der ihnen gegenübersaß, räusperte sich.

»Sie produzieren Stücke, wie ich höre? Mir gefällt eines ganz besonders: ›Jim, der Schreiber‹. Ganz großartig!«

»Um Gottes willen«, sagte Mr Vyse, und ein Schauder durchrieselte ihn.

»Eine winzige Zehe Knoblauch«, sagte Miss Nunn zur Herzogin. »Sagen Sie es Ihrer Köchin. Es wirkt Wunder ...«

Sie seufzte glücklich und wandte sich an ihren Mann: »Henry«, beklagte sie sich. »Ich habe nicht ein bisschen Kaviar gesehen.«

»Dabei sitzt du beinahe drauf!«, antwortete Mr Judd fröhlich. »Du hast ihn hinter dich auf den Stuhl gestellt.«

Rosina Nunn stellte ihn eilig auf den Tisch und lächelte glücklich in die Runde.

»Henry ist einfach großartig. Ich bin so schrecklich zerstreut und weiß nie, wo ich was hingelegt habe.«

»Wie damals, als du deine Perlen in den Waschbeutel packtest«, sagte Henry scherzhaft. »Und dann hast du ihn im Hotel vergessen. Mein Gott, habe ich da telefoniert und Telegramme geschickt.«

»Sie waren versichert«, meinte Miss Nunn verträumt. »Im Gegensatz zu meinem Opal.« Ein feiner, herzzerreißender Ausdruck von Leid huschte über ihr Gesicht.

Wenn sich Mr Sattersway in der Gesellschaft von Mr Quin befand, hatte er schon öfter das Gefühl gehabt, als spiele er in einem Theaterstück mit. Auch jetzt hatte er diesen Eindruck. Beinahe glaubte er zu träumen. Jeder spielte mit. Die Worte »... meinem Opal ...« waren sein Stichwort. Er beugte sich vor.

»Was war mit Ihrem Opal, Miss Nunn?«

»Reichst du mir mal die Butter, Henry? Danke. Ach ja, mein Opal. Er wurde mir gestohlen, wissen Sie. Ich bekam ihn nie wieder.«

»Erzählen Sie uns doch die Geschichte!«, bat Mr Sattersway.

»Nun – ich bin im Oktober geboren, und der Opal ist mein Glücksstein. Deshalb wollte ich einen ganz besonders schönen haben und habe lange darauf gewartet. Angeblich war er einer der makellosesten, die existierten. Nicht sehr groß – etwa wie ein Zweishillingstück, aber welche Farbe, welches Feuer!«

Sie seufzte. Mr Sattersway bemerkte, dass die Herzogin unruhig wurde, doch jetzt war Miss Nunn nicht mehr zu halten. Sie erzählte weiter, und ihre schöne Stimme ließ die Geschichte wie eine alte Legende klingen.

»Er wurde von einem jungen Mann namens Alec Gerard gestohlen. Er schrieb Theaterstücke.«

»Sehr gute sogar«, warf Mr Vyse fachmännisch ein. »Eines behielt ich mal sechs Monate.«

»Haben Sie es angenommen?«, fragte Mr Tomlinson.

»Natürlich nicht«, antwortete Mr Vyse, entsetzt über so einen Einfall. »Aber wissen Sie, dass ich einmal fast so weit gewesen wäre?«

»In dem Stück gab es eine herrliche Rolle für mich«, sagte Miss Nunn. »›Rachels Kinder‹ hieß es, obwohl keine Person mit diesem Namen vorkam. Der Autor erschien im Theater und unterhielt sich mit mir darüber. Er sah sehr gut aus und war scheu, der arme Junge. Ich erinnere mich ...«, ein sehnsuchtsvolles Leuchten ging über ihr Gesicht, »dass er mir Pfefferminzlikör mitbrachte. Der Opal lag auf dem Schminktisch. Er war in Australien gewesen und wusste über Opale Bescheid. Er nahm ihn mit ins Licht, um ihn besser betrachten zu können. Vermutlich hat er ihn dann in die Tasche geschoben. Jedenfalls vermisste ich ihn, sobald er gegangen war. War das eine Aufregung. Erinnern Sie sich?«

Die Frage galt Mr Vyse.

»Natürlich«, antwortete Mr Vyse mit einem Stöhnen.

»Man fand das leere Etui in seinem Zimmer«, fuhr Miss Nunn fort. »Er hatte überhaupt kein Geld, aber am nächsten Tag zahlte er eine hohe Summe auf sein Bankkonto ein. Angeblich hatte ein Freund für ihn auf ein Pferd gesetzt, aber er konnte diesen Freund nicht vorzeigen. Er erklärte, er habe das Etui irrtümlich eingesteckt. Ich finde, das war eine ziemlich dürftige Ausrede, nicht wahr? Er hätte sich etwas Besseres einfallen lassen sollen! Ich musste als Zeugin auftreten. In allen Zeitungen erschienen Bilder von mir. Mein Presseagent war begeistert über den Rummel, aber ich hätte lieber meinen Opal wiedergehabt.«

Sie schüttelte bedauernd den Kopf.

»Möchtest du etwas eingemachte Ananas?«, fragte Mr Judd.

Miss Nunns Gesicht hellte sich auf. »Wo ist die Dose?«

»Ich habe sie dir gerade gegeben.«

Miss Nunn blickte hinter sich und vor sich, betrachtete die grauseidene Handtasche und hob langsam einen großen Beutel aus roter Seide vom Boden auf. Mit großem Interesse verfolgte Mr Sattersway, wie sie dessen Inhalt ans Tageslicht beförderte.

Erst kam eine Puderquaste, dann ein Lippenstift, ein kleines Schmucketui, ein Strang Wolle, noch eine Puderquaste, zwei Taschentücher, eine Schachtel mit Kremhütchen, ein Papiermesser mit Perlmuttgriff, ein Spiegel, ein kleines dunkelbraunes Holzkästchen, fünf Briefe, eine Walnuss, ein kleines quadratisches Stück lila Crêpe de Chine, ein Band und das Ende eines Hörnchens. Als Letztes kam die Ananasdose zum Vorschein.

»Heureka!«, murmelte Mr Sattersway.

»Wie bitte?«

»Ach, nichts«, antwortete Mr Sattersway hastig. »Was für ein hübsches Papiermesser.«

»Ja, nicht wahr? Irgendjemand hat es mir geschenkt. Ich weiß nur nicht mehr, wer.«

»Das ist ein indisches Kästchen«, bemerkte Mr Tomlinson. »Eine sinnreiche kleine Erfindung, nicht wahr?«

»Das hat mir auch irgendjemand geschenkt«, erklärte Miss Nunn. »Ich habe es schon sehr lange. Im Theater stand es immer auf meinem Schminktisch. Ich finde, es ist nicht sehr hübsch.«

Das Kästchen war aus einfachem dunkelbraunen Holz und ließ sich seitlich öffnen. An der Oberseite befanden sich zwei Holzplättchen, die man im Kreis drehen konnte.

»Vielleicht nicht besonders hübsch«, sagte Mr Tomlinson mit einem Kichern. »Aber ich wette, Sie haben noch nie so eines gesehen.«

Mr Sattersway beugte sich vor. Plötzlich wurde er sehr aufgeregt.

»Warum sagten Sie, es sei eine sinnreiche kleine Erfindung?«, fragte er.

»Na, stimmt es etwa nicht?«

Der pensionierte Richter blickte Miss Nunn fragend an. Sie schien nicht zu begreifen.

»Sicherlich soll ich den Trick nicht verraten, nicht wahr?«

Miss Nunn verstand immer noch nicht.

»Was für einen Trick?«, fragte Mr Judd.

»Mein Gott, kennen Sie ihn nicht?«

Er musterte die fragenden Gesichter.

»Nicht zu glauben. Geben Sie mir das Kästchen einen Augenblick? Danke.«

Er öffnete es.

»Also, ich brauche etwas, das ich hineinlegen kann. Es darf nicht zu groß sein. Ein Stückchen Gruyère-Käse vielleicht. Ja, das passt großartig. Ich lege es hinein und schließe das Kästchen.«

Er fingerte ein paar Augenblicke daran herum und sagte dann: »Und jetzt …« Er öffnete es wieder. Es war leer.

»Nein, so was!«, rief Mr Judd. »Wie haben Sie es gemacht?«

»Ganz leicht. Man stülpt das Kästchen um, dreht das linke Plättchen halb um, dann schließt man das rechte. Wenn wir das Stückchen Käse wiederhaben wollen, brauchen wir es nur umgekehrt zu machen. Das rechte Plättchen halb herumdrehen, das linke schließen – und jetzt: Da ist es!«

Das Kästchen war offen. Die Tafelrunde stieß einen überraschten Schrei aus. Das Käsestückchen war wieder da – und außerdem noch etwas anderes. Ein runder Gegenstand, der in allen Regenbogenfarben schimmerte.

»Mein Opal!«

Die Worte klangen wie Trompetenschall. Rosina Nunn sprang auf und schlug die Hände zusammen. »Mein Opal! Aber wie ist er da hineingekommen?«

Henry Judd räusperte sich. »Hm, ich glaube, Rosy, mein Liebling, du hast ihn selbst hineingesteckt.«

Jemand stand vom Tisch auf und lief hinaus. Es war Naomi Carlton-Smith. Mr Quin folgte ihr.

»Aber wann? Du meinst …«

Mr Sattersway beobachtete, wie es ihr allmählich dämmerte. Es dauerte beinahe zwei Minuten.

»Du meinst, letztes Jahr im Theater?«

»Ich weiß ja«, sagte Henry tröstend, »dass du immer mit irgendetwas spielst, Rosy. Denk nur an den Kaviar vorhin.«

Miss Nunn überlegte und sagte langsam: »Ich legte ihn hinein, ohne es zu merken, dann habe ich das Kästchen wohl umgedreht und zufällig die Plättchen … aber dann …« Und da begriff sie. »Aber dann hat ihn Alec Gerard ja gar nicht gestohlen! Oh!« Sie stieß einen erschütternden Schrei aus, der aus tiefster Kehle kam. »Wie entsetzlich!«

»Na ja«, bemerkte Mr Vyse, »das lässt sich ändern.«

»Aber er war ein Jahr im Gefängnis!« Dann überraschte sie alle mit der Frage, die sie an die Herzogin richtete. »Warum ist das Mädchen hinausgelaufen? Wer ist sie?«

»Das ist Miss Carlton-Smith«, antwortete die Herzogin.

»Sie war mit Mr Gerard verlobt. Die Sache hat sie sehr mitgenommen.«

Mr Sattersway machte sich unauffällig davon. Es hatte aufgehört zu schneien. Naomi saß auf der niedrigen Steinmauer, einen Skizzenblock auf den Knien. Farbige Kreiden lagen neben ihr. Mr Quin stand da und sah ihr beim Zeichnen zu.

Sie hielt Mr Sattersway den Block hin. Die Szene war nur rasch aufs Papier geworfen, doch sie verriet Begabung. Ein Wirbel von Schneeflocken mit einer Gestalt in der Mitte.

»Sehr gut!«, sagte Mr Sattersway.

Mr Quin blickte zum Himmel hoch. »Der Schneesturm ist vorbei«, meinte er. »Die Straßen werden nass sein, aber ich glaube nicht, dass es einen Unfall gibt.«

»Das glaube ich auch nicht«, antwortete Naomi. Ihre Stimme hatte einen bedeutsamen Unterton, den Mr Sattersway nicht verstand. Sie sah ihn an und lächelte, ein strahlendes Lächeln. »Mr Sattersway kann mit mir zurückfahren, wenn er möchte.«

Da wusste er, zu was sie in ihrer Verzweiflung fähig gewesen wäre.

»Nun«, sagte Mr Quin. »Ich muss mich jetzt verabschieden.« Er ging davon.

»Wohin will er?«, fragte Mr Sattersway, der ihm verblüfft nachstarrte.

»Dorthin zurück, woher er gekommen ist, nehme ich an«, sagte Naomi in einem seltsamen Ton.

»Aber – aber da ist doch nichts«, meinte Mr Sattersway, denn Mr Quin ging auf die Stelle am Abhang zu, wo sie ihn zuerst gesehen hatten. »Sie sagten selbst, es sei das Ende der Welt.«

Er gab ihr den Zeichenblock zurück.

»Die Skizze ist sehr gut«, sagte er. »Eine große Ähnlichkeit. Aber warum trägt er ein Narrenkostüm?«

Eine Sekunde lang trafen sich ihre Blicke.

»Ich sehe ihn eben so«, antwortete Naomi Carlton-Smith.

Die Stimme aus dem Dunkeln

Ich mache mir Sorgen wegen Margery«, sagte Lady Stranleigh. »Meine Tochter, wissen Sie«, fügte sie hinzu.

Sie seufzte nachdenklich. »Mit einer großen Tochter kommt man sich schrecklich alt vor.«

Mr Sattersway, der Empfänger dieser Vertraulichkeiten, zeigte sich den Umständen gewachsen. »Man sollte es nicht für möglich halten«, meinte er galant und machte eine kleine Verbeugung.

»Schmeichler«, sagte Lady Stranleigh, doch es klang ziemlich zerstreut. Offenbar war sie mit den Gedanken nicht ganz bei der Sache. Bewundernd betrachtete Mr Sattersway die schlanke Gestalt in dem weißen Kleid. Die Sonne von Cannes war unerbittlich, in ihrem Licht ließ sich nichts verbergen, doch Lady Stranleigh bestand die Prüfung glänzend. Auf die Entfernung wirkte sie außerordentlich jugendlich. Man konnte sich beinahe fragen, ob sie schon erwachsen war oder nicht. Mr Sattersway, der stets gut unterrichtet war, wusste, dass Lady Stranleigh bereits Enkelkinder hätte haben können. Sie war der höchste Triumph der Kunst über die Natur, die Figur makellos, der Teint herrlich. Sie hatte viele Schönheitssalons reich gemacht, und das Resultat war wirklich sehr erstaunlich.

Lady Stranleigh zündete sich eine Zigarette an, schlug

die schönen Beine übereinander, die in hauchdünnen Strümpfen steckten, und sagte leise:

»Ja, ich mache mir wegen Margery wirklich Sorgen.«

»Du liebe Zeit«, rief Mr Sattersway, »was ist passiert?«

Lady Stranleigh wandte ihm ihre schönen blauen Augen zu. »Sie haben sie nie kennengelernt, nicht wahr? Sie ist Charles' Tochter«, fügte sie erklärend hinzu.

Falls das »Who's who« wirklich stimmte, hätte die Eintragung über Lady Stranleigh wie folgt enden können: Ihr Hobby ist das Heiraten. Sie war durch das Leben geschwebt und hatte einige Ehemänner auf der Strecke zurückgelassen. Drei verlor sie durch Scheidung, einen durch Tod.

»Wenn sie Rudolfs Tochter wäre, könnte ich es ja verstehen«, grübelte Lady Stranleigh. »Erinnern Sie sich noch an Rudolf? Er war sehr temperamentvoll. Schon sechs Monate nach unserer Eheschließung musste ich bei Gericht um so seltsame Dinge nachsuchen – wie nennt man das doch noch? Eheliche … was weiß ich, Sie kennen das ja! Gott sei Dank ist heute alles viel einfacher. Ich erinnere mich, dass ich ihm die verrücktesten Briefe schrieb. Mein Anwalt diktierte sie mir praktisch. Ich bat ihn, zurückzukommen, und schwor, dass ich alles tun würde, was … und so weiter. Aber man konnte sich auf Rudolf nie verlassen. Er war so temperamentvoll. Er kam umgehend nach Hause, was genau das Falsche war, weil der Anwalt es überhaupt nicht so gemeint hatte.« Sie seufzte.

»Was ist mit Margery?«, fragte Mr Sattersway, sie taktvoll auf den Gegenstand ihres Gesprächs zurückführend.

»Ja, natürlich. Das wollte ich Ihnen gerade erzählen. Margery hört seltsame Dinge und sieht Gespenster und so etwas. Ich hätte nie gedacht, dass Margery so viel Phantasie hat. Sie ist ein liebes Kind, war es immer, nur ein wenig langweilig.«

»Unmöglich«, murmelte Mr Sattersway in der etwas unklaren Vorstellung, dies sei ein Kompliment.

»Sie ist wirklich sehr langweilig«, fuhr Lady Stranleigh fort. »Sie interessiert sich nicht fürs Tanzen oder für Cocktailpartys oder für irgendwelche anderen Dinge, für die sich ein junges Mädchen interessieren sollte. Sie bleibt viel lieber zu Hause und geht auf die Jagd, statt mit mir zu verreisen.«

»So, so«, sagte Mr Sattersway. »Sie wollte nicht mit Ihnen herkommen?«

»Nun, ich habe sie nicht gedrängt. Töchter können einen deprimieren, finde ich.«

Mr Sattersway versuchte, sich Lady Stranleigh zusammen mit einer ernsten Tochter vorzustellen, doch es gelang ihm nicht.

»Ich frage mich, ob Margery etwa den Verstand verliert«, fuhr Margerys Mutter fröhlich fort. »Wenn man Stimmen hört, ist das ein schlimmes Zeichen, soviel ich weiß. In *Abbot's Mede* spukte es jedenfalls nicht. Das alte Gebäude brannte 1836 bis auf die Grundmauern ab, und dann bauten sie es als eine Art frühviktorianisches Schloss wieder auf, in dem einfach kein Geist hausen kann. Es ist viel zu hässlich und zu gewöhnlich dafür.«

Mr Sattersway hüstelte. Er fragte sich, warum sie ihm das alles erzählte.

»Ich dachte«, sagte Lady Stranleigh und lächelte ihn strahlend an, »dass Sie mir vielleicht helfen könnten.«

»Wieso ich?«

»Ja. Sie kehren morgen nach England zurück, nicht wahr?«

»Ja, das stimmt«, gab Mr Sattersway vorsichtig zu.

»Außerdem kennen Sie alle diese Seelenforscher. Natürlich habe ich recht! Ich weiß, dass Sie einfach alle Welt kennen.«

Mr Sattersway lächelte leicht. Es war eine seiner kleinen Schwächen, dass er gern die richtigen Leute kannte.

»Was könnte also einfacher sein?«, fuhr Lady Stranleigh fort. »Ich komme mit ihnen nicht zurecht. Sie wissen schon ... ernste Männer mit Bärten und Brille. Sie langweilen mich entsetzlich, und ich zeige mich dann von meiner schlimmsten Seite.«

Mr Sattersway war ziemlich schockiert. Lady Stranleigh lächelte ihn weiter strahlend an.

»Das wäre also abgemacht!«, sagte sie fröhlich. »Sie fahren nach *Abbot's Mede* und besuchen Margery und arrangieren die Sache. Ich werde Ihnen schrecklich dankbar sein. Wenn Margery tatsächlich verrückt ist, komme ich selbstverständlich nach Hause. Ah, da ist ja Bimbo!«

Ihr Lächeln wurde so strahlend, dass es Mr Sattersway beinahe blendete.

Ein junger Mann in weißen Tennishosen näherte sich ihnen. Er war ungefähr fünfundzwanzig Jahre alt und sah sehr gut aus.

»Ich habe dich überall gesucht, Babs«, sagte der junge Mann direkt.

»Wie war's beim Tennis?«

»Ekelhaft.«

Lady Stranleigh erhob sich. Sie blickte noch einmal zurück und flötete Mr Sattersway zu: »Es ist einfach großartig, dass Sie mir helfen wollen. Das werde ich Ihnen nie vergessen!«

Mr Sattersway blickte dem davongehenden Paar nach.

Ob Bimbo wohl die Nummer fünf wird, überlegte er.

Der Schaffner des Luxuszuges zeigte Mr Sattersway die Stelle, wo vor einigen Jahren ein Unglück passiert war. Als der Mann mit seinem in den lebhaftesten Farben geschilderten Bericht fertig war, blickte Mr Sattersway auf und entdeckte hinter ihm ein bekanntes Gesicht, das ihm freundlich zulächelte.

»Mein lieber Mr Quin!«, rief Mr Sattersway. Sein kleines verwelktes Gesicht war eitel Freude. »Was für ein Zufall! Dass wir mit demselben Zug nach England zurückfahren. Sie fahren doch nach England?«

»Ja«, antwortete Mr Quin. »Ich habe dort etwas ziemlich Wichtiges zu erledigen. Gehen Sie auch zum ersten Abendessen?«

»Das tue ich immer. Natürlich ist es eine idiotische Zeit – halb sieben, aber man riskiert da nicht so viel mit verkochtem Essen.«

Mr Quin nickte verständnisvoll. »Ja«, sagte er. »Vielleicht können wir einen gemeinsamen Tisch bekommen.«

Um halb sieben saßen Mr Quin und Mr Sattersway an einem kleinen Tisch im Speisewagen. Mr Sattersway beschäftigte sich gründlich mit der Weinkarte und sagte dann zu Mr Quin: »Ich habe Sie seit … hm … seit Korsika nicht mehr gesehen. Damals verließen Sie uns ganz plötzlich.«

Mr Quin zuckte mit den Schultern. »Nicht anders als sonst. Ich komme und gehe, wissen Sie. Ich komme und gehe.«

Die Worte schienen ein Echo der Erinnerung in Mr Sattersways Kopf zu wecken. Ein kleiner Schauder lief ihm den Rücken hinunter. Es war nicht unangenehm, ganz im Gegenteil. Er spürte ein köstliches Gefühl der Erwartung.

Mr Quin nahm die Rotweinflasche und betrachtete das

Etikett. Die Flasche befand sich zwischen ihm und der Lampe, und ein paar Augenblicke lang war seine Person in ein rotes Glühen gehüllt.

Wieder spürte Mr Sattersway, wie die Erregung in ihm hochstieg. »Ich habe in England auch eine Aufgabe zu erfüllen«, bemerkte er und lächelte dabei breit. »Sicherlich kennen Sie Lady Stranleigh?«

Mr Quin schüttelte den Kopf.

»Alter Adel«, sagte Mr Sattersway. »Sehr alter Adel. Einer der wenigen, der sich auch in der weiblichen Linie vererbt. Sie ist eine Baronin. Wirklich, eine sehr romantische Geschichte.«

Mr Quin lehnte sich entspannt in seinem Stuhl zurück. Der Ober, der den hin und her schwingenden Wagen entlanggetanzt kam, stellte wie aus dem Nichts Tassen mit Suppe vor sie hin. Vorsichtig begann Mr Quin zu essen.

»Sie werden mir auf Ihre wundervolle plastische Art wieder eine Personenbeschreibung geben«, murmelte er. »Habe ich recht?«

Mr Sattersway strahlte.

»Sie ist eine großartige Frau«, sagte er. »Sechzig, wissen Sie. Ja, ich würde behaupten, sie ist mindestens sechzig. Ich kannte sie schon als Kind, sie und ihre Schwester. Beatrice, das war der Name der älteren, Beatrice und Barbara. Sie hießen überall nur die Barron-Mädchen. Beide waren sehr hübsch und für damalige Verhältnisse unvermögend. Das ist viele Jahre her! Mein Gott, ich war ja selbst ein junger Mann!« Mr Sattersway seufzte. »Mehrere Leute hatten noch ein Anrecht auf den Titel. Der alte Lord Stranleigh hat viele seltsame Dinge erlebt. Drei Verwandte starben ganz plötzlich – zwei Brüder des alten Mannes und ein Neffe. Und dann die *Uralia*. Erinnern Sie sich an das Schiffsunglück? Sie sank an der Küste von Neuseeland. Die andere, Barbara, war unter den wenigen Überlebenden. Sechs Monate später starb der alte Stranleigh, sie erbte den Titel und ein beträchtliches Vermögen. Seit damals dreht sich ihr Leben nur um eines: um sie selbst. Sie ist sich immer gleich geblieben, schön, skrupellos, hart, egozentrisch. Sie war viermal verheiratet, und ich bin überzeugt, dass sie sofort einen Mann finden könnte.«

Dann berichtete er von dem Auftrag, den Lady Stranleigh ihm gegeben hatte.

»Ich dachte, ich fahre mal nach *Abbot's Mede* und besuche die junge Dame«, erklärte er. »Ich finde, dass etwas unternommen werden sollte. Man kann Lady Stranleigh nicht wie eine durchschnittliche Mutter behandeln.« Er schwieg und sah sein Gegenüber an. »Ich wünschte, Sie würden mich begleiten«, fügte er nachdenklich hinzu. »Ist das nicht möglich?«

»Ich fürchte nein«, antwortete Mr Quin. »Aber warten Sie mal – liegt *Abbot's Mede* nicht in Wiltshire?«

Mr Sattersway nickte.

»Das dachte ich mir doch! Zufällig bin ich ganz in der Nähe, an einem Ort, den Sie und ich gut kennen.« Er lächelte wieder. »Erinnern Sie sich noch an das Wirtshaus *Zu den Schellen und Narren*?«

»Natürlich!«, rief Mr Sattersway. »Werden Sie dort wohnen?«

Mr Quin nickte. »Für eine Woche oder zehn Tage oder noch länger. Wenn Sie mich besuchen kommen wollen, würde ich mich freuen.«

Und aus irgendeinem Grund fühlte sich Mr Sattersway von dieser Versicherung seltsam getröstet.

»Meine liebe Miss Margery«, sagte Mr Sattersway. »Ich

versichere Ihnen, es würde mir nicht im Traum einfallen, Sie auszulachen.«

Margery zog leicht die Brauen hoch. Sie saßen in der großen gemütlichen Halle von *Abbot's Mede*. Margery Gale war eine große, kräftig gebaute Frau und hatte keine Ähnlichkeit mit ihrer Mutter. Sie war nach ihrem Vater geschlagen, der aus einem Geschlecht von robusten Landjunkern und Pferdeliebhabern stammte. Sie sah rosig und vernünftig aus, ein Bild der Gesundheit. Trotzdem, überlegte Mr Sattersway, neigten die Barrons zu einer gewissen geistigen Instabilität. Margery hatte zwar die Statur ihres Vaters, konnte aber doch mütterlicherseits irgendeinen Sparren geerbt haben.

»Ich wünschte«, sagte Margery, »ich könnte die Casson loswerden. Ich glaube nicht an Spiritismus und mag ihn auch nicht. Sie gehört zu diesen verrückten Weibern, die einen Fimmel zu Tode reiten können. Ständig liegt sie mir in den Ohren, ich solle ein Medium herholen.« Mr Sattersway hüstelte, bewegte sich unruhig in seinem Sessel und sagte dann sachlich: »Mal sehen, ob ich alle Fakten habe. Zum ersten Mal trat dieses – hm – Phänomen vor zwei Monaten auf. Stimmt das?«

»Ungefähr«, erwiderte Margery. »Manchmal war es nur ein Flüstern, manchmal konnte ich die Stimme deutlich hören, aber sie sagte immer dasselbe.«

»Und das war?«

»›Gib mir wieder, was dir nicht gehört. Gib mir wieder, was du gestohlen hast!‹ Jedes Mal habe ich sofort das Licht angemacht, aber das Zimmer war leer. Niemand war da. Schließlich wurde ich so nervös, dass ich Clayton, Mutters Zofe, bat, auf dem Sofa in meinem Schlafzimmer zu schlafen.«

»Aber Sie hörten die Stimme trotzdem wieder?«

»Ja, aber Clayton hörte sie nicht. Und das macht mir Angst.«

Mr Sattersway überlegte eine Weile. »War sie an jenem Abend laut oder leise?«

»Kaum mehr als ein Flüstern«, musste Margery zugeben. »Wenn Clayton tief geschlafen hat, dürfte sie sie kaum gehört haben. Sie findet, ich sollte zum Arzt gehen.«

Margery lachte bitter. »Aber seit heute Nacht glaubt mir sogar Clayton«, fuhr sie fort.

»Was ist passiert?«

»Das will ich Ihnen gerade erzählen: Ich habe bis jetzt noch mit niemandem darüber gesprochen. Gestern war ich auf der Jagd. Es war ein langer Ritt. Ich war todmüde und schlief tief. Ich träumte – ein schrecklicher Traum –, dass ich über ein eisernes Geländer fiel und sich eine der Eisenspitzen langsam in meinen Hals bohrte. Ich erwachte. Es stimmte. Jemand hielt mir einen spitzen Gegenstand an die Kehle, und eine Stimme murmelte: ›Du hast mich bestohlen. Dafür wirst du sterben.‹

Ich schrie«, fuhr Margery fort, »schlug um mich, doch niemand war da. Clayton hörte mich im Nebenzimmer schreien. Sie lief zu mir und spürte, wie in der Dunkelheit etwas an ihr vorbeihuschte, aber sie hat gesagt, egal, was es gewesen sei, jedenfalls kein menschliches Wesen.« Mr Sattersway starrte sie nachdenklich an. Das Mädchen war offensichtlich völlig durcheinander und sehr erregt. Er bemerkte auf der linken Seite neben ihrer Kehle ein kleines Pflaster. Sie fing seinen Blick auf und nickte.

»Ja«, sagte sie, »wie Sie sehen, war es keine Einbildung.«

Die nächste Frage stellte Mr Sattersway fast entschuldigend, weil sie so dramatisch klang. »Kennen Sie jemanden ... der ... einen Groll gegen Sie hegt?«

»Natürlich nicht!«, erwiderte Margery. »Was für ein Gedanke!«

Mr Sattersway versuchte es mit einer anderen Taktik. »Wer hat Sie in den letzten zwei Monaten besucht?«

»Die Wochenendgäste zählen Sie doch wohl nicht mit? Marcia Keane war die ganze Zeit über hier. Sie ist meine beste Freundin und genauso verrückt nach Pferden wie ich. Mein Vetter Roley Vavasour blieb auch ziemlich lange.«

Mr Sattersway nickte. Er meinte, es sei am besten, wenn er sich mit Clayton unterhalte, der Zofe. »Ist sie schon lange bei Ihnen?«

»Eine Ewigkeit«, antwortete Margery. »Sie kam ins Haus, als Mutter und Tante Beatrice noch Mädchen waren. Deshalb hat Mutter sie auch behalten, obwohl sie jetzt für sich eine französische Zofe angestellt hat. Clayton näht und macht alle möglichen Arbeiten.«

Sie führte ihn in den ersten Stock und machte ihn mit Clayton bekannt. Sie war eine große, magere alte Frau mit ordentlich gescheiteltem grauem Haar. Der Gipfel der Ehrbarkeit.

»Nein, Sir«, antwortete sie auf Mr Satterways Fragen. »Ich habe nie gehört, dass es im Haus spuken soll. Offen gestanden, Sir, bis heute Nacht hielt ich es für Einbildung. Miss Margery hat eine blühende Phantasie. Aber ich habe wirklich etwas gespürt – irgendetwas ist in der Dunkelheit an mir vorbeigehuscht. Und ich schwöre, Sir, es war kein menschliches Wesen! Und dann die Verletzung an Miss Margerys Hals. Die hat sie sich doch nicht selbst beigebracht, die Ärmste!« Doch ihre Worte hinterließen bei Mr Sattersway einen Verdacht. Hatte Margery sich etwa absichtlich verletzt? Er hatte von den seltsamsten Fällen gehört, wo Mädchen, die so gesund und vernünftig wirkten wie Margery, die erstaunlichsten Sachen gemacht hatten.

»Es wird bald verheilt sein«, meinte Clayton. »Nicht wie meine Narbe.«

Sie deutete auf ihre Stirn. »Das ist vor vierzig Jahren passiert, Sir. Und die Erinnerung daran ist immer noch zu sehen.«

»Es geschah, als die *Uralia* unterging«, warf Margery ein. »Clayton wurde von einem Stück Holz am Kopf getroffen, nicht wahr, Clayton?«

»Ja, Miss.«

»Was halten Sie denn von der Sache, Clayton?«, fragte Mr Sattersway. »Was steckt hinter dem Überfall auf Miss Margery?«

»Ich kann eigentlich gar nichts dazu sagen, Sir.«

Mr Sattersway deutete die Antwort richtig als die Zurückhaltung einer wohlerzogenen Angestellten. »Was glauben Sie nun wirklich, Clayton?«, fragte er einschmeichelnd.

»Ich denke, Sir, dass in diesem Haus irgendetwas Verrücktes geschah und es keinen Frieden geben wird, bis das nicht geklärt ist.«

Sie war sehr ernst, und ihre blassblauen Augen wichen seinem Blick nicht aus.

Ziemlich enttäuscht ging Mr Sattersway wieder nach unten. Offenbar war Clayton der üblichen Ansicht, dass es im Haus wegen einer üblen Tat, die in der Vergangenheit geschehen war, spukte. Mr Sattersway war nicht so leicht zu überzeugen. Das Phänomen war erst in den letzten zwei Monaten aufgetreten, erst seit Marcia Keane und

Roley Vavasour zu Besuch weilten. Er musste mehr über die beiden herausfinden. Es konnte möglich sein, dass das Ganze nur ein Scherz war. Doch er schüttelte den Kopf. Diese Lösung befriedigte ihn nicht. Die Geschichte war viel ernster.

Die Post war gekommen und Margery gerade dabei, sie zu öffnen und zu lesen. Plötzlich stieß sie einen kleinen Ruf aus.

»Mutter ist wirklich zu albern«, sagte sie. »Bitte, lesen Sie!«

Sie reichte Mr Sattersway das Blatt.

Es war ein für Lady Stranleigh sehr typischer Brief. Sie schrieb:

»Liebe Margery,
ich freue mich so, dass der nette kleine Mr Sattersway
bei dir ist. Er ist schrecklich klug und kennt viele
große Tiere. Du musst sie alle einladen und die ganze
Sache genau ergründen. Ich bin überzeugt, es wird
dir viel Spaß machen, und ich wünschte nur, ich
könnte dabei sein. Ich bin in den letzten paar Tagen
sehr krank gewesen. Die Hotels passen wirklich nicht
auf, was sie einem zum Essen servieren. Der Arzt
behauptet, es sei eine Art Vergiftung. Ich fühlte mich
entsetzlich elend. Lieb von dir, mir Pralinen zu schi-
cken, Margery, aber was für ein verrückter Einfall! Ich
meine, es gibt doch hier die herrlichsten Geschäfte.
Bis bald, mein Liebling. Viel Vergnügen bei der Jagd
nach dem Familiengespenst. Bimbo findet, dass ich
immer besser Tennis spiele.
Tausend Küsse
Deine Barbara«

»Mutter möchte immer, dass ich sie Barbara nenne«, erklärte Margery. »Völlig verrückt, finde ich.«

Mr Sattersway lächelte ein wenig. Manchmal musste die ernsthafte, konservative Tochter Lady Stranleigh ziemlich auf die Nerven gehen. Der Inhalt des Briefes beunruhigte ihn. Margery war offensichtlich nichts aufgefallen.

»Haben Sie Ihrer Mutter Pralinen geschickt?«, fragte er.

Margery schüttelte den Kopf. »Nein. Es muss jemand anders gewesen sein.«

Mr Sattersway machte ein ernstes Gesicht. Zwei Dinge schienen ihm von Bedeutung zu sein: Lady Stranleigh hatte eine Schachtel Pralinen geschenkt bekommen und eine schwere Vergiftung gehabt. Allem Anschein nach hatte sie diese beiden Punkte nicht in Zusammenhang gebracht. Aber bestand denn überhaupt einer? Mr Sattersway war geneigt, die Möglichkeit zu bejahen.

Ein großes dunkelhaariges Mädchen tauchte aus dem Frühstückszimmer auf. Margery stellte sie Mr Sattersway als Marcia Keane vor.

Sie lächelte gutmütig auf den kleinen Mann hinunter.

»Sind Sie hergekommen, um Margerys Lieblingsgeist zu erlegen?«, fragte sie gedehnt. »Wir ziehen sie ständig damit auf. Ach, da ist ja Roley!«

Vor dem Haus war ein Wagen vorgefahren. Ein großer junger Mann mit hellem Haar und jungenhaften Bewegungen stieg aus.

»Hallo, Margery«, rief er. »Hallo, Marcia! Ich habe Verstärkung geholt.« Er wandte sich nach den beiden Frauen um, die eben in die Halle traten. Mr Sattersway kannte die eine. Es war Mrs Casson, von der Margery kurz vorher gesprochen hatte.

»Sie müssen mir verzeihen, meine liebe Margery«, sagte sie, »aber Mr Vavasour hat behauptet, wir seien willkommen. Eigentlich war es seine Idee, dass ich Mrs Lloyd mitbringen sollte.«

Sie stellte ihre Begleiterin mit einer kleinen Geste vor. »Das ist Mrs Lloyd«, sagte sie in triumphierendem Ton. »Das beste Medium, das es gibt!«

Mrs Lloyd äußerte nicht den geringsten Protest. Sie verneigte sich und stand mit den Händen vor der Brust gefaltet da. Sie war eine braune junge Frau von durchschnittlichem Aussehen. Ihr Kleid wirkte ziemlich unmodern und war etwas bestickt. Sie trug eine Kette aus Mondsteinen und mehrere Ringe.

Wie Mr Sattersway feststellte, war Margery über die Eindringlinge nicht sehr begeistert. Sie warf Roley Vavasour einen ärgerlichen Blick zu. Er schien über die verursachte Störung nicht beunruhigt zu sein.

»Ich glaube, das Mittagessen ist fertig«, sagte Margery.

»Sehr schön«, sagte Mrs Casson. »Wir können gleich danach eine Séance abhalten. Haben Sie für Mrs Lloyd etwas Obst? Vor einer spiritistischen Sitzung nimmt sie nicht eine ordentliche Mahlzeit zu sich.«

Sie gingen ins Esszimmer. Das Medium aß zwei Bananen und einen Apfel und antwortete vorsichtig und kurz auf die verschiedenen freundlichen Bemerkungen, die Margery von Zeit zu Zeit an sie richtete. Kurz bevor sie vom Tisch aufstanden, warf sie plötzlich den Kopf zurück und schnüffelte. »In diesem Haus stimmt irgendetwas nicht. Ganz und gar nicht. Ich fühle es!«

»Ist sie nicht großartig«, flüsterte Mrs Casson begeistert.

»Ja, zweifellos«, antwortete Mr Sattersway trocken.

Die Séance fand in der Bibliothek statt. Wie Mr Sattersway bemerkte, war die Gastgeberin davon nicht sehr angetan. Nur die unverhohlene Freude ihrer Gäste versöhnte sie etwas mit der ganzen Geschichte.

Mrs Casson bereitete die Sitzung sehr gründlich vor. Offenbar kannte sie sich in diesen Dingen sehr gut aus. Stühle wurden in einem Kreis aufgestellt, die Vorhänge zugezogen, und dann verkündete das Medium, es sei bereit.

»Sechs Personen«, sagte sie und blickte durch den Raum. »Das ist nicht gut. Es muss eine ungerade Zahl sein. Sieben wäre ideal. Bei sieben Personen bin ich immer in Hochform.«

»Nehmen wir einen der Angestellten«, schlug Roley vor. Er stand auf. »Ich werde den Butler suchen.«

»Wie wär's mit Clayton«, sagte Margery.

Mr Sattersway bemerkte, dass Roley Vavasour ein ärgerliches Gesicht machte.

»Warum ausgerechnet Clayton?«, fragte er.

»Du magst sie nicht«, sagte Margery nachdenklich.

Roley zuckte die Achseln. »Clayton mag mich nicht«, erwiderte er protestierend. »Sie hasst mich wie die Pest.« Er schwieg abwartend, doch Margery gab nicht nach. »Na schön«, sagte er dann, »soll sie mitmachen.«

Kurz darauf saßen alle im Kreis und schwiegen erwartungsvoll.

Jemand hüstelte, ein anderer bewegte sich unruhig. Dann erklangen ein paar Klopftöne, und eine Stimme sprach aus dem Medium. Es war ein Indianer. Ein Irokese.

»Tapferer Krieger begrüßt Sie. Jemand ist da, der Sie dringend sprechen möchte. Jemand, der der jungen Dame eine Botschaft geben möchte. Ich gehe jetzt. Der Geist hat gesprochen.«

173

Es entstand eine Pause, dann sagte eine neue Stimme, eine weibliche Stimme: »Ist Margery da?«

Roley Vavasour übernahm die Initiative und antwortete:

»Ja, sie ist da. Wer sind Sie?«

»Beatrice.«

»Beatrice? Wer ist Beatrice?«

Zum Ärger der Anwesenden meldete sich der Indianer wieder. »Ich habe eine Botschaft: für Sie alle. Das Leben hier ist heiter und schön. Helfen Sie denen, die noch nicht herübergekommen sind.«

Wieder herrschte Schweigen. Dann sagte die Frauenstimme: »Hier ist Beatrice.«

»Beatrice und weiter?«

»Beatrice Barron.«

Mr Sattersway beugte sich vor. Er war sehr erregt. »Beatrice Barron, die beim Untergang der *Uralia* ertrank?«

»Ja, das ist richtig. Ich erinnere mich an die *Uralia*. Ich habe eine Nachricht für dieses Haus: Gib mir wieder, was dir nicht gehört.«

»Ich verstehe Sie nicht«, sagte Margery hilflos. »Ich … oh, bist du wirklich Tante Beatrice?«

»Ja, ich bin deine Tante.«

»Natürlich ist sie es«, warf Mrs Casson vorwurfsvoll ein. »Warum sind Sie so misstrauisch? Das mögen Geister nicht.«

Plötzlich fiel Mr Sattersway ein einfacher Ausweg ein, wie er den Geist auf die Probe stellen konnte: Mit leicht zitternder Stimme fragte er: »Erinnern Sie sich noch an Mr Bottacetti?«

Ein helles Lachen war die Antwort. »Der gute alte Bottacetti. Er ist gekentert.«

Mr Sattersway war verblüfft. Der Geist hatte die Probe bestanden. Es war ein Ereignis, das über vierzig Jahre zurücklag. Damals hatten die Barron-Mädchen und er im selben Seebad Ferien gemacht. Ein junger italienischer Bekannter war mit dem Boot hinausgefahren und gekentert, und Beatrice Barron hatte ihn deswegen verspottet. Mr Sattersway schien es umöglich, dass einer der Anwesenden die Geschichte kannte.

Das Medium bewegte sich unruhig und seufzte.

»Sie kommt zu sich«, sagte Mrs Casson. »Mehr werden wir heute kaum erfahren.«

Die Vorhänge wurden aufgezogen, und das Tageslicht strömte in den Raum voller Menschen, von denen mindestens zwei große Angst hatten.

Mr Sattersway erkannte an Margerys bleichem Gesicht, dass sie sehr erschrocken war. Als sie Mrs Casson und das Medium losgeworden waren, zog er seine Gastgeberin in ein vertrauliches Gespräch.

»Ich möchte Ihnen ein paar Fragen stellen, Miss Margery. Wenn Sie und Ihre Mutter sterben, wer erbt den Titel und das Vermögen?«

»Roley Vavasour, glaube ich. Seine Mutter war Mutters Kusine.«

Mr Sattersway nickte. »Er ist diesen Winter häufig hier gewesen«, bemerkte er freundlich. »Bitte, entschuldigen Sie, wenn ich Sie frage, ob er ... ob er Sie gern hat?«

»Vor drei Wochen hat er um meine Hand angehalten«, antwortete Margery. »Ich wollte nicht.«

»Darf ich Sie fragen, ob Sie mit jemand anders verlobt sind?«

Ein rosiger Schimmer flog über ihr Gesicht.

»Ja«, sagte sie energisch. »Ich werde Noel Barton heiraten. Meine Mutter hat mich ausgelacht. Sie findet es idiotisch. Sie findet es lächerlich, sich mit einem Hilfsgeistlichen zu verloben. Ich möchte wissen, warum? Es gibt solche Geistliche und solche. Sie sollten Noel mal zu Pferd sehen!«

»Sicher, sicher«, sagte Sattersway. »Ganz bestimmt.«

Ein Diener erschien mit einem silbernen Tablett, auf dem ein Telegramm lag. Margery riss es auf. »Meine Mutter kommt morgen«, sagte sie. »Verdammt! Ich wünschte, sie würde wegbleiben!«

Mr Sattersway schwieg zu diesem töchterlichen Gefühlsausbruch. Vielleicht hielt er ihn sogar für gerechtfertigt. »In diesem Fall«, murmelte er, »fahre ich wohl nach London zurück.«

Mr Sattersway war nicht zufrieden mit sich. Er fand, dass er dieses spezielle Problem nicht richtig gelöst hatte. Es stimmte zwar, dass ihn Lady Stranleighs Rückkehr aller Verantwortung enthob, doch er war überzeugt, dass er von *Abbot's Mede* noch nicht das letzte Wort gehört hatte.

Die Wendung, die die Geschichte dann nahm, war derart ernster Natur, dass sie Mr Sattersway völlig unvorbereitet traf. Er erfuhr es aus der Morgenzeitung: Baronin stirbt in der Badewanne, stand im *Daily Megaphone*. Die andern Zeitungen hielten sich nicht zurück und formulierten es vorsichtiger, doch die Tatsache blieb, dass man Lady Stranleigh tot in ihrer Wanne aufgefunden hatte und sie ertrunken war. Vermutlich hatte sie das Bewusstsein verloren und war mit dem Kopf unter Wasser geglitten.

Mr Sattersway überzeugte diese Erklärung nicht. Er rief nach seinem Diener, machte weniger sorgfältig als sonst

Toilette und saß zehn Minuten später in seinem großen Rolls-Royce, der ihn so schnell wie möglich aus London hinaustrug.

Doch seltsamerweise fuhr er nicht nach *Abbot's Mede*, sondern zu einem kleinen Wirtshaus, etwa fünfzehn Meilen davon entfernt, das den ziemlich ungewöhnlichen Namen *Zu den Schellen und Narren* trug. Zu seiner großen Erleichterung hörte er, dass Mr Harley Quin noch dort wohnte. Keine Minute später stand er seinem Freund von Angesicht zu Angesicht gegenüber.

Mr Sattersway ergriff Mr Quins Hand und redete aufgeregt auf ihn ein. »Ich bin schrecklich durcheinander. Bitte, helfen Sie mir! Obwohl ich das entsetzliche Gefühl habe, dass es bereits zu spät ist. Dass das reizende Mädchen als Nächste dran ist. Sie ist eine anständige Person, durch und durch.«

»Wenn Sie mir erzählen würden«, erwiderte Mr Quin lächelnd, »worum es sich eigentlich handelt?«

Mr Sattersway blickte ihn vorwurfsvoll an. »Sie wissen es genau. Ich bin überzeugt, Sie wissen Bescheid. Aber ich werde es Ihnen erzählen.«

Er schilderte ihm seine Erlebnisse in *Abbot's Mede*, und wie immer, wenn er mit Mr Quin zusammen war, machte ihm das Erzählen Spaß. Er sprach glänzend, anschaulich und war sehr genau, was die Einzelheiten betraf.

»Verstehen Sie«, sagte er zum Schluss. »Dafür muss es eine Erklärung geben.«

Er sah Mr Quin hoffnungsvoll an, ähnlich wie ein Hund seinen Herrn.

»Aber *Sie* sind es, der das Problem lösen muss, nicht ich«, erklärte Mr Quin. »Ich kenne die Leute gar nicht. Sie aber kennen sie!«

»Ich kannte die Barron-Mädchen vierzig Jahre«, sagte Mr Sattersway nicht ohne Stolz.

Mr Quin nickte mitfühlend, und etwas getröstet fuhr sein Gegenüber fort:

»Damals in Brighton, wirklich komisch, wie Bottacetti kenterte. Wir haben sehr gelacht. Mein Gott, war ich noch jung. Wir machten einen Haufen Dummheiten. Ich erinnere mich auch an die Zofe, die bei ihnen war. Sie hieß Alice, ein reizendes kleines Ding, sehr treuherzig. Ich küsste sie auf dem Hotelgang, und eine der beiden Schwestern hätte mich beinahe dabei erwischt. Ach, wie lange das her ist!«

Wieder schüttelte er den Kopf und seufzte. Dann sah er Mr Quin fragend an. »Sie können mir also nicht helfen?«, fragte er bekümmert. »Bei einer andern Gelegenheit ...«

»Bei andrer Gelegenheit war der Erfolg ganz allein Ihr Verdienst«, erklärte Mr Quin würdevoll. »Diesmal wird es genauso sein. Wenn ich Sie wäre, würde ich jetzt nach *Abbot's Mede* fahren.«

»Ganz recht, ganz recht«, rief Mr Sattersway. »Das hatte ich auch vor. Ich kann Sie nicht überreden, mitzukommen?«

Mr Quin schüttelte den Kopf. »Nein, meine Aufgabe hier ist beendet. Ich reise gleich ab.«

In *Abbot's Mede* wurde Mr Sattersway sofort zu Margery Gale geführt. Sie saß im Frühstückszimmer am Schreibtisch und ordnete eine Menge Papiere. Ihre herzliche Begrüßung rührte ihn. Sie schien sich über seinen Besuch sehr zu freuen.

»Roley und Marcia sind gerade weggefahren. Ach, Mr Sattersway, es ist ganz anders, als die Ärzte glauben. Ich bin überzeugt, absolut überzeugt, dass meine Mutter unter Wasser gedrückt wurde. Sie wurde ermordet, und wer immer das ist – er will auch mich umbringen. Ich bin absolut sicher. Deshalb …« Sie wies auf das Blatt Papier vor sich.

»Ich habe mein Testament gemacht«, erklärte sie. »Eine Menge Geld und ziemlich viel Grundbesitz gehören nicht zum Titel. Außerdem ist da noch das Vermögen meines Vaters. Noel soll mein Alleinerbe sein. Ich weiß, er wird das Beste draus machen, und Roley traue ich nicht über den Weg. Er ist scharf auf alles, was er bekommen kann. Würden Sie den Zeugen machen?«

»Meine liebe junge Dame«, sagte Mr Sattersway. »Sie müssen in Gegenwart von zwei Zeugen unterzeichnen, die dann ebenfalls unterschreiben.«

Margery fegte diese rechtlichen Bedenken beiseite.

»Ich finde nicht, dass es auch nur die geringste Rolle spielt«, erwiderte sie. »Clayton sah, wie ich unterschrieb, dann setzte sie ihren Namen darunter. Ich wollte eigentlich gerade nach dem Butler läuten, doch Sie können es auch tun.«

Mr Sattersway äußerte keinen neuen Protest mehr. Er schraubte seinen Füllfederhalter auf. Gerade als er unterzeichnen wollte, fiel sein Blick auf einen Namen. Er hielt inne. Eine Flut von Erinnerungen überschwemmte ihn. Auf dem Testament stand der Name Alice Clayton.

Irgendetwas schien in seinen Gedanken an die Oberfläche kommen zu wollen. Alice Clayton … Im Zusammenhang mit ihr sollte er sich etwas Wichtiges ins Gedächtnis zurückrufen. Es hing mit Mr Quin zusammen. Mit etwas, das er vor gar nicht langer Zeit zu Mr Quin gesagt hatte.

Ah, jetzt hatte er es! Alice Clayton, das war ihr Name gewesen. »Ein reizendes kleines Ding« hatte er sie genannt. Die Leute änderten sich zwar, aber doch nicht so! Außerdem hatte die Alice Clayton, die er gekannt hatte, braune Augen. Das Zimmer schien sich um ihn zu drehen. Er tastete nach einem Stuhl und hörte wie aus weiter Ferne Margerys Stimme. Ängstlich fragte sie:

»Ist Ihnen nicht gut? Oh, was ist? Sicher sind Sie krank!«

Dann hatte er sich wieder gefasst. Er ergriff ihre Hand und sagte:

»Meine Liebe, jetzt ist mir alles klar. Sie müssen sich auf einen großen Schock gefasst machen. Die Frau, die Sie Clayton nennen, ist gar nicht Clayton. Die echte Alice Clayton ist bei dem Untergang der *Uralia* ertrunken.«

Margery starrte ihn entsetzt an. »Wer ... wer ist sie denn dann?«

»Ich irre mich nicht! Ich *kann* mich nicht irren! Es ist die Schwester Ihrer Mutter, Beatrice Barron. Sie erzählten mir doch, dass sie von einem Stück Holz an den Kopf getroffen wurde. Ich glaube, dass sie durch diesen Schlag ihr Gedächtnis verlor und Ihre Mutter, als sie das merkte, ihre Chance ergriff und ...«

»Und ihr das Erbe stahl, wollen Sie sagen«, ergänzte Margery bitter. »Ja, so etwas hätte sie tun können. Schrecklich, dass ich das sage, jetzt, nach ihrem Tod, doch ich glaube, dazu wäre sie fähig gewesen.«

»Beatrice ist die ältere«, erklärte Mr Sattersway. »Nachdem ihr Onkel gestorben war, hätte sie alles geerbt. Ihre Mutter wäre mit leeren Händen dagestanden. Ihre Mutter behauptete, die Verletzte sei ihre Zofe, statt zuzugeben, dass es ihre Schwester war. Das Mädchen erholte sich von dem Unfall und glaubte natürlich, was man ihr erzählte ... dass sie nämlich Alice Clayton sei, die Zofe Ihrer Mutter. Wahrscheinlich regt sich ihr Gedächtnis seit neuestem wieder, aber der Schlag von damals hat ihr Gehirn geschädigt.«

Margery sah ihn mit entsetzten Augen an. »Sie hat meine Mutter umgebracht und will auch mich töten!«, rief sie erschrocken.

»Anscheinend«, antwortete Mr Sattersway. »In ihrem Kopf war nur ein wirrer Gedanke ... dass man ihr das Erbe stahl und Sie und Ihre Mutter es ihr vorenthielten.«

»Aber – aber Clayton ist schon so alt!«

Eine Vision stieg vor Mr Sattersways innerem Auge auf – das Bild der verwelkten alten Frau mit dem ordentlich gescheitelten grauen Haar und das des strahlenden blonden Geschöpfs im Sonnenschein von Cannes. Schwestern! War so etwas möglich? Er erinnerte sich an die Barron-Mädchen und wie ähnlich sie sich gesehen hatten. Nur weil sich ihr Leben in verschiedenen Richtungen entwickelt hatte ...

Er schüttelte heftig den Kopf, immer noch gequält von dem Gedanken, wie viel Freude und Leid das Leben bescherte.

Dann sah er Margery an und meinte freundlich: »Gehen wir jetzt lieber hinauf.«

Sie fanden Clayton in ihrem kleinen Arbeitszimmer. Sie saß da und nähte. Bei ihrem Eintritt wandte sie nicht einmal den Kopf. Mr Sattersway entdeckte schnell, warum.

»Herzversagen«, murmelte er, während er die kalte, steife Schulter berührte.

»Vielleicht ist es besser so.«

Das schöne Gesicht

Mr Sattersway saß in seiner großen Opernloge im ersten Rang. Draußen an der Tür hing eine gedruckte Karte mit seinem Namen. Als Liebhaber und Kenner aller Künste hatte Mr Sattersway eine besondere Schwäche für gute Musik und gehörte zu den treuen Abonnenten von *Covent Garden*. Während der Saison hatte er stets für dienstags und freitags eine Loge gemietet.

Doch er saß nicht häufig allein dort, wie im Augenblick. Er war ein geselliger kleiner Mann und liebte es, seine Loge mit der Elite aus aller Welt zu füllen, zu der auch er gehörte, und mit dem Adel der Kunst, bei dem er ebenfalls zu Hause war. Heute Abend war er allein, weil ihn eine Gräfin versetzt hatte. Diese Gräfin war nicht nur eine gefeierte Schönheit, sondern auch eine gute Mutter. Ihre Kinder hatten eine sehr profane und unangenehme Krankheit, nämlich Mumps, und sie wachte zu Hause, in besorgtem Gespräch mit den Kinderschwestern in ihren makellos gestärkten Uniformen. Ihr Mann, der sie mit den eben erwähnten Kindern und einem Titel versorgt hatte, sonst aber eine völlige Null war, hatte die Gelegenheit genützt und war geflüchtet. Nichts langweilte ihn so wie Musik.

Deshalb war Mr Sattersway allein. Es wurde *Cavalleria rusticana* und *Der Bajazzo* gegeben, und da er Erstere nie gemocht hatte, traf er gerade ein, als der Vorhang nach Santuzzas tödlicher Ohnmacht fiel, und hatte noch Gelegenheit, mit geübtem Blick die Zuschauer im Saal zu mustern, ehe sie zu den Ausgängen strömten, um Bekannte zu begrüßen oder Kaffee oder Limonade zu ergattern. Mr Sattersway stellte seinen Operngucker scharf ein, blickte durch das Haus und steuerte zur Tür, nachdem er ein Gesprächsopfer entdeckt hatte, im Kopf einen genauen Angriffsplan, den er jedoch nicht mehr ausführen konnte. Denn genau vor seiner Loge stieß er mit einem großen dunklen Mann zusammen, in welchem er zu seiner Freude Mr Quin erkannte.

»Mr Quin!«, rief er aufgeregt.

Er ergriff die Hand seines Freundes und hielt sie so fest, als fürchte er, dass er sich jeden Augenblick in Luft auflösen könne. »Sie müssen zu mir in die Loge kommen«, sagte er energisch. »Sie sind doch nicht in Begleitung hier?«

»Nein. Ich bin allein und sitze im Parkett«, antwortete Mr Quin mit einem Lächeln.

»Dann ist ja alles klar«, sagte Mr Sattersway und seufzte erleichtert.

Ein Beobachter hätte sein Benehmen sicherlich komisch gefunden. Aber es beobachtete ihn niemand.

»Sie sind sehr freundlich«, sagte Mr Quin.

»Nein, gar nicht. Es ist mir ein Vergnügen. Ich wusste nicht, dass Sie Opernliebhaber sind.«

»Es gibt gewisse Gründe, warum mir *Der Bajazzo* gefällt.«

»Ja, natürlich«, sagte Mr Sattersway und nickte weise, obwohl er, wenn man ihn gefragt hätte, nicht hätte erklären können, warum er gerade dieses Wort benützte. »Natürlich!«, wiederholte er.

Beim ersten Klingelzeichen kehrten sie in die Loge zurück und beobachteten, über die Brüstung gelehnt, wie die Zuschauer in den Saal kamen.

»Was für ein schöner Kopf«, bemerkte Mr Sattersway plötzlich.

Er deutete mit seinem Opernglas auf einen Sitz im Parkett, direkt unter ihnen. Ein Mädchen saß dort, dessen Gesicht sie nicht sehen konnten, nur das helle Gold ihres Haares, das wie eine Kappe anlag und mit dem weißen Nacken zu verschmelzen schien.

»Ein griechischer Kopf«, sagte Mr Sattersway ehrfürchtig. »Reines Griechisch.« Er seufzte glücklich. »Eine bemerkenswerte Sache, wenn man einmal darüber nachdenkt, wie wenig Leute Haare haben, die zu ihnen passen.«

»Sie sind ein guter Beobachter«, antwortete Mr Quin.

»Ja, ich sehe viel«, gab Mr Sattersway zu. »Ich habe ein scharfes Auge. Zum Beispiel fiel mir dieser Kopf sofort auf. Wir müssen unbedingt auch ihr Gesicht sehen. Aber ich bin überzeugt, es wird nicht zum Haar passen. Eine Möglichkeit unter tausend.«

Noch während er sprach, begannen die Lichter allmählich schwächer zu werden, und dann erloschen die Lampen ganz. Der Dirigent klopfte ab, und die Oper begann. Ein neuer Tenor, angeblich ein zweiter Caruso, sang an diesem Abend. In den Zeitungen war er in schöner Widersprüchlichkeit als Jugoslawe, Tschechoslowake, Albaner, Ungar und Bulgare bezeichnet worden. Er hatte in der *Albert Hall* ein außergewöhnliches Konzert gegeben, ein Programm von Volksliedern aus seinen heimatlichen Bergen, mit einem dafür besonders gestimmten Orchester. Die Lieder bestanden aus einer Folge von seltsamen Halbtönen, und die Leute, die sich für sachverständig hielten, waren begeistert gewesen. Die Kritiker hatten mit ihrer Meinung hinterm Berg gehalten, weil sie fanden, dass sich das Ohr erst an diese Lieder gewöhnen müsse, ehe man sie beurteilen könne. Einige Opernbesucher waren sehr erleichtert, als sie feststellten, dass Joaschbim an diesem Abend in ganz gewöhnlichem Italienisch sang, mit dem üblichen Schluchzen und Beben.

Der Vorhang fiel nach dem ersten Akt, und heftiger Beifall brandete auf. Mr Sattersway blickte Mr Quin an und merkte, dass dieser auf seine Meinung gespannt war. Mr Sattersway warf sich in die Brust. Schließlich kannte er sich aus. Als Kritiker war er beinahe unfehlbar. Bedächtig nickte er. »Das war erstklassig«, bemerkte er.

»Finden Sie?«

»Eine Stimme wie Caruso. Die Leute werden es nicht sofort merken, weil seine Technik noch nicht perfekt ist. Gewisse raue Kanten müssen noch abgeschliffen werden, manchmal ist er unsicher. Aber die Stimme ist da – herrlich!«

»Ich war bei seinem Konzert in der *Albert Hall*«, sagte Mr Quin.

»Ach, tatsächlich? Ich war verhindert.«

»Das *Hirtenlied* war besonders schön.«

»Ich habe darüber gelesen«, antwortete Mr Sattersway. »Der Refrain endet mit einer hohen Note, einer Art Schrei. Zwischen a-Moll und b-Moll. Sehr seltsam.«

Joaschbim war dreimal vor den Vorhang gerufen worden; er verneigte sich lächelnd. Das Licht ging an, und die Zuschauer drängten hinaus. Mr Sattersway beugte sich vor, um das Mädchen mit dem goldblonden Haar zu betrachten. Sie stand auf, strich ihren Schal zurecht und wandte sich um.

Mr Sattersway hielt den Atem an. Ja, dachte er, solche Gesichter gab es – Gesichter, die Geschichte machten …

Das Mädchen trat in den Gang, gefolgt von seinem Begleiter, einem jungen Mann. Mr Sattersway bemerkte, wie alle Männer in ihrer Nähe sie ansahen und sie heimlich weiter beobachteten.

Schönheit! dachte Mr Sattersway. Ja, so etwas gibt es! Nicht Charme, noch Reiz oder Anziehungskraft oder irgendetwas Ähnliches, über das wir heutzutage so viel reden, sondern reine Schönheit. Die Form eines Gesichts, die Linie einer Braue, der Schwung eines Kinns. In Gedanken zitierte er die Zeile: »Ein Gesicht, das tausend Schiffe in Bewegung bringt.« Und zum ersten Mal verstand er, was diese Worte wirklich bedeuteten.

Er sah Mr Quin an, der ihn mit solchem schweigenden Einverständnis betrachtete, dass Mr Sattersway jedes erklärende Wort überflüssig zu sein schien.

»Ich habe mich schon immer gefragt«, sagte er nur, »wie solche Frauen wirklich sind.«

»Was meinen Sie damit?«

»Frauen, so schön wie Helena, Kleopatra, Maria Stuart.«

Mr Quin nickte nachdenklich. »Wenn wir hinausgehen«, schlug er vor, »werden wir es vielleicht herausfinden.«

Sie verließen die Loge, und ihre Suche hatte Erfolg. Das Paar saß auf einem Sofa in einem der Gänge. Nun konnte Mr Sattersway auch den Begleiter der jungen Frau genauer in Augenschein nehmen, einen dunklen jungen Mann, nicht besonders gut aussehend, doch es war eine gewisse Rastlosigkeit an ihm. Ein Gesicht mit vielen seltsamen Konturen – kräftigen Backenknochen, einem energischen, leicht gebogenen Kinn, tief liegenden Augen, die wegen der dunklen dichten Brauen seltsam hell wirkten.

Ein interessantes Gesicht, dachte Mr Sattersway. Kein Durchschnittsgesicht! Es hat das gewisse Etwas.

Der junge Mann beugte sich vor und sprach ernst auf das Mädchen ein. Sie lauschte aufmerksam. Beide gehörten nicht zu Mr Satterways Welt. Vermutlich Künstler, überlegte Mr Sattersway. Das Mädchen trug ein ziemlich formloses Gewand aus billiger grüner Seide. Ihre Schuhe waren aus schmutzigem weißen Satin. Der junge Mann steckte in einem Smoking und schien sich darin nicht sehr wohlzufühlen.

Die beiden Männer gingen mehrmals an ihnen vorbei. Als sie zum vierten Mal an ihnen vorüberschritten, hatte sich eine dritte Person zu dem Paar gesellt, ein blonder junger Mann, der wie ein Angestellter wirkte. Sein Auftauchen schien eine gewisse Spannung auszulösen. Der Neuankömmling spielte nervös mit seiner Fliege und fühlte sich offensichtlich unbehaglich. Das Mädchen blickte ernst zu ihm auf, und sein Begleiter machte ein wütendes Gesicht.

»Die übliche Geschichte«, bemerkte Mr Quin leise im Vorbeigehen zu Mr Sattersway.

»Ja.« Mr Sattersway seufzte. »Vermutlich ist so etwas unvermeidlich. Zwei Hunde, die sich um einen Knochen zanken. So war es immer, und so wird es auch bleiben. Und trotzdem wünscht man sich manchmal, dass es anders wäre. Schönheit …« Er brach ab. Schönheit war für Mr Sattersway etwas Besonderes, Wunderbares. Es fiel ihm schwer, darüber zu reden. Er sah Mr Quin an, der verständnisvoll nickte.

Sie kehrten in ihre Loge zurück, um sich den zweiten Akt anzusehen.

Nach dem Ende der Aufführung sagte Mr Sattersway

zu seinem Freund: »Es ist ein regnerischer Abend. Mein Wagen wartet. Erlauben Sie mir, Sie irgendwohin ...« Er hüstelte und schwieg.

Das letzte Wort hatte Mr Sattersway aus Taktgefühl gesagt. »Nach Hause« würde in seinen Ohren zu sehr nach Neugierde geklungen haben. Mr Quin war immer sehr verschwiegen gewesen. Mr Sattersway wusste außergewöhnlich wenig von ihm.

»Aber vielleicht«, fuhr der kleine Mann fort, »haben Sie auch einen Wagen?«

»Nein«, antwortete Mr Quin. »Ich habe keinen.«

»Dann ...«

Mr Quin schüttelte den Kopf. »Sie sind sehr freundlich«, sagte er. »Aber ich möchte lieber meiner eigenen Wege gehen. Außerdem«, fügte er mit einem seltsamen Lächeln hinzu, »wenn etwas passieren sollte, ist es an Ihnen zu handeln. Gute Nacht und vielen Dank. Wieder einmal haben wir ein Drama gemeinsam erlebt.«

Er verschwand so rasch, dass Mr Sattersway keine Zeit fand, dagegen zu protestieren. Er blieb mit einem leicht unbehaglichen Gefühl zurück. Was für ein Drama hatte Mr Quin gemeint? Den *Bajazzo* oder etwas anderes?

Masters, Mr Sattersways Chauffeur, wartete wie immer in einer Seitenstraße. Sein Herr hasste das lange Warten vor der Oper, während die Wagen einer nach dem andern vorfuhren. Wie schon viele Male vorher ging Mr Sattersway diese Straße entlang. Vor ihm schritten eine Frau und ein Mann, und gerade, als er sie erkannte, trat ein weiterer Mann auf sie zu.

Es passierte alles in einer Minute. Eine laute wütende Männerstimme, eine zweite Männerstimme, die beleidigt protestierte, dann ein Handgemenge, Schläge, ärgerliches

Keuchen, mehr Schläge, die Gestalt eines Polizisten, der würdevoll wie aus dem Nichts auftauchte – und keinen Augenblick später stand Mr Sattersway bei dem Mädchen, das entsetzt an eine Hauswand zurückgewichen war.

»Erlauben Sie«, sagte er. »Sie dürfen hier nicht bleiben.«

Er nahm sie beim Arm und steuerte sie rasch die Straße entlang. Sie blickte nur einmal kurz zurück.

»Sollte ich nicht …«, begann sie unsicher.

Mr Sattersway schüttelte den Kopf. »Es wäre viel zu unangenehm für Sie. Vermutlich würde man Sie bitten, zum Revier mitzukommen. Ich bin sicher, dass keiner Ihrer … Freunde dies wünscht.«

Er blieb stehen. »Da ist mein Wagen. Wenn Sie erlauben, bringe ich Sie nach Hause. Es wäre mir ein Vergnügen.«

Das Mädchen musterte ihn. Mr Satterways Würde und Ehrbarkeit beeindruckten sie. Sie neigte den Kopf.

»Vielen Dank«, sagte sie und stieg in den Wagen, dessen Tür Masters für sie aufhielt.

Als Antwort auf Mr Satterways Frage nannte sie eine Adresse in Chelsea. Mr Sattersway setzte sich neben sie in den Fond.

Das Mädchen war nervös und nicht in Stimmung, sich zu unterhalten, und Mr Sattersway war so taktvoll, sich ihr nicht aufzudrängen. Plötzlich wandte sie sich ihm zu und sagte ärgerlich: »Ich wünschte, die Leute würden sich nicht immer so dumm benehmen.«

»Ja, es ist schlimm«, stimmte Mr Sattersway zu.

Seine sachliche Art beruhigte sie, und sie sprach weiter, als hätte sie das Bedürfnis, sich jemandem anzuvertrauen. »Es war nicht so, dass ich … ich meine, Mr Eastney und ich sind schon lange Zeit befreundet. Seit ich nach London kam. Er hat sich mit meiner Stimme unendlich viel Mühe gegeben und mir gute Verbindungen besorgt. Er ist so freundlich zu mir gewesen. Ich kann gar nicht sagen, wie sehr! Er ist völlig verrückt auf die Oper. Es war sehr nett von ihm, mich heute Abend mitzunehmen. Ich bin überzeugt, er kann es sich eigentlich nicht leisten. Dann erschien Mr Burns und unterhielt sich mit uns, wirklich sehr höflich, aber Phil, ich meine, Mr Eastney wurde wütend. Er hatte gar keinen Grund dazu. Dies ist schließlich ein freies Land, oder etwa nicht? Und Mr Burns ist so freundlich und gut erzogen. Dann, als wir zur U-Bahn gingen, schloss er sich uns an, und er hatte noch keine zwei Worte gesagt, als Philip wie ein Verrückter auf ihn einschlug. Und ... ach, es gefällt mir gar nicht!«

»Wirklich?«, fragte Mr Sattersway sehr freundlich.

Sie errötete, allerdings nur ein wenig. Sie war nicht kokett, sondern es machte ihr einfach Spaß, dass zwei Männer sich um sie stritten, was nur natürlich war, dachte Mr Sattersway. Doch er stellte auch fest, dass ihre Gefühle von Erstaunen und Beunruhigung überlagert waren. Ihre nächste Bemerkung war deshalb für ihn sehr aufschlussreich.

»Hoffentlich wurde er nicht verletzt«, sagte sie.

Na, wen meint sie da? überlegte Mr Sattersway und lächelte in der Dunkelheit in sich hinein.

Er wollte wissen, ob er recht hatte, und fragte: »Sie meinen, dass Mr ... hm ... Eastney Mr Burns nicht verletzt hat?«

Sie nickte. »Ja. Es ist alles so schrecklich. Ich wünschte ... ich wünschte, ich hätte Klarheit.«

Der Wagen hielt an der angegebenen Adresse.

»Haben Sie Telefon?«, fragte Mr Sattersway.

»Ja.«

»Wenn Sie wollen, erkundige ich mich und rufe Sie dann an.«

Das Gesicht des Mädchens hellte sich auf. »Ach, das wäre schön. Macht es Ihnen auch nicht zu viel Mühe?«

»Überhaupt nicht.«

Sie bedankte sich und gab ihm ihre Telefonnummer. Scheu fügte sie hinzu: »Übrigens, ich heiße Gillian West.«

Während er durch die nächtliche Stadt fuhr, um seinen Auftrag auszuführen, lag ein kleines Lächeln um Mr Sattersways Lippen. Mehr steckt also nicht dahinter, dachte er. Die Form eines Gesichts, die Linie eines Kinns ...

Aber er hielt sein Versprechen.

Am nächsten Sonntagnachmittag fuhr Mr Sattersway zum *Kew Gardens*, um den blühenden Rhododendron zu bewundern. Vor vielen Jahren – es schien Mr Sattersway unglaublich lange her zu sein – war er mit einer gewissen jungen Dame in den *Kew Gardens* gegangen, um die Sternhyazinthen zu betrachten. Vorher hatte Mr Sattersway sich in Gedanken genau überlegt, mit welchen Worten er um ihre Hand anhalten wollte. Er ging seine Rede im Kopf gerade noch einmal durch und antwortete auf ihre begeisterten Rufe über die Sternhyazinthen nur sehr wortkarg, als der Schock kam. Die junge Dame schwieg plötzlich und vertraute Mr Sattersway – ihrem wahren Freund – an, dass sie sich verliebt habe. Mr Sattersway vergaß die kleine vorbereitete Ansprache und kramte hastig in der untersten Schublade seines Gedächtnisses nach den passenden verständnisvollen Worten.

Das war Mr Sattersways ganze Romanze gewesen, eher eine scheue, altmodische Liebesepisode, und deshalb dachte er immer mit einer gewissen Wehmut an *Kew*

Gardens und pflegte häufig hinzugehen, um die Sternhya-zinthen zu betrachten oder den Rhododendron, wenn er länger als gewöhnlich verreist gewesen war. Dann seufzte er und wurde sentimental und genoss den Ausflug sehr, auf eine altmodische, romantische Weise.

An diesem besonderen Nachmittag schlenderte er gerade am Teehaus vorbei, als er ein junges Paar entdeckte, das an einem der kleinen Tische saß. Es waren Gillian West und der blonde junge Mann. Sie sahen ihn im gleichen Augenblick. Das Mädchen errötete und sprach eifrig auf seinen Begleiter ein. Einen Moment später schüttelte Mr Sattersway ihnen auf seine korrekte, ziemlich energische Art die Hand und nahm die etwas scheu vorgetragene Einladung zum Tee dankend an.

»Ich kann Ihnen gar nicht sagen, Sir«, begann Mr Burns, »wie dankbar ich Ihnen bin, dass Sie sich an jenem Abend so freundlich um Gillian gekümmert haben. Sie hat mir alles erzählt.«

»Ja«, sagte Gillian. »Es war wirklich sehr gütig von Ihnen.«

Mr Sattersway freute sich, denn das Paar interessierte ihn. Die Naivität und Aufrichtigkeit fand er beeindruckend. Außerdem tat er einen Blick in eine Welt, die er nicht gut kannte.

Auf seine vertrocknete, zurückhaltende Art konnte Mr Sattersway sehr sympathisch sein. Bald erfuhr er mehr von seinen neuen Freunden. Er stellte fest, dass aus Mr Burns bereits Charlie geworden war, und es erstaunte ihn nicht sehr, als er hörte, dass die beiden verlobt waren.

»Offen gestanden«, sagte Mr Burns mit erfrischender Aufrichtigkeit, »ist es erst heute Nachmittag passiert, nicht wahr, Gil?«

Burns war bei einer Reederei angestellt und verdiente ganz ordentlich. Außerdem besaß er etwas Vermögen, und die beiden wollten bald heiraten.

Mr Sattersway hörte aufmerksam zu, nickte und gratulierte.

Ein durchschnittlicher junger Mann, dachte er. Ein sehr durchschnittlicher junger Mann. Netter, ehrlicher Bursche, vieles spricht für ihn: hat eine gute Meinung von sich, ohne eingebildet zu sein; sieht anständig aus, aber nicht übertrieben. Nichts Außergewöhnliches an ihm dran. Hat das Pulver nicht erfunden. Und das Mädchen liebt ihn.

»Und Mr Eastney?«, fragte er.

Er sagte absichtlich nicht mehr, doch wie er erwartet hatte, tat der Name seine Wirkung. Charlie Burns' Gesicht verdunkelte sich, und Gillian machte eine besorgte Miene. Eigentlich war sie mehr als besorgt, dachte Mr Sattersway. Offensichtlich fürchtete sie sich.

»Ich habe kein gutes Gefühl«, sagte Gillian leise. Ihre Worte galten Mr Sattersway, als wüsste sie ganz instinktiv, dass er ihre Zweifel verstehen würde, im Gegensatz zu ihrem Verlobten. »Wissen Sie ... er hat eine Menge für mich getan. Er hat mich dazu ermutigt, Gesangsunterricht zu nehmen, und ... und mir immer wieder geholfen. Dabei wusste ich genau, dass meine Stimme nicht ausreicht, nicht erstklassig ist. Natürlich hatte ich Engagements ...«

Sie schwieg.

»Aber du hattest auch ganz schöne Schwierigkeiten«, sagte Burns. »Ein Mädchen braucht jemand, der sich um sie kümmert. Gillian hatte eine Menge unerfreulicher Erlebnisse, Mr Sattersway. Alles in allem ziemlich viele. Sie sieht gut aus, wie Sie selbst feststellen können, und das ... na ja, da gerät ein Mädchen oft in Schwierigkeiten.«

Mt Sattersway erfuhr von verschiedenen Vorfällen, die Burns vage als »unerfreuliche Erlebnisse« einstufte. Da war der junge Mann gewesen, der sich erschoss; der Bankdirektor – ein verheirateter Mann! –, der sich höchst seltsam benommen hatte; der gewalttätige Fremde und der wütende ältere Künstler. Eine Spur von Gewalttätigkeit und Tragödien hatte sich durch Gillian Wests Leben gezogen, was Charlie Burns in nüchternem Ton bestätigte. »Und meiner Meinung nach«, schloss er, »ist dieser Eastney etwas verrückt. Gillian hätte Schwierigkeiten mit ihm gekriegt, wenn ich nicht aufgetaucht wäre, um mich um sie zu kümmern.«

Sein Lachen klang etwas einfältig, fand Mr Sattersway, und das Mädchen lächelte nicht. Sie sah Mr Sattersway ernst an.

»Phil ist in Ordnung«, sagte sie langsam. »Er mag mich, das weiß ich, und ich mag ihn auch, wie einen Freund ... aber ... aber nicht mehr! Ich habe keine Ahnung, wie er die Neuigkeit aufnehmen wird. Er ... ich fürchte, er wird ...«

Sie schwieg, weil ein Gefühl von drohendem Unheil, das sie nicht näher erklären konnte, ihr den Mund schloss.

»Wenn ich Ihnen irgendwie helfen kann«, sagte Mr Sattersway herzlich. »Bitte, verfügen Sie über mich.«

Ihm schien, dass Charlie Burns etwas verächtlich das Gesicht verzog, doch Gillian sagte spontan: »Herzlichen Dank, Mr Sattersway.«

Mr Sattersway verließ seine neuen Freunde, nachdem er Gillian versprochen hatte, am nächsten Donnerstag bei ihr Tee zu trinken.

Am Donnerstag war Mr Sattersway aufgeregt und von angenehmer Vorfreude erfüllt. Ich bin zwar ein alter Mann, dachte er, aber nicht so alt, dass mich nicht ein schönes Gesicht begeistern könnte. Ein Gesicht ... Dann schüttelte er ahnungsvoll den Kopf.

Gillian war allein. Charlie Burns wollte später nachkommen. Sie wirkte viel glücklicher, stellte Mr Sattersway fest, als sei ihr eine Last von der Seele genommen. Sie gab dies auch sofort offen zu.

»Ich hatte Angst, Phil von Charlie zu erzählen. Es war sehr dumm von mir. Ich hätte Phil besser kennen müssen. Natürlich regte es ihn auf, aber er hätte es nicht netter aufnehmen können. Er war richtig süß. Sehen Sie, was er mir heute Vormittag geschickt hat: ein Hochzeitsgeschenk. Ist es nicht großartig?«

Es war tatsächlich für einen jungen Mann in Philip Eastneys Verhältnissen ein großartiges Geschenk: ein Radiogerät neuesten Typs.

»Wir lieben beide die Musik so sehr, verstehen Sie«, erklärte Gillian. »Phil meinte, wenn ich mir ein Konzert im Radio anhöre, würde ich dabei immer auch an ihn denken. Ich glaube, er hat recht. Denn wir sind so gute Freunde gewesen.«

»Sie können stolz auf ihn sein«, antwortete Mr Sattersway. »Offenbar ist er ein guter Verlierer.«

Gillian nickte. Mr Sattersway stellte fest, dass ihr Tränen in die Augen stiegen.

»Er bat mich nur noch um eine kleine Gefälligkeit. Heute Abend jährt sich der Tag, an dem wir uns kennenlernten. Er bat mich, zu Hause zu bleiben und Radio zu hören und nicht mit Charlie auszugehen. Natürlich habe ich es ihm versprochen. Ich war sehr gerührt und sagte, ich würde mit großer Zuneigung und Dankbarkeit an ihn denken.«

Mr Sattersway nickte. Er war etwas verblüfft. Es passierte ihm selten, dass er sich in der Einschätzung eines Menschen täuschte, und er hätte Philip Eastney einer derart sentimentalen Bitte nicht für fähig gehalten. Der junge Mann musste noch banaler sein, als er angenommen hatte. Offensichtlich fand Gillian nichts dabei. Mr Sattersway war ein wenig – ein ganz klein wenig – enttäuscht. Er war selbst ein gefühlvoller Mensch und wusste es, doch vom Rest der Welt erwartete er Besseres. Außerdem passten Gefühle zu Menschen seiner Generation. Doch in der modernen Zeit spielten sie keine Rolle mehr.

Er bat Gillian zu singen, und sie willigte ein. Er machte ihr ein Kompliment über ihre Stimme, doch er wusste genau, dass sie nur zweitklassig war. Allen Erfolg, den sie in ihrem Beruf haben würde, würde sie ihrem Gesicht zu verdanken haben, nicht ihrer Stimme. Er war nicht besonders scharf darauf, den jungen Burns so bald wiederzusehen. In diesem Augenblick wurde seine Aufmerksamkeit auf einen Gegenstand auf dem Kaminsims gelenkt, der von dem übrigen, ziemlich wertlosen Zeug abstach wie ein Diamant von einem Abfallhaufen.

Es war ein bauchiger Pokal aus dünnem grünem Glas. Auf seinem Rand ruhte eine schillernde Kugel, die wie eine große Seifenblase aussah. Gillian bemerkte Mr Sattersways Begeisterung.

»Das ist noch ein Hochzeitsgeschenk von Phil. Ich finde ihn sehr hübsch. Er arbeitet in einer Art Glasfabrik.«

»Ein wunderschönes Glas«, sagte Mr Sattersway andächtig. »Die Glasbläser von Murano könnten stolz darauf sein.«

Mit neu erwachtem Interesse an Philip Eastney verließ Mr Sattersway die Wohnung. Ein außergewöhnlicher junger Mann. Und trotzdem zog das Mädchen mit dem herrlichen Gesicht Charlie Burns vor. Was für seltsame und unerforschliche Wege des Schicksals.

Mr Sattersway kam in den Sinn, dass der Abend mit Mr Quin nicht so anregend wie sonst verlaufen war, weil Gillian Wests Schönheit ihr Hauptgesprächsthema gewesen war. Gewöhnlich hatte eine Begegnung mit dem geheimnisvollen Mann immer ein seltsames, unerwartetes Ereignis zur Folge. In der Hoffnung, den geheimnisvollen Freund zu treffen, lenkte Mr Sattersway seine Schritte zum Restaurant *Arlecchino*, wo er Mr Quin schon einmal gefunden hatte. Mr Quin war dort Stammgast.

Mr Sattersway wanderte durch die Räume des Restaurants und hielt hoffnungsvoll nach ihm Ausschau, konnte aber das dunkle lächelnde Gesicht nirgends entdecken. Dafür entdeckte er jemand anders. An einem kleinen Tisch für sich allein saß Philip Eastney.

Das Restaurant war ziemlich voll, und so nahm Mr Sattersway dem jungen Mann gegenüber Platz. Plötzlich stieg in ihm ein Gefühl der Vorfreude auf, als sei er in ein Gewebe von aufregenden Ereignissen verstrickt. Er steckte mittendrin – was immer es auch war. Jetzt wusste er, was Mr Quin an jenem Abend in der Oper gemeint hatte. Irgendein Drama spielte sich ab, und Mr Sattersway spielte eine Rolle dabei, eine wichtige Rolle. Er durfte sein Stichwort nicht versäumen.

Er saß Philip Eastney mit dem Gefühl gegenüber, dass er das Rad des Schicksals nicht aufhalten konnte. Es war sehr leicht, ein Gespräch zu beginnen. Eastney schien sich gern zu unterhalten. Wie immer war Mr Sattersway ein guter Zuhörer. Sie sprachen vom Krieg, von Waffen und Giftgasen. Eastney wusste über Letztere sehr genau Bescheid, da er im Krieg in einer Gasfabrik gearbeitet hatte. Mr Sattersway fand das Thema sehr fesselnd, und sie unterhielten sich eine Weile darüber.

Es existiere auch ein Gas, erzählte Eastney, das nie ausprobiert worden sei. Schon ein Hauch sei tödlich. Er wurde richtig lebhaft. Nachdem Mr Sattersway das Eis gebrochen hatte, lenkte er das Gespräch vorsichtig auf die Musik. Eastneys schmales Gesicht erhellte sich. Er redete mit der Begeisterung und dem Eifer des wahren Musikfreundes. Als das Thema auf Joaschbim kam, war der junge Mann kaum zu bremsen. Er und Mr Sattersway stimmten darin überein, dass nichts auf Erden über eine wirklich schöne Tenorstimme gehe.

»Wissen Sie eigentlich, dass Caruso ein Weinglas zersingen konnte?«, fragte Eastney.

»Ich dachte, das sei eine Fabel«, antwortete Mr Sattersway.

»Nein, es soll wirklich wahr sein. So etwas ist durchaus möglich. Es ist eine Frage der Resonanz.«

Er vertiefte sich in die technischen Details. Sein Gesicht war gerötet, die Augen glänzten. Das Thema schien ihn zu faszinieren, und Mr Sattersway stellte fest, dass er gründliche Kenntnisse darüber besaß. Ein außergewöhnlicher Kopf, dachte Mr Sattersway, man könnte ihn beinahe als genial bezeichnen. Brillant, ungezügelt, unentschlossen, wohin er sich am Ende wenden sollte, aber zweifellos genial.

»Ich sollte mich schämen, dass ich so viel geredet habe«, sagte er, »aber es war wirklich ein glücklicher Zufall, der Sie heute Abend hierher führte. Ich ... ich brauchte jemanden, mit dem ich mich unterhalten konnte.«

Er beendete seine Worte mit einem seltsamen kleinen Lachen. Seine Augen blitzten immer noch vor unterdrückter Erregung. Trotzdem lag etwas Tragisches über ihm.

»Es war mir ein Vergnügen«, sagte Mr Sattersway. »Unsere Unterhaltung war sehr fesselnd und höchst aufschlussreich.«

Dann verbeugte er sich auf seine komische höfliche Art und verließ das Restaurant. Die Nacht war warm, und während er langsam die Straße entlangging, überkam ihn ein höchst seltsames Gefühl. Plötzlich bildete er sich ein, nicht mehr allein zu sein – dass jemand neben ihm ging. Vergebens versuchte er sich klarzumachen, dass es Einbildung sei. Die Vorstellung blieb. Jemand schritt neben ihm die dunkle stille Straße entlang, jemand, den er nicht sehen konnte. Er fragte sich, warum er an Mr Quin denken musste. Sein Bild stand deutlich vor seinem inneren Auge. Er konnte spüren, dass Mr Quin neben ihm war, und doch brauchte er nur seine Augen zu benutzen, um festzustellen, dass es nicht stimmte und er allein war.

Aber der Gedanke an Mr Quin ließ ihn nicht los, und noch etwas anderes beschäftigte ihn, er spürte eine Unruhe, eine bedrückende Vorahnung kommenden Unheils. Er musste etwas unternehmen, und zwar rasch. Aber was? Irgendetwas stimmte nicht, und es lag an ihm, die Sache in Ordnung zu bringen.

Das Gefühl war so stark, dass Mr Sattersway den Kampf aufgab. Stattdessen schloss er die Augen und versuchte sich das Bild Mr Quins noch genauer ins Gedächtnis zu rufen. Wenn er ihn doch hätte fragen können! Noch während ihm diese Überlegung in den Sinn kam, wusste er, dass sie falsch war. Es hatte nie einen Zweck gehabt,

Mr Quin Fragen zu stellen. »Sie halten alle Fäden in der Hand ...« Genau das würde Mr Quin zu ihm sagen.

Wieso Fäden? Sorgfältig analysierte er sein Gefühl, seinen Eindruck. Er spürte, dass Gefahr in der Luft lag. Aber wer war in Gefahr?

Sofort sah er eine Szene vor sich: Gillian West, wie sie vor ihrem Radio saß.

Mr Sattersway warf einem vorbeikommenden Zeitungsjungen eine Münze zu und nahm sich ein Exemplar. Dann schlug er das Radioprogramm nach. Heute Abend gab es eine Sendung mit Joaschbim, stellte er voll Interesse fest. Er würde *Salve Dimora* aus dem *Faust* singen, und dann mehrere Volkslieder: das *Hirtenlied, Der Fisch, Das kleine Reh* und noch anderes.

Mr Sattersway knüllte die Zeitung zusammen. Jetzt wusste er, was Gillian sich anhören würde, und das machte das Bild noch klarer. Sie würde dasitzen, allein ...

Ein seltsamer Wunsch, den Philip Eastney da geäußert hatte. Sieht ihm gar nicht ähnlich! Passt überhaupt nicht zu dem Mann. Er war kein empfindsamer Mensch, eher gewalttätig, gefährlich ...

Ein neuer Gedanke durchzuckte Mr Sattersway. Eastney war ein gefährlicher Mann – das hatte etwas zu bedeuten. »Sie halten alle Fäden in den Händen ...« Dass er Philip Eastney heute Abend getroffen hatte – wirklich seltsam! Einen glücklichen Zufall hatte Eastney es genannt. War es denn ein Zufall? Oder passte diese Begegnung nicht eher genau zu den vielfältigen Ereignissen des Tages, zwischen denen offenbar ein Zusammenhang zu bestehen schien, wie er ein- oder zweimal am Abend zu spüren geglaubt hatte?

Mr Sattersway versuchte sich zu erinnern. Eastney

musste irgendetwas Wichtiges gesagt haben. Warum hatte er sonst dieses unbezwingbare Gefühl, dass er sich beeilen sollte? Über was hatten sie sich unterhalten? Über Gesang, Kriegseinsatz, Caruso.

Caruso! Mr Sattersways Gedanken schweiften ab. Joaschbims Stimme war fast so gut wie die Carusos. Gillian würde jetzt vor dem Radio sitzen und dieser Stimme lauschen, die strahlend und voll durch den Raum klang und Glas zum Klingen bringen konnte …

Mr Sattersway hielt den Atem an. Glas! Caruso hatte angeblich Weingläser zersungen! Joaschbim sang in einem Londoner Studio, und mehr als eine Meile entfernt zerbrach ein Glas. Kein Weinglas, sondern ein Pokal aus feinem grünem Glas. Eine kristallene Seifenblase fiel herab, eine Seifenblase, die vielleicht nicht leer war …

Das war der Augenblick, in dem Mr Sattersway durchdrehte, wie ein paar Passanten glaubten, die ihn zufällig beobachteten. Er blätterte hastig in der Zeitung, warf einen raschen Blick auf das Radioprogramm und rannte die stille Straße entlang, als sei der Teufel hinter ihm her. Er fand ein Taxi, sprang hinein, schrie dem Fahrer die Adresse zu und rief, dass er so schnell wie möglich fahren solle, es ginge um ein Menschenleben. Der Fahrer hielt ihn für verrückt, aber reich, und tat sein Bestes.

Mr Sattersway lehnte sich zurück. In seinem Kopf wirbelten die Gedanken durcheinander. Bruchstücke von Dingen, die er in der Schule gelernt hatte, zuckten ihm durch den Kopf, Sätze, die Eastney am Abend gesagt hatte. Resonanz – Schwingungen, Überlagerungen von Frequenzen – irgendetwas mit einer Hängebrücke. Soldaten, die hinübermarschierten … wenn ihre Schritte die Brücke zum Schwingen brachten … Eastney hatte diese physikalischen Gesetze genau studiert. Eastney wusste Bescheid. Und er war ein Genie.

Um zehn Uhr fünfundvierzig sollte die Sendung beginnen. So spät war es jetzt genau. Ja, aber zuerst kam die Arie aus dem *Faust*. Es musste das *Hirtenlied* sein, mit dem Schrei nach dem Refrain, bei dem ... ja, was eigentlich?

Seine Gedanken begannen sich wieder zu überschlagen ... Töne, Obertöne, Halbtöne ... Er wusste zu wenig von diesen Dingen. Doch Eastney war Fachmann. Mein Gott, hoffentlich kam er noch rechtzeitig!

Das Taxi hielt. Mr Sattersway sprang hinaus und stürzte wie ein junger Sprinter die Treppe zum ersten Stock hinauf. Die Wohnungstür war nur angelehnt. Er stieß sie auf, und die großartige Tenorstimme klang ihm entgegen. Er kannte die Verse, wenn er sie auch unter weniger außergewöhnlichen Umständen gehört hatte.

»Hirte, sieh die wehende Mähne deines Pferdes ...«

Er kam also noch rechtzeitig. Er riss die Wohnungstür auf. Gillian saß in einem Sessel beim Kamin.

»Barya Mischas Tochter soll heut' heiraten.

Zu der Hochzeit muss ich eilen ...«

Sie musste ihn für verrückt halten. Er packte sie, schrie irgendetwas Unverständliches und zerrte sie aus dem Raum. Dann standen sie an der Treppe.

»Zu der Hochzeit muss ich eilen!

Ja-ha!«

Ein herrlicher strahlender Ton, mächtig, voll, ein Ton, auf den der Sänger stolz sein konnte. Und noch ein anderer Laut, das schwache Klirren von zerspringendem Glas.

Eine Katze schoss an ihnen vorbei und verschwand durch die Eingangstür. Gillian machte eine Bewegung, doch Mr Sattersway hielt sie zurück und stammelte dabei:

»Nein, nein ... es ist tödlich. Kein Geruch, der Sie warnen könnte ... Ein Hauch, und alles ist vorbei. Kein Mensch weiß genau, wie gefährlich es ist. Es wurde nie ausprobiert ...«

Er berichtete, was Philip Eastney ihm beim Abendessen über dieses Gift erzählt hatte.

Gillian starrte ihn verständnislos an.

Philip Eastney warf einen Blick auf seine Taschenuhr. Es war genau halb zwölf. In der letzten Dreiviertelstunde war er am Themseufer auf und ab gewandert. Er starrte über das Wasser und wandte sich um – vor ihm stand der Mann, mit dem er zu Abend gegessen hatte. »Was für ein Zufall«, sagte er und lachte. »Es scheint heute Abend unser Schicksal zu sein, dass wir uns immer wieder begegnen.«

»Wenn Sie so etwas Schicksal nennen wollen«, antwortete Mr Sattersway.

Eastney blickte ihn forschend an, und seine Miene veränderte sich.

»Ja?«, sagte er ruhig.

Mr Sattersway kam sofort zur Sache. »Ich war gerade in Miss Wests Wohnung.«

»Ja?«

Der gleiche Tonfall, die gleiche tödliche Gelassenheit.

»Wir haben ... wir haben eine tote Katze gefunden.«

Es folgte ein langes Schweigen. Dann fragte Eastney: »Wer sind Sie eigentlich?«

Da wurde Mr Sattersway gesprächig. In aller Ausführlichkeit schilderte er die Ereignisse.

»Und, wie Sie sehen, erschien ich noch rechtzeitig auf

dem Schauplatz«, schloss er. Dann fügte er leise hinzu. »Haben Sie irgendetwas dazu zu sagen?«

Er erwartete einen Gefühlsausbruch, eine verrückte Rechtfertigung. Doch es kam nichts.

»Nein«, antwortete Philip Eastney schließlich, drehte sich auf dem Absatz um und ging davon.

Mr Sattersway blickte ihm nach, bis seine Gestalt von der Dunkelheit verschluckt wurde. Gegen seinen Willen spürte er ein gewisses Mitgefühl mit Eastney, die Bewunderung des Künstlers für einen andern Künstler, des empfindsamen Menschen für einen wahren Liebhaber, des einfachen Mannes für das Genie.

Mit einem Ruck rief er sich zur Ordnung und begann, in derselben Richtung wie Eastney weiterzugehen. Nebel kam vom Fluss herauf. Nach ein paar Schritten stieß er auf einen Polizisten, der ihn misstrauisch musterte.

»Haben Sie eben nicht gehört, wie irgendetwas ins Wasser klatschte?«, fragte der Polizist.

»Nein«, antwortete Mr Sattersway.

Der Polizist spähte über die dunkle Themse.

»Sicherlich ein Selbstmörder«, murmelte er betrübt. »Sie tun es immer wieder.«

»Ich nehme an«, erwiderte Mr Sattersway, »dass die Leute dafür ihre Gründe haben.«

»Meistens wegen Geld«, sagte der Polizist. »Manchmal auch wegen einer Frau«, fügte er, schon im Weggehen, hinzu. »Es ist ja immer ihre Schuld, aber manche Frauen können unglaubliche Schwierigkeiten verursachen.«

»Manche ja«, stimmte Mr Sattersway zu.

Nachdem der Polizist verschwunden war, setzte sich Mr Sattersway auf eine Bank. Während der Nebel immer dichter wurde, dachte er an die schöne Helena

und grübelte darüber nach, ob sie wohl auch nur eine
nette, durchschnittliche Frau gewesen war, mit einem
herrlichen Gesicht, das ihr zum Fluch oder zum Segen
geworden war ...

Der tote Harlekin

Mr Sattersway ging langsam die Bond Street entlang und genoss den Sonnenschein. Er war, wie üblich, sorgfältig und elegant gekleidet, und sein Ziel waren die *Harchester Galleries*, wo gerade die Bilder eines gewissen Frank Bristow ausgestellt waren, eines neuen und bislang unbekannten Künstlers, der plötzlich in Mode zu kommen schien. Mr Sattersway war ein Förderer der Künste.

Als Mr Sattersway die Galerie betrat, wurde er sofort mit einem Lächeln erfreuter Zufriedenheit begrüßt.

»Guten Morgen, Mr Sattersway. Ich habe Sie schon vor einiger Zeit erwartet. Kennen Sie Bristows Arbeiten? Hübsch – sehr hübsch sogar. In seiner Art ganz einmalig.«

Mr Sattersway erwarb einen Katalog und trat durch den Rundbogen in den langen Raum, wo die Arbeiten des Künstlers ausgestellt waren. Es waren Aquarelle von ungewöhnlicher Technik und Vollendung, sodass sie beinahe kolorierten Radierungen ähnelten. Mr Sattersway wanderte langsam an den Wänden entlang, betrachtete die Bilder prüfend und war insgesamt sehr angetan. Natürlich befanden sich auch unausgereifte Arbeiten darunter. Das war zu erwarten gewesen. Aber einiges grenzte doch beinahe an Genialität. Vor einem kleinen Meisterwerk, das die Westminster Bridge mit ihrem Gewimmel von Autobussen, Straßenbahnen und eiligen Fußgängern zeigte, blieb Mr Sattersway stehen: eine winzige Arbeit, und auf wunderbare Weise vollkommen. Wie er feststellte, hieß das Bild *Der Ameisenhaufen*. Er ging weiter. Plötzlich hielt er den Atem an, sein Interesse war aufs höchste gefesselt.

Das Bild hieß *Der tote Harlekin*. Im Vordergrund zeigte es einen Marmorfußboden, der aus eingelegten schwarzen und weißen Quadraten bestand. In der Mitte des Fußbodens lag ein Harlekin auf dem Rücken, die Arme ausgebreitet und in ein schwarz-rotes Narrengewand gehüllt. Hinter ihm befand sich ein Fenster, und durch dieses Fenster blickte jemand auf die am Boden liegende Gestalt; allem Anschein nach war es derselbe Mann. Seine Silhouette hob sich vom roten Schein der untergehenden Sonne ab.

Dieses Bild erregte Mr Sattersway aus zwei Gründen: Einmal erkannte er das Gesicht des Mannes, der hier abgebildet war, zumindest glaubte er, es zu erkennen. Es hatte eine unverkennbare Ähnlichkeit mit Mr Quin, jenem Freund, dem Mr Sattersway immer unter etwas mysteriösen Umständen begegnet war.

»Ich kann mich unmöglich irren«, murmelte er. »Aber wenn es stimmt – was hat es zu bedeuten?«

Denn Mr Sattersways Erfahrung hatte gezeigt, dass Mr Quins Erscheinen immer etwas zu bedeuten hatte.

Mr Sattersways Interesse hatte jedoch, wie bereits erwähnt, noch einen zweiten Grund. Er erkannte den Schauplatz des Bildes wieder.

»Das Terrassenzimmer von *Charnley*«, sagte er. »Merkwürdig – und höchst interessant.«

Mit wachsender Aufmerksamkeit betrachtete er das Bild und überlegte, was sich der Künstler wohl dabei gedacht hatte. Der eine Harlekin tot auf dem Fußboden, ein zweiter Harlekin blickt durch das Fenster – oder war es derselbe Harlekin? Langsam ging er weiter an den Wänden entlang, schaute immer neue Bilder an, ohne sie eigentlich zu sehen, und immer kreisten seine Gedanken um dasselbe Thema. Er war erregt. Das Leben, das heute Morgen noch eintönig gewesen zu sein schien, war keineswegs mehr eintönig. Ganz genau wusste er, dass er auf der Schwelle zu erregenden und interessanten Ereignissen stand. Er ging zu dem Tisch hinüber, an dem Mr Cobb saß. Mr Cobb gehörte zu den angesehenen Mitgliedern der Galerie, und Mr Sattersway kannte ihn schon seit Jahren. »Ich würde gern die Nummer neununddreißig kaufen«, sagte er, »wenn sie nicht bereits verkauft ist.«

Mr Cobb blätterte in einem Verzeichnis.

»Das Beste von allen«, murmelte er, »eine wahre Kostbarkeit – finden Sie nicht auch? Nein, es ist noch nicht verkauft.« Er nannte einen Preis. »Eine gute Geldanlage, Mr Sattersway. In einem Jahr müssen Sie bestimmt das Dreifache dafür bezahlen.«

»Das heißt es bei solchen Gelegenheiten immer«, sagte Mr Sattersway lächelnd.

»Na, und habe ich nicht immer recht behalten?«, fragte Mr Cobb. »Wenn Sie Ihre Sammlung verkauften, Mr Sattersway, glaube ich nicht, dass auch nur eines Ihrer Bilder weniger einbringen würde, als Sie seinerzeit dafür bezahlten.«

»Dann kaufe ich also dieses Bild«, sagte Mr Sattersway. »Hier haben Sie einen Scheck.«

»Sie werden es sicher nicht bereuen. Wir glauben an Bristow.«

»Ist er noch jung?«

»Sieben- oder achtundzwanzig.«

»Ich würde ihn gern kennenlernen«, sagte Mr Satters-way. »Vielleicht ist er bereit, einmal mit mir zu Abend zu essen?«

»Ich kann Ihnen seine Adresse geben. Und ich bin über-zeugt, dass er mit Freuden zusagen wird. In der Welt der Künstler gilt Ihr Name eine ganze Menge.«

»Sie schmeicheln mir«, sagte Mr Sattersway und wollte gerade weitergehen, als Mr Cobb ihn zurückhielt.

»Da drüben ist er! Ich werde Sie gleich mit ihm be-kanntmachen.«

Er verließ seinen Platz hinter dem Tisch. Mr Sattersway begleitete ihn, bis sie vor einem großen, etwas unbeholfen wirkenden jungen Mann standen, der an der Wand lehnte und mit gerunzelter Stirn ins Leere starrte.

Mr Cobb übernahm das erforderliche Vorstellen, und Mr Sattersway hielt eine formelle und reizende kleine An-sprache.

»Ich hatte gerade das Vergnügen, eines Ihrer Bilder zu erwerben, den *Toten Harlekin*.«

»Ach? Na, dann haben Sie kein schlechtes Geschäft ge-macht«, sagte Mr Bristow ungnädig. »Eine verdammt gute Arbeit – auch wenn ich selbst es behaupte.«

»Das habe ich gesehen«, sagte Mr Sattersway. »Ihre Ar-beit interessiert mich sehr, Mr Bristow. Für einen so jun-gen Menschen finde ich sie ungewöhnlich reif. Würden Sie mir das Vergnügen machen, irgendwann mit mir zu essen? Haben Sie heute Abend schon etwas vor?«

»Genau genommen nicht«, sagte Mr Bristow, und immer noch war er nicht gerade von übertriebener Höflichkeit.

»Sagen wir also, um acht?«, schlug Mr Sattersway vor. »Hier haben Sie meine Karte mit der Adresse.«

»Gut – einverstanden«, sagte Mr Bristow. »Danke«, fügte er noch hinzu. Es war ihm gerade noch rechtzeitig eingefallen.

Ein junger Mann, der von sich selbst keine gute Meinung hat und fürchtet, die übrige Welt sei derselben Ansicht. Das etwa war der Schluss, zu dem Mr Sattersway kam, als er in den Sonnenschein der Bond Street hinaustrat, und Mr Satterways Urteil über seine Mitmenschen traf nur selten sehr weit neben das Ziel.

Frank Bristow erschien um fünf nach acht und stellte fest, dass er nicht nur von seinem Gastgeber, sondern auch von einem weiteren Gast erwartet wurde. Dieser Gast wurde ihm als Oberst Monckton vorgestellt. Fast unmittelbar danach gingen sie zum Essen. Auf dem ovalen Mahagonitisch lag noch ein viertes Gedeck, und Mr Sattersway gab sofort die notwendige Erklärung dafür.

»Ich hatte eigentlich damit gerechnet, dass mein Freund, Mr Harley Quin, ebenfalls kommen würde«, sagte er. »Vielleicht haben Sie ihn schon irgendwo kennengelernt?«

»Ich kenne überhaupt keine Leute«, brummte Mr Bristow.

Oberst Monckton sah den Maler mit jenem unbeteiligten Interesse an, das er auch einer neuen Quallenart entgegengebracht hätte. Mr Sattersway hingegen bemühte sich, die Kugel der Unterhaltung ständig in Bewegung zu halten.

»Ihr Bild fand mein besonderes Interesse, weil ich glaubte, in dem Schauplatz das Terrassenzimmer von *Charnley* wiederzuerkennen. Habe ich richtig vermutet?« Und als der Künstler nickte, fuhr er fort: »Das ist allerdings sehr interessant. In früheren Zeiten bin ich selbst mehrmals auf *Charnley* gewesen. Vielleicht kennen Sie jemanden von der Familie?«

»Nein!«, sagte Bristow. »Solche Familien legen keinen Wert darauf, mich zu kennen. Ich bin mal mit einem Ausflugsbus hingefahren.«

»Ach, du lieber Himmel«, sagte Monckton, um überhaupt etwas zu sagen. »Mit einem Ausflugsbus! Unvorstellbar!«

Frank Bristow sah ihn mit gefurchter Stirn an.

»Warum denn nicht?«, fragte er wütend.

Der arme Monckton war völlig verstört. Vorwurfsvoll blickte er Mr Sattersway an, als wollte er sagen: »Für Sie als Naturalist mögen diese primitiven Lebensformen vielleicht ganz interessant sein, aber warum haben Sie ausgerechnet mich in diese Geschichte hineingezogen?«

»Ach, scheußliche Dinger, diese Busse!«, sagte er. »Auf schlechten Straßen wird man immer grässlich durchgeschüttelt.«

»Wenn man sich keinen Rolls-Royce leisten kann, muss man leider mit dem Bus fahren«, sagte Bristow mit Erbitterung in der Stimme. Oberst Monckton starrte ihn an. Mr Sattersway überlegte: Wenn es mir nicht gelingt, diesen jungen Mann zu besänftigen, dürfte es ein ziemlich anstrengender Abend werden.

»*Charnley* hat mich immer fasziniert«, sagte er. »Seit jener Tragödie bin ich nur ein einziges Mal dort gewesen. Ein schreckliches Haus – und ein gespenstisches dazu.«

»Das stimmt«, sagte Bristow.

»Es gibt dort zwei echte Gespenster«, sagte Monckton. »Angeblich soll Charles I. mit seinem Kopf unter dem Arm auf der Terrasse herumwandern – den Grund dafür habe ich allerdings vergessen. Und dann existiert noch die ›weinende Frau‹, die immer auftaucht, wenn einer der Charnleys stirbt.«

»Quatsch«, sagte Bristow verächtlich.

»Jedenfalls wurde diese Familie vom Pech verfolgt«, sagte Mr Sattersway eilig. »Vier Inhaber des Titels sind eines gewaltsamen Todes gestorben, und der letzte Lord Charnley hat Selbstmord verübt.«

»Eine grässliche Geschichte«, sagte Monckton ernst. »Ich war damals dort, als es passierte.«

»Warten Sie, das muss vor vierzehn Jahren gewesen sein«, sagte Mr Sattersway. »Seit damals ist das Haus zugesperrt.«

»Das wundert mich wirklich nicht«, sagte Monckton. »Für die junge Frau muss es ein fürchterlicher Schock gewesen sein. Einen Monat waren sie gerade verheiratet und kurz vorher aus den Flitterwochen zurückgekommen. Ein großer Kostümball, um ihre Heimkehr zu feiern. Und ausgerechnet als die ersten Gäste eintrafen, schloss Charnley sich im Eichenzimmer ein und erschoss sich. So etwas tut man nicht ... Wie meinen Sie?«

Er wandte den Kopf scharf nach links und blickte dann Mr Sattersway an, dabei lachte er verlegen.

»Langsam macht sich bei mir das Alter bemerkbar, Sattersway. Eben habe ich tatsächlich geglaubt, jemand säße auf dem leeren Stuhl und hätte etwas zu mir gesagt!« Er schwieg nachdenklich.

»Ja«, fuhr er dann fort, »für Alix Charnley war es ein ziemlicher Schock. Sie war damals eines der hübschesten Mädchen, die man sich vorstellen kann, und platzte förmlich vor dem, was die Leute Lebensfreude nennen. Heute soll sie wie ein Geist aussehen. Ich bin ihr seit Jahren nicht mehr begegnet. Ich glaube, sie lebt meistens im Ausland.«

»Und ihr Sohn?«

»Der Junge ist in Eton. Was er machen wird, wenn er alt genug ist, weiß ich nicht. Irgendwie kann ich mir nicht vorstellen, dass er wieder in das Haus zieht.«

»Immerhin könnte es einen ganz hübschen Vergnügungspark abgeben«, sagte Bristow.

Oberst Monckton blickte ihn mit kalter Verachtung an.

»Ach, das kann nicht Ihr Ernst sein«, sagte Mr Sattersway. »Dann hätten Sie nämlich dieses Bild nicht gemalt. Tradition und Atmosphäre sind unfassbare Dinge. Zu ihrem Entstehen braucht es Generationen, und wenn man sie zerstört, kann man sie nicht binnen vierundzwanzig Stunden wieder herbeischaffen.«

Er erhob sich. »Gehen wir ins Raucherzimmer hinüber. Ich habe ein paar Aufnahmen von *Charnley* aufgehoben, die ich Ihnen gern zeigen möchte.«

Zu Mr Sattersways Steckenpferden gehörte das Fotografieren. Außerdem war er der stolze Verfasser eines Buches: *Die Heime meiner Freunde*. Die infrage kommenden Freunde waren ausnahmslos ziemlich exaltiert, und das Buch zeigte Mr Sattersway in einem snobistischen Licht, das ihm nicht ganz gerecht wurde.

»Das hier ist eine Aufnahme vom Terrassenzimmer, die ich letztes Jahr machte«, sagte er. Er reichte sie Bristow. »Sie sehen, dass die Aufnahme fast denselben Bildausschnitt zeigt wie Ihr Aquarell. Der Teppich ist ein wunderbares Stück – ein Jammer, dass die Farben nicht so herauskommen.«

»Ich kann mich noch daran erinnern«, sagte Bristow. »Hinreißende Farben. Wie Feuer glühten sie. Trotzdem wirkte er ein bisschen unpassend. Schon die Größe passte nicht zu dem Raum mit den schwarzen und weißen Quadraten. Sonst liegt kein Teppich in diesem Raum. Er zerstört die ganze Wirkung – wie ein riesiger Blutfleck sah er aus.«

»Sind Sie vielleicht dadurch auf den Einfall gebracht worden, das Bild zu malen?«, fragte Mr Sattersway.

»Vielleicht«, sagte Bristow nachdenklich. »Wenn man diesen Teppich sieht, kommt man ganz von selbst auf die Idee, dass sich in dem kleinen getäfelten Zimmer, das nebenan liegt, eine Tragödie abgespielt hat.«

»Das Eichenzimmer«, sagte Monckton. »Ja, das ist das Spukzimmer. Übrigens existiert dort auch ein Priesterversteck, hinter einer verschiebbaren Täfelung neben dem Kamin. Die Überlieferung behauptet, Charles I. hätte sich dort einmal versteckt. Außerdem hat es in diesem Zimmer bei Duellen zwei Tote gegeben. Und schließlich hat sich, wie ich schon sagte, Reggie Charnley dort erschossen.«

Er nahm Bristow die Aufnahme aus der Hand.

»Das ist übrigens der Buchara«, sagte er, »ein Teppich, der meiner Ansicht nach ein paar tausend Pfund wert ist. Als ich damals dort war, lag er jedoch im Eichenzimmer, wo er auch hinpasste. Auf dieser großen Marmorfläche wirkt er fast lächerlich.«

Mr Sattersway betrachtete den leeren Sessel, den er neben den seinen gezogen hatte. Dann sagte er nachdenklich. »Ich möchte nur wissen, wann er dort hingelegt worden ist.«

»Das muss erst später geschehen sein. Richtig – ich erinnere mich an eine Unterhaltung mit Charnley, und zwar genau am Tag der Tragödie. Charnley meinte damals, an sich gehöre der Teppich hinter Glas.«

Mr Sattersway schüttelte den Kopf: »Das Haus wurde

unmittelbar nach der Tragödie zugesperrt, und alles wurde genauso belassen, wie es damals war.«

Hier fiel Bristow mit einer Frage ein. Seine aggressive Art hatte er völlig abgelegt. »Warum hat Lord Charnley sich eigentlich erschossen?«, fragte er.

Monckton bewegte sich unbehaglich in seinem Sessel. »Das weiß kein Mensch«, sagte er unsicher.

»Ich nehme an«, antwortete Mr Sattersway langsam, »dass es tatsächlich Selbstmord war.«

Der Oberst blickte ihn völlig verblüfft an.

»Selbstmord«, sagte er, »selbstverständlich war es Selbstmord! Mein lieber Freund, ich hielt mich damals selbst im Hause auf.«

Mr Sattersway blickte den leeren Sessel an, der neben ihm stand, und lächelte dann vor sich hin, als hätte ein Unsichtbarer einen Witz gemacht. Dann sagte er: »Manchmal erkennt man gewisse Dinge später sehr viel deutlicher als im Augenblick ihres Geschehens.«

»Unsinn«, rief Monckton. »Reiner Unsinn! Wie können Sie etwas klarer erkennen, wenn es nicht mehr deutlich und scharf, sondern in der Erinnerung leicht verschwommen geworden ist?«

Mr Sattersway erhielt jedoch von unerwarteter Seite Unterstützung. »Ich weiß, was Sie meinen«, sagte der Maler. »Und ich finde, dass Sie recht haben. Es ist eine Frage der Proportion, nicht? Und wahrscheinlich sogar mehr als nur der Proportion. Der Relativität und wie man es sonst noch nennt.«

»Wenn Sie mich fragen«, sagte der Oberst, »ich halte diese ganzen einsteinschen Sachen für Unsinn! Genauso wie Spiritisten und spukende Großmütter!« Wütend blickte er sich um. »Natürlich war es Selbstmord!«, fuhr er fort. »Habe ich denn nicht praktisch mit eigenen Augen gesehen, wie es passierte?«

»Erzählen Sie doch«, sagte Mr Sattersway. Mit einem leicht besänftigten Knurren machte es sich der Oberst in seinem Sessel noch bequemer.

»Das Ganze kam vollkommen unerwartet«, begann er. »Charnley war den ganzen Tag über wie immer gewesen. Wegen des Maskenballs waren eine Menge Gäste im Haus. Kein Mensch wäre auf die Idee gekommen, dass er sich in dem Augenblick erschießt, in dem die ersten Gäste erscheinen.«

»Geschmackvoller wäre es gewesen, wenn er damit gewartet hätte, bis sie wieder gegangen waren«, sagte Mr Sattersway.

»Natürlich wäre es das gewesen! Verdammt geschmacklos, so etwas überhaupt zu tun.«

»Und ganz uncharakteristisch«, sagte Mr Sattersway.

»Ja«, gab Monckton zu. »So etwas sah Charnley gar nicht ähnlich.«

»Und trotzdem war es Selbstmord?«

»Natürlich! Wir standen nämlich gerade zu dritt oder viert oben auf der Treppe: ich selbst, dann die kleine Ostrander, Algie Darcy – na ja, und vielleicht noch zwei andere. Charnley ging unten durch die Diele und verschwand im Eichenzimmer. Die kleine Ostrander hat später gesagt, sein Gesicht habe einen gespenstischen Ausdruck gehabt und seine Augen seien ganz starr gewesen, aber das ist natürlich Unsinn, denn von unserem Platz aus konnte sie das Gesicht gar nicht sehen. Aber irgendwie ging er in einer etwas gebückten Haltung, als laste das Gewicht der ganzen Welt auf seinen Schultern. Eine Frau rief ihm etwas nach, ich glaube, es war die Gouvernante irgendwelcher Leute, die Lady Charnley aus purer Freundlichkeit eingeladen hatte. Sie suchte ihn, um ihm irgendetwas auszurichten. Sie rief: ›Lord Charnley, Lady Charnley möchte wissen …‹ Er kümmerte sich jedoch gar nicht darum, sondern verschwand im Eichenzimmer, schlug die Tür hinter sich zu, und dann hörten wir, wie er von drinnen abschloss. Und eine Minute danach hörten wir den Schuss.

Wir rannten in die Diele hinunter. Das Eichenzimmer hat noch eine zweite Tür, die in das Terrassenzimmer führt. Wir versuchten, durch diese Tür hineinzukommen, aber sie war ebenfalls abgeschlossen. Schließlich mussten wir die Tür aufbrechen. Charnley lag auf dem Boden – tot, eine Pistole dicht neben seiner rechten Hand. Was konnte es schon anderes sein als Selbstmord? Ein Unfall? Das war ausgeschlossen. Es gab nur eine andere Möglichkeit: Mord. Aber Mord ohne Mörder gibt es nicht. Das müssen Sie zugeben.«

»Der Mörder könnte immerhin geflohen sein«, meinte Mr Sattersway.

»Das ist unmöglich. Wenn Sie ein Stück Papier und einen Bleistift haben, will ich Ihnen gern den Grundriss des Zimmers aufzeichnen. Zwei Türen führten in das Eichenzimmer, die eine von der Diele, die zweite vom Terrassenzimmer aus. Aber beide Türen waren von innen abgeschlossen, und die Schlüssel steckten.«

»Und das Fenster?«

»War geschlossen, und die Läden auch.«

Es folgte eine Pause.

»So sieht es also aus«, sagte Monckton triumphierend zu den beiden anderen.

»Es scheint tatsächlich zu stimmen«, sagte Mr Sattersway dunkel.

»Und noch etwas«, sagte der Oberst. »Auch wenn ich mich gerade eben über die Spiritisten lustig gemacht habe, gebe ich doch zu, dass eine verteufelt komische Stimmung über dem ganzen Haus und besonders über diesem einen Zimmer lag. In der Wandtäfelung sind verschiedene Löcher, Andenken an die Duelle, die in dem Zimmer stattfanden, und auf dem Fußboden findet sich ein merkwürdiger Fleck, der immer wieder erscheint, obgleich das Holz schon mehrfach erneuert worden ist. Wahrscheinlich hat der Boden jetzt einen zweiten Blutfleck – vom Blut des armen Charnley.«

»Hatte er sehr viel Blut verloren?«, fragte Mr Sattersway.

»Nur sehr wenig. Auffallend wenig – wenigstens meinte das der Arzt.«

»Auf welche Weise hat er sich erschossen? Durch Kopfschuss?«

»Nein, ins Herz.«

»Das ist nicht ganz einfach«, sagte Bristow. »Verdammt schwierig, genau zu wissen, wo das Herz sitzt. Also, ich würde so etwas nie machen.«

Mr Sattersway schüttelte den Kopf. Er war enttäuscht. Er hatte gehofft, irgendetwas herauszufinden – was es war, wusste er allerdings nicht. Monckton erzählte weiter.

»Dieses *Charnley* ist tatsächlich ein Haus, in dem es spukt. Persönlich habe ich es natürlich nicht erlebt.«

»Sie haben also die weinende Frau mit dem silbernen Krug nicht gesehen?«

»Nein, das habe ich weiß Gott nicht, Sir«, sagte der Oberst nachdrücklich. »Aber das Personal wird wahrscheinlich beschwören, sie gesehen zu haben.«

»Aberglaube«, grübelte Mr Sattersway, und sein Blick wanderte zu dem leeren Sessel. »Aber manchmal, finden Sie nicht auch – manchmal kann so etwas ganz nützlich sein.«

Bristow starrte ihn fragend an.

»Nützlich ist ein merkwürdiges Wort.«

»Hoffentlich sind Sie jetzt überzeugt, Sattersway«, sagte der Oberst.

»Vollständig«, sagte Mr Sattersway. »Es ist zwar immer noch merkwürdig – besonders bei einem jung verheirateten Mann, jung, reich, glücklich, der gerade seine Heimkehr feiert –, aber ich gebe zu, dass sich gegen die Tatsachen nichts einwenden lässt.« Leise wiederholte er: »Die Tatsachen!« Und dabei furchte er die Stirn.

»Interessant bei der ganzen Sache ist meiner Meinung nach das, was keiner von uns jemals erfahren wird«, sagte Monckton. »Nämlich der Grund, der dahintersteckt. Natürlich gab es Gerüchte – alle möglichen Gerüchte. Sie wissen wohl selbst, was die Leute in solchen Fällen alles erzählen.«

»Aber tatsächlich weiß niemand etwas«, sagte Mr Sattersway nachdenklich.

»Als Kriminalroman würde die Sache bestimmt keine Leser finden«, bemerkte Bristow. »Hat der Tod dieses Mannes irgendjemandem Vorteile gebracht?«

»Nur einem noch ungeborenen Kind«, sagte Mr Sattersway.

Monckton lachte leise und schadenfroh. »Für den armen Hugo Charnley war das ein schwerer Schlag«, sagte er. »Kaum wurde bekannt, dass ein Kind unterwegs sei, hatte er die angenehme Aufgabe, Tag und Nacht gespannt abzuwarten, ob es ein Junge oder ein Mädchen würde. Und für seine Gläubiger war es auch eine aufregende Warterei. Schließlich kam ein Junge zur Welt, und das war für die Leute natürlich eine große Enttäuschung.«

»War die Witwe sehr untröstlich?«, fragte Bristow.

»Die Ärmste!«, sagte Monckton. »Ich werde sie nie vergessen. Sie hat weder geweint, noch ist sie zusammengebrochen oder was weiß ich. Sie war wie – erstarrt. Und wie ich schon erzählte, sperrte sie das Haus gleich danach zu, und soweit ich orientiert bin, ist sie seitdem nie mehr dort gewesen.«

»Hinsichtlich des Motivs tappen wir also weiterhin im Dunkeln«, sagte Bristow mit einem flüchtigen Lachen. »Ein anderer Mann oder eine andere Frau – eins von beiden wird es wohl gewesen sein, was?«

»Anscheinend«, sagte Mr Sattersway.

»Und alles spricht für eine andere Frau«, fuhr Bristow fort, »da die schöne Witwe nicht wieder geheiratet hat. Ich hasse Frauen«, fügte er kalt hinzu.

Mr Sattersway lächelte ein wenig; Frank Bristow sah es jedoch.

»Meinetwegen können Sie ruhig lächeln«, sagte er. »Aber es stimmt! Sie bringen alles durcheinander. Sie mischen sich ständig ein. Sie schieben sich zwischen den Mann und seine Arbeit. Sie … Ein einziges Mal bin ich einer Frau begegnet, die – na ja, interessant war sie.«

»Das habe ich mir gedacht«, sagte Mr Sattersway.

»Aber nicht so, wie Sie meinen. Ich lernte sie zufällig kennen. Wenn Sie es genau wissen wollen: in der Bahn.« Und trotzig fügte er hinzu: »Warum soll man nicht auch in der Bahn Leute kennenlernen?«

»Sicher«, sagte Mr Sattersway besänftigend. »Es ist völlig egal, ob in der Bahn oder sonst wo.«

»Ich kam damals aus dem Norden zurück. Wir hatten das Abteil für uns allein. Wieso, weiß ich nicht mehr, aber wir fingen an, uns zu unterhalten. Ihren Namen kenne ich nicht, und wahrscheinlich werde ich sie wohl auch nie wiedersehen. Ich bin mir, nebenbei gesagt, gar nicht klar, ob ich es überhaupt will. Vielleicht ist es schade.« Er schwieg und versuchte, die richtigen Worte zu finden. »Sie war so unwirklich, verstehen Sie? Schattenhaft. Wie diese Leute, die in den gälischen Märchen aus den Hügeln herauskommen.«

Mr Sattersway nickte freundlich. In seiner Phantasie konnte er sich das Bild gut vorstellen. Der sehr positive und realistische Bristow und eine Gestalt, die silbrig und gespenstisch war – schattenhaft, wie Bristow sie genannt hatte.

»Ich glaube, dass man so nur werden kann, wenn irgendetwas Entsetzliches passiert ist, etwas so Entsetzliches, dass es fast unerträglich ist. Vielleicht flieht man aus der Realität in eine halbwirkliche Welt, die man sich selbst gezimmert hat, und nach einiger Zeit kann man dann natürlich nicht wieder zurück.«

»Was hatte sie denn erlebt?«, fragte Mr Sattersway neugierig.

»Das weiß ich nicht«, sagte Bristow. »Erzählt hat sie mir nichts. Ich vermute es nur. Wenn man irgendetwas verstehen will, ist man immer nur auf Vermutungen angewiesen.«

»Ja«, sagte Mr Sattersway. »Man ist auf Vermutungen angewiesen.«

Er blickte auf, als sich die Tür öffnete. Schnell und voller Erwartung blickte er auf, aber die Worte des Butlers enttäuschten ihn.

»Eine Dame, Sir, möchte Sie in einer sehr dringenden Angelegenheit sprechen. Miss Aspasia Glen.«

Leicht erstaunt erhob sich Mr Sattersway. Der Name Aspasia Glen war ihm bekannt. Wer in London kannte ihn nicht? Als »Frau mit der Schärpe« war sie in einer Reihe von Matineen aufgetreten, die sie allein bestritt und mit denen sie London im Sturm erobert hatte. Mit Hilfe ihrer Schärpe hatte sie verschiedene Charaktere dargestellt. Nacheinander hatte die Schärpe den Schleier einer Nonne, den Kopfputz einer Bäuerin und hundert andere Dinge verkörpert, und bei jeder Darstellung war Aspasia Glen ein vollkommen und restlos anderes Geschöpf gewesen. Als Künstlerin zollte Mr Sattersway ihr großen Beifall. Zufälligerweise hatte er nie ihre Bekanntschaft gemacht. Ein Besuch zu dieser ungewöhnlichen Stunde erregte also seine größte Neugierde. Mit einigen Worten der Entschuldigung verließ er das Zimmer und ging durch die Diele in das Wohnzimmer. Miss Glen saß genau in der Mitte eines Sofas, das mit Goldbrokat bezogen war. Auf diese Weise beherrschte sie den ganzen Raum. Mr Sattersway merkte sofort, dass sie die Absicht hatte, sich die Situation nicht aus der Hand nehmen zu lassen. Seltsamerweise verspürte er im ersten Moment nur Abneigung. Er war ein ernsthafter Bewunderer von Aspasia Glens Kunst gewesen. Soweit ihre Persönlichkeit über die Rampe hinausgedrungen war, hatte er sie für reizend und sympathisch gehalten. Sehnsüchtig und reizvoll, aber nicht herrisch hatte sie gewirkt. Jetzt, von Angesicht zu Angesicht, bekam er jedoch einen völlig anderen Eindruck. Sie hatte etwas Hartes, Freches und Gezwungenes an sich. Groß und dunkel war sie, und ihr Alter schätzte er auf fünfunddreißig. Sie sah zweifellos sehr gut aus, und diese Tatsache nutzte sie deutlich aus.

»Sie müssen meinen Besuch zu dieser unpassenden Zeit verzeihen, Mr Sattersway«, sagte sie. Ihre Stimme war voll, farbig und verführerisch. »Ich will nicht behaupten, dass ich mich schon seit langem danach gesehnt hätte, Sie kennenzulernen, aber trotzdem freue ich mich über den Anlass, der mich hierherführte. Und dass es gerade heute Abend ist …« Sie lachte. »Mein Gott, wenn ich etwas haben will, kann ich einfach nicht warten. Wenn ich etwas haben will, muss ich es sofort haben!«

»Jeder Anlass, der eine so charmante Dame in mein Haus führt, ist mir willkommen«, sagte Mr Sattersway auf altmodisch galante Weise.

»Wie reizend Sie zu mir sind«, sagte Aspasia Glen.

»Meine liebe Dame«, sagte Mr Sattersway, »darf ich Ihnen hier und jetzt für das Vergnügen danken, das Sie mir oft geschenkt haben, auf meinem Platz im Parkett.«

Sie lächelte ihn entzückt an.

»Ich will auch gleich zum Thema kommen. Ich war heute in den *Harchester Galleries*. Und dort sah ich ein Bild, ohne das ich einfach nicht mehr sein kann. Ich wollte es kaufen, aber das ging nicht, weil Sie es bereits gekauft haben. Deshalb …« Sie machte eine Pause. »Lieber Mr Sattersway, ich muss es einfach haben! Mein Scheckheft habe ich mitgebracht.« Hoffnungsvoll sah sie ihn an. »Jeder hat mir gesagt, wie furchtbar nett Sie sind. Und zu mir ist jeder sowieso nett, verstehen Sie! Für mich selbst ist es zwar sehr schwierig – aber so ist es nun einmal.«

Das also waren Aspasia Glens Methoden. Innerlich blieb Mr Sattersway dieser so überbetont weiblichen Art gegenüber kalt und kritisch; dasselbe galt für ihre Art, das verwöhnte Kind zu spielen. Wahrscheinlich sollte es ihn reizen, aber das tat es nicht. Aspasia Glen hatte einen Fehler begangen. Sie hatte ihn wie einen älteren Dilettanten behandelt, der von einer hübschen Frau leicht zu umschmeicheln ist. Hinter Mr Sattersways galanter Art verbarg sich jedoch ein gescheiter und kritischer Verstand. Er sah die Menschen ziemlich genau so, wie sie in Wirklichkeit waren, und nicht, wie sie sein wollten. Und so sah er nicht eine charmante Frau vor sich, die ihn um die Erfüllung einer Laune bat, sondern eine rücksichtslose Egoistin, die entschlossen war, ihren Willen aus irgendeinem Grunde, der ihm verborgen blieb, durchzusetzen. Aber er wusste sehr genau, dass Aspasia Glen ihren Willen diesmal nicht durchsetzen würde. Er würde das Bild des toten Harlekin nicht an sie ausliefern. Fieberhaft suchte er in seinen Gedanken nach der besten Möglichkeit, ihr auszuweichen, ohne sie allzu sehr zu verletzen.

»Ich bin überzeugt«, sagte er, »dass jeder Ihnen entgegenkommt, so gut er kann, und das mit größtem Vergnügen.«

»Dann wollen Sie mir das Bild also überlassen?«

Langsam und bedauernd schüttelte Mr Sattersway den Kopf. »Das ist, fürchte ich, leider unmöglich. Sehen Sie …« Er schwieg einen Augenblick. »Ich habe das Bild für eine Dame gekauft. Es soll ein Geschenk sein.«

»Ach! Aber sicherlich …«

Das Telefon auf dem Tisch läutete. Mit einer gemurmelten Entschuldigung nahm Mr Sattersway ab. Eine Stimme meldete sich, eine kalte kleine Stimme, die sehr entfernt klang.

»Kann ich bitte Mr Sattersway sprechen?«

»Am Apparat.«

»Hier ist Lady Charnley, Alix Charnley. Wahrscheinlich erinnern Sie sich nicht mehr an mich, Mr Sattersway, da wir uns vor vielen Jahren zum letzten Mal gesehen haben.«

»Meine liebe Alix. Natürlich erinnere ich mich an Sie!«

»Ich möchte Sie nämlich um etwas bitten: Ich war heute in den *Harchester Galleries*, und da hing ein Bild mit dem Titel *Der tote Harlekin*. Vielleicht haben Sie es wiedererkannt: Es ist das Terrassenzimmer von *Charnley*. Ich … ich würde das Bild gern haben. Es ist an Sie verkauft worden.« Sie verstummte. »Mr Sattersway, ich möchte dieses Bild aus ganz bestimmten Gründen besitzen. Wollen Sie es mir verkaufen?«

Mr Sattersway dachte: Das ist wirklich wie ein Wunder. Und als er antwortete, war er dankbar, dass Aspasia Glen nur die eine Seite der Unterhaltung hören konnte. »Wenn Sie mein Geschenk annehmen, liebe Alix, würde es mich sehr glücklich machen.« Hinter sich hörte er einen Aufschrei und fuhr herum. »Ich habe es für Sie gekauft, wirklich. Aber hören Sie zu, meine liebe Alix, ich möchte Sie um einen sehr großen Gefallen bitten. Wenn Sie mir den erfüllen könnten?«

»Natürlich, Mr Sattersway! Ich bin Ihnen so dankbar!«

»Ich möchte, dass Sie zu mir kommen, möglichst sofort.«

Es folgte eine kurze Pause, und dann antwortete sie ruhig: »Ich komme sofort.«

Mr Sattersway legte den Hörer auf.

Schnell und ärgerlich sagte Miss Glen: »Ging es um das Bild, über das wir sprachen?«

»Ja«, sagte Mr Sattersway, »und die Dame, der ich es schenke, wird in wenigen Minuten herkommen.«

Plötzlich erstrahlte Aspasia Glens Gesicht in einem neuen Lächeln.

»Geben Sie mir die Chance, dass ich sie zu überreden versuche, mir das Bild zu überlassen?«

»Ich gebe Ihnen die Chance, sie zu überreden.«

Innerlich war er seltsam erregt. Er befand sich im Mittelpunkt eines Dramas, das wie von selbst einem vorbestimmten Ende zustrebte. Er, der Zuschauer, spielte eine Hauptrolle. Er wandte sich an Miss Glen. »Wollen Sie mich bitte hinüberbegleiten? Ich würde Sie gern mit meinen Freunden bekanntmachen.«

Er hielt ihr die Tür auf, und nachdem sie die Diele durchquert hatte, öffnete er die Tür des Raucherzimmers.

»Miss Glen«, sagte er, »darf ich Ihnen einen alten Freund, Oberst Monckton, vorstellen. Und das ist Mr Bristow, der Maler des Bildes, das Sie so bewundern.« Dann stutzte et, als sich eine dritte Gestalt aus dem Sessel erhob, der bisher unbesetzt neben seinem eigenen gestanden hatte.

»Ich glaube, Sie haben mich heute Abend erwartet«, sagte Mr Quin. »Während Ihrer Abwesenheit habe ich mich Ihren Freunden selbst vorgestellt. Ich bin so froh, dass es mir möglich war, doch noch vorbeizukommen.«

»Mein lieber Freund«, sagte Mr Sattersway, »ich ... ich habe getan, was mir möglich war, aber ...« Er verstummte angesichts des spöttischen Ausdrucks in Mr Quins Augen. »Wenn ich bekanntmachen darf: Mr Harley Quin – Miss Aspasia Glen.«

War es Einbildung, oder war sie wirklich ein wenig zusammengefahren? Ein neugieriger Ausdruck huschte über ihr Gesicht. Plötzlich machte Bristow sich lauthals bemerkbar. »Jetzt habe ich es!«

»Was haben Sie?«

»Jetzt weiß ich, was mich irritierte. Es ist die Ähnlichkeit – eine deutliche Ähnlichkeit!« Gebannt starrte er

Mr Quin an. »Sehen Sie es auch?« Er hatte sich an Mr Sattersway gewandt. »Sehen Sie nicht die Ähnlichkeit mit dem Harlekin meines Bildes – mit dem Mann, der durch das Fenster schaut?«

Dieses Mal war es keine Einbildung. Deutlich hörte er, wie Miss Glen tief einatmete, und er sah, dass sie einen Schritt zurückwich.

»Ich erwähnte bereits, dass ich noch jemanden erwartete«, sagte Mr Sattersway. Er sprach mit einer Art von Triumph. »Allerdings muss ich dabei sagen, dass mein Freund Quin ein höchst ungewöhnlicher Mensch ist. Er kann Geheimnisse entwirren. Er bringt es fertig, gewisse Dinge sichtbar werden zu lassen.«

»Sind Sie ein Medium, Sir?«, fragte Monckton, der Mr Quin zweifelnd betrachtete.

Mr Quin lächelte und schüttelte langsam den Kopf.

»Mr Sattersway übertreibt«, sagte er ruhig. »Einmal oder auch zweimal hat er, als ich mit ihm zusammen war, auf wirklich ungewöhnliche Art bestimmte Folgerungen gezogen. Warum er diese Erfolge ausgerechnet mir in die Schuhe schieben will, ahne ich nicht. Wahrscheinlich aus Bescheidenheit.«

»Nein, nein«, sagte Mr Sattersway erregt. »Das stimmt nicht. Sie sorgten dafür, dass ich plötzlich Dinge sah – Dinge, die ich längst hätte gesehen haben sollen, die ich tatsächlich auch gesehen hatte, ohne jedoch zu wissen, dass ich sie sah.«

»Das klingt verteufelt kompliziert«, sagte Monckton.

»Aber überhaupt nicht«, erklärte Mr Quin. »Die einzige Schwierigkeit liegt darin, dass wir nicht zufrieden sind, irgendetwas zu sehen, wir wollen vielmehr den Dingen, die wir sehen, eine falsche Auslegung unterschieben.«

Aspasia Glen wandte sich an Bristow.

»Ich möchte gern wissen«, sagte sie nervös, »wie Sie auf die Idee gekommen sind, das Bild zu malen.«

Bristow zuckte die Schultern. »Das weiß ich nicht genau«, gestand er. »Irgendetwas am Haus – an *Charnley*, meine ich – fesselte meine Phantasie. Der große leere Raum. Draußen die Terrasse, die Vorstellung von Gespenstern und ähnlichen Dingen, nehme ich an. Gerade eben habe ich die Geschichte des letzten Lord Charnley gehört, der sich erschoss. Angenommen, man ist tot, und der Geist lebt weiter? Merkwürdig muss das sein, verstehen Sie? Man kann auf der Terrasse stehen und durch das Fenster seinen eigenen Leichnam sehen, und man würde alles sehen.«

»Was meinen Sie damit?«, sagte Aspasia Glen. »Wieso sehen?«

»Ach Gott, man würde sehen, was geschieht. Man würde sehen …«

Die Tür öffnete sich, und der Butler meldete Lady Charnley.

Mr Sattersway ging ihr entgegen. Seit nahezu neunzehn Jahren hatte er sie nicht gesehen. Er erinnerte sich nur an sie, wie sie damals gewesen war: ein lebhaftes, strahlendes Mädchen, und jetzt sah er eine erstarrte Frau. Sehr blond, sehr blass und mit einem Gang, als schwebe sie, ähnlich einer Schneeflocke, die von einem eisigen Wind getrieben wird. Etwas Unwirkliches lag über ihr, kühl, fern.

»Es ist reizend von Ihnen, dass Sie gekommen sind«, sagte Mr Sattersway.

Er führte sie zu den anderen. Mit einer flüchtigen Bewegung deutete sie an, dass sie Miss Glen kenne, aber Aspasia Glen reagierte nicht.

»Es tut mir leid«, murmelte Lady Charnley, »aber irgendwo muss ich Ihnen schon einmal begegnet sein, nicht wahr?«

»Vielleicht im Theater«, sagte Mr Sattersway. »Das ist Miss Aspasia Glen, Lady Charnley.«

»Ich freue mich sehr, Sie kennenzulernen, Lady Charnley«, sagte Aspasia Glen. Ihre Stimme hatte plötzlich einen leichten amerikanischen Akzent. Mr Sattersway wurde an einen ihrer Bühnenauftritte erinnert.

»Oberst Monckton kennen Sie«, fuhr Mr Sattersway fort.

»Das hier ist Mr Bristow.«

Er merkte plötzlich, dass sich ihre Wangen leicht röteten.

»Mr Bristow und ich kennen uns ebenfalls«, sagte sie und lächelte leise. »Von einer Bahnfahrt.«

»Und Mr Harley Quin.«

Er beobachtete sie gespannt, aber diesmal deutete nichts darauf hin, dass sie ihr Gegenüber erkannte. Er schob ihr einen Sessel zurecht, und nachdem er sich ebenfalls gesetzt hatte, räusperte er sich und war ein wenig aufgeregt.

»Ich ... das hier ist wirklich eine ungewöhnliche Versammlung. Ihr Mittelpunkt ist das Bild. Ich glaube, wenn wir wollten, könnten wir jetzt die – die Dinge aufklären.«

»Wollen Sie etwa eine Séance abhalten, Sattersway?«, fragte Monckton. »Sie sind heute Abend wirklich etwas merkwürdig.«

»Nein«, sagte Mr Sattersway, »eine Séance eigentlich nicht. Aber mein Freund Quin glaubt – und ich stimme darin überein –, dass man durch einen Rückblick in die Vergangenheit die Dinge so sehen kann, wie sie wirklich waren, und nicht so, wie sie schienen.«

»In die Vergangenheit?«, fragte Lady Charnley.

»Ich spreche vom Selbstmord Ihres Mannes, Alix. Ich weiß, dass es Sie schmerzt …«

»Nein«, sagte Alix Charnley, »es schmerzt nicht mehr. Nichts schmerzt mich mehr.«

Mr Sattersway musste an Bristows Worte denken: »Sie war so unwirklich, verstehen Sie. Schattenhaft. Wie diese Leute, die in den gälischen Märchen aus den Hügeln herauskommen.«

»Schattenhaft« hatte er sie genannt. Das passte ganz genau. Ein Schatten, das Abbild einer anderen. Wo aber war dann die reale Alix? Und sein Verstand antwortete sofort: in der Vergangenheit. Durch vierzehn Jahre von uns getrennt.

»Meine Liebe«, sagte er, »Sie erschrecken mich. Sie ähneln der weinenden Frau mit dem silbernen Krug.«

Irgendetwas zersplitterte. Die Kaffeetasse, die auf dem Tisch neben Aspasia Glen gestanden hatte, lag in Scherben auf dem Fußboden. Mit einer Handbewegung schnitt Mr Sattersway ihre Entschuldigung ab. Er überlegte: Wir kommen näher, wir kommen mit jeder Minute näher – aber wem näher?

»Wandern wir mit unseren Gedanken zu jenem Abend vor vierzehn Jahren zurück«, sagte er. »Lord Charnley verübte Selbstmord. Aus welchem Grund? Niemand weiß es.«

Lady Charnley wurde unruhig.

»Lady Charnley weiß es«, sagte Frank Bristow unvermittelt.

»Unsinn«, sagte Monckton, verstummte dann jedoch und sah sie mit gerunzelter Stirn neugierig an.

Sie blickte zu dem Künstler hinüber. Es war, als würde

er die Worte aus ihr herauslocken. Sie nickte langsam, und ihre Stimme war wie eine Schneeflocke: kalt und weich.

»Ja, Sie haben recht. Ich weiß es wirklich. Deswegen kann ich auch, solange ich lebe, nie mehr nach *Charnley* zurück. Deswegen erklärte ich auch, dass es unmöglich sei, als Dick, mein Sohn, wollte, dass wir wieder dort wohnen sollten.«

»Wollen Sie uns den Grund verraten, Lady Charnley?«, sagte Mr Quin.

Sie blickte ihn an. Dann begann sie ruhig.

»Wenn Sie wollen, will ich es Ihnen erzählen. Heute scheint alles nicht mehr so wichtig zu sein. Ich fand unter seinen Papieren einen Brief, den ich dann vernichtete.«

»Was für einen Brief?«, fragte Mr Quin.

»Den Brief des Mädchens. Sie war als Gouvernante bei den Merriams. Er hatte – er hatte mit ihr ein Verhältnis, vor unserer Hochzeit, als wir bereits verlobt waren. Und sie war schwanger geworden. Das hatte sie ihm geschrieben, und dass sie mir alles erzählen wollte. Und da hat er sich erschossen.« Müde sah sie die anderen an. Sie wirkte verträumt wie ein Kind, das eben eine Lektion aufgesagt hat, die es nur allzu gut kennt.

Monckton schnaubte durch die Nase.

»Mein Gott«, sagte er, »so also war es! Na ja, das erklärt allerdings alles.«

»Wirklich?«, sagte Mr Sattersway. »Eines erklärt es immerhin nicht: Es erklärt nicht, warum Mr Bristow dieses Bild gemalt hat.«

»Was soll das heißen?«

Mr Sattersway blickte Mr Quin an, als suche er bei ihm Unterstützung, und offenbar erhielt er sie, denn er fuhr fort: »Ja, ich weiß selbst, dass es in Ihren Ohren verrückt klingt, aber das Bild ist der Brennpunkt der ganzen Sache. Wegen dieses Bildes sind wir alle heute Abend hierhergekommen. Das Bild musste geradezu gemalt werden – das ist es, was ich sagen will.«

»Sie meinen damit den unheimlichen Einfluss des Eichenzimmers«, begann Monckton.

»Nein«, sagte Mr Sattersway. »Nicht den des Eichenzimmers, sondern den des Terrassenzimmers. Darum geht es doch! Der Geist des Toten stand draußen vor dem Fenster, blickte hinein und sah seinen eigenen Leichnam auf dem Boden liegen.«

»Was ihm gar nicht möglich war«, sagte der Oberst, »weil die Leiche im Eichenzimmer lag.«

»Angenommen, sie lag genau dort«, sagte Mr Sattersway. »Angenommen, sie lag genau dort, wo Mr Bristow sie sah – wo er sie in seiner Vorstellung sah, meine ich: auf den schwarz-weißen Marmorfliesen vor dem Fenster.«

»Jetzt reden Sie Unsinn«, sagte Monckton. »Wenn es wirklich so gewesen ist, hätten wir sie doch nicht im Eichenzimmer gefunden.« »Es sei denn, irgendjemand hat sie dorthin gebracht«, sagte Mr Sattersway.

»Aber wie hätten wir in diesem Fall sehen können, wie Charnley in das Eichenzimmer ging?«, fragte Monckton.

»Sein Gesicht haben Sie doch nicht gesehen, nicht wahr?«, erkundigte Sattersway sich. »Damit will ich Folgendes sagen: Sie sahen vermutlich, dass ein Mann, der ein Maskenkostüm trug, in das Eichenzimmer ging.«

»Ein Kostüm aus Brokat und eine Perücke«, sagte Monckton.

»Sehr richtig. Und Sie glaubten, es wäre Lord Charnley, weil das Mädchen ihn mit Lord Charnleys Namen rief.«

»Und weil, als wir wenige Minuten später die Tür aufbrachen, nur der tote Lord Charnley im Eichenzimmer war. Darum kommen Sie nicht herum, Sattersway.«

»Nein«, sagte Mr Sattersway niedergeschlagen. »Nein – es sei denn, dass sich irgendwo ein Versteck befand.«

»Haben Sie nicht vorhin etwas von einem Priesterversteck erzählt, das sich in diesem Zimmer befindet?«, unterbrach Frank Bristow ihn. »Aha!«, rief Mr Sattersway. »Angenommen …« Mit einer Handbewegung bat er um Ruhe, stützte seine Stirn in die andere Hand und fing an, langsam und zögernd zu sprechen.

»Ich habe eine bestimmte Vorstellung – vielleicht ist es nur Phantasie, aber ich glaube, es hängt damit zusammen. Angenommen, irgendjemand hätte Lord Charnley erschossen. Im Terrassenzimmer erschossen. Dann schleift er – ohne eine andere Person – die Leiche in das Eichenzimmer. Er legt den Toten hin, die Pistole dicht neben seine rechte Hand. Jetzt kommen wir zum nächsten Schritt. Es darf nicht der geringste Zweifel daran aufkommen, dass Lord Charnley Selbstmord verübt hat. Ich glaube, das konnte ziemlich einfach bewerkstelligt werden. Der Mann trägt das gleiche Kostüm wie Charnley und geht in Kostüm und Perücke durch die Diele zur Tür des Eichenzimmers, und um ganz sicher zu sein, ruft jemand vom oberen Ende der Treppe ihn an, und zwar mit Lord Charnleys Namen. Er verschwindet im Zimmer, schließt beide Türen ab und feuert dann einen Schuss in die Täfelung. Wenn Sie sich erinnern, befanden sich in der Täfelung verschiedene Einschüsse, sodass ein weiterer nicht auffiel. Dann versteckt der Mann sich in aller Ruhe in der Geheimkammer. Die Türen werden aufgebrochen, und die Leute stürzen hinein. Es scheint sicher zu sein, dass Lord

Charnley Selbstmord verübt hat. Eine andere Hypothese wird nicht einmal in Betracht gezogen.«

»Das ist doch alles nur Geschwätz«, sagte Monckton. »Sie vergessen, dass Charnley ein ausreichendes Motiv hatte, um Selbstmord zu begehen.«

»Ja – einen Brief, der später gefunden wurde«, sagte Mr Sattersway. »Ein erlogener, grausamer Brief, geschrieben von einer sehr gescheiten und skrupellosen kleinen Schauspielerin, die die feste Absicht hatte, selbst Lady Charnley zu werden.«

»Was meinen Sie damit?«

»Ich meine das Mädchen, das sich mit Hugo Charnley zusammengetan hatte«, sagte Mr Sattersway. »Sie wissen doch, Monckton, und jeder weiß es, dass Hugo Charnley ein Lump war. Er glaubte, auf diese Weise würde er den Titel erben.« Unvermittelt wandte er sich an Lady Charnley. »Wie hieß das Mädchen, das den Brief geschrieben hatte?«

»Monica Ford«, sagte Lady Charnley.

»War es vielleicht Monica Ford, Monckton, die damals von der Treppe aus Lord Charnleys Namen rief?«

»Ja, richtig – jetzt, wo Sie davon sprechen, glaube ich fast, dass sie es war.«

»Nein, das ist unmöglich«, sagte Lady Charnley. »Ich – ich bin wegen der Geschichte bei ihr gewesen. Sie sagte, es stimme wirklich. Ich habe sie nachher zwar nur ein einziges Mal gesehen, aber ich bin überzeugt, dass sie das alles nicht gespielt hat.«

Mr Sattersway blickte zu Aspasia Glen hinüber.

»Ich persönlich halte es sehr wohl für möglich«, sagte er ruhig. »Ich glaube, dass sie die Anlagen zu einer großartigen Schauspielerin hatte.«

»Es gibt aber einen Punkt, den Sie noch nicht geklärt haben«, sagte Frank Bristow. »Auf dem Boden des Terrassenzimmers hätten Blutspuren sein müssen. So schnell hätte man sie wohl kaum beseitigen können.«

»Nein«, gab Mr Sattersway zu, »aber etwas anderes konnten sie tun – eine Sache, die nur wenige Sekunden Zeit beanspruchte: Sie konnten den Buchara über die Blutspuren legen. Kein Mensch dürfte gesehen haben, dass der Buchara schon vorher im Terrassenzimmer gelegen hatte, nicht wahr?«

»Ich glaube, Sie haben recht«, sagte Monckton. »Aber irgendwann mussten die Blutflecken trotzdem beseitigt werden.«

»Ja«, sagte Mr Sattersway, »mitten in der Nacht. Eine Frau ging um diese Zeit mit einem Krug und einer Schüssel hinunter und wischte die Blutspuren auf, ohne dass es auffiel.«

»Und wenn sie dabei gesehen worden wäre?«

»Das wäre bedeutungslos gewesen«, sagte Mr Sattersway. »Außerdem spreche ich jetzt von dem, was tatsächlich geschah. Ich sagte ausdrücklich: eine Frau mit einem Krug und einer Schüssel. Wenn ich jedoch von einer weinenden Frau mit einem silbernen Krug gesprochen hätte, wäre das der Eindruck gewesen, den irgendein Beobachter gehabt hätte.« Er erhob sich und ging zu Aspasia Glen hinüber. »So war es doch, nicht wahr?«, sagte er. »Man nennt Sie heute die Frau mit der Schärpe, und damals spielten Sie Ihre erste Rolle: die weinende Frau mit dem silbernen Krug. Deswegen haben Sie gerade eben auch die Kaffeetasse vom Tisch gestoßen. Sie bekamen es mit der Angst, als Sie das Bild sahen. Sie glaubten, irgendjemand wisse Bescheid.«

Anklagend streckte Lady Charnley ihre Hand aus.

»Monica Ford«, rief sie. »Jetzt erkenne ich sie wieder!«

Aspasia Glen sprang auf. Mit einer Handbewegung schob sie den kleinen Mr Sattersway beiseite und blieb bebend vor Mr Quin stehen.

»Also habe ich doch recht gehabt! Einer hat es tatsächlich gewusst! Oh, dieses dumme Getue hat mich nicht täuschen können. Diese angeblichen Überlegungen und Folgerungen.« Sie zeigte auf Mr Quin. »Sie sind damals da gewesen. Sie waren es, der draußen vor dem Fenster stand und hereinsah. Sie haben gesehen, was wir machten – wir, Hugo und ich. Ich habe genau gewusst, dass jemand hereinsah. Die ganze Zeit hatte ich es gespürt. Aber als ich den Kopf hob, war niemand zu sehen. Ich wusste, dass wir beobachtet wurden. Einmal dachte ich, ich hätte gesehen, wie am Fenster ein Gesicht auftauchte. Die ganzen Jahre hat es mich gequält. Und dann sah ich das Bild, auf dem Sie am Fenster stehen, und ich erkannte Ihr Gesicht wieder. Sie haben es also die ganzen Jahre gewusst. Warum brechen Sie jetzt das Schweigen? Das möchte ich gern noch wissen!«

»Vielleicht, damit der Tote in Frieden ruhen kann«, sagte Mr Quin. Plötzlich drehte Aspasia Glen sich um und rannte zur Tür; dort blieb sie einen Augenblick stehen und rief herausfordernd: »Macht meinetwegen, was ihr wollt! Für das, was ich eben gesagt habe, gibt es jetzt weiß Gott genügend Zeugen. Aber mir ist alles egal – alles. Ich habe Hugo geliebt und ihm bei dieser widerlichen Sache geholfen; später hat er mich dafür hinausgeworfen. Letztes Jahr ist er gestorben. Ihr könnt die Polizei ruhig auf meine Spur setzen, wenn ihr wollt – aber denkt daran, was dieser kleine Mann gesagt hat: Ich bin eine ziemlich gute Schauspielerin. Sie werden es nicht leicht haben, mich zu finden!« Krachend schlug die Tür hinter ihr zu, und einen Augenblick später hörten sie auch, dass die Haustür zugeschlagen wurde.

»Reggie«, rief Lady Charnley. »Reggie!« Die Tränen liefen ihr über das Gesicht. »Oh, mein Lieber, mein Lieber – jetzt kann ich nach *Charnley* zurück. Jetzt kann ich mit Dick dort wohnen. Ich kann ihm erzählen, was sein Vater war: der feinste, der großartigste Mann der Welt!

»Wir sollten ernsthaft beraten, was in dieser Angelegenheit unternommen werden muss«, sagte Monckton. »Alix, meine Liebe, wenn du erlaubst, dass ich dich jetzt nach Hause bringe, würde ich wegen dieser Sache gern noch ein paar Worte mit dir wechseln.«

Lady Charnley erhob sich. Sie kam zu Mr Sattersway, legte beide Hände auf seine Schultern und küsste ihn flüchtig.

»Wenn man so lange tot war, ist es wunderbar, wieder zu leben«, sagte sie. »Es war, als wäre ich tot, verstehen Sie? Ich danke Ihnen, lieber Mr Sattersway.« Sie verließ das Zimmer zusammen mit Monckton. Mr Sattersway sah ihnen nach. Ein Knurren von Frank Bristow, der völlig in Vergessenheit geraten war, ließ ihn herumfahren.

»Sie ist ein hinreißendes Geschöpf«, sagte Bristow schwermütig. »Aber sie ist nicht annähernd so interessant wie früher«, fügte er mürrisch hinzu.

»Jetzt spricht der Künstler«, sagte Mr Sattersway.

»Stimmt es etwa nicht?«, sagte Mr Bristow. »Wahrscheinlich zeigt sie mir doch nur die kalte Schulter, wenn ich mich jemals in *Charnley* sehen lassen würde. Ich gehe nicht gern dahin, wo ich unerwünscht bin.«

»Mein lieber junger Freund«, antwortete Mr Sattersway, »wenn Sie etwas weniger an den Eindruck denken würden,

den Sie auf andere Leute machen, wären Sie meiner Ansicht nach weiser und glücklicher. Außerdem würde es Ihnen guttun, wenn Sie einige Ihrer überholten Vorstellungen aufgäben – etwa die, dass die Herkunft unter den heutigen Bedingungen noch etwas bedeutet. Sie gehören zu diesen großen, breitschultrigen jungen Männern, die in den Augen der Frauen immer gut aussehen, und möglicherweise, wenn nicht sogar bestimmt, sind Sie ungeheuer begabt. Das alles brauchen Sie sich nur jeden Abend, vor dem Schlafengehen, zehnmal vorzusagen, damit Sie Lady Charnley in drei Monaten besuchen können. Das ist es, was ich Ihnen rate, und ich bin immerhin ein alter Mann, der beträchtliche Erfahrungen gesammelt hat.«

Ein reizendes Lächeln erschien auf dem Gesicht des Malers.

»Sie sind verdammt nett zu mir gewesen«, sagte er plötzlich. Er ergriff Mr Sattersways Hand und umklammerte sie mit kräftigem Griff. »Ich bin Ihnen unendlich dankbar. Aber jetzt muss ich verschwinden. Sehr herzlichen Dank für einen der ungewöhnlichsten Abende, die ich je erlebt habe.«

Er schaute sich um, als wolle er sich noch von jemand anders verabschieden, und stutzte dann.

»Nanu, Sir, Ihr Freund ist nicht mehr da! Ich habe gar nicht gemerkt, dass er gegangen ist. Er ist wohl ein ziemlich komischer Vogel, nicht?«

»Er geht und kommt sehr plötzlich«, sagte Mr Sattersway. »Das gehört nun einmal zu seinen Eigenarten. Und man merkt nicht immer, wenn er kommt oder geht.«

»Wie ein Harlekin«, sagte Frank Bristow, »kann er sich unsichtbar machen.« Und dann lachte er schallend über seinen Witz.

Der Vogel mit dem gebrochenen Flügel

Mr Sattersway blickte in den strömenden Regen hinaus und fröstelte. Er konnte sich auf kaum ein Landhaus besinnen, das ordentlich geheizt war, aber er tröstete sich mit dem Gedanken, dass er bereits in wenigen Stunden im Zug nach London sitzen würde. Wenn man die sechzig überschritten hatte, fühlte man sich in London am wohlsten.

In diesem Haus voller junger Menschen kam er sich alt und etwas verloren vor. Vier der jungen Leute waren gerade in die Bibliothek gegangen, um sich mit Tischrücken die Zeit zu vertreiben. Sie hatten ihn zum Mitmachen aufgefordert, aber er hatte abgelehnt. Er fand das eintönige Aufzählen des Alphabets und das Durcheinander von bedeutungslosen Worten, das gewöhnlich dabei herauskam, nicht gerade unterhaltend.

Ja, in London war er am besten aufgehoben! Wie gut, dass er sich von Madge Keeley nicht hatte überreden lassen, als sie vor einer halben Stunde angerufen und ihn nach *Laidell* eingeladen hatte. Gewiss, sie war eine reizende junge Person, aber London war für ihn doch am besten.

Während Mr Sattersway fröstelnd vor dem Fenster stand, fiel ihm der Kamin in der Bibliothek ein, in dem meist ein anständiges Feuer brannte. Er öffnete die Tür und tappte vorsichtig ins verdunkelte Zimmer.

»Wenn ich nicht störe …«

»Hieß das n oder m? Wir müssen noch einmal anfangen … Nein, natürlich stören Sie nicht, Mr Sattersway! Wissen Sie, es sind schon aufregende Dinge passiert. Der Geist nennt sich Ada Spiers und sagt, dass John bald eine gewisse Gladys Bun heiraten wird.«

Mr Sattersway machte es sich in einem großen Lehnstuhl vor dem Kamin bequem. Bald fielen ihm die Augen zu, und er döste ein. Hin und wieder erwachte er und fing einige Gesprächsfetzen auf.

»P-a-b-z-l … das kann nicht stimmen, außer es ist ein Russe. John, du hast geschummelt! Doch, das habe ich gesehen! Ich glaube, dies ist ein neuer Geist.«

Wieder nickte Mr Sattersway ein. Plötzlich fuhr er aus dem Schlaf hoch. Ein Name hatte ihn geweckt.

»Ist Quin richtig?«

»Ja! Er hat einmal für ›ja‹ geklopft.«

»Quin, wollen Sie jemandem hier etwas ausrichten? Ist es etwas für mich? Für John? Für Sarah? Für Evelyn? Nein … Aber sonst ist keiner hier … Ach, haben Sie vielleicht eine Nachricht für Mr Sattersway? … Er sagt ›ja‹! Mr Sattersway, da ist eine Nachricht für Sie.«

»Was sagt er denn?«

Mr Sattersway war nun hellwach und hatte sich gespannt und erwartungsvoll in seinem Stuhl aufgerichtet.

Der Tisch wackelte, und eins der Mädchen begann mitzuzählen. »Lai … das ist doch Unsinn. Kein Wort fängt mit Lai an.«

»Weiter«, sagte Mr Sattersway so eindringlich, dass sie ohne zu fragen fortfuhren.

»Laidel … und noch ein i. Das scheint alles zu sein.«

»Weiter!«

»Würden Sie bitte weitersprechen?«

Eine Pause trat ein.

»Mehr hat er anscheinend nicht zu sagen, der Tisch rührt sich nicht. Zu dumm!«

»Nein«, sagte Mr Sattersway nachdenklich. »Für dumm halte ich das nicht.«

Er erhob sich, verließ das Zimmer, schritt geradewegs auf das Telefon zu und ließ sich mit *Laidell* verbinden.

»Kann ich Miss Keeley sprechen? Madge, sind Sie es, mein Kind? Ich muss nun doch nicht so dringend nach London zurück, wie ich dachte. Darf ich Ihre liebe Einladung noch annehmen und zu Ihnen kommen? Ja, schön … Dann bin ich kurz vor dem Abendessen da.« Seine welken Wangen waren sonderbar gerötet, als er auflegte. Mr Quin, der mysteriöse Mr Harley Quin! Mr Sattersway zählte an den Fingern ab, wie oft er mit diesem unergründlichen Mann in Berührung gekommen war. Überall, wo er auftauchte, passierte etwas. Was war in *Laidell* geschehen? Oder würde es erst noch geschehen?

Was es auch sein mochte, Mr Sattersway war überzeugt, dass er in *Laidell* gebraucht wurde.

Laidell war ein großes Haus. David Keeley, der Besitzer, gehörte zu jenen stillen, unscheinbaren Menschen, denen man meist nicht mehr Beachtung schenkte als einem Möbelstück. Jedoch stand seine Unauffälligkeit in keinem Verhältnis zu seinem Verstand. David Keeley war ein hervorragender Mathematiker und hatte ein Buch verfasst, das dem größten Teil der Menschheit immer unverständlich bleiben würde. Aber wie so vielen eminent begabten Menschen fehlte es ihm an der körperlichen und geistigen Ausstrahlung, die eine Persönlichkeit ausmachte. In seinem Bekanntenkreis nannte man ihn scherzhaft »den Unsichtbaren«. Diener übergingen ihn beim Servieren, und Gäste unter seinem eigenen Dach vergaßen ab und zu, ihn zu begrüßen oder sich von ihm zu verabschieden.

Madge, seine Tochter, war ganz anders geartet. Sie war ein prachtvoller junger Mensch, eine lebensprühende, tatkräftige Persönlichkeit; gesund an Leib und Seele und auffallend hübsch dazu.

Sie begrüßte Mr Sattersway herzlich. »Wie schön, dass Sie doch noch kommen konnten!«

»Es war sehr freundlich von Ihnen, mir meine Meinungsänderung nicht übel zu nehmen. Wie gut Sie aussehen, Madge!«

»Ach, das tue ich immer!«

»Ich weiß, und das meinte ich eigentlich auch nicht. Blühend sehen Sie aus; ja, das wollte ich sagen. Ist irgendetwas geschehen, mein Kind? Irgendetwas – hm – Besonderes?«

Sie lachte und errötete ein wenig. »Es ist wirklich schlimm mit Ihnen, Mr Sattersway. Immer erraten Sie alles!«

Er ergriff ihre Hand. »Aha! Er, der Herrlichste von allen, hat sich eingefunden!« Das klang etwas steif und altmodisch, aber Madge nahm keinen Anstoß daran. Sie fand seine altmodische Art liebenswert.

»Ja, es stimmt. Nur sollte es eigentlich noch niemand wissen. Dass Sie das Geheimnis erraten haben, macht aber nichts, Mr Sattersway. Sie sind immer so nett und verständnisvoll.«

Mr Sattersway nahm regen Anteil an den Romanzen anderer Menschen. Er war sentimental und altmodisch. »Ich darf wohl nicht fragen, wer der Glückliche ist? Nun, dann kann ich nur hoffen, dass er der Ehre, die Sie ihm erweisen, würdig ist.«

Er ist ein Schatz, der alte Mr Sattersway, dachte Madge. »Oh«, sagte sie, »ich glaube, wir werden uns fabelhaft verstehen. Wir haben so vieles gemeinsam und teilen die gleichen Interessen; das ist furchtbar wichtig, nicht wahr? Außerdem kennen wir uns schon so lange und wissen alles übereinander. Man kann ein schönes, sicheres Gefühl haben, wenn es so ist, finden Sie nicht?«

»Ohne Frage«, antwortete Mr Sattersway. »Obgleich ich nicht glaube, dass man alles über einen anderen Menschen wissen kann. Gerade das macht das Leben so abwechslungsreich und interessant.«

»Ich lasse es jedenfalls darauf ankommen«, meinte Madge lachend, während sie die Treppe hinaufgingen, um sich vor dem Essen umzukleiden.

Mr Sattersway verspätete sich, weil er seinen Diener nicht mitgebracht hatte. Er geriet immer etwas aus der Ruhe, wenn ein Fremder seine Koffer auspackte. Als er herunterkam, war die Tischgesellschaft bereits versammelt, und Madge sagte unverblümt, wie es unter jungen Menschen üblich geworden war: »Oh, da ist ja auch Mr Sattersway. Gehen wir hinein, ich bin schon am Verhungern!«

Sie schritt mit einer grauhaarigen Dame voran, einer auffallenden Erscheinung mit regelmäßigen schönen Zügen und klarer, etwas scharfer Stimme.

»Guten Abend, Sattersway«, sagte Mr Keeley.

Mr Sattersway schrak zusammen. »Guten Abend«, antwortete er. »Verzeihen Sie, ich hatte Sie nicht gesehen.«

»Das tut niemand«, bemerkte Mr Keeley trübe.

Sie betraten das Esszimmer. Am breiten Mahagonioval

des Tisches fand Mr Sattersway seinen Platz zwischen seiner jungen Gastgeberin und einem brünetten, etwas zu klein geratenen Mädchen, dessen burschikose laute Stimme und nur auf Wirkung bedachtes, klingendes Lachen ihn unangenehm berührten. Sie schien Doris zu heißen und gehörte zu dem Typ junger Mädchen, der ihm am wenigsten lag. Madges Tischnachbar war ein etwa dreißigjähriger Mann, dessen Ähnlichkeit mit der grauhaarigen Dame die beiden als Mutter und Sohn auswies.

Neben ihm ...

Mr Sattersway hielt den Atem an. Er konnte nicht genau sagen, was es war. Schönheit war es nicht. Es war viel ungreifbarer, unbestimmbarer als bloße Schönheit.

Die Frau hörte Mr Keeleys etwas schwerfälligen Ausführungen zu und hielt den Kopf dabei leicht zur Seite geneigt. Sie war da und war es doch nicht! Irgendwie schien sie aus einer leichteren Substanz gemacht zu sein als alle anderen Mitglieder der Tafelrunde. Etwas an der Haltung ihres Körpers war schön, mehr als schön. Sie sah auf und blickte Mr Sattersway eine Sekunde lang in die Augen. Plötzlich fiel ihm das Wort ein, nach dem er gesucht hatte.

Betörend – das war es! Sie war betörend! Sie hätte ein Fabelwesen sein können, eine Fee aus einem Zauberberg. Neben ihr schienen die anderen nur allzu wirklich.

Trotzdem erregte sie auf sonderbare Weise sein Mitgefühl, als sei sie behindert durch die ihr fehlende Realität. Er suchte nach einem Vergleich, der ihr gerecht würde, und fand einen: Sie war wie ein Vogel mit einem gebrochenen Flügel.

Befriedigt wandte er seine Aufmerksamkeit wieder der Unterhaltung mit Doris über Mädchenpfadfinder zu und hoffte, dass sie seine Geistesabwesenheit nicht bemerkt hatte. Als sie ein Gespräch mit ihrem anderen Tischnachbarn anfing, einem Mann, den Mr Sattersway kaum wahrgenommen hatte, wandte er sich an Madge.

»Wer ist die Dame neben Ihrem Vater?«, fragte er leise.

»Mrs Graham? Ach, nein, Sie meinen Mabelle. Kennen Sie sie nicht? Mabelle Annesley, eine geborene Clydesley, eine aus dem unglücklichen Zweig der Familie.«

Er erschrak. Ja, er erinnerte sich an die unglücklichen Clydesleys. Ein Bruder hatte sich erschossen, eine Schwester war ertrunken, und eine andere war bei einem Erdbeben umgekommen. Eine vom Unheil verfolgte Familie. Diese Frau musste die jüngste von ihnen sein.

Plötzlich riss Madge ihn aus seiner Grübelei. Während die Gespräche rundum weiterplätscherten, berührte sie seine Hand unter dem Tisch und machte eine fast unmerkliche Kopfbewegung nach links.

»Das ist er«, sagte sie.

Mr Sattersway nickte kurz zum Zeichen, dass er verstanden hatte. Also hatte sie sich den jungen Graham ausgesucht. Nun, dem ersten Eindruck nach – und Mr Sattersway war ein kluger Beobachter – hätte sie gar keine bessere Wahl treffen können. Ein angenehmer junger Mann, der mit beiden Beinen im Leben stand. Sie würden ein feines Paar abgeben: anständige, fröhliche junge Menschen, ohne Flausen im Kopf.

Nach dem Essen verließen die Damen den Raum, denn in *Laidell* hielt man noch an althergebrachten Formen fest. Mr Sattersway rückte zu Graham auf und versuchte, ihn ins Gespräch zu ziehen. Im Großen und Ganzen fand er seinen ersten Eindruck bestätigt, trotzdem schien etwas nicht recht mit dem Bild übereinzustimmen, das er sich von dem jungen Mann gemacht hatte. Roger Graham wirkte fahrig und zerstreut, und seine Hand zitterte, als er sein Glas absetzte.

Irgendwo drückt ihn der Schuh, dachte Mr Sattersway. Sicher ist alles nur halb so schlimm, wie er glaubt, aber dennoch wüsste ich gern, was ihn so beschäftigt.

Mr Sattersway pflegte nach den Mahlzeiten zwei Verdauungstabletten einzunehmen, hatte aber vergessen, sie mit herunterzubringen und musste sie aus seinem Schlafzimmer holen. Wieder im unteren Stock angekommen, ging er durch einen langen Flur auf das Wohnzimmer zu und kam dabei auf halbem Wege an einem Raum vorbei, der das Terrassenzimmer hieß. Er warf einen Blick durch die offene Tür und blieb stehen.

Das Mondlicht strömte durch die in kleine Rechtecke unterteilten Fensterscheiben und warf ein sonderbar regelmäßiges Muster auf den Fußboden. Auf der niedrigen Fensterbank saß eine leicht zur Seite geneigte Gestalt und zupfte sacht die Saiten einer Ukulele, nicht in einem Jazzrhythmus, sondern in einem uralten Takt – wie das Trappeln von Zirkuspferden, dachte Mr Sattersway.

Er blickte gebannt zu ihr hinüber. Ihr Kleid aus blauem Chiffon mutete ihn mit seinen Rüschen und Falten wie das Gefieder eines Vogels an. Sie saß über ihr Instrument gebeugt und sang mit verhaltener Stimme.

Langsam, Schritt für Schritt, ging er auf sie zu. Als sie aufblickte, war er schon beinahe an ihrer Seite, aber sie schien nicht überrascht oder erschrocken.

»Hoffentlich störe ich nicht«, sagte er.

»Setzen Sie sich doch, bitte!«

Er ließ sich auf einem polierten Eichenstuhl in ihrer Nähe nieder, und sie summte wieder leise vor sich hin.

»Heute Abend ist alles wie verzaubert«, sagte sie nach einer Weile. »Finden Sie nicht?«

Ja, es war ein seltsamer Abend.

»Die anderen haben mich gebeten, meine Ukulele zu holen«, erläuterte sie. »Aber als ich hier vorbeikam, wollte ich zuerst noch ein wenig allein sein, ganz für mich, in der Dunkelheit beim Mondschein.«

»Dann sollte ich …« Mr Sattersway hatte sich schon halb erhoben, aber sie hielt ihn zurück.

»Nein, gehen Sie nicht. Sie stören mich nicht, wirklich nicht! Eigenartig, aber Sie gehören irgendwie dazu.«

Er setzte sich wieder.

»Heute Nachmittag hatte ich auch schon ein merkwürdiges Erlebnis«, sagte sie. »Ich ging noch etwas im Wald spazieren und sah plötzlich einen Mann zwischen den Bäumen – einen großen, dunklen Mann. Einen solchen Menschen habe ich noch nie gesehen. So stellt man sich verlorene Seelen vor. Die Sonne ging gerade unter, und in diesem Licht – wie er da zwischen den Bäumen umherwanderte –, kam er mir wie eine Art Harlekin vor.«

»Ach«, sagte Mr Sattersway und beugte sich gespannt vor.

»Ich wollte ihn ansprechen, er sah einem meiner Bekannten sehr ähnlich, aber dann war er auf einmal im Dickicht verschwunden.« »Ich glaube, ich kenne ihn«, sagte Mr Sattersway. »So? Ein interessanter Mensch, nicht wahr?«

»Ja, das ist er.«

Eine Weile saßen sie stumm beieinander. Mr Sattersway überlegte, was er nun tun sollte. Das Erlebnis des Mädchens schien ein deutlicher Fingerzeig, dass er handeln sollte, und seine Aufgabe hatte sicher etwas mit diesem Mädchen zu tun – aber was? »Manchmal, wenn man unglücklich ist, möchte man allein sein«, sagte er tastend. »Ja, das ist schon wahr.« Dann begriff sie: »Ach so, Sie meinen mich? Nein, bei mir ist es genau umgekehrt. Ich wollte allein sein, weil ich glücklich bin.«

»Glücklich?«

»Schrecklich glücklich!«

Obwohl sie es leise gesagt hatte, zuckte Mr Sattersway beim Ton ihrer Stimme unwillkürlich zusammen. Was dieses sonderbare Mädchen unter Glücklichsein verstand, war offenbar ein ganz anderes Gefühl als jenes, das Madge Keeley mit demselben Worten bezeichnet hätte. Für Mabelle Annesley bedeutete Glück eine verzehrende, ungezügelte Ekstase – etwas, das über das menschliche Maß hinausging.

»Das – das wusste ich nicht«, sagte er linkisch.

»Nein, wie sollten Sie auch. Und – wirklich glücklich bin ich noch nicht. Ich weiß nur, dass ich glücklich sein werde – bald.« Sie beugte sich vor. »Ich weiß nicht, ob Sie das Gefühl kennen. Es ist, wie wenn man mitten in einem Wald umherirrt – einem großen, dichten Wald voll dunkler Schatten, und man weiß nicht, ob man je wieder hinausfindet –, und dann, ganz plötzlich, lichten sich die Bäume, und man sieht das Land seiner Träume vor sich, leuchtend und schön. Man muss nur noch ein paar Schritte tun, und man ist da.«

»So vieles sieht von weitem schön aus«, sagte Mr Sattersway. »Manche der grauenvollsten Dinge auf der Welt scheinen uns zunächst am schönsten.«

Schritte näherten sich, und Mr Sattersway wandte sich um. Ein blonder, dumm – fast stumpf – aussehender Mann stand im Türrahmen. Es war der Mann, den er bei Tisch kaum beachtet hatte; offenbar ihr Ehemann.

»Sie warten schon alle, Mabelle«, sagte er.

Bei seinem Eintritt war alle Bewegtheit auf ihrem Gesicht erloschen. »Ich komme schon, Gerard«, sagte sie ernüchtert und unbeteiligt. »Ich habe mich noch etwas mit Mr Sattersway unterhalten.«

Mr Sattersway, der ihr durch die Tür folgte, warf im Vorbeigehen einen schnellen Blick auf den Mann hinter ihm und war betroffen über den hungrigen, gepeinigten Ausdruck auf seinem Gesicht. Armer Kerl, dachte er, den hat sie auch in ihren Bann gezogen, armer Kerl!

Das Wohnzimmer war hell erleuchtet. Madge und Doris machten ihrer Ungeduld Luft: »Mabelle, du kleines Scheusal – du bist eine Ewigkeit weggewesen!«

Sie setzte sich auf einen niedrigen Hocker, stimmte ihr Instrument und begann zu singen. Die anderen fielen ein. Unglaublich, welche Unmenge schwachsinniger Liebeslieder geschrieben worden ist, dachte Mr Sattersway. Aber die rhythmischen, klagenden Melodien waren ergreifend, das musste er zugeben, wenn sie auch an einen schönen alten Walzer nicht entfernt heranreichten.

Die Luft war bereits rauchgeschwängert, und immer noch tönten die Lieder durchs Zimmer.

Keine Unterhaltung, dachte Mr Sattersway, keine gute Musik, keine Ruhe. Wenn doch die Menschen heutzutage nicht immer so grässlich laut sein würden!

Plötzlich brach Mabelle Annesley ab, lächelte ihm über die anderen hinweg zu und stimmte ein Lied von Grieg an:

»Mein Schwan – mein schöner …«

Es war eins seiner Lieblingslieder. Die Note kindlicher Überraschung am Ende gefiel ihm besonders:

»Warst nur ein Schwan denn? Ein Schwan denn?«

Der Abend näherte sich seinem Ende. Madge bot noch Getränke an, während ihr Vater die Ukulele nahm und geistesabwesend über die Saiten strich. Man wünschte sich hier und da gute Nacht und näherte sich unter letzten Gesprächen der Tür; alle redeten durcheinander. Nur Gerard Annesley schlüpfte den anderen voran unauffällig die Treppe hinauf.

Mr Sattersway wünschte Mr Graham auf dem Gang vor dem Wohnzimmer förmlich eine gute Nacht. Es gab zwei Treppen zum oberen Stock; eine in der Nähe, die andere am Ende des langen Korridors. Die letzte führte zu Mr Sattersways Zimmer hinauf, während Mrs Graham und ihr Sohn die erste Treppe benutzten, die vor ihnen bereits der stille Annesley hinaufgestiegen war.

»Nimm deine Ukulele lieber mit, Mabelle«, sagte Madge, »sonst vergisst du sie morgen noch, wo ihr so früh aufbrechen müsst.«

»Los, Mr Sattersway«, rief Doris ausgelassen und packte ihn am Arm. »Wer früh zu Bett geht, findet morgens eher aus den Federn!«

Madge hängte sich an seinen anderen Arm, und sie liefen begleitet von Doris' lautem Lachen den Gang hinunter. Am Fuß der Treppe blieben sie stehen und warteten auf Mr Keeley, der in sehr viel gesetzterem Tempo folgte und im Gehen die Lampen ausschaltete. Zu viert stiegen sie die Treppe hinauf.

Am folgenden Morgen, als Mr Sattersway gerade zum Frühstück hinunter ins Esszimmer gehen wollte, hörte er ein zaghaftes Klopfen an seiner Tür, und Madge Keeley trat ein. Sie war totenblass und zitterte am ganzen Körper.

»Oh, Mr Sattersway!«

»Liebes Kind, was ist?« Er ergriff ihre Hand.

»Mabelle – Mabelle Annesley ...«

Etwas Entsetzliches musste geschehen sein. Madge konnte es kaum aussprechen.

»Sie ... sie hat sich erhängt – letzte Nacht. An ihrer Tür. Oh, es ist zu furchtbar!« Sie brach ab und schluchzte auf.

Sie hatte sich erhängt! Unmöglich! Unbegreiflich!

Er versuchte, Madge mit einigen sanften altväterlichen Worten etwas zu beruhigen, dann eilte er die Treppe hinunter. David Keeley stand benommen und untätig in der Eingangshalle.

»Ich habe die Polizei angerufen, Sattersway«, sagte er. »Das müsste man, hat der Arzt gesagt. Er ist gerade mit der Untersuchung der ... der ... o Gott, was für eine abscheuliche Geschichte! Sie muss entsetzlich unglücklich gewesen sein ... es auf diese Weise zu tun. Eigenartig, das Lied gestern Abend. Schwan – Schwanengesang, wie? Sie sah auch aus wie ein Schwan – ein schwarzer Schwan.«

Ja.

»Schwanengesang«, wiederholte Keeley. »Sie muss es geplant haben, nicht wahr?«

»Man könnte es glauben; ja, gewiss, das könnte man denken.«

Er zögerte etwas und fragte dann, ob er die ... falls es möglich wäre ...

Sein Gastgeber verstand die gestammelte Frage. »Wenn Sie wollen? Ach ja, Sie haben ja eine Vorliebe für menschliche Tragödien.«

Er führte ihn die breite Treppe hinauf. Roger Graham bewohnte das dem oberen Treppenabsatz zunächst liegende Zimmer, und gegenüber, auf der anderen Seite des

Korridors, lag das Zimmer seiner Mutter. Durch die Tür dieses Zimmers, die angelehnt stand, kräuselte sich ein feiner Rauchfaden.

Mr Sattersway war einen Augenblick verdutzt. Er hatte Mrs Graham nicht für eine Frau gehalten, die schon so früh am Tag rauchte. Er hatte vielmehr den Eindruck gehabt, dass sie überhaupt nicht rauchte.

Sie gingen den Flur entlang und blieben vor der vorletzten Tür stehen. David Keenley trat ein, und Mr Sattersway folgte ihm.

Das Zimmer war nicht sehr groß. Offenbar hatte ein Mann hier übernachtet; männliche Kleidungsstücke lagen herum. Eine Verbindungstür führte in ein zweites Zimmer. Ein Seilende baumelte noch vom Haken an der hohen Tür. Auf dem Bett ...

Mr Sattersway blickte auf den wirren Haufen Chiffon hinab, der mehr denn je an das zerzauste Gefieder eines Vogels erinnerte. Nach einem flüchtigen Blick auf das Gesicht vermied er es, es noch einmal anzusehen.

Er musterte die Tür mit dem herabhängenden Seilende, durch die sie eingetreten waren.

»Stand sie offen?«

»Ja. Das Zimmermädchen behauptet es wenigstens.«

»Und Annesley hat im Nebenzimmer geschlafen? Hat er denn nichts gehört?«

»Nein, nichts, sagt er.«

»Beinahe unglaublich«, murmelte Mr Sattersway. Er blickte zurück auf die leblose Gestalt auf dem Bett.

»Wo ist er?«

»Wer? Annesley? Unten beim Arzt.«

Sie stiegen ins Erdgeschoss hinunter. Inzwischen war ein Polizeiinspektor eingetroffen, und Mr Sattersway begrüßte ihn angenehm überrascht als einen alten Bekannten, Inspektor Winkfield. Der Inspektor begab sich mit dem Arzt in den oberen Stock und ließ wenig später alle Mitglieder der Hausgesellschaft bitten, sich im Wohnzimmer zu versammeln.

Die Jalousien waren herabgelassen, und das ganze Zimmer wirkte begräbnishaft. Doris sah verängstigt und bedrückt aus. Ab und zu führte sie ihr Taschentuch an die Augen. Madge hatte sich wieder ganz in der Gewalt und blickte sich wachsam und energisch um. Mrs Graham saß gefasst, wie zu erwarten war, mit ernstem, unbewegtem Gesicht auf einem Stuhl. Ihr Sohn schien von der Tragödie am schwersten betroffen zu sein und wirkte an diesem Morgen völlig aufgelöst. David Keeley hielt sich wie üblich im Hintergrund.

Der unglückliche Ehemann saß etwas abseits von den anderen mit benommenem Ausdruck da, als hätte er das Geschehen noch nicht erfasst.

Mr Sattersway unterdrückte seine innere Erregung. Er wirkte äußerlich beherrscht. Nun würde er sich bald einer wichtigen Aufgabe entledigen müssen.

Inspektor Winkfield war mit Dr. Morris eingetreten, hatte die Tür hinter sich geschlossen und räusperte sich. »Dies ist ein trauriges Ereignis – ein sehr trauriges Ereignis«, begann er. »Unter den gegebenen Umständen muss ich Ihnen einige Fragen stellen und hoffe auf Ihr Verständnis. Ich möchte mit Mr Annesley anfangen. Sie werden entschuldigen, Sir, wenn ich Sie frage, aber hat Ihre Gattin je Selbstmordabsichten geäußert?«

Mr Sattersway öffnete impulsiv den Mund, schloss ihn aber wieder. Er wollte nicht voreilig sein: Was er sagen musste, hatte Zeit.

»Ich ... nein, ich glaube nicht.«

Annesleys Stimme klang so sonderbar, so unsicher, dass ihn alle verstohlen musterten.

»Sie wissen es nicht genau, Sir?« »Doch, ich bin ganz sicher.«

»Hm ... wussten Sie, dass Ihre Frau – hm – unglücklich war?«

»Nein ... nein, auch das wusste ich nicht.«

»Sie hat Ihnen also nie gesagt, dass sie, zum Beispiel, deprimiert war?«

»Ich ... nein, nichts.«

Der Inspektor mochte seine Schlüsse aus Annesleys Antworten ziehen, aber er behielt sie für sich und ging zum nächsten Punkt über. »Würden Sie mir kurz den gestrigen Abend schildern?«

»Wir ... gingen alle nach oben zu Bett. Ich schlief sofort ein und habe nichts gehört. Ich wachte heute früh vom Schrei des Zimmermädchens auf und lief nach nebenan. Da sah ich, wie meine Frau ... wie sie ...«

»Ja, das genügt. Wir brauchen das nicht weiterzuverfolgen: Wann haben Sie gestern Abend Ihre Frau zuletzt gesehen?«

»Ich ... unten.«

»Unten?«

»Ja. Wir sind alle zusammen aus dem Wohnzimmer gekommen, und ich bin gleich nach oben gegangen. Die anderen haben sich noch auf dem Flur unterhalten.«

»Und Sie haben sie danach nicht mehr gesehen? Haben Sie ihr denn nicht gute Nacht gewünscht, als sie nach oben kam?«

»Da schlief ich schon.«

»Aber sie ist doch nur ein paar Minuten nach Ihnen zu

Bett gegangen, nicht wahr, Sir?«, fragte er, zu David Keeley gewandt.

Keeley nickte.

»Sie war nach einer halben Stunde noch nicht oben«, beharrte Annesley störrisch.

Der Inspektor ließ seinen Blick langsam zu Mrs Graham hinüberschweifen. »Hat sie sich vielleicht noch eine Weile in Ihrem Zimmer mit Ihnen unterhalten, Madam?«

Täuschte sich Mr Sattersway, oder zögerte Mrs Graham wirklich einen Augenblick, bevor sie antwortete? Aber sie sprach ruhig und bestimmt. »Nein, ich bin direkt auf mein Zimmer gegangen und habe die Tür geschlossen. Gehört habe ich nichts.«

»Und Sie behaupten, Sir, Sie hätten geschlafen und nichts gemerkt? Die Verbindungstür stand doch offen.«

»Ich … ich glaube, ja«, antwortete Annesley »Aber meine Frau hätte ohnehin die andere Tür vom Korridor aus benutzt.«

»Trotzdem: Es muss gewisse Geräusche gegeben haben. Erstickungslaute, Hämmern der Fersen gegen die Tür …«

»Nein!«, unterbrach Sattersway heftig. Er konnte nicht mehr an sich halten. Unter den verblüfften Blicken der Anwesenden wurde er nervös, errötete und stotterte: »Ich … ich bitte um Entschuldigung, Inspektor. Aber ich kann nicht länger schweigen. Sie sind auf dem Holzweg, völlig auf dem Holzweg! Mrs Annesley hat sich nicht das Leben genommen. Sie ist ermordet worden: Davon bin ich fest überzeugt!«

Totenstille trat ein. Schließlich fragte Inspektor Winkfield ruhig: »Was führt Sie zu dieser Annahme?«

»Ich … es ist ein Gefühl. Ein sehr starkes Gefühl.«

»Aber, Sir, dieses Gefühl, wie Sie sagen, kann doch nicht

alles sein. Sie müssen einen bestimmten Grund für Ihre Behauptung haben.« Allerdings hatte er einen bestimmten Grund: Mr Quins geheimnisvolle Nachricht. Aber damit konnte man einem Polizeiinspektor kaum kommen. Mr Sattersway überlegte krampfhaft, wie er sich herausreden sollte. Schließlich fiel ihm etwas ein.

»Als ich mich gestern Abend mit ihr unterhielt, sagte sie, sie sei sehr glücklich. Ganz einfach: sehr glücklich. Eine Frau, die das sagt, nimmt sich nicht kurz darauf das Leben.« Und triumphierend fügte er hinzu: »Sie kehrte noch ins Wohnzimmer zurück und holte ihre Ukulele, um sie bei der Abreise heute Vormittag nicht zu vergessen. Sieht das etwa nach Selbstmord aus?«

»Nein«, gab der Inspektor zu. »Nein, eigentlich nicht.« Er wandte sich an David Keeley: »Hat sie die Ukulele mit hinaufgenommen?«

Der Hausherr dachte nach. »Doch. Als sie die Treppe hochging, hatte sie sie in der Hand. Ich entsinne mich, dass ich die Ukulele sah, als sie auf der Treppe um die Ecke bog, bevor ich das Licht hier unten ausschaltete.«

»Oh, aber jetzt liegt sie hier«, rief Madge und deutete mit dramatisch ausgestrecktem Arm auf einen Tisch.

»Merkwürdig«, sagte der Inspektor, durchquerte das Zimmer und drückte auf den Bedienungsknopf.

Der Butler erschien, bekam eine kurze Anweisung und machte sich auf die Suche nach dem Mädchen, das morgens die Zimmer aufräumte. Als sie erschien, sagte sie ohne Umschweife aus, das Instrument habe am frühen Morgen, als sie zum Staubwischen ins Zimmer gekommen sei, bereits auf dem Tisch gelegen.

Inspektor Winkfield entließ das Mädchen und bat danach ziemlich kurz angebunden auch die anderen, den

Raum zu verlassen. Er wolle Mr Sattersway einige vertrauliche Fragen stellen. Niemand dürfe sich jedoch aus dem Haus entfernen.

»Ich … ich bin sicher, Inspektor, dass Sie die Untersuchung ausgezeichnet führen. Ausgezeichnet!«, sagte Mr Sattersway hastig, sobald sich die Tür hinter den anderen geschlossen hatte. »Ich dachte nur, weil ich, wie ich schon sagte, dieses starke Gefühl hatte …«

Der Inspektor brachte ihn mit erhobener Hand zum Schweigen. »Sie hatten völlig recht, Mr Sattersway. Die Dame ist ermordet worden.«

»Sie wussten es also schon?«, fragte Mr Sattersway gekränkt.

»Gewisse Dinge gaben Dr. Morris zu denken.« Er blickte den Arzt an, der geblieben war und seine Aussage mit einem Kopfnicken bestätigte. »Wir haben alles gründlich unter die Lupe genommen und herausgefunden, dass die Frau sich nicht mit dem Strick, den sie um den Hals hatte, erhängte. Sie ist erwürgt worden, mit etwas viel Dünnerem als mit dem Strick. Vielleicht war es ein Stück Draht oder etwas Ähnliches. Unter dem Abdruck des Strickes fanden wir tiefe Einschnitte in der Haut. Der Mörder hat sie erwürgt und dann an die Tür ihres Zimmers gehängt, um Selbstmord vorzutäuschen.«

»Aber wer …?«

»Ja«, stimmte der Inspektor zu. »Wer, das ist die Frage! Was halten Sie vom Ehemann? Er schlief nebenan, er wünschte seiner Frau nicht gute Nacht und hat angeblich nichts gehört? Wir brauchen wohl nicht lange zu suchen, nehme ich an. Wir müssen nur noch herausfinden, wie die beiden zueinander standen, und dabei könnten Sie uns helfen, Mr Sattersway. Sie sind hier sozusagen Kind im

Hause und können sich besser umhören als wir. Stellen Sie fest, ob zwischen den beiden alles in Ordnung war.«

Mr Sattersway wurde förmlich. »Es gehört nicht zu meinen Gewohnheiten, meine Bekannten ...«

»Es wäre nicht das erste Mal, dass Sie uns bei einem Mordfall helfen«, unterbrach ihn der Inspektor. »Ich erinnere mich noch an den Fall von Mrs Strangeways. Sie haben Talent zu so etwas, natürliche Begabung!«

Ja, er hatte diese Begabung. »Ich werde mein Bestes tun, Inspektor«, sagte er leise.

Hatte Gerard Annesley seine Frau getötet? Hatte er das? Mr Sattersway rief sich sein gequältes Gesicht, das ihn am Abend so betroffen hatte, ins Gedächtnis zurück. Er hatte sie geliebt und an seiner Liebe gelitten. Kummer trieb manche Menschen zu den merkwürdigsten Handlungen.

Aber das war nicht alles. Es gab noch einen weiteren Punkt. Mabelle hatte gesagt, sie hätte das Gefühl, als fände sie aus einem dunklen Wald heraus und erwartete, glücklich zu werden. Aber nicht auf eine vernünftige, verständliche Weise. Glück bedeutete für sie etwas Irrationales, eine wilde Ekstase.

Falls Gerard Annesley die Wahrheit gesagt hatte, dann war Mabelle mindestens eine halbe Stunde später als er nach oben gegangen. Und doch hatte David Keeley sie auf der Treppe gesehen. In dem Flügel gab es noch zwei weitere Gastzimmer: Mrs Grahams Zimmer und das ihres Sohnes.

Ihres Sohnes. Aber er und Madge ...

Madge hätte so etwas sicher gespürt – oder doch nicht? Madge war nicht besonders einfühlsam. Trotzdem: kein Rauch ohne Feuer ...

Rauch!

Ja, er besann sich: ein dünner Rauchfaden ... aus Mrs Grahams Tür. Impulsiv stand er auf und eilte die Treppe hinauf in ihr Zimmer. Es war leer. Er zog die Tür hinter sich zu und schloss ab.

Er ging direkt zum Kamin, in dem Reste eines verkohlten Etwas lagen. Vorsichtig befühlte er es mit einem Finger. Es war ein Papierbündel – ein Stoß Briefe. Er hatte Glück: In der Mitte war nicht alles verbrannt.

Die leserlichen Fetzen waren unzusammenhängend, aber sie brachten ihn ein Stück weiter. Er entzifferte:

»Das Leben kann so wunderbar sein, Roger, mein Liebling! Ich habe bis jetzt nicht gewusst ... Mein ganzes Leben ist ein Traum gewesen, bis ich dich kennenlernte, Roger ... Gerard weiß es, glaube ich ... Es tut mir leid, aber ich kann nichts dafür. Außer dir, Roger, gibt es keine Wirklichkeit mehr für mich! Bald werden wir zusammen sein ... Was wirst du ihm in Laidell sagen, Roger? Du schreibst so unverständlich ... aber ich habe keine Angst ...«

Mr Sattersway schob die angekohlten Stücke äußerst behutsam in einen Umschlag, den er vom Schreibtisch nahm. Er schloss die Tür auf, öffnete und stand Mrs Grahams gegenüber.

Die Peinlichkeit der Situation verschlug ihm im ersten Augenblick die Sprache, dann aber entschied er sich für die Wahrheit.

»Ich habe Ihr Zimmer durchsucht, Mrs Graham, und etwas gefunden: ein Bündel nicht vollständig verbrannter Briefe.«

Mrs Graham erschrak, hatte sich aber sofort wieder in der Gewalt.

»Briefe von Mrs Annesley an Ihren Sohn.«

Einen Augenblick zögerte sie, dann antwortete sie ruhig: »Ich hielt es für richtig, sie zu verbrennen.«

»Warum?«

»Mein Sohn ist verlobt. Falls diese Briefe jetzt nach dem Selbstmord der armen Frau an die Öffentlichkeit gelangt wären, hätten sie viel Kummer und Verwirrung anrichten können.«

»Ihr Sohn hätte seine Briefe doch selbst verbrennen können.«

Darauf wusste sie keine Antwort, und Mr Sattersway bohrte weiter. »Sie haben diese Briefe also im Zimmer Ihres Sohnes gefunden, sie an sich genommen und hier verbrannt. Weshalb? Sie hatten Angst, Mrs Graham!«

»Ich bin keine ängstliche Natur, Mr Sattersway.«

»Nein, aber dies war ein verzweifelter Fall.«

»Verzweifelt?«

»Es geht um Ihren Sohn. Man hätte ihn unter Mordverdacht verhaften können.«

»Mord?«

Er sah, wie sie erbleichte, und fuhr schnell fort: »Sie haben gehört, wie Mrs Annesley gestern Abend das Zimmer Ihres Sohnes betrat. Hatte er ihr schon gestanden, dass er verlobt war? Nein, offensichtlich nicht. Gestern Abend hat er es getan. Sie stritten sich, und er …«

»Das ist eine Lüge!«

Sie waren so in ihr Wortgefecht vertieft, dass sie Roger Graham erst bemerkten, als er bei ihnen stand.

»Lass nur, Mutter. Kein Grund zur Sorge. Kommen Sie mit in mein Zimmer, Mr Sattersway.«

Mrs Graham wandte sich ab und versuchte nicht, ihnen zu folgen.

Als Roger Graham die Tür seines Zimmers geschlossen hatte, sagte er: »Glauben Sie wirklich, dass ich Mabelle ermordet habe? Meinen Sie, ich hätte sie hier erwürgt und dann später, als alle schliefen, in ihr Zimmer geschafft und an der Tür aufgehängt?«

Mr Sattersway starrte ihn an und sagte überraschend: »Nein, das glaube ich nicht.«

»Gott sei Dank! Wie hätte ich sie denn umbringen können? Ich liebte sie doch! Jedenfalls glaube ich, dass ich sie geliebt habe. Ich weiß es selbst nicht genau. Ich weiß nur, dass ich mein Gefühl nicht erklären kann. Ich habe Madge sehr gern, habe sie schon immer gern gehabt. Sie ist ein feiner Kerl, und wir passen so gut zusammen! Mit Mabelle war es anders. Schwer, es auszudrücken. Es war eine Art ... Betörung. Ich glaube, ich hatte Angst vor ihr.«

Mr Sattersway nickte.

»Es war Wahnsinn, ein Rausch! Natürlich konnte nichts daraus werden. So etwas ... hält nicht lange. Jetzt weiß ich, was es heißt, verhext zu sein.«

»Ja, das verstehe ich«, stimmte Mr Sattersway nachdenklich zu.

»Ich wollte ... mich von ihr lösen, wollte es ihr sagen – gestern Abend.«

»Aber Sie haben es dann doch nicht getan?«

»Nein«, erwiderte Graham langsam. »Ich ... ich schwöre Ihnen, Mr Sattersway: Nachdem ich ihr unten gute Nacht gewünscht hatte, habe ich sie nicht wiedergesehen.«

»Ich glaube Ihnen«, sagte Mr Sattersway und erhob sich.

Roger Graham hatte Mabelle Annesley nicht ermordet. Er mochte vor ihr geflohen sein, aber er hätte sie nicht töten können. Angst hatte er gehabt; Angst vor ihrem wilden, verwirrenden Zauber. Er war aus seiner Betörung erwacht und hatte sich von ihr gelöst. Er hatte sich auf einen sicheren, vernünftigen, einen gangbaren Weg gerettet und dem Traum entsagt, der drohte, ihn ins Ungewisse zu führen.

Mr Sattersway ließ Graham in seinem Zimmer zurück und ging nach unten. Graham war also doch nur ein ganz normaler junger Mann und interessierte ihn deshalb nicht sonderlich. Mr Sattersway ließ sich nur vom Außergewöhnlichen der menschlichen Natur fesseln.

Das Wohnzimmer war leer. Die Ukulele lag auf einem Hocker am Fenster. Er nahm sie auf und zupfte selbstvergessen die Saiten. Er war mit dem Instrument nicht vertraut, hörte aber doch, dass es sehr verstimmt war, und drehte versuchsweise an einem Wirbel.

Doris trat ein und musterte ihn. »Das ist Mabelles Ukulele«, sagte sie vorwurfsvoll. »Die arme Mabelle!«

Doris' Vorwurf reizte ihn. »Stimmen Sie sie für mich«, sagte er. »Wenn Sie etwas davon verstehen!«

»Natürlich«, entgegnete sie, verletzt beim Gedanken, jemand könnte ihre Beschlagenheit auf irgendeinem Gebiet anzweifeln.

Sie nahm ihm das Instrument ab, zupfte an einer Saite, drehte forsch an dem Wirbel, und die Saite riss.

»Nein, so was! Ach – nicht möglich! Das ist die falsche Saite, eine A-Saite, eine Nummer zu stark. Die musste natürlich beim Spannen kaputtgehen. So eine Dummheit!«

»Ja«, sagte Mr Sattersway. »So eine Dummheit. Auch Schlaue machen manchmal Dummheiten.«

Das klang so sonderbar, dass Doris ihn verblüfft anstarrte. Er nahm ihr die Ukulele aus der Hand; zog die gesprungene Saite und verließ damit das Zimmer. Er fand David Keeley in der Bibliothek.

»Da«, sagte er und hielt ihm die Saite hin.

»Was ist das?«, fragte Keeley.

»Die gesprungene Saite einer Ukulele.« Er holte tief Atem und fuhr fort: »Was haben Sie mit der anderen gemacht?«

»Mit welcher anderen?«

»Mit der Saite, mit der Sie sie erwürgt haben. Sie haben es schlau angefangen, nicht wahr? Es geschah sehr schnell – als wir anderen alle draußen auf dem Gang lachten und redeten. Mabelle ging zurück ins Wohnzimmer, um ihr Instrument zu holen. Sie hatten die Saite abgezogen, als Sie kurz zuvor mit der Ukulele herumhantierten, und als sie eintrat, haben Sie sie ihr um den Hals gelegt und sie erwürgt. Danach sind Sie zu uns herausgekommen und haben die Wohnzimmertür abgeschlossen. Später, mitten in der Nacht, haben Sie die Tote fortgeschafft und sie an der Tür ihres Zimmers aufgehängt. Und dann haben Sie eine neue Saite aufgezogen – aber die falsche. Nicht ganz so schlau, wie Sie meinten, Keeley.«

Keeley blieb stumm.

»Warum haben Sie es getan?«, fragte Mr Sattersway. »Warum, in Gottes Namen?«

Mr Keeley kicherte, ein seltsames kleines Kichern; Mr Sattersway musste gegen eine Welle der Übelkeit ankämpfen.

»Es war so furchtbar einfach«, sagte er. »Darum! Und außerdem … nie hat jemand meine Anwesenheit bemerkt! Nie hat jemand davon Notiz genommen, was ich tat! Ich wollte … ich wollte auch einmal zuletzt lachen.«

Wieder kicherte er und sah Mr Sattersway mit wirrem

263

Blick an. Mr Sattersway war erleichtert, dass Inspektor Winkfield in diesem Augenblick eintraf.

Vierundzwanzig Stunden später erwachte Mr Sattersway in einem Eisenbahnabteil des Zuges nach London aus leichtem Schlummer und erblickte einen großen dunkelhaarigen Mann auf dem gegenüberliegenden Sitz. Er war nicht besonders überrascht.

»Mein lieber Mr Quin!«

»Ja, da bin ich.«

»Ich kann Ihnen kaum ins Gesicht sehen«, sagte Mr Sattersway beschämt. »Ich habe versagt.«

»Meinen Sie wirklich?«

»Ich habe sie nicht gerettet.«

»Aber Sie haben die Wahrheit entdeckt.«

»Ja, das stimmt. Einer der jungen Männer wäre vielleicht verhaftet und sogar schuldig gesprochen worden. So habe ich wenigstens einem Menschen das Leben gerettet. Aber die Frau, dieses eigenartige, zauberhafte Geschöpf …« Mr Sattersway konnte nicht weitersprechen.

Mr Quin musterte ihn.

»Ist der Tod das Schlimmste, was einem Menschen passieren kann?«

»Ich … vielleicht … nein!«

Mr Sattersway dachte zurück an Madge, an Roger Graham, an Mabelle, wie sie ihm im Mondlicht erschienen war, an den Ausdruck überirdischen Glücks auf ihrem Gesicht.

»Nein«, gab er zu. »Nein, vielleicht ist der Tod nicht das Schlimmste.«

Er sah ihr Kleid noch vor sich, den blauen Chiffon, der ihm wie das Gefieder eines Vogels erschienen war; eines Vogels mit einem gebrochenen Flügel.

Als er wieder aufblickte, war Mr Quin verschwunden. Aber er hatte etwas liegen lassen. Auf dem Sitz gegenüber lag eine roh behauene Figur aus mattblauem Stein. Ein Vogel. Als Kunstwerk hatte er vermutlich keinen großen Wert. Es war etwas anderes:

Eine unerklärliche Verzauberung ging von ihm aus.

Wenigstens fand Mr Sattersway das – und Mr Sattersway war ein Kenner.

Der Mann im Meer

Mr Sattersway fühlte sich alt. Eigentlich hätte das niemanden zu erstaunen brauchen, denn nach Meinung vieler Leute war er auch alt. Junge Leute sagten zum Beispiel zu ihren Eltern: »Der alte Sattersway? Ach, der muss doch bald hundert sein – mindestens über achtzig.« Und selbst die reizendsten jungen Frauen erklärten kühl: »Ach, der Sattersway! Ja, er ist schon ziemlich alt. Sicherlich sechzig.« Was fast noch schlimmer war, denn er war neunundsechzig. Er selbst fand sich dagegen gar nicht alt. Neunundsechzig war ein interessantes Alter, das Alter der unbegrenzten Möglichkeiten, wo sich endlich die Erfahrungen eines ganzen Lebens bezahlt machten. Aber sich alt zu fühlen, das war etwas anderes, das war ein Zustand der Erschöpfung, der Entmutigung, wo man sich deprimierende Fragen zu stellen begann. Wer war er eigentlich? Ein kleiner, vertrockneter alter Mann, ohne Frau und Kinder, keine Angehörigen, nur mit einer wertvollen Kunstsammlung, die ihm im Augenblick seltsamerweise höchst unbefriedigend erschien. Es gab niemanden, den es interessierte, ob er lebte oder tot war …

An diesem Punkt seiner Grübeleien rief sich Mr Sattersway zur Ordnung. Solche Überlegungen waren morbide und brachten nichts ein. Wenn er eine Frau gehabt hätte, würde sie ihn vielleicht gehasst haben – oder er sie –, und

Kinder bedeuteten Kummer und Sorgen; er hätte ihnen Zeit opfern und sich um sie kümmern müssen, was ihm äußerst unangenehm gewesen wäre.

Sicher und bequem zu leben, sagte sich Mr Sattersway energisch, das war das wichtigste.

Da fiel ihm der Brief ein, den er am Morgen erhalten hatte. Er nahm ihn aus der Tasche und las ihn voll Vergnügen noch einmal. Er stammte von einer Herzogin, und das allein schon freute Mr Sattersway. Zugegeben, der Brief begann mit der Bitte um eine Spende für wohltätige Zwecke. Das war auch der Grund, warum ihm die Herzogin überhaupt geschrieben hatte. Doch er war so charmant abgefasst, dass Mr Sattersway über diese Tatsache hinwegsah. So hieß es da unter anderem:

»Sie haben also die Riviera verlassen. Wie ist denn die Insel? Billig? Cannotti hat dieses Jahr seine Preise schrecklich erhöht, und ich kann nicht mehr an die Riviera fahren. Vielleicht versuche ich es nächstes Jahr einmal mit Ihrer Insel, wenn Sie zufrieden waren, obwohl ich die fünftägige Schiffsfahrt hasse. Trotzdem, wenn Sie etwas empfehlen, kann man sicher sein, dass es dort sehr angenehm ist, vielleicht sogar zu angenehm. Eines Tages werden Sie wie jene Leute, die nur an sich und ihre Bequemlichkeit denken. Allerdings dürfte Sie ein Umstand davor bewahren, Sattersway, und das ist Ihr ungewöhnliches Interesse am Leben anderer ...«

Während Mr Sattersway den Brief faltete, sah er im Geiste die Herzogin vor sich, mit all ihrer Gemeinheit, ihrer plötzlichen, gefährlichen Freundlichkeit, ihrer scharfen Zunge, ihrer unerschöpflichen Energie.

Energie! Ja, die brauchte jeder. Er holte noch einen Brief aus der Tasche, mit einer deutschen Marke auf dem Umschlag. Er stammte von einer jungen Sängerin, für die er sich interessierte. Es war ein herzlicher Dankesbrief.

»Wie kann ich Ihnen jemals danken, mein lieber Mr Sattersway? Unglaublich, dass ich in ein paar Tagen die Isolde singen werde ...«

Ein Jammer, dass sie ihr Debüt als Isolde gab! Ein charmantes, hart arbeitendes Kind, diese Olga, mit einer schönen Stimme, doch ohne jedes Temperament. Mr Sattersway summte leise: »Ich befehle es. Ich, Isolde!« Nein, das Kind hatte nicht den rechten Geist für die Rolle, das Temperament, den unbezähmbaren Willen, alles das, was sich in diesem »Ich, Isolde!« ausdrückte.

Nun, jedenfalls hatte er für jemanden etwas getan. Diese Insel deprimierte ihn. Warum, ach, warum hatte er nur die Riviera verlassen, die er so gut kannte und wo man ihn so gut kannte? Hier interessierte sich kein Mensch für ihn. Keiner wußte offenbar, dass er der Mr Sattersway war, der Freund von Herzoginnen und Gräfinnen, von Sängern und Schriftstellern. Kein Mensch auf dieser Insel war gesellschaftlich oder künstlerisch von Bedeutung. Die meisten Leute lebten seit sieben, vierzehn oder einundzwanzig Jahren hier und schätzten sich und andere danach ein, wie lange sie schon hier wohnten.

Mit einem tiefen Seufzer machte sich Mr Sattersway zu dem kleinen Hafen auf, der unterhalb des Hotels lag. Die Straße führte an prachtvollen Bougainvillea-Klettersträuchern vorbei, eine Masse von prunkvollem Scharlachrot, bei dessen Anblick er sich noch älter und grauer vorkam.

»Ich werde wirklich alt«, murmelte er. »Alt und müde.«

Er war froh, als er die mit Bougainvillea bewachsenen Mauern hinter sich gelassen hatte und die weiße Straße mit dem blauen Meer am Ende hinunterging. Ein Hund

von nicht feststellbarer Rasse stand mitten auf dem Fahr-
weg in der Sonne, gähnte und streckte sich.

Wie aus heiterem Himmel fegte plötzlich ein altes Auto
um die Ecke, traf den Hund mit voller Wucht und fuhr
weiter, ohne anzuhalten. Der Hund stand ein paar Augenblicke bewegungslos da, starrte Mr Sattersway mit vorwurfsvollen Augen an und sackte dann zusammen.

Mr Sattersway trat näher und beugte sich über ihn. Der
Hund war tot. Über die Grausamkeit des Lebens nachsin-
nend, ging Mr Sattersway weiter. Was für einen seltsamen,
benommenen Blick der Hund in den Augen gehabt hatte.
Als wollte er sagen: »Ach, du schöne Welt, an die ich geglaubt habe. Warum hast du mir das angetan?«

Mr Sattersway spazierte weiter, an den Palmen und ver-
streut daliegenden weißen Häusern vorbei, am schwarzen
Lavastrand, gegen den die Brandung andonnerte und wo
vor langer Zeit ein bekannter englischer Schwimmer ins
Meer hinausgetragen worden und ertrunken war, vorbei
an den Tümpeln zwischen den Felsen, in denen Kinder
und alte Damen badeten und es Schwimmen nannten,
und die steile Straße entlang, die zur Klippe hinaufführte.
Denn dort oben befand sich ein Haus, das passenderweise *La Paz* hieß. Ein weißes Haus mit verblassten grünen
Fensterläden, die immer fest geschlossen waren, einem
verwilderten schönen Garten und einem Pfad zwischen
Zypressen, der zu einem Plateau am Ende des Felsens
führte. Von dort hatte man einen weiten Blick – tief, tief
hinab in das dunkelblaue Wasser.

Zu diesem Aussichtspunkt wollte Mr Sattersway. Er
hatte eine große Vorliebe für den Garten entwickelt. Das
Haus selbst hatte er noch nie betreten. Es schien unbe-
wohnt zu sein. Manuel, der spanische Gärtner, pflegte den

Besuchern mit einer schwungvollen Geste guten Morgen zu wünschen und überreichte den Damen einen kleinen Strauß und den Herren eine Blüte fürs Knopfloch. Dabei grinste er über das ganze Gesicht.

Manchmal erfand Mr Sattersway Geschichten über den Besitzer der Villa. Am liebsten stellte er sich eine spanische Tänzerin vor, die einmal für ihre Schönheit berühmt gewesen war und sich jetzt hier verbarg, damit die Öffentlichkeit niemals erfuhr, wie alt und hässlich sie geworden war.

Er malte sich aus, wie sie in der Abenddämmerung aus dem Haus trat und durch den Garten schritt. Manchmal war er versucht, Manuel zu fragen, doch er widerstand der Verlockung. Er wollte lieber bei seinen Träumen bleiben.

Nachdem Mr Sattersway ein paar Worte mit Manuel gewechselt und eine orangefarbene Rosenknospe in Empfang genommen hatte, schritt er über den Zypressenpfad zum Felsplateau. Es war herrlich, dort zu sitzen, am Rand zum Nichts, die glatte Wand unter sich. Er musste dabei an *Tristan und Isolde* denken, an den Beginn des dritten Aktes, wo Tristan und Kurwenal am einsamen Strand warten. Dieses endlose Warten, bis Isolde erscheint und Tristan in ihren Armen stirbt. Nein, dachte Mr Sattersway, die kleine Olga würde nie eine gute Isolde werden, Isolde, die königliche Hassende und die königliche Liebende … er erschauerte. Er fühlte sich alt, einsam. Was hatte er vom Leben gehabt? Nichts, gar nichts. Nicht einmal so viel wie der Hund, der eben auf der Straße überfahren worden war.

Ein unerwarteter Laut schreckte ihn aus seinen Überlegungen hoch. Schritte hatte Mr Sattersway nicht gehört. Das Erste, woran er die Gegenwart des anderen bemerkte, war das Wort: »Verdammt!«

Mr Sattersway blickte auf. Ein junger Mann starrte ihn mit unverhohlener Überraschung und Enttäuschung an. Mr Sattersway erkannte ihn wieder. Es war ein neuer Gast, der am vergangenen Tag eingetroffen war und über den er sich bereits Gedanken gemacht hatte. Mr Sattersway nannte ihn bei sich einen jungen Mann, weil er im Vergleich zu den unentwegten Alten im Hotel noch jung war, doch ganz sicher hatte er den vierzigsten Geburtstag hinter sich, vermutlich ging er bereits aufs halbe Jahrhundert zu. Trotzdem passte der Ausdruck »junger Mann« irgendwie auf ihn – Mr Sattersway täuschte sich gewöhnlich in solchen Dingen nicht –, weil er in gewisser Weise noch unreif wirkte. So wie viele ausgewachsene Hunde noch etwas von dem kleinen Hund an sich haben, der sie einmal gewesen sind.

Der Bursche ist nie erwachsen geworden, dachte Mr Sattersway, das heißt, nicht richtig.

Obwohl der Mann nichts Jungenhaftes an sich hatte. Er war fast plump und erweckte den Eindruck von jemandem, der sich in materieller Hinsicht jeden Wunsch erfüllt und sich keine Freude versagt hatte. Er hatte braune Augen – ziemlich runde –, helles Haar, das grau zu werden begann, einen kleinen Schnurrbart und eine frische Gesichtsfarbe.

Die Frage, die Mr Sattersway beschäftigt hatte, war der Grund, warum dieser Mann auf die Insel gekommen war. Er sah aus, als ob er gern auf die Jagd ging, Polo, Golf oder Tennis spielte und gern mit hübschen Frauen flirtete. Doch auf der Insel gab es nichts zu jagen oder zu schießen. Man konnte höchstens Krocket spielen, und die einzige Person, die von weitem an eine hübsche Frau erinnerte, war die alte Miss Baba Kindersley. Natürlich gab es einige

Künstler, die von der Schönheit der Gegend angezogen wurden, doch Mr Sattersway hielt den Unbekannten nicht für einen Künstler. Er trug klar und deutlich den Stempel des Spießbürgers.

Während Mr Sattersway alle diese Dinge im Kopf herumwälzte, begann sein Gegenüber zu sprechen, da er, wenn auch etwas spät, gemerkt hatte, dass das eine Wort, welches er bis jetzt geäußert hatte, in gewisser Weise zu Kritik Anlass gab.

»Entschuldigen Sie bitte«, sagte er etwas verlegen. »Ich dachte nämlich … nun, ich war nicht auf Sie gefasst. Ich hatte angenommen, dass hier niemand sei.«

Er lächelte entwaffnend. Er hatte ein charmantes Lächeln, freundlich, offen.

»Es ist ein recht einsamer Ort«, stimmte Mr Sattersway zu und rückte höflich auf der Bank etwas zur Seite. Der andere nahm die stumme Einladung an und setzte sich.

»Ich finde eigentlich nicht«, sagte er. »Mir scheint eher, als sei immer jemand hier!«

Ein Ton von Missbilligung schwang in diesen Worten mit, und Mr Sattersway überlegte, warum. Er hatte geglaubt, der Unbekannte sei kein Einzelgänger. Warum wollte er dann unbedingt allein sein? Vielleicht ein Rendezvous? Nein, sicherlich nicht. Wieder musterte ihn Mr Sattersway verstohlen. Wo hatte er diesen bestimmten Ausdruck kürzlich gesehen? Diesen Blick von Bestürzung und Betroffenheit.

»Sind Sie schon einmal hier gewesen?«, fragte Mr Sattersway, mehr um das Schweigen zu brechen als aus wahrem Interesse.

»Ja. Gestern Abend, nach dem Essen.«

»Tatsächlich! Ich dachte, das Tor sei dann geschlossen.«

Der junge Mann zögerte kurz und sagte dann irgendwie trotzig: »Ich bin drübergeklettert.«

Da blickte Mr Sattersway ihn voll Interesse an. Er besaß eine gute Spürnase. Schließlich war der Unbekannte erst gestern Nachmittag angekommen und hatte kaum die Zeit gehabt, die Schönheit des Hauses und des Gartens noch bei Tageslicht zu sehen. Trotzdem war er sobald wie möglich hingegangen, obwohl es inzwischen bereits dunkel geworden war. Mr Sattersway wandte den Kopf und blickte zu dem Haus mit den verblassten grünen Fensterläden hinüber. Es lag wie immer verlassen da, die Läden geschlossen. Nein, die Lösung des Geheimnisses war nicht dort.

»Und Sie haben hier tatsächlich jemanden getroffen?«

Der Unbekannte nickte. »Ja. Er muss vom andern Hotel gewesen sein. Er trug ein Maskenkostüm.«

»Ein Maskenkostüm?«

»Ja. Eine Art Harlekin.«

»Was?«

Die Frage kam wie ein Peitschenknall von Mr Sattersways Lippen.

Der andere blickte ihn überrascht an.

»In den Hotels werden häufig Maskenbälle veranstaltet, soviel ich weiß.«

»Ja, natürlich«, murmelte Mr Sattersway. »Natürlich.« Er schwieg. Dann holte er tief Luft und fügte hinzu: »Bitte, entschuldigen Sie meine Aufregung. Wissen Sie zufällig, was eine Katalyse ist?«

Der junge Mann sah ihn verständnislos an. »Nie davon gehört. Was ist das?«

Mr Sattersway zitierte ernst: »Eine chemische Reaktion, deren Ausgang vom Vorhandensein einer gewissen Substanz abhängt, die selbst unverändert bleibt.«

»Aha!«, sagte der junge Mann unsicher.

»Ich habe einen Freund ... sein Name ist Mr Quin, und auf ihn trifft das genau zu. Seine Gegenwart ist ein Zeichen, dass sich etwas ereignen wird. Weil er da ist, kommen seltsame Ereignisse ans Tageslicht, werden Entdeckungen gemacht. Und doch – er selbst nimmt an den Dingen nicht teil. Ich glaube, dass Sie gestern Abend diesem meinem Freund begegnet sind.«

»Er ist ziemlich plötzlich erschienen, der Bursche. Er hat mir einen schönen Schreck eingejagt. Den einen Augenblick war er noch nicht da, und im nächsten stand er neben mir. Beinahe, als wäre er aus dem Wasser hochgestiegen.«

Mr Sattersway sah auf das Meer hinaus.

»Natürlich ist das Unsinn«, meinte der andere. »Aber ich hatte diesen Eindruck. In Wirklichkeit könnte nicht einmal eine Fliege sich irgendwo festhalten.« Er blickte über den Rand. »Eine glatte, gerade Wand. Wenn man da hinunterfällt – na, das wäre das Ende.«

»Ein idealer Ort für einen Mord«, erwiderte Mr Sattersway scherzend.

Der andere sah ihn verständnislos an. Dann sagte er vage: »Ach, ja! Natürlich!«

Stirnrunzelnd saß er da und klopfte mit seinem Spazierstock auf den Boden. Plötzlich fiel Mr Sattersway ein, wo er diesen Ausdruck der Bestürzung und des Grolls schon einmal gesehen hatte. Der Hund hatte ihn vorhin so angesehen. Mit der gleichen erschütternden Frage im Blick. Er hatte der Welt vertraut, und was hatte sie ihm dafür angetan!

Er entdeckte noch weitere ähnliche Eigenschaften, die gleiche Unbeschwertheit, die gleiche Lebensfreude, ohne sich viele Gedanken um das Morgen zu machen. Man lebte den Augenblick, die Welt war schön, voll sinnlicher Freuden, die Sonne, der Himmel, das Meer … und dann, was dann? Der Hund war von einem Auto überfahren worden. Was würde mit dem Mann passieren?

Der Gegenstand seiner Überlegungen riss Mr Sattersway aus seinen Gedanken, und er sagte wie zu sich selbst: »Man fragt sich wirklich, wozu das alles sein soll.«

Vertraute Worte, Worte, die gewöhnlich ein Lächeln auf Mr Sattersways Lippen hervorriefen, da sie ungewollt den angeborenen Egoismus des Menschen verrieten, der glaubt, dass jedes Zeichen von Leben zu seiner Freude oder zu seinem Leid erschaffen wurde. Mr Sattersway antwortete nicht, und der andere fuhr mit einem kleinen, etwas entschuldigenden Lachen fort:

»Wie man so schön sagt, jeder Mann sollte ein Haus gebaut, einen Baum gepflanzt und einen Sohn gezeugt haben.« Er schwieg und fügte dann hinzu: »Ich glaube, ich habe einmal eine Saat gesät …«

Mr Sattersway bewegte sich unruhig. Seine Neugierde war erwacht, jenes immer wache Interesse am Leben anderer Leute, das die Herzogin in ihrem Brief erwähnt hatte. Mr Sattersway war ein guter Zuhörer und erkundete stets den richtigen Augenblick, da er den andern durch eine passende Bemerkung zum Weitererzählen ermuntern konnte. Nun erfuhr er die ganze Geschichte.

Anthony Cosdon, so hieß der Unbekannte, hatte genau das Leben geführt, das Mr Sattersway sich vorgestellt hatte. Er war kein guter Redner, doch sein Zuhörer füllte die Pausen geschickt aus. Ein sehr durchschnittliches Leben – ein durchschnittliches Einkommen, eine kurze Militärzeit, viel Sport, wenn sich die Gelegenheit dazu ergab, eine Menge Freunde, viele Vergnügungen, genug Frauen. Die Art Leben, bei dem man nicht viel nachdenkt und keine echten Gefühle aufkommen. Offen gesagt, ein kreatürliches Leben. Doch es gibt Schlimmeres, dachte Mr Sattersway, ja, viel Schlimmeres. Die Welt war für Anthony Cosdon völlig in Ordnung gewesen. Er hatte geschimpft, weil alle Leute schimpften, aber es war ihm nie ernst gewesen, bis es dann passierte.

Schließlich kam er zum Kern der Sache, ziemlich zusammenhanglos und vage. Er hatte gar nichts gemerkt, jedenfalls nichts Besonderes. Er ging zum Arzt, und der empfahl ihm, einen Spezialisten aufzusuchen. Und dann – die unfassbare Wahrheit. Sie hatten versucht, es nicht so schlimm darzustellen, redeten von Vorsicht und einem ruhigen Leben, doch sie hatten nicht verheimlichen können, dass alles nur Schwindel war, dass sie es ihm nur vorsichtig beibringen wollten. Es lief auf Folgendes hinaus: sechs Monate. Mehr Zeit gaben sie ihm nicht. Ganze sechs Monate!

Er blickte Mr Sattersway wieder mit jenem Ausdruck von Bestürzung in den braunen Augen an. Natürlich sei das ein Schock gewesen. Man wisse nicht … man wisse einfach nicht, wie man sich verhalten solle.

Mr Sattersway nickte ernst und mitfühlend.

Es sei ein wenig schwierig, was man da tun solle, meinte Anthony Cosdon. Was man mit seiner Zeit anfange. Eine ziemlich dumme Situation, einfach dazusitzen und zu warten, bis es aus sei. Er fühle sich nicht krank – noch nicht. Das käme später, hatten die Spezialisten erklärt, das stand fest. Es schien ein solcher Unsinn zu sein, sterben zu müssen, wenn man es gar nicht wolle. Das Beste sei, hatte Anthony Cosdon sich überlegt, weiterzumachen wie bisher. Doch irgendwie funktionierte es nicht.

An dieser Stelle unterbrach ihn Mr Sattersway. Ob es nicht, deutete er vorsichtig an, eine Frau gebe …

Offensichtlich nicht. Natürlich kenne er viele Frauen, aber nicht so eine. Seine Freunde seien ein sehr fröhlicher Haufen. Sie mochten keine Toten, wie er andeutete. Er wollte nicht ein wandelnder Leichnam sein. Das sei für jeden peinlich. Deshalb sei er weggefahren.

»Sie kamen auf diese Insel. Warum?« Mr Sattersway fahndete nach einer Erklärung. Er spürte, dass es eine geben musste, doch er wusste nicht, wo er sie suchen sollte. »Waren Sie etwa schon einmal hier?«, fragte er.

»Ja«, gestand Cosdon fast gegen seinen Willen. »Vor Jahren, als junger Mann.«

Und plötzlich, anscheinend unbewusst, warf er einen kurzen Blick über die Schulter zurück zu dem weißen Haus.

»Ich erinnere mich an diesen Felsen«, sagte er und deutete mit dem Kopf in Richtung des Meeres. »Ein Schritt zur Ewigkeit.«

»Und das ist der Grund, warum Sie gestern Abend herkamen«, stellte Mr Sattersway gelassen fest.

Cosdon sah ihn bestürzt an. »Ach! Ich meine … eigentlich …«, protestierte er lahm.

»Gestern Abend war jemand hier. Heute Nachmittag saß ich auf der Bank. Es rettete Ihnen das Leben – zweimal.«

»So könnte man es ausdrücken, wenn Sie wollen. Aber, verdammt noch mal, es ist schließlich mein Leben. Damit kann ich anfangen, was ich will!«

»Das ist eine ziemlich abgedroschene Redensart«, erwiderte Mr Sattersway etwas mürrisch.

»Natürlich verstehe ich Ihren Standpunkt«, erklärte Cosdon großzügig. »Natürlich müssen Sie versuchen, mich davon abzubringen. Ich würde es genauso machen, selbst wenn ich wüsste, dass der andere im Grunde genommen recht hat. Und Sie wissen genau, dass ich recht habe. Ein sauberes, schnelles Ende ist besser als ein Dahinsiechen, nichts als Schwierigkeiten und Kosten. Außerdem habe ich keinen Menschen auf der Welt, der mir nahesteht ...«

»Und wenn es anders wäre?«, fragte Mr Sattersway scharf.

Cosdon holte tief Luft. »Ich weiß es nicht. Ich glaube, selbst dann wäre es die beste Lösung. Aber ich habe niemanden ...«

Er schwieg abrupt. Mr Sattersway musterte ihn neugierig. Er war ein unverbesserlicher Romantiker und fragte wieder, ob es nicht doch irgendwo eine Frau gebe. Cosdon verneinte. Er habe sich nicht zu beklagen, erklärte et. Im Großen und Ganzen habe er ein schönes Leben gehabt. Es sei nur bedauerlich, dass es bald vorbei sei. Jedenfalls habe er alles gehabt, so glaube er, was es wert sei, gehabt zu haben. Außer einem Sohn. Er hätte gern einen Sohn gehabt. Es sei ein schöner Gedanke für den Vater, zu wissen, dass sein Sohn noch lebe, wenn er selbst längst gestorben sei. Trotzdem, wiederholte er, habe er ein gutes Leben gehabt.

An diesem Punkt begann Mr Sattersway die Geduld zu verlieren. Niemand, so erklärte er, der noch im Entwicklungsstadium sei, könne behaupten, vom Leben etwas zu verstehen. Da Cosdon nicht begriff, was Mr Sattersway meinte, erklärte Mr Sattersway es ihm genauer. »Sie haben noch nicht einmal angefangen zu leben. Sie stehen immer noch am Anfang.«

Cosdon lachte. »Wie das? Meine Haare sind grau, ich bin bald fünfzig …«

Mr Sattersway unterbrach ihn. »Das hat damit nichts zu tun. Das Leben besteht aus physischen und geistigen Erfahrungen. Ich, zum Beispiel, bin neunundsechzig Jahre alt und bin es auch geistig. Ich habe – direkt oder durch andere – fast alle Erfahrungen gemacht, die man im Leben machen kann. Sie sind wie jemand, der von einem ganzen Jahr spricht und nur Eis und Schnee erlebt hat. Die Knospen im Frühling, die schwülen Tage des Sommers, die fallenden Blätter im Herbst – Sie kennen sie nicht. Sie wissen nicht einmal, dass es so etwas gibt. Und Sie kehren sogar schon der Möglichkeit, das alles noch zu erleben, den Rücken.«

»Sie scheinen zu vergessen«, antwortete Cosdon trocken, »dass ich in jedem Fall nur noch sechs Monate habe.«

»Zeit ist wie alles andere relativ«, bemerkte Mr Sattersway. »Diese sechs Monate können die längsten und die ereignisreichsten Ihres ganzen Lebens sein.«

Cosdon wirkte nicht überzeugt. »Sie an meiner Stelle«, sagte er, »würden sich genauso verhalten.«

Mr Sattersway schüttelte den Kopf. »Nein«, erwiderte er nur. »Erstens bezweifele ich, dass ich den Mut dazu hätte. So etwas braucht Mut, und ich bin nicht besonders tapfer. Und zweitens …«

»Nun?«

»Ich möchte immer wissen, was morgen passiert.«

Plötzlich stand Cosdon auf und lachte. »Nun, Sir, es war sehr freundlich, dass Sie mir zugehört haben. Ich weiß eigentlich gar nicht, warum … jedenfalls, besten Dank. Ich habe viel zu viel geredet. Vergessen Sie's!«

»Und wenn man morgen einen Unfall meldet, soll ich
es dabei bewenden lassen? Und nicht sagen, dass es auch
Selbstmord sein könnte?«

»Das liegt ganz bei Ihnen. Es freut mich jedenfalls, dass
Sie eines eingesehen haben: Sie können mich nicht daran
hindern.«

»Mein lieber junger Mann«, entgegnete Mr Sattersway
freundlich, »ich kann Ihnen kaum immer auf den Fersen
bleiben. Früher oder später würden Sie mir entwischen
und Ihre Absicht ausführen. Doch für heute dürfte Ihnen
die Lust vergangen sein. Sie würden kaum wollen, dass
ich als Ihr Mörder dastehe, der Sie über den Klippenrand
gestoßen hat.«

»Das stimmt«, sagte Cosdon. »Wenn Sie hier bleiben ...«

»Ich bleibe hier«, erwiderte Mr Sattersway entschieden.

Cosdon lachte gutmütig. »Dann muss ich meinen Plan
für den Augenblick aufschieben. In diesem Fall gehe ich
am besten ins Hotel zurück. Bis später, vielleicht.«

Mr Sattersway blieb allein auf der Bank sitzen und
blickte aufs Meer hinaus. »Und nun?«, überlegte er laut.
»Was kommt als Nächstes? Es passiert immer etwas. Ich
frage mich ...«

Er erhob sich und trat an den Klippenrand. Eine Weile
stand er da und starrte in das schäumende Wasser hinab.
Doch auch dadurch kam ihm keine Erleuchtung, und so
schlenderte er den Pfad zwischen den Zypressen zurück.
Er betrachtete das stille Haus mit den geschlossenen
Läden und grübelte erneut darüber nach, wer darin gewohnt und was für ein Leben dort geherrscht hatte. Einem
plötzlichen Impuls folgend ging er die rissigen Steinstufen

hinauf und legte eine Hand auf einen der ausgeblichenen grünen Läden. Zu seinem Erstaunen schwang er unter seiner Berührung zurück. Einen Augenblick zögerte er, dann öffnete er ihn. Mit einem ärgerlichen kleinen Ausruf trat er einen Schritt zurück. Eine Frau stand in der Fenstertür und sah ihn an. Sie war in Schwarz und trug eine schwarze Spitzenmantilla.

Mr Sattersway stützte sich in einen Schwall italienisch und deutsch vorgebrachter Entschuldigungen, weil ihm in der Eile keine spanischen Worte einfielen. Er sei bestürzt und beschämt, erklärte er hastig. Die Signora müsse ihm vergeben. Worauf er sich hastig entfernte, ohne dass die Frau etwas gesagt hatte.

Als er halb durch den Garten war, rief sie ein paar Worte hinter ihm her, die Mr Sattersway wie Pistolenschüsse in den Ohren klangen: »Kommen Sie zurück!«

Es war ein Befehl, wie man ihn etwa einem Hund gibt, doch es schwang so viel Autorität darin mit, dass Mr Sattersway sich hastig umwandte und automatisch zurücktrottete, ehe sich überhaupt ein Gefühl des Protests in ihm regte. Er gehorchte wie ein Hund. Die Frau stand immer noch bewegungslos da. Ruhig musterte sie ihn von Kopf bis Fuß.

»Sie sind Engländer«, sagte sie. »Das dachte ich mir.«

Mr Sattersway entschuldigte sich erneut, diesmal auf Englisch. »Wenn ich gewusst hätte, dass Sie Engländerin sind«, meinte er, »hätte ich Ihnen mein Verhalten besser erklären können. Ich möchte mich von ganzem Herzen für mein ungehobeltes Benehmen entschuldigen. Ich fürchte, es gibt keine Erklärung dafür, nur unverzeihliche Neugier. Ich wünschte mir so sehnlich zu wissen, wie es im Innern des Hauses aussieht.«

Plötzlich lachte sie, ein tiefes, herzliches Lachen. »Wenn Sie es wirklich wissen möchten«, sagte sie, »dann kommen Sie lieber herein.«

Sie trat zur Seite, und Mr Sattersway machte aufgeregt ein paar Schritte in das Zimmer. Es war dunkel, da die übrigen Läden geschlossen waren, doch er konnte erkennen, dass es nur spärlich und eher schäbig möbliert war und überall Staub lag.

»Dieses Zimmer bewohne ich nicht«, sagte die Frau.

Sie schritt ihm voran, und Mr Sattersway folgte ihr, aus dem Zimmer und durch einen Gang in einen anderen Raum. Die Fenster gingen aufs Meer, und die Sonne schien herein. Auch hier waren die Möbel nicht von besserer Qualität, doch ein paar abgetretene Teppiche lagen da, die einmal sehr schön gewesen waren, ein großer Wandschirm aus Leder stand an der einen Wand, und überall gab es Blumen in schönen Vasen.

»Sie trinken doch Tee mit mir«, sagte Mr Sattersways Gastgeberin und fügte beruhigend hinzu: »Er ist sehr gut.«

Sie ging hinaus und rief etwas auf Spanisch. Dann kehrte sie zurück und setzte sich auf ein Sofa, dem Gast gegenüber. Zum ersten Mal hatte Mr Sattersway Gelegenheit, sie sich genauer anzusehen.

Sie war eine starke Persönlichkeit, und er kam sich bei ihrem Anblick noch grauer und vertrockneter und älter vor als gewöhnlich. Sie war groß, braun gebrannt, dunkel und hübsch, wenn auch nicht mehr jung. Seit sie wieder im Zimmer war, schien die Sonne zweimal so hell zu strahlen, und plötzlich durchrieselte Mr Sattersway ein seltsames Gefühl von Wärme und Lebendigkeit. Sie besaß so viel Vitalität, dachte er, dass sie davon noch eine Menge für andere Leute übrig hatte.

Ihm fiel ihre energische Stimme wieder ein, und er wünschte, dass sein Schützling Olga etwas von dieser Kraft besäße. Was für eine Isolde sie abgeben würde! dachte er. Und doch hat sie vermutlich nicht den Schatten einer Singstimme. Wie schlecht im Leben alles verteilt war. Trotzdem fürchtete er sich etwas vor ihr. Er mochte keine beherrschenden Frauen.

Während sie so dasaß, hatte sie ihn unverhohlen gemustert. Dann nickte sie, als habe sie sich ein Urteil gebildet.

»Ich bin froh, dass Sie gekommen sind«, sagte sie. »Ich brauche dringend jemand, mit dem ich mich unterhalten kann. Und Sie sind an so etwas gewöhnt, nicht wahr?«

»Ich verstehe Sie nicht ganz.«

»Dass die Leute Ihnen etwas erzählen. Sie wissen genau, was ich meinte. Warum geben Sie es nicht zu?«

»Nun … vielleicht …«

Sie sprach weiter, ohne Rücksicht darauf zu nehmen, ob er noch etwas sagen wollte oder nicht. »Man kann Ihnen alles erzählen. Weil Sie sich in eine Frau hineinversetzen können. Sie wissen, wie wir fühlen, was wir denken, was für komische Dinge wir manchmal tun.«

Sie schwieg. Ein großes lächelndes spanisches Mädchen brachte den Tee herein. Er schmeckte ausgezeichnet – es war chinesischer –, und Mr Sattersway trank ihn mit Genuss.

»Wohnen Sie hier?«, fragte er unverbindlich.

»Ja.«

»Aber nicht ständig. Gewöhnlich ist das Haus leer. Jedenfalls hat man mir das erzählt.«

»Ich bin viel hier, mehr als man annimmt. Ich bewohne nicht alle Räume.«

»Gehört Ihnen die Villa schon lange?«

»Seit mehr als zwanzig Jahren. Davor habe ich schon ein Jahr hier gelebt.«

»Eine sehr lange Zeit«, bemerkte Mr Sattersway etwas geistlos, oder glaubte es jedenfalls.

»Meinen Sie das eine Jahr? Oder die andern zweiundzwanzig?«

Mr Sattersways Interesse erwachte, und er erwiderte ernst: »Das hängt ganz davon ab.«

Sie nickte. »Ja. Es sind zwei verschiedene Zeitabschnitte, und sie haben nichts miteinander zu tun. Was ist lang? Was ist kurz? Selbst heute weiß ich es noch nicht.«

Sie schwieg eine Minute und geriet ins Grübeln. Dann meinte sie mit einem scheuen Lächeln: »Es ist lange her, seit ich mich mit jemandem unterhalten habe, sehr lange. Ich entschuldige mich nicht. Sie kamen an meine Tür, Sie wollten ins Innere schauen. Das tun Sie immer, nicht wahr? Sie öffnen die Läden und blicken wie durch ein Fenster auf die Wahrheit im Leben der Menschen. Falls sie es Ihnen erlauben. Manchmal tun Sie es auch ohne ihre Erlaubnis. Es dürfte schwierig sein, vor Ihnen etwas zu verbergen. Sie würden es doch erraten.«

Mr Sattersway hatte den seltsamen Drang, vollkommen ehrlich zu sein. »Ich bin neunundsechzig«, sagte er. »Alles, was ich vom Leben weiß, weiß ich durch andere. Manchmal ist diese Erkenntnis sehr bitter. Und doch weiß ich eine ganze Menge.«

Sie nickte nachdenklich. »Ja. Das Leben ist sehr seltsam. Ich kann mir gar nicht vorstellen, was für ein Gefühl das ist, nur Zuschauer zu sein.« Mr Sattersway lächelte. »Ich glaube Ihnen gern, dass Sie sich so etwas nicht vorstellen können. Ihr Platz ist auf der Bühne, im Zentrum. Sie sind immer die Primadonna.«

»Was für eine seltsame Vorstellung.«

»Es stimmt. Sie haben viel erlebt ... werden noch viel erleben. Sicherlich, manches war tragisch ...« Ihre Augen verengten sich.

»Wenn Sie länger bleiben, wird man Ihnen die Geschichte von dem Engländer erzählen, dass er jung und stark war und schön und seine junge Frau auf dem Felsen stand und zusah, wie er ertrank.«

»Ich habe sie schon gehört.«

»Jener Engländer war mein Mann. Dies war sein Haus. Er brachte mich her, als ich achtzehn war, und ein Jahr später starb er, von der Strömung auf die schwarzen Felsen geworfen, zerschunden und verstümmelt, zu Tode gequält.«

Mr Sattersway stieß einen entsetzten Ausruf aus. Sie beugte sich zu ihm und starrte ihm mit brennenden Augen ins Gesicht. »Sie sprachen von tragischen Ereignissen. Können Sie sich eine größere Tragödie vorstellen? Eine junge Frau, erst seit einem Jahr verheiratet, muss hilflos zusehen, wie ihr Mann um sein Leben kämpft – und den Kampf verliert. Entsetzlich!«

»Entsetzlich«, wiederholte Mr Sattersway bewegt. »Nichts könnte schlimmer sein.«

Plötzlich lachte sie. Sie richtete sich auf und sagte: »Sie irren sich! Es gibt etwas viel Schrecklicheres: Wenn eine Frau so etwas mit ansehen muss und hofft und betet, dass ihr Mann ertrinken möge.«

»Um Gottes willen!«, rief Mr Sattersway. »Sie wollen doch nicht andeuten ...«

»Doch, das tue ich. So war es nämlich in Wirklichkeit! Ich kniete auf dem Plateau, ich kniete da und betete. Die spanischen Angestellten glaubten, ich würde um seine

Rettung beten. Nein! Ich betete vielmehr darum, dass ich mir seine Rettung wünschte. Wieder und wieder sagte ich: ›Mein Gott, hilf mir, dass ich ihm nicht den Tod wünsche. Mein Gott, hilf mir, dass ich ihm nicht den Tod wünsche!‹ Doch es nützte nichts. Die ganze Zeit gab ich die Hoffnung nicht auf … und sie wurde wahr …«

Sie schwieg ein paar Augenblicke und fuhr dann in verändertem Ton fort: »Eine schreckliche Geschichte, nicht wahr? So etwas kann man nicht vergessen. Ich war so glücklich, als ich von seinem Tod erfuhr und wusste, dass er mich nicht mehr quälen konnte.«

»Mein armes Kind«, sagte Mr Sattersway erschüttert.

»Ich weiß. Ich war viel zu jung für so eine Erfahrung. So etwas sollte man erst durchmachen, wenn man älter ist, wenn man reifer und gegen derartige Gemeinheiten gewappnet ist. Kein Mensch ahnte, wie er in Wirklichkeit war. Als ich ihn kennenlernte, fand ich ihn wundervoll. Ich war glücklich und stolz, als er um meine Hand anhielt. Doch schon bald ging alles schief. Ständig ärgerte er sich über mich, nichts, was ich tat, passte ihm. Und ich habe mich so bemüht, ihm alles recht zu machen. Und dann begann er Gefallen daran zu finden, mir wehzutun, mir Angst einzujagen. Das machte ihm vor allem Spaß. Er ließ sich alle möglichen Dinge einfallen – schreckliche Dinge. Ich möchte nicht darüber sprechen. Ich glaube wirklich, dass er etwas verrückt war. Wir waren allein in diesem Haus, ich war in seiner Gewalt, und die Grausamkeit wurde zu seinem Hobby.« Ihre Augen wurden größer und dunkler. »Am schlimmsten war die Sache mit meinem Kind. Ich war schwanger. Und wegen seiner Grausamkeiten, wegen der Dinge, die er mir antat, wurde es tot geboren. Mein armes kleines Baby! Ich wäre beinahe gestorben. Ich wünschte, dass ich nicht überlebt hätte.«

Mr Sattersway wusste nicht, was er sagen sollte.

»Und dann wurde ich von ihm befreit – wie, das habe ich Ihnen schon erzählt. Ein paar Mädchen, die im Hotel wohnten, stachelten ihn dazu an. So passierte es dann. Alle Spanier sagten zu ihm, dass es Wahnsinn sei, hinauszuschwimmen. Aber er war eitel. Er wollte sich produzieren. Und ich … ich beobachtete, wie er ertrank. Und ich war froh darüber. Gott sollte so etwas nicht zulassen!«

Mr Sattersway streckte den Arm aus und nahm ihre Hand in die seine. Sie drückte sie fest, wie ein Kind es getan haben könnte. Die frauliche Reife war aus ihrem Gesicht verschwunden. Mr Sattersway konnte sich ohne Mühe vorstellen, wie sie mit neunzehn Jahren ausgesehen haben musste.

»Zuerst konnte ich mein Glück nicht fassen. Das Haus gehörte mir, ich konnte darin wohnen und niemand würde mich mehr quälen. Ich bin Waise, wissen Sie, hatte keine Verwandten, niemand machte sich Sorgen, was aus mir werden sollte. Das vereinfachte alles. Ich lebte weiter hier in diesem Haus, und mir schien es der Himmel auf Erden zu sein. Seitdem war ich nie wieder so glücklich. Aufzuwachen und zu wissen, dass alles in Ordnung ist, keine Schmerzen, kein Entsetzen, keine Angst, was er wieder tun würde. Ja, es war wie im Himmel damals.«

Sie schwieg lange. Schließlich sagte Mr Sattersway: »Und dann?«

»Der Mensch ist eben nie zufrieden. Zuerst genügte es mir einfach, frei zu sein. Nach einiger Zeit begann ich mich einsam zu fühlen. Ja, so war es. Ich dachte plötzlich wieder an mein totes Kind. Wenn ich nur mein Baby gehabt hätte. Ich wünschte es mir als Kind und auch als Spielzeug. Ich sehnte mich schrecklich nach etwas oder nach jemandem, mit dem ich spielen konnte. Es klingt verrückt und kindisch, doch so war es.«

»Ich kann Sie sehr gut verstehen«, sagte Mr Sattersway ernst.

»Es ist schwierig zu erklären, was dann geschah. Es passierte einfach, wissen Sie. Ein junger Engländer wohnte im Hotel. Einmal verirrte er sich in meinen Garten. Ich war wie eine Spanierin angezogen, und er nahm an, ich sei auch eine. Es machte mir Spaß, ihn an der Nase herumzuführen. Sein Spanisch war sehr schlecht, er konnte sich nur mühsam verständigen. Ich erzählte ihm, dass das Haus einer englischen Dame gehöre, die verreist sei. Ich behauptete, sie habe mir ein paar Brocken Englisch beigebracht. Es war so komisch, wirklich, wir hatten so viel Spaß. Selbst heute erinnere ich mich noch genau daran. Er verführte mich. Wir taten, als gehöre uns das Haus, als seien wir frisch verheiratet und würden dort wohnen. Ich schlug vor, einen Laden zu öffnen – den, den auch Sie heute öffneten. Er war nicht verschlossen, der Raum dahinter staubig und unaufgeräumt. Wir schlüpften hinein. Es war schrecklich aufregend. Wir taten, als sei es unser eigenes Haus.«

Sie schwieg und sah Mr Sattersway flehend an.

»Mir schien es wie ein Märchen, so schön. Und das herrlichste war, dass es nicht wahr war. Es war nicht Wirklichkeit.«

Mr Sattersway nickte. Vielleicht verstand er sie besser als sie sich selbst – jene verängstigte einsame junge Frau, die sich in eine Scheinwelt gerettet hatte, weil sie ihr sicherer erschien als die Realität.

»Vermutlich war er ein sehr durchschnittlicher junger Mann. Auf Abenteuer aus, aber dabei ganz reizend. Wir ließen nicht ab von dem Spiel.«

Sie schwieg nachdenklich und fuhr dann mit einem Blick auf Mr Sattersway fort:

»Am nächsten Morgen kam er wieder zur Villa. Ich beobachtete ihn durch die geschlossenen Fensterläden meines Schlafzimmers. Natürlich ahnte er nicht, dass ich im Haus war. Er dachte immer noch, dass ich ein kleines spanisches Bauernmädchen sei. Er stand da und wartete. Er hatte mich gebeten, ihn wieder im Garten zu treffen. Ich hatte es ihm zwar versprochen, doch ich hatte nicht die Absicht, mein Versprechen zu halten. Er stand einfach da und machte ein besorgtes Gesicht. Vermutlich machte er sich Sorgen um mich. Ich fand das nett von ihm ... Überhaupt war er sehr nett ...«

Wieder schwieg sie.

»Am nächsten Morgen reiste er ab«, sagte sie dann. »Ich habe ihn nie mehr wiedergesehen ... Neun Monate später brachte ich einen Jungen zur Welt. Die ganze Zeit über war ich unbeschreiblich glücklich. Ein Kind zu bekommen, ganz friedlich, ohne dass mir jemand wehtat oder mich quälte! Ich wünschte, dass ich meinen englischen Freund nach seinem Vornamen gefragt hätte! Ich hätte den Jungen nach ihm genannt. Es schien mir so herzlos, wenn ich es nicht tat, irgendwie unfair. Er hatte mir geschenkt, was ich mir am meisten auf der Welt wünschte, und er würde es nicht einmal erfahren. Natürlich sagte ich mir, dass er die Sache nicht so ansehen würde. Vermutlich hätte er sich nur geärgert oder sich Sorgen gemacht, wenn er es gewusst hätte. Ich war einfach ein amüsanter Zeitvertreib für ihn gewesen, nicht mehr.«

»Und Ihr Sohn?«, fragte Mr Sattersway.

»Er ist großartig! Ich nannte ihn John. Ich wünschte, Sie könnten ihn kennenlernen! Jetzt ist er zwanzig. Er wird Bergwerksingenieur. Er ist der beste und liebste Sohn, den es gibt. Ich erzählte ihm, dass sein Vater vor seiner Geburt gestorben sei.«

Mr Sattersway sah sie nachdenklich an. Eine seltsame Geschichte. Irgendwie hatte er das Gefühl, dass sie noch nicht zu Ende erzählt hatte, dass da noch mehr war.

»Zwanzig Jahre sind eine lange Zeit«, meinte er. »Haben Sie nie daran gedacht, wieder zu heiraten?«

Sie schüttelte den Kopf, und die Röte stieg ihr in die Wangen.

»Das Kind genügte Ihnen – immer?«

Ihr Blick wurde weich.

»Was für seltsame Dinge passieren können!«, murmelte sie. »Wirklich, sehr seltsame Dinge. Sie würden es nicht glauben … Doch, vielleicht glauben Sie mir sogar. Ich liebte Johns Vater damals nicht. Ich wusste wohl gar nicht, was Liebe war. Ich hielt es für selbstverständlich, dass der Junge mir ähnlich sehen würde, doch ich täuschte mich. Man hätte denken können, dass er gar nicht von mir sei. Er glich seinem Vater. Er war sein genaues Ebenbild. So lernte ich jenen Mann näher kennen – durch seinen Sohn. Wegen seines Sohnes begann ich, ihn zu lieben. Ich liebe ihn auch jetzt noch. Ich werde ihn immer lieben. Sie mögen sagen, dass es nur Einbildung sei, dass ich mir ein Ideal erträumt habe, aber es stimmt nicht. Ich liebe den Mann, den wirklichen Menschen! Ich würde ihn jederzeit wiedererkennen, obwohl es über zwanzig Jahre her ist, dass wir uns begegneten. Seit zwanzig Jahren liebe ich ihn. Ich werde ihn lieben bis in den Tod.«

Sie schwieg. Dann fragte sie herausfordernd: »Halten Sie mich für verrückt? Weil ich solche seltsamen Dinge sage?«

»Aber meine Liebe!«, erwiderte Mr Sattersway und ergriff wieder ihre Hand.

»Sie verstehen mich wirklich?«

»Ich glaube, ja. Aber da ist noch mehr, nicht wahr? Sie haben mir noch nicht alles erzählt.«

Sie runzelte die Stirn. »Ja. Wie klug von Ihnen, das zu erraten. Ich wusste sofort, dass Sie zu den Menschen gehören, vor denen man nichts verbergen kann. Aber ich möchte es Ihnen nicht erzählen, weil es für Sie so besser ist.«

Sie sah ihn trotzig an.

Das ist der Augenblick der Wahrheit, überlegte Mr Sattersway. Ich habe alle Trümpfe in der Hand. Ich sollte herausbekommen können, was es ist. Wenn ich geschickt agiere, werde ich es erfahren.

Nach einer kleinen Pause meinte er vorsichtig: »Etwas ist schiefgelaufen.«

Er beobachtete, wie sie kurz die Lider senkte, und wusste, dass er auf dem richtigen Weg war. »Etwas ist schiefgegangen, ganz plötzlich, nach all den Jahren.«

Er spürte, wie er ihrem Geheimnis näher kam, das sie im tiefsten Winkel ihres Herzens vor ihm zu verbergen versuchte. »Der Junge ... es hat etwas mit dem Jungen zu tun. Alles andere wäre Ihnen gleichgültig.«

Sie stieß einen schwachen Seufzer aus, und er wusste, dass er sich nicht getäuscht hatte. Ein grausames Spiel, aber notwendig. Ihr Wille stand gegen den seinen. Sie besaß einen unbeugsamen, rücksichtslosen Geist, doch auch hinter Mr Sattersways freundlichem und bescheidenem Benehmen verbarg sich eine eiserne Entschlossenheit. Voll Verachtung dachte er an die Männer, deren Beruf es war, etwas so Gewöhnliches wie ein Verbrechen aufklären zu müssen. Aber mit dem Geist aufzuspüren, Hinweise zusammenzutragen, dieses Hinabtauchen nach der Wahrheit, diese Freude, wenn man dem Ziel immer näher kam ... Gerade ihr leidenschaftlicher Versuch, die Wahrheit vor ihm zu verbergen, half ihm. Er spürte, wie sie sich trotzig versteifte, als er sich weiter und weiter herantastete.

»Es ist besser, wenn ich es nicht weiß, sagen Sie? Besser für mich? Aber Sie sind keine sehr rücksichtsvolle Frau. Es würde Ihnen nichts ausmachen, einem Fremden vorübergehend Unannehmlichkeiten zu bereiten. Also muss es mehr sein. Wenn Sie es mir verraten, machen Sie mich zum Mittäter. Das klingt nach einem Verbrechen. Seltsam! Ich würde Ihre Person nie mit so etwas in Zusammenhang bringen. Nur mit einer einzigen Art von Verbrechen. Einem Verbrechen, das sich gegen Sie selbst richtet.«

Da musste sie den Blick senken. Mr Sattersway beugte sich vor.

»Das ist es also! Sie wollen sich das Leben nehmen.«

Sie stieß einen leisen Schrei aus. »Wie haben Sie das nur erraten? Ich begreife es nicht!«

»Aber warum? Sie sind nicht lebensmüde. Ich habe noch nie eine Frau gesehen, die so überschäumt vor Leben wie Sie.« Sie stand auf und trat ans Fenster, wobei sie sich eine Strähne ihres dunklen Haares aus der Stirn schob.

»Da Sie bereits so viel erraten haben, kann ich Ihnen auch noch den Rest der Geschichte erzählen. Ich hätte Sie nicht ins Haus lassen sollen! Ich hätte wissen müssen, dass Sie mehr als nur die Oberfläche sehen! Sie gehören zu dieser Art von Menschen. Was den Grund betrifft, so hatten Sie recht. Es handelt sich um meinen Sohn. Er hat keine Ahnung. Als er das letzte Mal während der Ferien bei mir war, sprach er sehr bedauernd von einem Freund, und damals fand ich etwas Wichtiges heraus: Wenn er entdeckt, dass er ein uneheliches Kind ist, bricht es ihm das Herz! Er ist stolz, schrecklich stolz! Da ist ein Mädchen ... Ach, ich will gar keine Einzelheiten erzählen. Aber er kommt bald, und dann möchte er alles über seinen Vater erfahren – alles! Natürlich sind auch die Eltern des Mädchens daran interessiert. Wenn er die Wahrheit entdeckt, wird er mit ihr brechen, sich verkriechen, sein Leben ruinieren. Ja, ich weiß, was Sie sagen wollen: Er sei noch jung, unerfahren, dickköpfig und so weiter. Vielleicht stimmt das alles, aber spielt es eine Rolle? Er ist nun einmal so, wie er ist! Es würde ihm das Herz brechen! Doch wenn vor seiner Ankunft ein Unfall passiert, werden alle Fragen im Kummer um mich untergehen. Er wird meine Papiere durchsehen, nichts finden und höchstens ärgerlich sein, weil ich ihm so wenig erzählt habe. Doch er wird die Wahrheit nicht vermuten. Es ist die beste Lösung. Man muss für sein Glück bezahlen, und ich war so glücklich ... und der Preis ist nicht hoch. Etwas Mut ... ein Sprung ... vielleicht eine Sekunde Angst ... «

»Aber mein liebes Kind ... «

»Versuchen Sie nicht, mich zu überreden!« Ihre Augen sprühten Funken. »Ich möchte die üblichen Argumente nicht hören! Mein Leben gehört mir! Bisher wurde ich gebraucht. John brauchte mich. Doch jetzt nicht mehr. Er braucht eine Freundin, eine Geliebte, und er wird sich ihr umso mehr zuwenden, wenn ich nicht mehr da bin.

Mein Leben ist sinnlos geworden, mein Tod ist es nicht. Es ist mein gutes Recht, mit meinem Leben zu tun, was ich will.«

»Sind Sie sicher?«

Sein ernster Ton überraschte sie. Sie antwortete leicht stockend: »Es braucht mich niemand … das kann ich am besten beurteilen …«

Mr Sattersway unterbrach sie. »Nicht unbedingt«, meinte er.

»Was heißt das?«

»Hören Sie zu! Ich möchte Ihnen eine Geschichte erzählen. Ein Mann kommt an einen verschwiegenen Ort, sagen wir, um Selbstmord zu begehen. Zufällig ist dort bereits jemand, deshalb kann er seinen Plan nicht ausführen und bleibt am Leben. Der zweite Mann hat also dem ersten das Leben gerettet, nicht weil er ihn brauchte oder in seinem Leben eine Rolle spielte, sondern weil er in einem gewissen Augenblick an einem bestimmten Ort war. Wenn Sie sich heute umbringen, wird vielleicht in fünf, sechs Jahren ein anderer Mensch sterben oder in sein Unglück laufen, nur weil Sie dann nicht zu einer bestimmten Zeit an einem bestimmten Ort sein können. Vielleicht ist es ein wild gewordenes Pferd, das eine Straße entlangläuft, bei Ihrem Anblick scheut und so das Kind nicht zu Tode trampelt, das im Rinnstein spielt. Dieses Kind wächst heran und wird vielleicht ein großer Musiker oder entdeckt ein Mittel gegen den Krebs. Oder weniger dramatisch, es wächst heran und lebt ein durchschnittliches Leben mit all seinen Freuden und Leiden.«

Sie starrte ihn erstaunt an. »Was für ein seltsamer Mensch Sie sind. Was Sie da sagen … ich habe mir diese Dinge noch nie überlegt.«

»Sie finden, Ihr Leben gehöre Ihnen«, fuhr Mr Satters-way fort. »Doch haben Sie den Mut, die Möglichkeit zu bestreiten, dass Sie in einem gigantischen Drama unter der Leitung eines göttlichen Regisseurs mitspielen? Vielleicht kommt Ihr Stichwort erst am Ende des Stücks, vielleicht haben Sie gar keine Sprechrolle, und doch kann der Ausgang des Stücks von Ihnen abhängen, weil durch Ihr Fehlen ein Mitspieler seinen Einsatz vergisst. Das ganze Gebäude könnte einstürzen. Sie als Individuum müssen nicht unbedingt wichtig für jemanden sein, doch Sie als Person, die sich zu irgendeinem Zeitpunkt an irgendeinem Ort befindet, könnte unvorstellbar wichtig sein.«

Sie setzte sich, von seinen Worten beeindruckt. »Was soll ich tun?«, fragte sie nur.

Das war für Mr Sattersway der Augenblick des Triumphes. Er gab seine Befehle. »Ich verlange von Ihnen jetzt nur eins: dass Sie in den nächsten vierundzwanzig Stunden nichts Unüberlegtes tun.«

Sie antwortete nicht sofort. Nach einer Pause meinte sie: »Einverstanden.«

»Ich habe noch etwas auf dem Herzen – eine Bitte.«

»Ja?«

»Lassen Sie den Laden in dem Zimmer, in das ich heute zuerst kam, unverschlossen, und halten Sie dort heute Abend Wache.«

Sie sah ihn neugierig an und nickte dann.

»Und jetzt«, erklärte Mr Sattersway, der die Folgen des anstrengenden Gesprächs zu spüren begann, »muss ich wirklich gehen. Gott segne Sie, meine Liebe!«

Er wirkte irgendwie verlegen. Das kräftige spanische Mädchen erwartete ihn im Gang und ließ ihn durch eine Seitentür hinaus. Neugierig blickte sie ihm nach.

Es wurde eben dunkel, als er im Hotel eintraf. Auf der Terrasse saß eine einsame Gestalt. Mr Sattersway ging zielstrebig auf sie zu. Er war aufgeregt, und das Herz klopfte ihm bis zum Hals. Er wusste, dass es unendlich wichtig war, wie er sich jetzt verhielt. Ein falscher Schritt ...

Doch er bemühte sich, seine Aufregung zu verbergen und ganz ungezwungen und unverbindlich mit Anthony Cosdon zu reden.

»Ein warmer Abend«, bemerkte er. »Während ich auf der Klippe so dasaß, habe ich jedes Zeitgefühl verloren.«

»Sind Sie die ganze Zeit über dort gewesen?«

Mr Sattersway nickte. Die Schwingtür des Hotels öffnete sich, und ein Gast trat heraus. Dabei fiel ein Lichtstrahl auf Cosdon. Mr Sattersway sah das dumpfe Leid, die verständnislose Resignation auf Cosdons Gesicht.

Für ihn ist es schlimmer, als es für mich wäre, dachte Mr Sattersway. Phantasie, ein lebhafter Geist – die können einem sehr helfen. Sogar den Schmerz kann man damit bekämpfen. Das verständnislose blinde Leiden eines Tieres – das ist entsetzlich.

Plötzlich sagte Cosdon rau: »Ich gehe nach dem Essen noch etwas spazieren. Sie verstehen schon. Aller guten Dinge sind drei. Und ich bitte Sie inständig, sich nicht einzumischen. Ich weiß ja, dass Sie es gut meinen und so weiter, doch glauben Sie mir, es hat keinen Zweck!«
Mr Sattersway straffte sich. »Ich mische mich nie in anderer Leute Angelegenheiten«, erklärte er, womit er Sinn und Zweck seiner ganzen Existenz verleugnete.

»Ich weiß genau, was Sie denken ...«, fuhr Cosdon fort.

Dann wurde er unterbrochen.

»Entschuldigen Sie«, sagte Mr Sattersway, »da bin ich nicht Ihrer Meinung. Kein Mensch kann wissen, was der andere denkt. Man bildet es sich nur ein, und meistens täuscht man sich.«

»Na ja, schon möglich.« Cosdons Stimme klang zweifelnd und leicht bestürzt.

»Es ist Ihr Leben«, sagte Mr Sattersway. »Niemand kann Ihre Entscheidung beeinflussen oder ändern. Unterhalten wir uns lieber über ein weniger schmerzliches Thema. Zum Beispiel diese alte Villa. Sie besitzt einen seltsamen Charme, so abgelegen und geschützt vor der Welt. Wer weiß, was für ein Geheimnis sie birgt. Ich geriet in Versuchung und habe probiert, ob ein Laden offen ist.«

»Das haben Sie getan?« Cosdon wandte ihm ruckartig das Gesicht zu. »Natürlich war er verschlossen?«

»Nein«, erwiderte Mr Sattersway. »Er war offen.« Dann fügte er freundlich hinzu: »Der dritte von der Ecke aus.«

»Aber!«, rief Cosdon, »das war doch …«
Er schwieg, doch Mr Sattersway hatte den plötzlichen Hoffnungsschimmer in seinen Augen bemerkt.

Ein leichtes Unbehagen blieb bei Mr Sattersway zurück. Sein Lieblingsbild benutzend, überlegte er, ob er die wenigen Sätze, die er in diesem Drama sprechen musste, auch richtig vorgebracht hatte. Denn es waren sehr wichtige Sätze gewesen.

Doch eigentlich war er mit sich als Schauspieler zufrieden. Auf dem Weg zu den Klippen würde Cosdon bestimmt feststellen wollen, ob der Laden offen war. Dieser Versuchung würde er nicht widerstehen können. Die Erinnerung an das Liebesabenteuer vor über zwanzig Jahren hatte ihn an diesen Ort geführt. Dieselbe Erinnerung würde ihn zu dem Haus locken. Und danach?

Morgen werde ich es wissen, dachte er, während er sich zum Abendessen umzog.

Am nächsten Morgen gegen zehn Uhr setzte Mr Satters-way erneut den Fuß in den Garten von *La Paz*. Manuel wünschte ihm lächelnd einen guten Morgen und reichte ihm eine Rosenknospe, die sich Mr Sattersway sorgfältig ins Knopfloch steckte. Dann schlenderte er auf das Haus zu. Ein paar Minuten stand er da und betrachtete das friedliche weiße Haus, die verblassten grünen Läden. Alles war still. Hatte er etwa nur geträumt?

In diesem Augenblick öffnete sich eine Fenstertür, und die Frau, mit der sich Mr Sattersway in Gedanken beschäftigt hatte, trat heraus. Mit federnden Schritten, als könne sie ihr Glück kaum fassen, kam sie auf Mr Sattersway zu. Ihre Augen leuchteten, ihre Wangen waren gerötet, die strahlende Verkörperung von Freude. Kein Zögern, kein Zagen, kein Zittern war mehr an ihr zu bemerken. Sie ging direkt auf Mr Sattersway zu, legte ihm die Hände auf die Schultern und küsste ihn, nicht nur einmal, sondern immer wieder. Wie große dunkelrote Rosen, sehr samtig – so sah er es, wenn er später an die Szene zurückdachte. Sonnenschein, Sommer, zwitschernde Vögel – das alles wurde ihm plötzlich sehr stark bewusst. Wärme, Kraft und eine ungeheure Lebensfreude …

»Ich bin so glücklich!«, rief sie. »Wieso wussten Sie es? Wie konnten Sie es überhaupt wissen? Sie sind wie die gute Fee im Märchen.« Sie schwieg atemlos, als könne sie vor Freude nicht weitersprechen. Dann holte sie tief Luft und sagte:

»Wir fahren heute hinüber … zum Konsul … und lassen uns trauen. Wenn John eintrifft, wartet sein Vater schon auf ihn. Wir erzählen ihm einfach, dass es irgendwelche Missverständnisse gegeben hat. Ach, er wird keine Fragen stellen! Oh, ich bin so glücklich … so glücklich!«

Sie strahlte so viel Glück und Freude aus, dass sich Mr Sattersway wie von einer warmen, heiteren Welle umspült fühlte.

»Anthony findet es großartig, dass er einen Sohn hat. Ich hätte mir nie träumen lassen, dass es ihm wichtig ist.« Voll Vertrauen sah sie Mr Sattersway in die Augen. »Ist es nicht seltsam, wie sich am Ende immer alles zum Guten wendet?«

Da hatte er zum ersten Mal ein ganz klares Bild von ihr. Sie war immer noch ein Kind, mit ihrer Vorliebe für eine Scheinwelt, für Märchen, die stets gut endeten, »... und sie lebten glücklich bis an ihr Ende ...«

»Wenn Sie Freude in die letzten Monate seines Lebens bringen«, sagte Mr Sattersway, »dann ist dies in der Tat ein großes Glück.«

Sie riss erstaunt die Augen auf. »Aber!«, rief sie, »Sie glauben doch nicht, dass ich es zulasse? Er darf nicht sterben! Nach all den Jahren ... wenn er endlich zu mir gekommen ist! Ich kenne eine Menge Leute, die die Ärzte aufgegeben hatten und die heute noch leben! Wieso sterben? Natürlich wird er nicht sterben!«

Er sah sie an. Was für eine Kraft sie ausstrahlte, was für Lebensfreude, welchen Mut. Und wie schön sie war! Auch er kannte einige Ärzte, die sich in der Diagnose einmal getäuscht hatten. Der persönliche Einfluss – man wusste nie, wie viel oder wie wenig er zählte.

Voll Verachtung und Belustigung sagte sie: »Sie glauben doch nicht, dass ich so etwas zulasse? Dass er stirbt?«

»Nein«, erwiderte Mr Sattersway schließlich sehr freundlich. »Irgendwie, meine Liebe, werden Sie es nicht zulassen.«

Kurz darauf schritt Mr Sattersway den Zypressenpfad

entlang, bis zu der Bank auf dem Plateau. Dort saß schon jemand, wie er es erwartet hatte. Mr Quin stand auf und begrüßte ihn. Er sah aus wie immer – dunkel, schwermütig.

»Sie hatten vermutet, dass ich hier sein würde?«, fragte er lächelnd.

»Ja«, antwortete Mr Sattersway nur.

Sie setzten sich nebeneinander auf die Bank.

»Ich habe so eine Ahnung, dass Sie wieder einmal Schicksal gespielt haben«, meinte Mr Quin. »Nach Ihrer Miene zu schließen«, fügte er hinzu.

Mr Sattersway sah ihn vorwurfsvoll an. »Als ob Sie es nicht wüssten!

»Sie beschuldigen mich ständig der Allwissenheit«, sagte Mr Quin.

»Wenn Sie keine Ahnung hatten, warum waren Sie dann vorletzte Nacht hier?«, entgegnete Mr Sattersway.

»Ach, das ...«

»Ja?«

»Ich sollte einen ... Auftrag ausführen.« »Für wen?«

»Sie haben mich einmal sehr phantasievoll als den Fürsprecher der Toten bezeichnet.«

»Der Toten?«, wiederholte Mr Sattersway leicht verblüfft. »Ich verstehe Sie nicht.«

Mr Quin wies mit einem langen dünnen Finger auf das blaue Meer tief unter ihnen. »Vor mehr als zwanzig Jahren ist dort ein Mann ertrunken.«

»Ich weiß ... doch ich begreife nicht, wieso ...«

»Angenommen, der Mann liebte seine junge Frau, trotz allem. Die Liebe kann den Menschen zum Teufel oder Engel machen. Sie betete ihn auf eine mädchenhafte Art an, doch das Weibliche in ihr konnte er nie erreichen, und das machte ihn halb wahnsinnig. Er quälte sie, weil er sie liebte. Solche Dinge passieren immer wieder. Das wissen Sie genauso gut wie ich.«

»Ja«, musste Mr Sattersway zugeben. »Ich habe so etwas schon erlebt, doch sehr selten, sehr selten …«

»Und Sie haben auch schon miterlebt, wie jemand bereute, dass es so etwas wie Reue gibt … den Wunsch, wiedergutzumachen … koste es, was es wolle …«

»Ja, aber er starb zu früh …«

»Was ist der Tod?« Verachtung schwang in Mr Quins Stimme mit. »Sie glauben doch an ein Leben nach dem Tod, nicht wahr? Und wer sagt Ihnen, dass es nicht die gleichen Wünsche, die gleichen Bedürfnisse gibt? Und wenn der Wunsch stark genug ist, findet sich vielleicht ein Bote.«

Seine Stimme verklang.

Ein wenig zitternd stand Mr Sattersway auf. »Ich muss wieder ins Hotel«, sagte er. »Wenn Sie den gleichen Weg haben …«

Mr Quin schüttelte den Kopf. »Nein«, erwiderte er. »Ich kehre auf demselben Weg zurück, den ich gekommen bin.«

Mr Sattersway ging davon. Als er über die Schulter zurückblickte, sah er, wie sein Freund auf den Klippenrand zutrat.

Die Straße des Harlekins

Mr Sattersway wusste selbst nicht genau, warum er die Einladung angenommen hatte. Die Denmans gehörten nicht zu den Kreisen, in denen er gewöhnlich verkehrte, weder bewegten sie sich in der großen Welt, noch waren sie Künstler, die Mr Sattersway besonders mochte. Sie waren Philister, und dazu noch langweilige Philister. Mr Sattersway hatte sie in Biarritz kennengelernt und damals ihre Einladung, sie zu besuchen, angenommen. Er hatte sich in ihrem Haus gelangweilt und war doch immer wiedergekommen – wirklich höchst seltsam. Und jetzt war er erneut zu ihnen unterwegs.

Warum? Diese Frage stellte er sich an jenem 21. Juni wieder, während er in seinem Rolls-Royce dahinglitt und sich immer weiter von London entfernte.

John Denman war vierzig Jahre alt, ein solider, angesehener Geschäftsmann. Seine Freunde waren nicht Mr Sattersways Freunde, und seine Gedankenwelt war eine andere. Denman war zwar in seinem Beruf sehr erfolgreich, doch Phantasie besaß er nicht.

Warum fahre ich nur hin? überlegte Mr Sattersway. Und die Antwort, die ihm einfiel, war so seltsam und unglaublich, dass er sie am liebsten verdrängt hätte. Denn der wahre Grund für seinen Besuch war der Umstand, dass ein Zimmer des Hauses – übrigens ein bequemes, gepflegtes

Haus – seine Neugier besonders reizte. Es handelte sich um Mrs Denmans Wohnzimmer.

Nicht dass es eine besondere Ausstrahlung besaß. Soweit Mr Sattersway es beurteilen konnte, besaß Mrs Denman keine Persönlichkeit. Er hatte noch nie eine Frau getroffen, die so farblos war wie sie. Sie war eine gebürtige Russin. John Denman hatte sich beim Ausbruch des Ersten Weltkriegs in Russland aufgehalten und dann bei den russischen Truppen gekämpft. In den Wirren der Revolution wäre er beinahe umgekommen. Er brachte eine Russin nach England mit, ein Flüchtlingsmädchen ohne Geld. Gegen den Willen seiner Eltern hatte er sie geheiratet.

Mrs Denmans Wohnzimmer war in keiner Weise bemerkenswert. Es war solide eingerichtet, mit stabilen Hepplewhite-Möbeln, und besaß eher eine maskuline Note als weiblichen Charme. Nur ein Gegenstand passte nicht zu der übrigen Einrichtung: ein chinesischer Lackwandschirm in hellem Gelb und blassem Rosa. Jedes Museum hätte sich glücklich geschätzt, ihn zu besitzen. Es war ein seltenes und schönes Sammlerstück!

In diesem würdevollen englischen Zimmer wirkte er völlig fehl am Platz. Der Wandschirm hätte der Mittelpunkt eines Raumes sein müssen, um den herum sich alle übrigen Dinge harmonisch gruppierten. Und doch konnte Mr Sattersway den Denmans nicht vorwerfen, sie besäßen keinen Geschmack, denn das übrige Haus war perfekt eingerichtet.

Er schüttelte den Kopf. So unwichtig diese Sache auch war, sie beschäftigte ihn. Nur deshalb kam er wieder und wieder in dieses Haus. Vielleicht war es nur die Laune einer Frau, doch diese Lösung überzeugte ihn nicht. Mrs Denman war eine zu nüchterne Person mit harten

Zügen, die so korrekt Englisch sprach, dass kein Mensch sie für eine Ausländerin hielt.

Sein Wagen hielt vor dem Haus, und Mr Sattersway stieg aus, in Gedanken immer noch mit dem chinesischen Wandschirm beschäftigt. Das Anwesen hieß *Ashmead*, hatte fünf Morgen Grund und lag in Melton Heath, einem dreißig Meilen von London entfernt gelegenen Ort, der sich etwa zweihundertfünfzig Meter über dem Meer erhob und zum größten Teil von Leuten bewohnt wurde, die über ein großzügiges Einkommen verfügten.

Der Butler empfing Mr Sattersway sehr zuvorkommend. Mr und Mrs Denman seien nicht da – sie waren bei einer Probe –, und er solle sich ganz wie zu Hause fühlen. Sie seien bald zurück.

Mr Sattersway befolgte den guten Rat und schlenderte durch den Garten. Nachdem er die Blumenbeete inspiziert hatte, spazierte er einen schattigen Weg entlang und stand plötzlich vor einer Pforte, die nicht verschlossen war. Er ging hindurch. Dahinter lag eine schmale Straße.

Mr Sattersway blickte nach rechts und nach links. Es war eine ganz reizende Straße, die nach guter alter Art viele Kurven hatte. Mr Sattersway fiel die Adresse auf der Einladung ein, die ihm seine Gastgeber geschickt hatten: Ashmead, Harlequin's Lane. Ihm fiel auch ein, dass die Bewohner des Ortes noch einen anderen Namen für die Straße hatten. Mrs Denman hatte es ihm einmal erzählt.

»Die Straße des Harlekins«, murmelte Mr Sattersway. »Ich frage mich, ob ...« Er bog um eine Kurve.

Später grübelte er darüber nach, warum er nicht erstaunt war, als er plötzlich einem Freund gegenüberstand, einem sehr eigenwilligen Freund: Mr Harley Quin. Die beiden Männer schüttelten sich die Hand.

»Sie sind auch hier!«, rief Mr Sattersway.

»Ja. Ich wohne im selben Haus wie Sie.«

»Sie wohnen dort?«

»Ja. Erstaunt Sie das?«

»Nein«, antwortete Mr Sattersway zögernd. »Nur – Sie bleiben nie lange am gleichen Ort, nicht wahr?«

»Nur so lange, wie es notwendig ist«, erwiderte Mr Quin.

»Ich verstehe.«

Ein paar Minuten gingen sie schweigend weiter.

»Diese Straße ...«, begann Mr Sattersway und brach ab.

»Gehört mir«, ergänzte Mr Quin.

»Das dachte ich mir. Irgendwie hatte ich es vermutet. Sie hat noch einen anderen Namen. Die Leute im Ort nennen sie auch Lovers Lane, die Straße der Liebenden. Wussten Sie das?«

Mr Quin nickte. »Vermutlich gibt es in jedem Ort eine solche Straße.«

»Vermutlich.« Mr Sattersway seufzte. Er kam sich plötzlich alt vor, nicht mehr auf dem laufenden, ein kleiner, vertrockneter Kauz.

»Wo wohl die Straße endet?«, fragte er.

»Sie endet – hier«, erwiderte Mr Quin.

Sie hatten die letzte Biegung erreicht. Dahinter lag eine Abfallhalde. Beinah vor ihren Füßen öffnete sich eine große Grube. Dort blitzten Dosen in der Sonne, andere waren so verrostet, dass sich kein Sonnenstrahl mehr in ihnen verfing. Alte Schuhe lagen da, Zeitungen und Papier und Hunderte von anderen Dingen, für die sich kein Mensch mehr interessierte.

»Eine Müllhalde«, rief Mr Sattersway und schnaufte empört.

»Manchmal kann man dort die schönsten Dinge entdecken«, meinte Mr Quin.

»Ich weiß, ich weiß«, sagte Mr Sattersway und zitierte etwas selbstgefällig: »‹Bringt mir die beiden schönsten Dinge in dieser Stadt! sagte Gott. Sie wissen, wie es weitergeht?«

Mr Quin nickte.

Mr Sattersway blickte zu einem eingefallenen kleinen Haus, das am Rand der Grube stand. »Eine nicht besonders schöne Aussicht!«, meinte er.

»Ich glaube, damals war es noch keine Müllgrube«, antwortete Mr Quin. »Soviel ich weiß, wohnten die Denmans nach ihrer Heirat zuerst dort. Als die alten Leute starben, zogen sie in das große Haus. Dann begann man den Steinbruch auszubeuten, und das Haus verfiel.«

Sie wandten sich ab und schlenderten zurück.

»Sicherlich kommen an warmen Sommerabenden viele Liebespaare her«, sagte Mr Sattersway lächelnd.

»Wahrscheinlich.«

»Liebende«, sagte Mr Sattersway. Nachdenklich wiederholte er das Wort, ohne die übliche Verlegenheit, die einen Engländer bei solchen Ausdrücken gewöhnlich befällt. Das lag an Mr Quins Gegenwart.

Der andere nickte, ohne etwas zu erwidern.

»Sie haben Liebenden Kummer erspart, ja, mehr noch, sie vor dem Tod gerettet. Und Sie waren der Anwalt der Toten«, sagte Mr Sattersway.

»Ich glaube, Sie sprechen eher von sich selbst. Was *Sie* getan haben. Nicht, was ich getan habe.«

»Es kommt aufs selbe heraus«, antwortete Mr Sattersway. »Das wissen Sie sehr gut! Sie haben gehandelt – durch mich. Aus irgendwelchen Gründen wollen Sie persönlich nicht offen in Aktion treten.«

»Manchmal tue ich es«, sagte Mr Quin.

In seiner Stimme schwang ein neuer Ton mit. Gegen seinen Willen erschauerte Mr Sattersway ein wenig. Es begann kühl zu werden, fand er. Doch die Sonne stand so hell am Himmel wie vorher.

In diesem Augenblick tauchte eine junge Frau an der nächsten Biegung vor ihnen auf. Sie war sehr hübsch, mit blondem Haar und blauen Augen, sie trug einen rosafarbenen Baumwollrock. Mr Sattersway erkannte sie sofort. Es war Molly Stanwell, der er früher schon begegnet war.

Sie winkte ihnen grüßend zu. »John und Anna mussten wieder weg«, rief sie. »Sie wussten zwar, dass Sie eintreffen, aber sie wollten unbedingt bei der Probe dabei sein.«

»Was wird denn geprobt?«, fragte Mr Sattersway.

»Eine große Maskerade. Ich weiß auch nicht, wie man es richtig nennt. Es wird viel gesungen und getanzt und all so was. Mr Manly – Sie erinnern sich doch an ihn? – hat eine gute Stimme. Er spielt den Pierrot, ich bin Pierrette. Zwei echte Tänzer wurden für die Hauptrollen engagiert – für Harlekin und Kolombine, wissen Sie. Und ein Haufen Mädchen werden tanzen. Lady Roscheimer möchte die Dorfmädchen unbedingt im Singen unterrichten. Sie gibt sich wirklich große Mühe. Die Musik ist ganz nett, aber sehr modern, fast keine richtigen Melodien. Von Claude Wickam. Vielleicht kennen Sie ihn?«

Mr Sattersway nickte. Er kannte viele Leute. Das war mehr oder weniger sein Hobby. Er wusste über das ehrgeizige Genie Claude Wickam Bescheid und auch über Lady Roscheimer, eine dicke Person mit einer Schwäche für junge Männer, die einen Hang zur Kunst hatten. Und er war auch über Sir Leopold Roscheimer informiert, den es freute, wenn seine Frau glücklich war, und dem es nichts ausmachte, wenn sie es auf ihre Weise tat. Eine seltene Eigenschaft bei Ehemännern.

Sie lernten Claude Wickam beim Tee kennen. Er stopfte sich den Mund mit allem voll, was ihm in die Finger geriet, redete ununterbrochen und gestikulierte heftig mit seinen schmalen weißen Händen. Er war kurzsichtig und trug eine dicke Hornbrille.

John Denman, sehr aufrecht, rosig, etwas ölig, lauschte mit einem Ausdruck gelangweilter Aufmerksamkeit. Wie es Mr Sattersway schien, unterhielt sich Wickam nur mit Denman. Anna Denman saß hinter der Teekanne, wie immer schweigsam und ausdruckslos.

Mr Sattersway warf ihr verstohlen einen Blick zu. Sie war groß, hager, mit schwarzem, in der Mitte gescheiteltem Haar und wettergegerbter Haut, die sich über den hohen Backenknochen spannte. Eine Frau, die viel Zeit im Freien verbrachte und nicht viel für Kosmetika übrighatte. Wie eine Holzpuppe, leblos ... und trotzdem ...

Ja, dachte Mr Sattersway, hinter diesem Gesicht steckt mehr, nur merkt man es nicht. »Wie bitte?«, sagte er zu Claude Wickam. »Was haben Sie eben gesagt?«

Claude Wickam, der sich gern reden hörte, begann noch einmal von vorn. Russland, so meinte er, sei das einzige interessante Land auf dieser Erde. Dort experimentiere man noch. »Ein großartiges Land!«, rief er und stopfte sich ein Sandwich in den Mund. »Nehmen Sie nur das russische Ballett«, fuhr er mit vollem Mund fort. Er erinnerte sich an seine Gastgeberin und wandte sich an sie. Was sie denn vom russischen Ballett halte?

Offensichtlich war die Frage nur als Einleitung zu der wichtigen Überlegung gedacht, was Wickam selbst davon

hielt, aber die Antwort seiner Gastgeberin war so ungewöhnlich, dass er den Faden verlor.

»Ich habe es nie gesehen.«

»Wie bitte?« Er starrte sie entgeistert an. »Aber ... sicherlich ...«

Ihre Stimme war ausdruckslos wie immer. »Vor meiner
Heirat war ich Tänzerin. Deshalb ...«

»Eulen nach Athen tragen«, sagte ihr Mann.

»Tanzen!« Sie zuckte mit den Achseln. »Ich kenne alle
Tricks. Es interessiert mich nicht.«

»Ach!« Es dauerte ein paar Augenblicke, bis Wickam
seine Fassung wiedergewann.

»Wenn wir schon von Experimenten sprechen«, sagte
Mr Sattersway, »so ist den Russen eines besonders ge-
glückt.«

Claude Wickam wirbelte herum. »Ich weiß, wen Sie
meinen!«, rief er. »Sie meinen die Kharsanowa! Die unsterbliche, die einzige Kharsanowa! Haben Sie sie tanzen
sehen?«

»Dreimal«, erwiderte Mr Sattersway. »Zweimal in Paris,
einmal in London. Ich werde es nie vergessen.«

Er sprach mit fast andächtiger Stimme.

»Ich habe sie auch gesehen«, sagte Wickam. »Ich war
erst zehn. Ein Onkel nahm mich mit. Mein Gott! Es ist
mir ewig unvergesslich.«

Begeistert warf er ein Stück Kuchen in ein Blumenbeet.

»In einem Berliner Museum steht eine kleine Statue
von ihr«, sagte Mr Sattersway. »Sie ist zauberhaft. Diese
Zerbrechlichkeit – als könnte man sie mit einem Finger-
schnippen zerbrechen. Ich habe sie als Kolombine gesehen, als den sterbenden Schwan.« Er schwieg und schüttelte den Kopf. »Was für eine Begabung. Eine Tänzerin wie

sie kommt so schnell nicht wieder. Sie war noch so jung. In den ersten Tagen der Revolution kam sie ums Leben, sinnlos gemordet.«

»Dummköpfe! Verrückte! Affen!«, rief Wickam. Er verschluckte sich an seinem Tee.

»Ich habe mit der Kharsanowa studiert«, sagte Mrs Denman. »Ich erinnere mich noch gut an sie.«

»Sie war wundervoll, nicht wahr?«, sagte Mr Sattersway.

»Ja, ganz wundervoll!«

Dann verabschiedete sich Wickam. Als er verschwunden war, seufzte John Denman erleichtert, worüber seine Frau lachen musste.

Mr Sattersway nickte. »Ich weiß, was Sie denken. Aber trotz allem – die Musik, die der Junge komponiert, ist noch echte Musik.«

»Vermutlich«, antwortete Denman trocken.

»Ganz bestimmt. Wie lange es allerdings dauert, das ist etwas anderes.«

John Denman blickte ihn neugierig an. »Was meinen Sie damit?«

»Er hatte schon so früh Erfolg. Das ist gefährlich. War es immer.« Er sah Mr Quin an. »Finden Sie nicht auch?«

»Sie haben immer recht!«, entgegnete Mr Quin.

»Gehen wir doch in mein Wohnzimmer hinauf«, sagte Mrs Denman. »Es ist so angenehm dort.«

Sie ging ihnen voraus, und die Herren folgten ihr. Mr Sattersway holte tief Luft, als er den chinesischen Wandschirm sah. Da merkte er, dass Mrs Denman ihn beobachtete.

»Sie sind ein Mann, der vieles weiß«, sagte sie und nickte ihm leicht zu. »Was halten Sie von meinem Wandschirm?«

Er fand, dass ihre Frage in gewisser Weise eine Herausforderung war, und deshalb antwortete er nur zögernd, fast stotternd. »Nun, er ist … er ist schön. Mehr noch, er ist einzigartig.«

»Das stimmt«, sagte Denman, der zu ihnen getreten war. »Wir haben ihn bald nach unserer Heirat gekauft. Wir bekamen ihn für ein Zehntel seines Werts, trotzdem – nun, wir haben über ein Jahr daran zu kauen gehabt. Erinnerst du dich, Anna?«

»Ja. Sehr gut.«

»Eigentlich hätten wir ihn damals gar nicht kaufen dürfen. Heute ist das natürlich etwas anderes. Kürzlich war eine sehr interessante Auktion bei *Christie's*. Genau die richtigen Gegenstände, um diesen Raum vollkommen zu machen. Nur chinesische Möbel. Dann hätten wir den ganzen anderen Kram verschwinden lassen können. Ob Sie's glauben oder nicht, Sattersway, meine Frau wollte nichts davon hören.«

»Mir gefällt das Zimmer, wie es ist«, erklärte Mrs Denman.

Ein seltsamer Ausdruck lag auf ihrem Gesicht. Wieder war Mr Sattersway irgendwie beunruhigt. Er blickte um sich und bemerkte zum ersten Mal, dass der Raum völlig unpersönlich war. Keine Fotografien, keine Blumen, kein Nippes. Sicherlich nicht das Zimmer einer Frau. Wenn der schöne Wandschirm nicht gewesen wäre, hätte man es für den Ausstellungsraum eines Möbelhauses halten können.

»Es ist nämlich so«, sagte Mrs Denman und lächelte ihn an, »dass wir diesen Wandschirm nicht nur mit Geld gekauft haben, sondern auch mit Liebe. Ich glaube, Sie verstehen, was ich meine. Weil er so schön und einzigartig war, hatten wir uns in ihn verliebt und verzichteten auf andere Dinge, auf Dinge, die wir eigentlich gebraucht hätten und die uns fehlten. Diese anderen chinesischen Einrichtungsgegenstände, von denen mein Mann sprach, würden wir nur mit Geld kaufen, nicht auch mit unserem Herzen.«

Ihr Mann lachte. »Na, wie du willst«, sagte er mit einer Spur Missbilligung in der Stimme. »Aber es ist so unharmonisch. Das englische Zeug ist auf seine Art ja ganz ordentlich, solide, echt – aber mittelmäßig.«

Sie nickte. »Gute, solide englische Ware«, murmelte sie.

Mr Sattersway starrte sie nachdenklich an. Er glaubte, einen verborgenen Sinn aus ihren Worten herauszuhören. Dieser mit gediegenen englischen Möbeln eingerichtete Raum, dazu der prachtvolle Wandschirm – nein, er kam nicht dahinter.

»Wir begegneten Miss Stanwell«, sagte er, das Thema wechselnd. »Draußen, in der schönen Straße hinter dem Haus. Sie erzählte, dass sie in der Vorstellung von heute Abend die Pierrette spielt.«

»Ja«, erwiderte Mr Denman. »Sie ist hervorragend.«

»Sie bewegt sich zu unbeholfen«, meinte seine Frau.

»Unsinn«, sagte Mr Denman. »Alle Frauen sind gleich, Sattersway. Vertragen es nicht, wenn man eine andere lobt. Molly ist ein hübsches Mädchen, und deshalb redet jede andere Frau schlecht von ihr.«

»Ich sprach vom Tanzen«, erwiderte Mrs Denman. Es klang etwas erstaunt. »Sie ist sehr hübsch, natürlich, doch ihre Füße bewegen sich nicht leicht genug. Du kannst mir da nichts vormachen. Vom Tanzen verstehe ich etwas.«

Mr Sattersway kam Mr Denman taktvoll zu Hilfe. »Wie ich hörte, sollen zwei richtige Balletttänzer herkommen?«

»Ja. Sie tanzen das eigentliche Ballett. Prinz Oranoff bringt sie in seinem Wagen mit.«

»Sergius Oranoff?«

Die Frage kam von Mrs Denman. Ihr Mann sah sie verwundert an.

»Du kennst ihn?«

»Ich habe ihn einmal gekannt – damals in Russland.« Mr Sattersway hatte den Eindruck, dass John Denman beunruhigt war.

»Wird er dich wiedererkennen?«

»Ja, er wird mich wiedererkennen.«

Sie lachte, ein tiefes, fast triumphierendes Lachen. Nichts mehr an ihr erinnerte jetzt noch an eine hölzerne Puppe. Sie nickte ihrem Mann tröstend zu. »Der gute Sergius. Er bringt also die beiden Tänzer her. Er war schon immer am Tanzen interessiert.«

»Ich erinnere mich.«

John Denman schwieg abrupt, drehte sich um und verließ den Raum. Mr Quin folgte ihm. Mrs Denman ging zum Telefon und wählte. Mit einer energischen Geste hielt sie Mr Sattersway zurück, der ebenfalls hinausgehen wollte.

»Könnte ich Lady Roscheimer sprechen? Ach, Sie sind es selbst. Hier ist Anna Denman. Ist Prinz Oranoff schon eingetroffen? Was? Ach, mein Gott! Wie schrecklich!«

Sie lauschte noch ein paar Augenblicke, dann legte sie auf. Sie wandte sich an Mr Sattersway und sagte:

»Es hat einen Unfall gegeben. So wie Sergius fährt, muss man immer darauf gefasst sein. In all den Jahren hat er sich offensichtlich nicht verändert. Das Mädchen ist nicht sehr verletzt, nur eine Quetschung, und dazu der Schreck. Jedenfalls kann sie heute Abend nicht tanzen. Der Mann hat sich den Arm gebrochen. Sergius selbst ist nichts passiert. Der Teufel kümmert sich immer um seinesgleichen, wie es so schön heißt.«

»Und was ist mit der Aufführung heute Abend?«

»Eben, mein Freund! Es muss etwas geschehen!«

Sie setzte sich und überlegte. Plötzlich blickte sie auf und meinte: »Ich bin eine schlechte Gastgeberin, Mr Sattersway. Ich kümmere mich überhaupt nicht um Sie.«

»Ich versichere Ihnen, es macht mit nichts aus. Obwohl es da eine Sache gibt, Mrs Denman, die ich sehr gern wissen möchte.«

»Ja?«

»Wie sind Sie auf Mr Quin gestoßen?«

»Er ist oft hier«, antwortete sie nachdenklich. »Ich glaube, ihm gehört hier etwas Grund.«

»Das stimmt. Er hat es mir heute Nachmittag selbst erzählt«, erwiderte Mr Sattersway.

»Er ist so ...« Sie schwieg. Ihre Blicke trafen sich. »Ich meine, dass Sie ihn viel besser kennen als ich«, schloss sie.

»Ich?«

»Habe ich nicht recht?«

Er war unsicher. Seine friedliche kleine Seele fand sie beunruhigend. Offenbar wollte sie ihn zwingen, mehr zu sagen, als er zu sagen bereit war. Er sollte in Worte fassen, was er nicht einmal sich selbst eingestehen wollte.

»Sie wissen Bescheid«, sagte sie. »Ich glaube, Sie wissen vieles, Mr Sattersway.«

Das war eine Schmeichelei, doch ausnahmsweise beflügelte sie Mr Sattersway nicht. Er schüttelte in ungewohnter Bescheidenheit den Kopf. »Was weiß der Mensch schon?«, sagte er. »So wenig – ach, so wenig!

Sie nickte. Dann nahm sie den Faden wieder auf und sagte in seltsam bedrücktem Ton:

»Angenommen, ich erzähle Ihnen ein Geheimnis – würden Sie mich auslachen? Nein, Sie würden es nicht tun. Angenommen also, dass man zu seiner Phantasie Zuflucht nimmt, um ...«, sie schwieg einen Augenblick, »... um weiterarbeiten, weiterleben zu können. Dass man sich etwas einredet, das es in Wahrheit gar nicht gibt, dass man sich eine gewisse Person erträumt ... Sie verstehen, man macht sich etwas vor, nichts weiter. Doch eines Tages ...«

»Ja?«, ermunterte Mr Sattersway sie. Er war höchst neugierig.

»Eines Tages bewahrheitet sich der Traum. Alles, was man sich in seiner Phantasie vorgestellt hatte, das Unmögliche, das Unglaubliche ... wurde wahr! Ist das Wahnsinn? Sagen Sie es mir, Mr Sattersway! Ist das Wahnsinn, oder glauben Sie auch an so etwas?«

»Ich ...« Seltsam, dass er nicht imstande war, etwas zu erwidern. Die Worte schienen ihm in der Kehle stecken zu bleiben.

»Verrückt«, sagte Mrs Denman. »Völlig verrückt!«

Sie rauschte aus dem Zimmer und ließ Mr Sattersway mit seinem unausgesprochenen Glaubensbekenntnis allein zurück.

Als Mr Sattersway zum Abendessen hinunterkam, unterhielt sich Mrs Denman mit einem anderen Gast, einem großen dunkelhaarigen Mann mittleren Alters. Sie machte ihn sogleich mit ihm bekannt: »Prinz Oranoff – Mr Sattersway.«

Die beiden Männer verbeugten sich. Mr Sattersway hatte den Eindruck, dass er durch sein Erscheinen ein Gespräch unterbrochen hatte, das nun nicht wieder aufgenommen wurde. Doch nichts deutete auf irgendwelche Spannungen hin. Der Russe unterhielt sich mit Mr Sattersway über Themen, die diesem besonders am Herzen lagen. Er war ein Mann von feinem Kunstverstand, und sie stellten bald fest, dass sie viele gemeinsame Freunde besaßen. John Denman trat zu ihnen, und Oranoff drückte sein Bedauern über den Autounfall aus.

»Es war nicht meine Schuld. Zwar liebe ich die Geschwindigkeit, aber ich bin ein guter Fahrer. Es war Schicksal – oder Zufall.« Er zuckte die Achseln. »Man kann nichts dagegen machen.«

»Da spricht der Russe aus Ihnen, Sergius«, sagte Mrs Denman. »Verwandte Seelen, Anna«, sagte er schlagfertig.

Mr Sattersway blickte sie der Reihe nach an. John Denman, hellhäutig, sicher, englisch, und die beiden anderen, dunkel, schlank, sich seltsam ähnlich. In seiner Erinnerung begann es sich zu regen – was war es noch? Ach, ja! Jetzt fiel es ihm wieder ein: der erste Akt der *Walküre*. Sigmund und Sieglinde – so ähnlich – und der fremde Hunding. Seine Gedanken schweiften ab. War deshalb Mr Quin hier? Denn an eines glaubte er ganz fest: Wo immer Mr Quin auftauchte, war eine menschliche Tragödie nicht fern. Oder war dies hier nichts weiter als die übliche Dreiecksgeschichte?

Irgendwie war er enttäuscht. Er hatte sich mehr erhofft.

»Was hast du unternommen, Anna?«, fragte Denman. »Sicherlich wird die Vorstellung abgesagt. Ich hörte dich mit der Roscheimer telefonieren.«

Sie schüttelte den Kopf. »Nein, das ist nicht nötig.«

»Aber ohne Ballett geht es doch nicht?«

»Natürlich kann man ohne Harlekin und Kolombine kein komisches Stück aufführen«, stimmte ihm seine Frau trocken zu. »Ich tanze die Kolombine.«

»Du?« Er war erstaunt und beunruhigt, wie Mr Sattersway schien. Sie nickte würdevoll. »Keine Angst, John, ich mache dir keine Schande. Du vergisst, dass es einmal mein Beruf war.«

Was für eine seltsame Sache das doch mit einer Stimme ist, dachte Mr Sattersway. Man kann etwas ausdrücken oder weglassen, obwohl man es sagt …

»Na ja«, meinte John Denman nicht sehr begeistert. »Das löst das halbe Problem. Wo willst du einen Harlekin finden?«

»Ich habe ihn schon gefunden – dort.«

Sie deutete auf die Tür, in der Mr Quin eben aufgetaucht war. Mr Quin lächelte sie an.

»Guter Gott, Quin!«, rief Denman. »Hatten Sie von der ganzen Sache eine Ahnung? Ich hätte mir so etwas nicht im Traum einfallen lassen.«

»Ein Fachmann verbürgt sich für Mr Quin«, sagte seine Frau. »Mr Sattersway wird dir die Antwort darauf geben.«

Mrs Denman nickte Mr Sattersway zu, der zu seiner Verblüffung plötzlich murmelte: »O ja, ich – ich bürge für ihn.«

Mr Denman wandte seine Aufmerksamkeit einem andern Thema zu. »Nach der Aufführung findet ein Maskenball statt. Ein großer Blödsinn. Wir werden Sie ordentlich ausstaffieren müssen, Mr Sattersway.«

Mr Sattersway schüttelte energisch den Kopf. »Mein Alter wird mich entschuldigen«, antwortete er. Dann fiel ihm etwas ein. »Man gebe mir eine Serviette! Ich klemme sie mir unter den Arm und spiele einen ältlichen Ober, der mal bessere Tage gesehen hat.«

Er lachte.

»Ein interessanter Beruf«, meinte Mr Quin. »In dem man viel erlebt.«

»Ich soll mich als Pierrot verkleiden«, bemerkte Denman düster. »Auf jeden Fall werde ich nicht schwitzen. Wie steht's mit Ihnen?« Er blickte Oranoff an.

»Ich habe ein Harlekinkostüm«, erwiderte der Russe. Sein Blick wanderte kurz zu seiner Gastgeberin hinüber.

Mr Sattersway glaubte für einen Augenblick, eine gewisse Spannung zwischen den beiden zu spüren.

»Beinahe wären wir zu dritt gewesen«, sagte Denman und lachte. »Meine Frau hat mir mal ein solches Kostüm genäht, als wir gerade verheiratet waren, zu irgendeinem Anlass, den ich vergessen habe.« Er sah an sich hinunter. »Ich glaube nicht, dass ich heute noch hineinpasse.«

»Heute nicht mehr«, sagte seine Frau. Wieder lag eine seltsame Betonung in ihren Worten. Sie sah auf die Uhr. »Wenn Molly nicht bald kommt, können wir nicht länger warten.«

In diesem Augenblick erschien sie. Sie trug bereits ihr weiß-grünes Narrenkostüm und sah darin ganz reizend aus, wie Mr Sattersway fand.

Sie war sehr aufgeregt über ihren bevorstehenden Auftritt. »Ich bin schrecklich nervös!«, verkündete sie, während sie nach dem Essen Kaffee tranken. »Meine Stimme wird unsicher klingen, und vermutlich habe ich den ganzen Text vergessen.«

»Ihre Stimme ist sehr hübsch«, sagte Mrs Denman. »Ich würde mir an Ihrer Stelle deswegen keine Sorgen machen.«

»O doch! Wegen dem andern habe ich keine Angst. Ich meine, wenn's ums Tanzen geht. Das klappt schon. Mit den Füßen kann man nicht viele Fehler machen, finde ich, nicht wahr?«

Sie blickte Mrs Denman bittend an, doch diese reagierte nicht darauf, sondern meinte: »Singen Sie etwas für Mr Sattersway. Es wird Ihnen das Lampenfieber nehmen.«

Molly ging zum Flügel. Mit frischer, heller Stimme sang sie eine alte irische Ballade:

> *»Sheila, schöne Sheila, was siehst du?*
> *was siehst du, was siehst du im Feuer?*
> *Ich sehe einen Burschen, der mich liebt,*
> *und ich sehe einen Burschen, der mich verlässt.*
> *Und einen andern, einen Mann im Schatten,*
> *der mir Kummer macht.«*

Dann war das Lied zu Ende, und Mr Sattersway nickte begeistert.

»Mrs Denman hat recht: Ihre Stimme ist wundervoll. Vielleicht noch nicht fertig ausgebildet, aber so natürlich, voll jugendlichem Charme!«

»Das finde ich auch«, pflichtete Mr Denman ihm bei. »Nur keine Aufregung, Molly. Sie brauchen wirklich kein Lampenfieber zu haben! Jetzt brechen wir wohl am besten auf.«

Man trennte sich, um die Mäntel zu holen. Es war eine herrliche Nacht, und es wurde beschlossen, zu Fuß zu gehen. Der Besitz der Roscheimers lag nur ein paar hundert Meter die Straße hinunter … Mr Sattersway blieb bei seinem Freund stehen. »Seltsam«, sagte er, »bei dem Lied musste ich an Sie denken. Der andere Mann, der Mann im

Schatten – das klingt nach einem Geheimnis, und wo es ein Geheimnis gibt, da denke ich sofort … nun, da muss ich sofort an Sie denken.«

»Bin ich denn so geheimnisvoll?«, fragte Mr Quin. Mr Sattersway nickte nachdrücklich. »Ja, das sind Sie! Bis heute Abend hatte ich zum Beispiel keine Ahnung, dass Sie ein Tänzer sind.«

»Ach, wirklich?«

»Hören Sie doch!«, sagte Mr Sattersway und summte das Liebesmotiv aus der *Walküre.* »Das ging mir während des ganzen Abends ständig im Kopf herum, wenn ich die beiden ansah.«

»Wen?«

»Prinz Oranoff und Mrs Denman. Merken Sie nicht, wie anders sie ist? Als hätte sich ein Laden geöffnet, ein Fensterladen, und man könnte ins Innere blicken.«

»Ja. Vielleicht haben Sie recht.«

»Immer das gleiche alte Lied, was? Die beiden gehören zusammen. Sie stammen aus der gleichen Welt, denken die gleichen Gedanken, träumen die gleichen Träume. Man versteht ja, wie es dazu kam. Vor zehn Jahren muss Denman sehr gut ausgesehen haben, ein junger, prächtiger Mann, wie ein Romanheld. Und er rettete ihr das Leben. Alles ganz normal. Aber heute – was ist er heute? Ein netter Kerl, erfolgreich, wohlhabend und – offen gestanden – durchschnittlich. Aus gutem englischem Holz, beinahe wie die Möbel in ihrem Wohnzimmer. So englisch und durchschnittlich wie das hübsche Mädchen mit seiner frischen Stimme. Ja, Sie mögen lächeln, Mr Quin, aber Sie können das nicht leugnen.«

»Das tue ich auch nicht. Was Sie sagen, trifft den Kern genau. Trotzdem …«

»Wieso trotzdem?«

Mr Quin neigte sich zu Mr Sattersway und fragte mit forschend auf ihn gerichteten Augen. »Haben Sie so wenig aus dem Leben gelernt?« Damit verließ er Mr Sattersway, der leicht beunruhigt war und ins Grübeln geriet. Plötzlich stellte er zu seinem Schrecken fest, dass die andern ohne ihn aufgebrochen waren. Er folgte ihnen durch den Garten und durch dieselbe Pforte, die er am Nachmittag benutzt hatte. Die Straße lag im Mondlicht friedlich da, und während er durch die Pforte trat, sah er ein Paar, das sich eng umschlungen hielt. Einen Augenblick lang dachte er – ja, dann erkannte er, dass er sich nicht getäuscht hatte. Es waren John Denman und Molly Stanwell. Er hörte Denman mit rauer, ärgerlicher Stimme sagen: »Ich kann nicht ohne dich leben! Was sollen wir nur tun?«

Mr Sattersway wollte sich gerade abwenden, als er eine Hand auf seinem Arm spürte. Noch jemand hatte die Szene beobachtet.

Ein Blick in ihr Gesicht genügte Mr Sattersway, um zu erkennen, wie sehr er sich in seinen Vermutungen getäuscht hatte.

Ihre zornige Hand hielt ihn fest, bis das Paar die Straße hinuntergegangen und ihren Blicken entschwunden war. Er hörte sich unsinnige Dinge sagen, die sie trösten sollten und angesichts ihrer Qual ausgesprochen lächerlich waren.

»Bitte«, sagte sie, »lassen Sie mich nicht allein!«

Er fand ihre Bitte seltsam rührend. Schließlich war er doch einmal zu etwas nütze! Et redete weiter sinnloses Zeug, weil alles besser war, als zu schweigen, und sie schritten die Straße hinunter, auf das Haus der Roscheimers zu. Manchmal verkrampfte sich ihre Hand auf seinem Arm, und er begriff, dass sie über seine Gegenwart froh war. Erst als sie vor dem Haus standen, ließ sie ihn los.

»Jetzt werde ich tanzen«, sagte sie mit energisch vorgerecktem Kinn. »Keine Sorge, mein Freund. Ich werde gut tanzen.«

Mit diesen Worten ließ sie Mr Sattersway stehen. Lady Roscheimer, mit Diamanten behängt und voller Klagen über den Unfall, nahm ihn unter ihre Fittiche und reichte ihn dann an Claude Wickam weiter.

»Ich bin ruiniert!«, sagte Wickam. »Völlig am Ende. So etwas passiert mir ständig. Diese Bauerntrampel glauben, sie könnten tanzen! Ich wurde nicht einmal gefragt …«

Er redete und redete und schien nicht mehr aufhören zu wollen. Endlich hatte er einen verständnisvollen Zuhörer gefunden, einen Fachmann. Er schwelgte in Selbstmitleid und hörte erst auf, als die Musik begann.

Mr Sattersway tauchte aus seiner Benommenheit auf. Der Kritiker in ihm erwachte. Wickam war ein unglaublicher Idiot, doch von Musik verstand er etwas. Die Melodien waren leicht wie Spinnweben, nie sentimental oder verlogen.

Das Bühnenbild war beeindruckend. Lady Roscheimer sparte nie, wenn es um einen ihrer Schützlinge ging. Eine verträumte Waldwiese mit geschickten Lichteffekten, die die passende Atmosphäre von Unwirklichkeit schufen.

Zwei Gestalten tanzten, als hätten sie seit endloser Zeit so getanzt. Ein schlanker Harlekin mit Zauberstab und Maske und eine weiße Kolombine, die Pirouetten drehte wie in einem ewigen Traum … Mr Sattersway richtete sich auf. Ja, das hatte er schon einmal erlebt. Ganz sicher … Im Geist war er jetzt weit von Lady Roscheimers Salon entfernt. Er stand in einem Berliner Museum und betrachtete die kleine Statue einer unsterblichen Tänzerin.

Harlekin und Kolombine tanzten weiter. Die ganze Welt schien ihnen zu gehören.

Eine menschlichere Gestalt tauchte auf, Pierrot, der durch den Wald wanderte und sang. Er hatte Kolombine gesehen und kannte keine Ruhe mehr. Das unsterbliche Paar verschwand, doch Kolombine blickte noch einmal zurück. Sie hatte ein Lied gehört, das aus einem menschlichen Herzen kam.

Dann der Dorfanger – tanzende Mädchen – Pierrots und Pierrettes. Auch Molly war darunter. Sie war keine gute Tänzerin, da hatte Mrs Denman recht gehabt, aber ihre Stimme war reizend.

Die Mädchen bitten Pierrot, mit ihnen zu tanzen, doch er weigert sich. Mit weißem Gesicht läuft er weiter – der ewig Liebende auf der Suche nach seinem Ideal. Es wird Abend, und Pierrot schläft erschöpft im Gras ein. Harlekin und Kolombine umtanzen ihn. Er erwacht und sieht sie. Er fleht sie an, bittet sie …

Sie ist unsicher. Harlekin winkt ihr, sie sieht ihn nicht mehr. Sie lauscht auf Pierrots Liebeslied, sie sinkt ihm in die Arme, und der Vorhang fällt.

Der zweite Akt spielt in Pierrots Hütte. Kolombine sitzt am Feuer, sie ist blass, bedrückt. Sie lauscht – auf was? Pierrot singt für sie, der Abend senkt sich herab, und Donner grollt. Kolombine wird unruhig, sie hört nicht mehr, was Pierrot singt. Ihre eigene Melodie erklingt, die Melodie von Harlekin und Kolombine. Und sie erinnert sich.

Ein Donner kracht. Harlekin steht in der Tür. Pierrot kann ihn nicht sehen, aber Kolombine springt mit einem glücklichen Lachen auf. Es donnert wieder, die Wände verschwinden, und Kolombine tanzt mit Harlekin in die stürmische Nacht hinaus.

Dunkelheit, und auch das Lied, das Pierrette singt, ist traurig. Das Licht geht langsam an. Wieder sieht man die Hütte. Jetzt sind Pierrot und Pierrette alt und grau. Sie sitzen in zwei Sesseln vor dem Feuer. Durch das Fenster fällt ein Mondstrahl, und das Motiv von Pierrots längst vergessenem Lied erklingt.

Leise Musik – Feenmusik – Harlekin und Kolombine sind draußen. Die Tür fliegt auf, und Kolombine tanzt herein. Sie beugt sich über den schlafenden Pierrot und küsst ihn auf den Mund.

Wieder ein rollender Donner. Kolombine verschwindet, das Fenster wird hell, und dahinter sieht man das Paar langsam davontanzen. Ein Holzscheit kracht im Feuer. Pierrette springt ärgerlich auf, läuft zum Fenster und lässt das Rollo herunter. Mit einem plötzlichen Misston ist das Stück aus.

Mr Sattersway saß sehr still da und klatschte nicht wie die übrigen Zuschauer. Schließlich stand er auf und ging hinaus. Er begegnete Molly Stanwell, die mit roten Wangen Komplimente entgegennahm. Er beobachtete John Denman, der sich mit einem neuen Ausdruck in den Augen einen Weg durch die Menge zu bahnen versuchte. Molly trat auf ihn zu, doch er schob sie zur Seite, ohne sie überhaupt zu bemerken. Er dachte jetzt an ganz jemand anderen.

»Wo ist meine Frau?«, fragte er. »Wo ist sie?«

»Ich glaube, sie ging in den Garten.«

Es war dann aber Mr Sattersway, der sie fand. Sie saß auf einem Stein unter einer Zypresse. Er trat auf sie zu und tat etwas Seltsames: Er küsste ihr die Hand.

»Ach!«, sagte sie. »Sie finden also, dass ich gut getanzt habe?«

»Sie haben getanzt, wie Sie immer getanzt haben, Madame Kharsanowa.«

Sie holte tief Luft. »Sie – Sie haben es erraten.«

»Es gibt nur eine Kharsanowa! Niemand, der Sie tanzen gesehen hat, könnte Sie vergessen. Aber warum? Warum ...«

»Was denn sonst?«

»Wie bitte?«

»Oh! Sie verstehen genau! Sie kennen das Leben. Eine große Tänzerin ... kann Liebhaber haben, das ja. Aber einen Mann ... das ist etwas anderes. Und er ... er wollte nicht nur mein Liebhaber sein. Er wollte, dass ich ihm gehörte, wie die ... die Kharsanowa ihm nie hätte gehören können.«

»Ich verstehe«, antwortete Mr Sattersway. »Jetzt verstehe ich. Und deshalb gaben Sie Ihre Karriere auf?«

Sie nickte.

»Sie müssen ihn sehr geliebt haben«, bemerkte Mr Sattersway freundlich.

»Weil ich ihm ein solches Opfer brachte?« Sie lachte.

»Nein. Weil Sie es so leichten Herzens taten.«

»Ach so! Ja ... vielleicht ...«

»Und nun?«, fragte Mr Sattersway.

Sie wurde ernst. »Nun?« Sie schwieg. Dann sagte sie laut in die Dunkelheit hinein: »Bist du das, Sergius?«

Prinz Oranoff trat ins Mondlicht. Er ergriff ihre Hand und lächelte Mr Sattersway unbefangen zu.

»Vor zehn Jahren trauerte ich um Anna Kharsanowa«, sagte er einfach. »Sie war mein zweites Ich. Heute fand ich sie wieder. Wir werden uns nie mehr trennen.«

»Am Ende der Straße in zehn Minuten«, antwortete sie. »Ich werde dich nicht warten lassen.«

Oranoff nickte und ging. Mrs Denman wandte sich an Mr Sattersway und fragte lächelnd: »Nun, mein Freund, Sie sind nicht zufrieden?«

»Wissen Sie eigentlich«, sagte Mr Sattersway übergangslos, »dass Ihr Mann Sie sucht?«

Er sah die Erschütterung, die sich auf ihrem Gesicht spiegelte, doch ihre Stimme klang gelassen, als sie antwortete: »Nun, das mag schon sein.«

»Ich habe seine Augen gesehen. Er ...« Er schwieg abrupt.

Sie blieb gelassen. »Ja, vielleicht für eine Stunde. Der Zauber eines Augenblicks, hervorgerufen durch Erinnerungen, durch Musik, Mondschein. Das ist alles.«

»Ich kann Sie nicht überzeugen?« Mr Sattersway fühlte sich alt und mutlos.

»Zehn Jahre lang habe ich mit dem Mann zusammengelebt, den ich liebe«, sagte Anna Kharsanowa. »Jetzt werde ich zu dem Mann gehen, der mich seit zehn Jahren liebt.«

Mr Sattersway schwieg. Er wusste nicht, was er sagen sollte. Außerdem schien es ihm die beste Lösung zu sein. Nur ...

Nur war es irgendwie nicht die Lösung, die er sich erhofft hatte. Er spürte ihre Hand auf seiner Schulter.

»Ich weiß, mein Freund, ich weiß! Aber eine dritte Möglichkeit gibt es nicht. Man sucht nur immer nach dem einen – dem vollkommenen, ewigen Liebhaber. Es ist die Musik des Harlekins, die man hört. Mit keinem Liebhaber ist man auf die Dauer zufrieden, denn alle sind sterblich. Und Harlekin ist nur ein Mythos, unsichtbar ... außer ...«

»Ja?«, sagte Mr Sattersway. »Ja?«

»Außer – sein Name ist ... Tod.«

Mr Sattersway erschauerte. Mrs Denman erhob sich und verschwand zwischen den Schatten der Bäume.

Wie lange Mr Sattersway noch in Gedanken versunken dastand, wusste er später nicht mehr. Plötzlich schreckte er hoch, weil er das Gefühl hatte, kostbare Zeit vertrödelt zu haben. Er stürzte davon, wie unter Zwang in eine bestimmte Richtung gezogen.

Als er auf die Straße der Liebenden hinaustrat, überkam ihn ein Gefühl der Unwirklichkeit. Verzauberung und Mondschein. Zwei Gestalten schritten auf ihn zu.

Das ist Oranoff in seinem Harlekinkostüm, dachte Mr Sattersway unwillkürlich. Dann waren sie an ihm vorbei, und Mr Sattersway erkannte seinen Irrtum. Diese schlanke Gestalt konnte nur einem Einzigen gehören – Mr Quin.

Sie gingen die Straße hinunter, mit so leichten Schritten, dass sie zu schweben schienen. Mr Quin wandte den Kopf, und Mr Sattersway stellte mit Schrecken fest, dass ihm Mr Quins Gesicht völlig fremd erschien. Nein, es war nicht das Gesicht eines Fremden, sondern eher das John Denmans als junger Mann, als das Leben es noch nicht so gut mit ihm gemeint hatte wie heute. Fröhlich, abenteuerlustig, das Gesicht eines jungen Mannes und eines Verliebten.

Ihr Lachen tönte zu Mr Sattersway herüber, klar und glücklich ... In der Ferne schimmerte Licht aus einem kleinen Haus. Mr Sattersway sah dem Paar nach, als träume er.

Eine Hand, die sich schwer auf seine Schulter senkte, riss ihn aus seiner Versunkenheit. Sergius Oranoff stand vor ihm.

»Wo ist sie?«, rief er mit bleichem Gesicht. »Wo ist sie? Sie versprach zu kommen, aber sie ist nicht da.«

»Madame ist eben die Straße hinuntergegangen – allein.«

Es war Mrs Denmans Mädchen, die das sagte. Sie stand im Schatten an der Pforte zum Garten. Sie hatte dort mit dem Schal ihrer Herrin gewartet.

»Ich habe gesehen, wie sie vorbeiging«, sagte sie.

Mr Sattersway fragte rau: »Wieso allein? Sie sagten, allein?«

Das Mädchen riss erstaunt die Augen auf. »Ja, Sir. Haben Sie sie denn nicht bemerkt?«

Mr Sattersway ergriff Oranoff am Arm. »Schnell«, rief er. »Ich … ich mache mir große Sorgen!«

Sie eilten die Straße entlang, wobei Oranoff zusammenhanglos vor sich hin redete:

»Sie ist eine wundervolle Person. Ah! Wie herrlich sie heute Abend tanzte! Und Ihr Freund! Wer ist das? Ah! Er ist einzigartig – herrlich! Früher, wenn sie die Kolombine von Rimski-Korsakow tanzte, fand sie nie den richtigen Harlekin. Mordroff, Kassnin – keiner war ihr gut genug. Sie hatte da ihre eigene Vorstellung. Einmal gestand sie es mir dann: Sie tanzte immer mit einem Harlekin, den es gar nicht gab. Der nur in ihren Träumen existierte. Es war Harlekin persönlich, der kam, um mit ihr zu tanzen. Deshalb war sie als Kolombine so herrlich!«

Mr Sattersway nickte. Er konnte immer nur an eines denken. »Schnell!«, rief er. »Schnell. Hoffentlich kommen wir noch rechtzeitig!«

Sie bogen um die letzte Biegung und standen vor der tiefen Grube. Etwas lag dort unten, das vorher nicht dort gewesen war, der Körper einer Frau, in einer wundervollen

Pose, die Arme ausgebreitet, den Kopf zurückgeworfen. Eine Frau, noch im Tod triumphierend und schön.

Mr Sattersway fiel ein, was Mr Quin gesagt hatte: »... die schönsten Dinge auf einer Müllhalde ...« Jetzt verstand er.

Oranoff war fassungslos. Tränen strömten ihm übers Gesicht. »Ich habe sie geliebt. Ich habe sie immer geliebt.« Er verwendete beinahe dieselben Worte, die Mr Sattersway früher am Abend gedacht hatte.

»Wir gehörten in die gleiche Welt, sie und ich. Wir dachten die gleichen Gedanken, wir träumten die gleichen Träume. Ich hätte sie immer und ewig geliebt ...«

»Wie können Sie das wissen?«

Der Russe starrte ihn entgeistert an.

»Wie können Sie es wissen?«, wiederholte Mr Sattersway. »Alle Liebenden denken so. Alle Liebenden behaupten es. Aber es gibt nur einen wahren Liebenden ...«

Er drehte sich um und wäre beinahe mit Mr Quin zusammengestoßen. Erregt packte ihn Mr Sattersway am Arm und zog in beiseite.

»*Sie!*«, sagte er. »Sie waren eben noch mit ihr zusammen!«

Mr Quin schwieg einen Augenblick und antwortete dann: »So könnte man sagen, ja.«

»Aber das Mädchen hat Sie nicht gesehen.«

»Das Mädchen hat mich nicht gesehen.«

»Ich schon. Wieso?«

»Vielleicht, weil Sie einen hohen Preis bezahlt haben. Deshalb sehen Sie Dinge, die andere nicht sehen.«

Mr Sattersway blickte ihn verständnislos an. Dann begann er plötzlich am ganzen Körper zu zittern. »Was ist dies für ein Ort?«, flüsterte er. »Was ist dies für ein Ort?«

»Das sagte ich Ihnen schon heute Nachmittag. Es ist *meine* Straße.«

»Die Straße der Liebenden«, murmelte Mr Sattersway. »Und die Menschen schreiten darüber hin.«

»Die meisten – früher oder später.«

»Und am Ende der Straße? Was ist dort?«

Mr Quin lächelte. Seine Stimme war sehr freundlich. Er deutete auf das verfallene Haus über ihnen. »Das Haus ihrer Träume ... oder Abfall ... wer weiß das?«

Mr Sattersway blickte zu ihm auf, und eine Welle der Empörung überschwemmte ihn. Er fühlte sich betrogen.

»Aber ich ...« Seine Stimme brach. »Ich«, begann er dann von neuem, »ich bin Ihre Straße nie entlanggegangen.«

»Und bedauern Sie das?«

Mr Sattersway sank der Mut. Mr Quin schien ins Unendliche zu wachsen, und Mr Sattersway hatte die Vorstellung von etwas zugleich Drohendem und Schrecklichem. Freude, Trauer, Verzweiflung.

Und seine friedliche kleine Seele schrak davor zurück.

»Bedauern Sie es?«, fragte Mr Quin noch einmal. Er wirkte in keiner Weise schrecklich.

»Nein«, erwiderte Mr Sattersway. »Nein.«

Plötzlich fand er seine Fassung wieder.

»Aber ich sehe Dinge!«, rief er. »Vielleicht bin ich nur ein Zuschauer des Lebens, aber ich sehe Dinge, die andere Leute nicht sehen. Das haben Sie selbst gesagt, Mr Quin!«

Doch Mr Quin war verschwunden.

Inhalt

Agatha Christie
im Atlantik Verlag

Das Geheimnis von Chimneys
Kriminalroman

Eigentlich fand Anthony Cade seine Mission ganz einfach: Die Lebensaufzeichnungen des herzoslowakischen Grafen Stylptitch in London bei einem Verlag einreichen und einer Witwe ihre geheimen Liebesbriefe zurückbringen. Was ihn jedoch vor Ort erwartet, ist nicht weniger als eine internationale Verschwörung. Diebstahl, Erpressung, Mord – warum nur sind die Memoiren des Grafen so begehrt? Und wer genau ist hinter ihnen her?

Der letzte Joker
Kriminalroman

Als ihre Freunde des Mordes verdächtigt werden, stürzt sich die junge Lady Eileen Caterham in Nachforschungen. Was bedeuten die seltsamen Worte, die ihr eines der beiden Opfer kurz vor seinem Ableben zugeflüstert hat? Und was hat es mit den sieben Weckern auf sich, die auf dem Kaminsims des anderen Toten stehen? Bei ihren Ermittlungen gerät die entschlossene Eileen in manche Situation, die so gar nicht ladylike ist.

Das fahle Pferd
Kriminalroman

Eine Reihe von Todesfällen lässt dem Historiker Mark Easterbrook, der eigentlich nur ein Buch schreiben möchte, keine Ruhe. Als im Schuh eines ermordeten Pfarrers eine Namensliste gefunden wird, auf der weitere kürzlich Verstorbene stehen, beginnt er zu ermitteln: Welche Rolle spielt »Das fahle Pferd«, ein ehemaliger Gasthof, in dem angeblich schwarze Magie praktiziert wird?

Das fehlende Glied in der Kette
Poirots erster Fall

Wer hat die wohlhabende Mrs Emily Inglethorp auf ihrem Land-gut Syles Court vergiftet? Ihr Ehemann Alfred, der es scheinbar auf das Erbe abgesehen hat? Doch auch ihre Stiefsöhne oder die launische Haushälterin könnten die Mörder sein. In seinem ers-ten Fall nimmt Hercule Poirot alle Bewohner von Styles unter die Lupe, um den Täter zu entlarven.

Elefanten vergessen nie
Ein Fall für Poirot

Der rätselhafte Tod von Celias Eltern ist seit zwanzig Jahren un-geklärt und das Vergessen hat sich über die Tragödie gebreitet. Doch bei einem geselligen Abendessen reißt eine unerwartete Frage alte Wunden auf und Ariadne Oliver, Celias Patentante, muss sich der Wahrheit endlich stellen: Wer hat hier wen getötet, der Vater die Mutter, oder andersrum? Hercule Poirot ermutigt seine alte Freundin, wie die Elefanten ihrer Erinnerung zu ver-trauen. Denn er weiß: »Elefanten vergessen nicht.«

Mord mit verteilten Rollen
Ein Fall für Poirot

Eigentlich liegt ein Gesellschaftsspiel dieser Art unter Hercule Poirots Würde. Nur von seiner besten Freundin Ariadne Oliver lässt er sich auf den prächtigen Landsitz bitten, wo die chaoti-sche Schriftstellerin bei einem Gartenfest eine »Mörderjagd« in-szenieren soll. Doch aus dem Spiel wird blutiger Ernst. Gut, dass Poirot zur Stelle ist!